LA
HUIDA

- EL CLUB DE LOS SUPERVIVIENTES -

MARY BALOGH

LA HUIDA

TITANIA

Argentina • Chile • Colombia • España
Estados Unidos • México • Perú • Uruguay

Título original: *The Escape*
Editor original: Dell, New York
Traducción: Ana Isabel Domínguez Palomo y M.ª del Mar Rodríguez Barrena

1.ª edición Junio 2022

Copyright © 2014 by Mary Balogh
Published by arrangement with Maria Carvainis Agency, Inc. and Julio F. Yáñez, Agencia Literaria
First Published in the United States by Dell, an imprint of The Random House Publishing Group, a division of Random House, Inc., New York
All Rights Reserved
© de la traducción 2022 *by* Ana Isabel Domínguez Palomo y M.ª del Mar Rodríguez Barrena
© 2022 *by* Ediciones Urano, S.A.U.
Plaza de los Reyes Magos, 8, piso 1.º C y D – 28007 Madrid
www.titania.org
atencion@titania.org

ISBN: 978-84-17421-77-9
E-ISBN: 978-84-19251-62-6
Depósito legal: B-10.041-2022

Fotocomposición: Ediciones Urano, S.A.U.

Impreso por Romanyà Valls, S.A. – Verdaguer, 1 – 08786 Capellades (Barcelona)

Impreso en España – *Printed in Spain*

A Melanie McKay,

que pujó y ganó el paquete que doné a la subasta
de Charity Royale en Regina, Saskatchewan, Canadá.
La recaudación fue destinada a My Aunt's Place,
un refugio para mujeres y niños sin hogar.

En el paquete se incluía el derecho a que su nombre
se usara como personaje en mi próximo libro.
Melanie pidió que el nombre fuera el de su hermana
y no el suyo propio.

Mi heroína en este libro es, por tanto,
Samantha McKay (Saul de soltera).

1

Rondaba ya la medianoche, pero nadie hacía ademán de retirarse a dormir.

—Descubrirás una paz absoluta en casa una vez que nos hayamos ido, George —dijo Ralph Stockwood, conde de Berwick.

—Se quedará todo muy en silencio, desde luego. —El duque de Stanbrook miró al grupo de seis invitados que se congregaba en el salón de Penderris Hall, su casa solariega en Cornualles, y detuvo la afectuosa mirada en cada uno de ellos antes de pasar al siguiente—. Sí, y también habrá mucha paz, Ralph. Pero os echaré muchísimo de menos.

—Estarás da-dando gracias a Dios, George —terció Flavian Arnott, vizconde de Ponsonby—, en cuanto te des cuenta de que ya no tendrás que oír a Vince tocando el vi-violín hasta dentro de un año.

—Ni a los gatos maullando extasiados al compás de la melodía que toco —añadió Vincent Hunt, vizconde de Darleigh—. Bien puedes decirlo también, Flave. No hay por qué andarse con cuidado con mis sentimientos.

—Tocas con mucha más soltura que el año pasado, Vincent —le aseguró Imogen Hayes, lady Barclay—. Para el próximo año no dudo que habrás mejorado aún más. Eres una maravilla y una inspiración para todos nosotros.

—Incluso puede que yo baile al son de una de tus melodías el día menos pensado, Vince, siempre y cuando no sea demasiado alegre. —Sir Benedict Harper miró con sorna los dos bastones apoyados en el brazo de su sillón.

—No albergarás por casualidad la esperanza de que todos decidamos quedarnos un año o dos más en vez de irnos mañana, ¿verdad, George? —preguntó Hugo Emes, lord Trentham, con un tono casi esperanzado—. En la vida han pasado tres semanas tan deprisa. Llegamos aquí y, en un abrir y cerrar de ojos, ya es hora de que cada uno se vaya por donde ha venido.

—George es demasiado e-educado para negarse en redondo, Hugo —replicó Flavian—. Pero la vida nos llama, por desgracia.

Los siete se sentían un poco alicaídos, los miembros del autodenominado «Club de los Supervivientes». En otra época, todos pasaron varios años en Penderris Hall, recuperándose de las heridas sufridas durante las guerras napoleónicas. Aunque cada uno había tenido que enfrentarse a una batalla en solitario para recuperarse, también se habían ayudado y apoyado los unos a los otros, y se habían convertidos en hermanos... y hermana. Cuando llegó el momento de que se marcharan, de que establecieran vidas nuevas o recuperasen las antiguas, se habían ido con una mezcla de emoción y miedo. La vida era para los vivos, convinieron todos; sin embargo, el capullo que los había envuelto durante tanto tiempo los había mantenido a salvo, incluso felices. Decidieron que volverían a Cornualles para pasar unas semanas todos los años a fin de mantener viva la amistad, de compartir sus experiencias más allá de los conocidos confines de Penderris Hall y para ayudar con cualquier problema que le hubiera surgido a uno o a varios.

Esa era la tercera reunión. Pero ya había terminado de nuevo, o terminaría por la mañana.

Hugo se puso en pie y se desperezó, aumentando su ya de por sí considerable tamaño, que no se debía a la gordura ni mucho menos. Era el hombre más alto y corpulento del mundo, y también el de aspecto más feroz, con ese pelo tan corto y el habitual ceño fruncido.

—El asunto es que no quiero que se acabe, ¡demonios! —dijo él—. Pero si quiero partir mañana temprano, será mejor que me acueste.

Era la señal para que todos se levantasen. A casi todos les esperaba un largo viaje y querían partir temprano.

Sir Benedict fue el más lento en ponerse en pie. Tuvo que recoger los bastones y ponerse uno a cada lado, meter los brazos en las correas que él mismo había diseñado y levantarse con cuidadosa lentitud. Cualquiera de los demás se habría ofrecido a ayudarlo, por supuesto, pero sabían que no debían hacerlo. Todos preservaban su independencia con ferocidad pese a sus diversas discapacidades. Vincent, por ejemplo, saldría del salón y subiría a su dormitorio sin ayuda aunque era ciego. En cambio, todos esperarían a que su amigo más lento estuviera preparado y caminarían a su ritmo mientras subían despacio la escalera.

—Mu-muy pronto, Ben —dijo Flavian—, vas a poder hacerlo en menos de un minuto.

—Mejor que dos, como el año pasado —dijo Ralph—. Eso sí que fue una pesadez, Ben.

No resistían el impulso de meterse con él y de bromear, salvo, tal vez, Imogen.

—Incluso dos es una proeza para alguien a quien le dijeron que debían amputarle las dos piernas si quería salvar la vida —repuso ella.

—Estás desanimado, Ben. —Hugo dejó de desperezarse para hacer el comentario.

Benedict lo miró.

—Solo estoy cansado. Es tarde, y hemos llegado al extremo no deseado de nuestra estancia de tres semanas. Siempre he odiado las despedidas.

—No —lo contradijo Imogen—, es más que eso, Ben. Hugo no es el único que se ha dado cuenta. Todos lo hemos hecho, pero el tema nunca ha surgido durante nuestras sesiones nocturnas.

Se habían quedado despiertos hasta tarde la mayoría de las noches durante las últimas tres semanas, como lo hacían cada año, para compartir algunas de sus preocupaciones e inseguridades más profundas, y también sus triunfos. Se ocultaban pocos secretos los unos a los otros. Siempre quedaba alguno, por supuesto. Nunca se podía exponer del todo el alma a ojos de otra persona, por más amigo que fuera. Ben había resguardado su alma con celo ese año. Porque sí había estado desanimado. Seguía estándolo. Aunque se sentía molesto por no haber ocultado mejor su estado de ánimo.

—Tal vez nos estamos entrometiendo donde no se quiere ayuda o compasión —terció el duque—. ¿Es así, Benedict? ¿O nos sentamos de nuevo para hablar del tema?

—¿Después de haber hecho el esfuerzo hercúleo de levantarme? ¿Y cuando todos estáis a punto de acostaros para estar frescos como una lechuga por la mañana? —Ben se echó a reír, pero nadie más se unió a las risas.

—Estás desanimado, Ben —insistió Vincent—. Hasta yo me he dado cuenta.

Los demás se sentaron de nuevo, y Ben, con un suspiro, hizo lo propio. Había estado a punto de salirse con la suya.

—A nadie le gusta ser un quejica —dijo—. Los quejicas son unos pelmazos.

—Cierto. —George sonrió—. Pero tú nunca has sido un quejica, Benedict. Ninguno de nosotros lo ha sido. Los demás no lo habrían consentido. Admitir los problemas y pedir ayuda, o incluso alguien que te escuche, no es quejarse. Solo es recurrir a la compasión general de las personas que saben casi con exactitud por lo que estás pasando. Te duelen las piernas, ¿verdad?

—Nunca me molesta un poco de dolor —contestó Ben sin negarlo—. Al menos, me recuerda que todavía tengo las piernas.

—Pero...

George no había luchado en la guerra, aunque fue oficial del ejército en otra época. Sin embargo, su único hijo sí había luchado y había muerto en Portugal. Su esposa, la madre del muchacho, tal vez abrumada por el dolor, se lanzó al mar poco después desde los acantilados que se alzaban en los límites de la propiedad. Cuando les abrió su hogar a ellos seis, George estaba tan herido como cualquiera de ellos. Seguramente seguía estándolo.

—Andaré. Ya lo hago en cierta forma. Y algún día bailaré. —Ben sonrió con sorna. Siempre soltaba esa bravuconada, y los demás se burlaban de él a menudo.

Nadie se burló en ese momento.

—Pero... —En esa ocasión, fue Hugo.

—Pero nunca haré ninguna de esas dos cosas como lo hacía antes —añadió él—. Supongo que lo sé desde hace mucho tiempo. Sería un tonto si no lo supiera. Pero he tardado seis años en asimilar el hecho de que nunca caminaré más de unos cuantos pasos sin mis bastones, en plural, y de que nunca me moveré más que a trompicones con ellos. Nunca recuperaré mi vida tal como era. Siempre seré un lisiado.

—Esa es una palabra muy dura —repuso Ralph con el ceño fruncido—. ¿Y un poco derrotista?

—No es más que la verdad —replicó Ben con firmeza—. Es hora de aceptar la realidad.

El duque apoyó los codos en los reposabrazos del sillón y juntó los dedos de las manos.

—¿Y aceptar la realidad implica rendirte y llamarte «lisiado»? —quiso saber George—. Si hubieras demostrado esa actitud desde el principio, nunca te habrías levantado de la cama, Benedict. De hecho, habrías dejado que el matasanos del ejército te dejara sin piernas por completo.

—Admitir la verdad no significa rendirse —repuso Ben—. Pero sí significa evaluar la realidad y ajustar mi vida en consecuencia. Era un oficial de carrera y nunca imaginé ninguna otra vida para mí. No quería otra vida. Iba a terminar ascendiendo a general. He vivido esforzándome al máximo a fin de estar preparado para el día en el que pudiera recuperar mi antigua vida. Sin embargo, eso no va a suceder. Esa oportunidad jamás ha existido. Ya es hora de que lo admita abiertamente y lo afronte.

—¿No puedes ser feliz con una vida fuera del ejército? —le preguntó Imogen.

—¡Ah! Puedo serlo —le aseguró Ben—. Por supuesto que puedo. Y lo seré. Es que me he pasado seis años negando la realidad, con el resultado de que a estas alturas sigo sin tener claro lo que me deparará el futuro. O lo que quiero de dicho futuro. He malgastado todos esos años anhelando un pasado que ya se ha ido y que nunca volverá. ¿Lo veis? Me estoy comportando como un quejica cuando hace rato que podríais estar durmiendo plácidamente.

—Pre-prefiero estar aquí —terció Flavian—. Si alguno de nosotros se va de aquí infeliz porque no pu-puede confiar en los demás, bi-bien podemos dejar de venir. Al fin y al cabo, George vive en el fin del mundo aquí en Cornualles. ¿Quién iba a ve-venir solo por el paisaje?

—Tiene razón, Ben. —Vincent sonrió—. Yo no vendría por el paisaje.

—No te irás a casa cuando salgas de aquí, Ben —dijo George. Era una afirmación, no una pregunta.

—Beatrice, mi hermana, necesita compañía —adujo Ben al tiempo que se encogía de hombros—. Se resfrió durante el invierno y no ha empezado a recuperarse hasta ahora, con la primavera. No se siente con fuerzas para trasladarse a Londres cuando lo haga Gramley después de Pascua para el inicio de la sesión parlamentaria. Y sus hijos estarán en el colegio.

—La condesa de Gramley tiene mucha suerte de contar con un hermano tan solícito —replicó el duque.

—Siempre nos hemos tenido mucho cariño —le dijo Ben.

Sin embargo, no había respondido la pregunta implícita de George. Y como la respuesta era una gran parte del desánimo que sus amigos habían notado, se sintió obligado a responderla. Flavian tenía razón. Si no podían abrirse entre ellos en ese lugar, su amistad y esas reuniones perderían su sentido.

—Cada vez que voy a casa, a Kenelston Hall —puntualizó—, Calvin no está dispuesto a dejarme hacer nada. No quiere que ponga un pie en el gabinete, que hable con mi administrador o que visite mi explotación agraria. Insiste en hacer todo lo necesario él mismo. Siempre se muestra alegre y cordial. Es como si creyera que se me ha atrofiado el cerebro tanto como las piernas. Y Julia, mi cuñada, me abruma con sus cuidados, hasta el punto de despejarme por completo el camino cada vez que salgo de mis aposentos. Veréis, los niños tienen permitido corretear por toda la casa, y bien que lo hacen, tirando cosas a su paso. Así que ordena que me lleven la comida a mis aposentos, de modo que no tenga que tomarme la molestia de bajar al comedor. Ella... Los dos, en realidad, se esfuerzan por asfixiarme con su amabilidad hasta que me marcho de nuevo.

—¡Ah! —dijo George—. Por fin llegamos al meollo del asunto.

—Me tienen miedo —continuó Ben—. Los consume la ansiedad cada segundo que estoy allí.

—Estoy seguro de que tu hermano menor y su esposa se han acostumbrado a considerar tu casa como la suya propia durante los años que estuviste aquí primero como paciente y después como convaleciente —dijo George—. Pero te fuiste de aquí hace tres años, Benedict.

¿Por qué no había tomado posesión de su propia casa y había obligado de alguna manera a su hermano a mudarse a otro lugar con su familia en aquel momento? Esa era la pregunta implícita. El problema era que no tenía respuesta, más allá de la procrastinación. O la más absoluta cobardía. O... algo más.

Ben suspiró.

—Las familias son complejas.

—Lo son —convino Vincent con fervor—. Te comprendo bien, Ben.

—Mi hermano mayor y Calvin siempre estuvieron muy unidos —les explicó—. Era casi como si yo, que me encontraba en el medio, no existiera. No es que hubiera hostilidad, solo... indiferencia. Yo era su hermano y ellos eran los míos, y nada más. A Wallace solo le interesaba un futuro en la política y el Gobierno. Vivió en Londres, tanto antes como después de la muerte de nuestro padre. Cuando heredó el título de baronet, dejó muy claro que no le interesaba en absoluto vivir en Kenelston Hall ni encargarse de los asuntos de la propiedad. Como a Calvin le interesaban ambas cosas, y como también se casó pronto y formó una familia, los dos llegaron a un acuerdo que les resultó satisfactorio a ambos. Calvin viviría en la casa y administraría la propiedad a cambio de una retribución, y Wallace pagaría las facturas y obtendría los beneficios sin necesidad de quebrarse la cabeza administrando nada de eso. Sin embargo y al igual que nos sucedió a todos los demás, Calvin no esperaba que un carro cargado volcara en la calle y le cayera a Wallace encima, cerca de Covent Garden, matándolo en el acto. Era demasiado insólito. Eso ocurrió poco antes de que me hirieran. Tampoco se esperaba que yo sobreviviera. Nadie esperaba que viviera ni aun después de que me trajeran de vuelta a Inglaterra y de que viniera a Penderris Hall. Tú no lo esperabas, ¿verdad, George?

—Al contrario, Benedict —respondió el duque—. Te miré a los ojos el día que te trajeron y supe que eras demasiado terco para morir. Casi lo lamenté. Nunca he visto a nadie soportar más dolor que tú. ¿Eso quiere decir que tu hermano menor supuso que el título, la fortuna y Kenelston Hall pronto serían suyos?

—El hecho de que sobreviviera debió de ser un duro golpe para él —afirmó Ben con una sonrisa torcida—. Estoy seguro de que nunca me ha perdonado, aunque eso hace que parezca un ser malvado, y en realidad no lo es. Cuando no estoy en casa, puede continuar viviendo tal cual lo ha hecho desde que nuestro padre murió. Cuando estoy allí, sin duda se siente amenazado..., y con razón. Al fin y al cabo, todo es mío por ley. Y si Kenelston Hall no va a ser mi hogar, ¿dónde se encuentra mi hogar?

Esa era la pregunta que llevaba tres años atormentándolo.

—Mi casa está llena de las mujeres de mi familia que me quieren con locura —dijo Vincent—. Respirarían por mí si pudieran. Hacen todo lo demás, o eso parece. Y dentro de nada, porque ya me han llegado los rumores, va a empezar el desfile de posibles novias, porque sin duda un ciego necesita de una esposa que le sostenga la mano durante todos los oscuros años que le quedan de vida. Mi situación es un poco diferente de la tuya, Ben, pero hay similitudes. Un día de estos tendré que ponerme firme y convertirme en el dueño y señor de mi propia casa. Pero el problema es cómo hacerlo. ¿Cómo le hablas con firmeza a tus seres queridos?

Ben suspiró y después se echó a reír.

—Tienes toda la razón, Vince —repuso—. Tal vez tú y yo solo somos un par de debiluchos titubeantes. Pero Calvin tiene una esposa y cuatro hijos que mantener, mientras que yo solo me tengo a mí mismo. Y es mi hermano. Me preocupo por él, aunque nunca hayamos estado muy unidos. Fue la simple casualidad lo que hizo que él naciera en tercer lugar y yo en el segundo.

—¿Te sientes cu-culpable por haber heredado el título de baronet, Ben? —quiso saber Flavian.

—La verdad es que no me lo esperaba —contestó él—. No había nadie más robusto o lleno de vida que Wallace. Además, lo único que he querido ser en la vida es oficial del ejército. Desde luego que nunca esperé que Kenelston Hall fuera mío. Pero lo es, y a veces pienso que si pudiera ir sin más y sumergirme de lleno en la administración de la propiedad, tal vez por fin sentiría que he sentado cabeza y podría vivir feliz.

—Pero tu casa está ocupada por otras personas —apostilló Hugo—. Si quieres, Ben, puedo ir y echarlos a todos. Podría fruncir el ceño y poner cara de pocos amigos, y se marcharían sin un gritito de protesta siquiera. Pero esa no es la cuestión, ¿verdad?

Ben se echó a reír con los demás.

—La vida era sencilla en el ejército —repuso—. La fuerza bruta resolvía todos los problemas.

—Hasta que Hugo pe-perdió la cabeza —terció Flavian— y Vince se quedó ciego y a ti te aplastaron todos y cada uno de los huesos de las pi-piernas, Ben, por no mencionar la mayoría de los huesos del resto del cuerpo. Y todos los amigos de Ralph acabaron borrados del ma-mapa y su bonita cara quedó destrozada cuando alguien le asestó un tajo, e Imogen se vio obligada a tomar una de-decisión que nadie debería tener que tomar y vivir con su elección pa-para siempre, y George perdió todo lo que amaba incluso sin abandonar Penderris Hall. Y la mitad de las pa-palabras que quiero decir se me atascan al pasar por la boca, como si algo en mi cerebro necesitase un cho-chorrito de aceite.

—Ya —dijo Ben—. La guerra no es la respuesta. Es que la vida parecía más sencilla en aquel entonces. Pero os estoy robando horas de sueño para que estéis frescos por la mañana. Seguro que queréis mandarme al cuerno. Lo siento, no era mi intención desahogarme de todas estas tonterías.

—Lo has hecho porque te hemos animado a ello, Benedict —le recordó Imogen—, y porque justo para eso nos reunimos todos los años. Por desgracia, no hemos podido ofrecerte solución alguna, ¿verdad? Salvo por el ofrecimiento de Hugo de sacar a tu hermano y a su familia a la fuerza de tu casa... Algo que, por suerte, no ha dicho en serio.

—Aunque da igual de todas formas, ¿no te parece, Imogen? —dijo Ralph—. Nadie puede solucionar los problemas de otro. Pero siempre ayuda desahogarse con personas que te prestan atención y que saben que no hay respuestas sencillas.

—Eso quiere decir que estás desanimado, Benedict —concluyó el duque—. En parte porque has aceptado la naturaleza permanente de las limitaciones de tu cuerpo, pero todavía no sabes adónde te va a llevar esa aceptación; y en parte es porque todavía no has aceptado que ya no eres el hermano mediano de tres, sino el mayor de dos, y que tienes que tomar ciertas decisiones que nunca esperabas encontrarte. No temo que caigas en la desesperación. No va implícita en tu forma de ser. Creo que todavía me pitan los oídos por todas las palabras soeces que gritabas cuando el dolor amenazaba con vencerte durante los primeros días. Podrías haber buscado el descanso de la muerte en aquel entonces de haber tenido el buen tino de caer en la desesperación. Tu única alternativa era mejorar. Tal vez hayas estado viviendo en un remanso demasiado tiempo. Alejarte de ese punto puede resultar aterrador. También puede ser un desafío emocionante.

—¿Llevas en-ensayando el discurso todo el día, George? —preguntó Flavian—. Tengo la sensación de que deberíamos ponernos en pie y aplaudir.

—Ha sido bastante espontáneo, te lo aseguro —contestó el duque—. Pero estoy muy satisfecho con él. No me había dado cuenta de que era tan sabio. Ni tan elocuente. Sin duda es hora de acostarse. —Se echó a reír con los demás.

Ben volvió a colocar bien los bastones y repitió la lenta operación de ponerse en pie mientras los demás ya lo estaban.

Nada había cambiado en la última hora, pensó mientras subía muy despacio la escalera hacia su dormitorio, con Flavian a su lado y los demás un poco adelantados. No había resuelto nada. Pero de alguna manera se sentía más contento, o tal vez solo más esperanzado. Una vez que lo había dicho en voz alta, que su discapacidad era permanente y que debía labrarse una vida completamente nueva, se sentía más capaz de hacer algo, de crear un futuro nuevo y relevante, aunque todavía no tuviera nada decidido.

Sin embargo, al menos el futuro inmediato estaba resuelto y no implicaba una de esas visitas cada vez más incómodas y desalentadoras a su propia casa. Partiría hacia el condado de Durham, en el norte de Inglaterra, por la mañana y se quedaría una temporada con su hermana. Estaba ansioso por llegar. Beatrice, que era cinco años mayor que él, siempre había sido su hermana preferida. Mientras estaba con ella, pensaría largo y tendido qué hacer con el resto de su vida.

Haría planes, tomaría algunas decisiones. Algo definitivo, interesante y desafiante. Algo que lo sacara del desánimo que llevaba abrumándolo demasiado tiempo, como un nubarrón.

No se dejaría llevar por los acontecimientos durante más tiempo.

Había algo de lo más tentador en la idea de tener toda la vida por delante.

2

Samantha McKay se sentía desasosegada. Se encontraba de pie junto a la ventana de la salita de Bramble Hall, su casa en el condado de Durham, y tamborileó con los dedos sobre el alféizar de la ventana. Su cuñada estaba acostada en el diván de su habitación en la planta superior, incapacitada una vez más por un dolor de cabeza. Matilda nunca tenía un dolor de cabeza normal y corriente. Siempre eran dolores de cabeza debilitantes o migrañas, a veces las dos cosas al mismo tiempo.

Habían estado sentadas allí en un ambiente apacible hasta hacía media hora, mientras ella bordaba y Matilda cosía el borde de encaje de un mantel. Samantha había comentado que por fin hacía un buen día, aunque no brillara el sol. Había sugerido de pasada que tal vez podrían salir a dar un paseo. Casi se había dejado vencer por el miedo, pero había continuado. Tal vez, sugirió, podrían salir de la linde de la propiedad ese día. Aunque siempre llamaban «parque» al terreno que rodeaba la casa, semejante palabra idealizaba lo que en realidad era un jardín amplio. El terreno era más que adecuado para dar un lento paseo entre los parterres o para sentarse en el exterior en un día cálido, pero no tenía el tamaño necesario para realizar ejercicio de verdad.

Y eso era justo lo que Samantha había empezado a anhelar más que cualquier otra cosa. Si no salía de la casa y de los jardines pronto y paseaba, pero pasear de verdad, se..., ¡ay!, se pondría a chillar o se tiraría al suelo y empezaría a patalear, presa de un berrinche de los que hacían época. En fin, tendría ganas de hacer todo eso, aunque suponía que no haría nada más extravagante que suspirar y hacer planes. Aunque estaba casi desesperada.

Matilda, como era de esperar, la había mirado con expresión reprobadora, por no decir escandalizada y triste. Tal como había procedido a explicarle, no se trataba de que ella no tuviera necesidad de dar un buen paseo. Sin embargo, una verdadera dama debía aprender a controlar sus más bajos instintos cuando estaba de riguroso luto. Una verdadera dama se mantenía confinada como era debido en su casa y tomaba el aire en la intimidad de su propiedad, protegida tras sus muros de los ojos críticos de los curiosos. Y no era en absoluto apropiado que vieran a una dama de luto disfrutar de la vida. O que la vieran, simple y llanamente, salvo su familia más allegada, los criados de su casa y sus vecinos en la iglesia.

El capitán Matthew McKay, hermano de Matilda y marido de Samantha durante siete años, había muerto cuatro meses antes de que Matilda soltara ese sermón. Murió después de sufrir durante cinco años las heridas que recibió como oficial durante las guerras napoleónicas en la península ibérica. Había necesitado cuidados constantes durante esos años o, mejor dicho, había exigido cuidados constantes, y el papel de enfermera le había tocado a Samantha casi en exclusiva, dado que él se negaba a que nadie más entrase en su habitación, con la salvedad de su ayuda de cámara y del médico. Casi no supo lo que era dormir una noche entera o tener más de una hora esporádicamente fuera de su dormitorio durante el día. Incluso un paseo por el jardín había sido una excepción.

Matilda había pasado en Bramble Hall los dos últimos meses de la vida de su hermano, después de que Samantha le escribiera a su suegro, el conde de Heathmoor, que residía en Leyland Abbey, en Kent, para comunicarle que el médico creía que el fin estaba cerca. Pero la carga de los cuidados siguió recayendo sobre ella, en parte porque para entonces Matthew la necesitaba de verdad y en parte porque no soportaba a su hermana y siempre le decía sin contemplaciones que se fuera de su habitación y que no volviera a asomar su cara por allí.

Samantha quedó al borde del colapso cuando Matthew por fin murió. Estaba exhausta, entumecida y desanimada. De repente, su vida parecía vacía y carente de color. No tenía ganas de hacer nada, ni siquiera de levantarse por las mañanas, de vestirse ni de cepillarse el pelo. Ni de comer.

No era de extrañar que le hubiera permitido a Matilda hacerse cargo de todo, aunque le había escrito en persona a su suegro una hora después de la muerte de su hijo.

Matilda había insistido en que había que guardar luto riguroso por el segundo hijo del conde de Heathmoor, si bien no tuvo que insistir: Samantha no se había opuesto a nada. Ni siquiera se le había ocurrido que podría hacerlo o que las reglas de las que hablaba su cuñada eran excesivas además de oprimentes. Permitió que la vistieran con la que debía de ser la ropa negra más pesada y triste del mundo. Ni siquiera insistió en que le tomaran medidas para su nuevo guardarropa. Permitió que la recluyeran en su propio hogar, con las cortinas a medio correr en todas las ventanas como muestra de respeto por el difunto. Permitió que Matilda desalentara el regreso de cualquier visita que fuera a darles el pésame, y que rechazara cualquier invitación que les hicieran, incluso al evento social más sobrio y respetable.

Samantha no había echado de menos relacionarse socialmente con sus vecinos por la sencilla razón de que nunca lo había hecho. Apenas los conocía salvo de vista porque se cruzaba con ellos los domingos en la iglesia. Llevaba cinco años en Bramble Hall, y casi todo el tiempo transcurrido lo había dedicado al cuidado de Matthew.

A esas alturas, llevaba cuatro meses sin preocuparse por otra cosa que no fuera el entumecimiento de su propio letargo y cansancio. A decir verdad, se alegró bastante de que Matilda se hiciera cargo de todo lo que había que hacer, si bien su cuñada nunca le había caído bien, al igual que le sucedía a su difunto marido.

Sin embargo, el entumecimiento y el cansancio no duraban para siempre. Pasados cuatro meses, la vida empezaba a hacerse valer. Se sentía desasosegada. Estaba preparada para librarse del letargo. Necesitaba salir; salir de la casa, de la propiedad. Necesitaba pasear. Necesitaba respirar aire de verdad.

Clavó la mirada en el exterior, sin dejar de tamborilear con los dedos, y después se miró el vestido negro e hizo una mueca. Hasta la negrura de la última puntada mal dada le parecía un peso real. Había intentado razonar antes con Matilda. Sin duda, le había dicho, no le haría mal a nadie dar un paseo por los caminos menos transitados. Y aunque se cruzaran con alguien, sin duda esa persona no pensaría mal de ellas por verlas pasear tranquilamente cerca de su propia casa. Si llegaban a cruzarse con alguien, dicha persona no saldría disparada para hacer correr la voz por todo el vecindario de que la viuda y su cuñada estaban de fiesta, comportándose con una grave falta de decoro y de respeto por el difunto.

¿De verdad esperaba arrancarle una sonrisa a Matilda con su exageración? ¿Acaso había sonreído su cuñada alguna vez? En cambio, la miró con gesto impasible y, al ver su sonrisa, soltó con decisión el mantel que no había acabado de coser y anunció que tenía un dolor de cabeza debilitante, algo de lo que esperaba que Samantha se sintiera satisfecha, y que se retiraba a su habitación para descansar un par de horas.

Samantha se alegraba de que Matilda nunca se hubiera casado. Algún hombre en alguna parte se había librado de una vida de absoluta desdicha. Ni siquiera se sentía culpable por un pensamiento tan cruel.

Al bajar la vista para mirarse la ropa negra, también vio la ansiosa y esperanzada expresión de un enorme perro de pelo marrón y de raza indefinida, un perro vagabundo que se había presentado en su puerta literalmente y que se había quedado a vivir después de que le diera de comer por lástima antes de intentar espantarlo. El animal se había negado en redondo a marcharse y, de alguna manera, por medios que escapaban del todo a su entendimiento y su control, se las había apañado para entrar a vivir en la casa y había ido engordando al tiempo que su pelo se tornaba más grueso y más recio, pero nunca más liso, más brillante o más suave como le habría sucedido a cualquier perro que se preciara de serlo. En ese momento, se sentaba a su pies y golpeaba el suelo con el rabo mientras sacaba la lengua y le suplicaba con los ojos que por favor, por favor, hiciera algo con él.

A veces, tenía la sensación de que el perro era la única alegría de su vida.

—Tú me acompañarías a dar un paseo si te lo pidiera, ¿verdad, Vagabundo? —le preguntó—. ¿Y al cuerno con la respetabilidad?

Fue una pregunta letal: contenía la palabra que empezaba por «p». En realidad, había más de una palabra que empezaba así, pero solo una con las letras «aseo» detrás. Vagabundo se puso en pie de un salto con su característica falta de garbo, soltó un ladrido agudo como si creyera que aún era un cachorro, se puso a jadear como si hubiera corrido dos kilómetros a toda velocidad y siguió mirándola con expectación.

—¿Cómo ibas a contestar con algo que no fuera un sí? —Se rio de él y le dio unas palmaditas en la cabeza. Sin embargo, él no se conformaba con esa caricias. Movió la cabeza de modo que primero pudiera lamerle la mano y después le dejara el cuello expuesto para que ella se lo acariciara—. ¿Y por qué no? ¿Por qué no, Vagabundo?

Era evidente que al perro no se le ocurría un solo motivo por el que no darse el gusto solo porque lady Matilda McKay tuviera un dolor de cabeza debilitante además de ideas muy raras sobre el aire libre, el ejercicio y el protocolo adecuado para el luto. El perro se dirigió a la puerta y clavó los ojos en el pomo.

No era apropiado que una dama paseara sola más allá de los confines de su propia casa, aunque no estuviera de luto. O eso le habían inculcado a Samantha durante el año que pasó en Leyland Abbey mientras Matthew estaba en la península ibérica con su regimiento. Esa era una de las horribles reglas que una verdadera dama seguía a rajatabla y que su suegro se había propuesto enseñarle a la mujer con la que su hijo se había casado en contra de su voluntad.

En fin, no le quedaba más remedio que salir sola. Matilda estaba tumbada en su diván en la planta alta y tampoco la acompañaría de no haberlo estado; era la idea de salir a pasear la que la había postrado. Si ponía un pie fuera de la propiedad y Matilda y el conde de Heathmoor se enteraban... En fin, aunque cavara un agujero en la tierra y llegara a China, no podría escapar de su furia. Y el conde se enteraría si Matilda lo hacía. Había muchos kilómetros entre el condado de Durham en el norte de Inglaterra y Kent, en el Sur, pero dichos kilómetros se reducían a la nada varias veces a la semana con los mensajeros que llevaban las cartas de Matilda a casa y las del conde a Bramble Hall.

¿Por qué había permitido que sucediera eso? Se lo había preguntado varias veces. Empezaba a sentirse como una prisionera en su propia casa, bajo la vigilancia de una espía carente de humor. Matthew no lo habría consentido. Él también había ejercido una especie de tiranía sobre ella, pero no como la de su padre. Matthew odiaba a su padre.

—Bueno —dijo—, ya que he cometido la tontería de usar la palabra prohibida delante de ti, Vagabundo, sería una crueldad decepcionarte. Y sería una crueldad mayor decepcionarme a mí misma.

El perro meneó el rabo y empezó a mirar el pomo de la puerta y después a ella.

Diez minutos más tarde, recorrían el sendero que unía la parte occidental de la casa con la puerta del jardín, la cual atravesaron para enfilar el camino que atravesaba el prado situado al otro lado. Al menos, Samantha caminaba con zancadas nada apropiadas para una dama, pero sin remordimiento alguno, mientras Vagabundo paseaba a su lado, aunque de vez en cuando se alejaba para perseguir una ardilla o algún roedor lo bastante incauto como para asomar la cabeza. Aunque tal vez no fuera tanto falta de cautela como absoluto desdén, ya que Vagabundo nunca conseguía atrapar a su presa.

¡Ah! Era maravilloso respirar aire fresco por fin, pensó Samantha, aunque fuera a través del pesado velo negro que colgaba del ala de su bonete, también negro. Y era glorioso no ver nada más que espacios abiertos a su alrededor, primero en el camino y después en el prado verde salpicado de margaritas y de ranúnculos que habían enfilado. Era el paraíso poder andar con grandes zancadas y saber que, al menos durante un rato, el horizonte era lo único que la confinaba.

No había testigos de su gran indiscreción, nadie que jadeara horrorizado al verla.

Se detuvo de vez en cuando para recoger algunos ranúnculos mientras Vagabundo se revolcaba a su lado. Y después, una vez terminada su guirnalda de flores, echó a andar de nuevo, con un grueso seto a un lado y toda la belleza de la naturaleza al otro lado; con el cielo infinito sobre la cabeza cuajado de nubes a través de las cuales podía ver el brillante y difuminado círculo del sol. Soplaba una brisa ligera y fría que le agitaba el velo alrededor de la cara, pero no sintió la incomodidad del frío. De hecho, lo disfrutaba. Se sentía más feliz de lo que se había sentido en meses, tal vez en años. ¡Ah! Sin duda en años.

Y no pensaba sentirse culpable por tomarse esa hora para sí misma. Nadie podía decir que no le había brindado a su marido toda la atención posible mientras estuvo con vida. Y nadie podía decir que no lo había llorado adecuadamente desde su muerte. Nadie podía decir que se había alegrado de su muerte. Ella nunca, jamás le deseó la muerte, ni siquiera en los momentos en los que se preguntó si le quedaban fuerzas con las que atenderlo y mostrarse paciente pese a sus infinitas quejas. Se había entristecido de verdad por la muerte del hombre con quien se casó siete años antes con la esperanza de un final feliz.

No, no pensaba sentirse culpable. Necesitaba eso, ese placer, esa paz, esa serena forma de recuperar el ánimo.

Precisamente estaba pensando eso cuando su paz quedó destrozada de la forma más alarmante y repentina.

Vagabundo acababa de regresar con el palo que le había lanzado, y estaba agachándose para recogerlo con una mano mientras sujetaba la guirnalda de flores con la otra cuando los asaltó desde el cielo lo que se le antojó un trueno, y no los golpeó por los pelos. Samantha chilló, presa del miedo, mientras el perro empezaba a ladrar de forma histérica y a saltar de un lado para otro, hasta que la tiró al suelo. Los ranúnculos salieron disparados en una lluvia de flores amarillas, y ella aterrizó dándose un doloroso golpe en el trasero.

Jadeó, embargada por una mezcla de dolor y pánico, y descubrió que el trueno en realidad era un enorme caballo negro que acababa de saltar el seto muy cerca de donde ella estaba. Tal vez hubiera podido continuar camino, dado que parecía haber ejecutado el salto sin problemas, pero los ladridos y los saltos de Vagabundo, así como su propio grito, parecían haberlo alterado. El caballo relinchó y se levantó sobre las patas traseras, con los ojos desencajados por el miedo, mientras el jinete que lo montaba intentaba por todos los medios mantenerse en la silla hasta que lo controló con considerable pericia y soltó una retahíla de palabras de lo más soeces.

—¿Ha perdido el juicio? ¿Está loco de remate?

—Mujer, controle a ese puñetero animal, ¡maldita sea!

Samantha formuló su pregunta retórica con voz chillona y el hombre gritó su imperiosa orden a la vez.

El perro se mantuvo firme y ladró con ferocidad mientras enseñaba los colmillos y gruñía con fiereza. El caballo siguió bailoteando, nervioso, aunque ya no se alzaba sobre los cuartos traseros.

«¿Mujer?».

«¿Puñetero animal?».

«¿Maldita sea?».

Además, ¿por qué ese hombre no desmontaba para ayudarla a ponerse en pie y para asegurarse de que no le había provocado ninguna herida mortal, como haría cualquier caballero?

—Vagabundo —dijo con voz firme, aunque ni mucho menos para obedecer al jinete—. ¡Ya basta!

Un conejo eligió ese preciso momento para asomar por el horizonte, con las orejas erguidas, y Vagabundo salió disparado en alegre persecución, sin dejar de ladrar y convencido de que ganaría la carrera.

—Podría haberme matado con ese irresponsable truquito —gritó ella para hacerse oír—. ¿Está usted mal de la cabeza?

El hombre a lomos del caballo negro la miró con expresión gélida.

—Si es incapaz de controlar a esa patética criatura disfrazada de perro —dijo él—, no debería llevarlo a un lugar donde puede asustar a caballos y a ganado, ni donde puede poner en peligro vidas humanas.

—¿Ganado? —Miró a la izquierda y a la derecha para indicar que no había ni una sola vaca a la vista—. ¿Y ha puesto vidas humanas en peligro? Supongo que se refiere a la suya, porque es evidente que la mía no le importa nada. ¿Ha sido usted, señor, o ha sido Vagabundo quien ha saltado con absoluta despreocupación un seto sin asegurarse antes de que era seguro hacerlo? ¿Y ha sido usted o ha sido él quien después le ha echado la culpa a la persona inocente a la que casi mata? Y a un perro que estaba jugando tan tranquilo hasta que prácticamente le ha dado un susto de muerte.

Se puso en pie de un salto sin apartar la mirada de él... y sin hacer una mueca al darse cuenta de lo dolorida que tenía la rabadilla. Tal vez era mejor que no hubiera desmontado para ayudarla, pensó mientras la ira reemplazaba al terror. Le habría dado un bofetón, y eso desde luego que quebraría las reglas del decoro que debían seguir las damas, por no mencionar las viudas de luto riguroso.

Lo vio resoplar por la nariz mientras la escuchaba, y también vio que apretaba los labios mientras la miraba desde la montura como si fuera un gusano desagradable al que su caballo debería haber aplastado.

—Confío en que no haya sufrido daño, señora —replicó él con excesiva formalidad—. Aunque supongo que se encuentra bien, ya que es más que capaz de hablar.

Ella lo miró con los ojos entrecerrados y lo fulminó con la mirada más altiva y gélida de la que fue capaz, aunque era muy consciente de que, sin duda, el grueso velo estropeaba el efecto.

Vagabundo regresó corriendo sin el conejo. Ya no ladraba. Le colocó una mano en la cabeza mientras el perro se sentaba jadeando a su lado y miraba al caballo y al jinete con emoción, como si fueran nuevos amigos.

Samantha y el jinete se miraron en silencio un momento, cargado de tensión por la hostilidad mutua. De repente, él se llevó la fusta al ala del sombrero de copa, hizo que su caballo se volviera y se alejó al trote sin mediar palabra, dejándola como clara vencedora de esa batalla.

En fin.

¡En fin!

La rabia seguía inundándole el pecho. «Mujer», por favor. Y «puñetero animal». Y «maldita sea».

Era un desconocido; al menos, eso creía porque desde luego que jamás lo había visto. Un desconocido de lo más desagradable. Deseaba de corazón que siguiera cabalgando hasta que estuviera lejos, lejísimos, y que nunca volviera. No era un caballero pese a su aspecto, que sugería lo contrario. Había hecho algo imperdonable por su temeridad, algo que podría haber resultado letal de haberse encontrado ella metro y medio más hacia la izquierda. Sin embargo, Vagabundo y ella tenían la culpa. Y aunque le había preguntado si se encontraba bien... O más bien, confiaba en que no hubiera sufrido daño, no había desmontado para acercarse y averiguarlo. Y después había tenido la desfachatez de suponer que no estaba herida porque podía hablar. Como si ella fuera una especie de esperpento.

Era una lástima que la apostura, la elegancia y una aparente virilidad muy masculina se desperdiciaran en un hombre tan arrogante, desagradable, frío y perverso. Aunque sí que era atractivo, admitió al pensar en él, aunque su rostro era demasiado enjuto y afilado para ser absolutamente guapo. Y era más bien joven. Supuso que no tendría más de treinta años, si acaso llegaba.

Su vocabulario era impresionante, aunque no habría entendido ni la mitad de no haber pasado un año con el regimiento de Matthew antes de que lo destinaran a la península ibérica. Y lo había empleado en presencia de una dama, sin disculparse, tal como siempre habían hecho los oficiales del regimiento al darse cuenta de que maldecían a medio kilómetro de una mujer.

Deseaba de corazón no volver a cruzarse con él. Tal vez se viera tentada por la idea de echarle un buen sermón si lo hacía.

—En fin, criatura disfrazada de perro —dijo, mirando a Vagabundo—, nuestra única excursión a la paz y la libertad del exterior casi acaba en desastre. Contempla mi guirnalda desperdigada a los cuatro vientos. Mi suegro me estaría sermoneando durante dos semanas si llega a enterarse de esta aventura, sobre todo si supiera que he reprendido a un caballero en vez de agachar la cabeza con timidez y permitir que él me reprenda. Te ruego que no le digas una sola palabra de esto a Matilda. Tendría una migraña y un dolor de cabeza debilitante a la vez..., pero solo después de reprenderme, claro está, y de escribirle una larga carta a su padre. No crees que tengan razón, ¿verdad, Vagabundo?

Me refiero a lo de que no soy una verdadera dama. Supongo que mi origen juega en mi contra, tal como el conde de Heathmoor tenía el placer de informarme con tediosa regularidad en otra época, pero, a ver... «mujer» y «maldita sea». Y tú eres un «puñetero animal». Me han provocado con creces. A los dos.

Vagabundo, que al parecer era más indulgente que ella, echó a andar a su lado y se abstuvo de darle su opinión.

3

La culpa y la vergüenza pronto lanzaron un jarro de agua fría sobre los rescoldos de la furia de Ben.

La humillante verdad, admitió, era que se había llevado un susto casi de muerte al saltar el dichoso seto. Llevaba montando ya un tiempo, tras haber descubierto que podía montar y desmontar con la ayuda de un bloque especial para tal fin. Había aprendido a cabalgar con cierta habilidad y confianza, a pesar de que no tenía tanta fuerza en los muslos como antes. Pero ese día era la primera vez desde que sirvió en la caballería que se desafiaba a sí mismo a saltar una valla o un seto.

Tal vez fue la reacción a la admisión que hizo ante los supervivientes en Penderris Hall de que se había recuperado lo máximo que era posible. Tal vez necesitaba llevarse al límite y alcanzar otro logro solo para demostrarse que no se había rendido sin más. Los amplios prados delimitados por setos por los que cabalgaba lo tentaron. Los setos eran lo bastante altos para suponer un reto, pero no tanto como para que intentar saltarlos fuera una imprudencia. De modo que había elegido ese seto en particular, le había ordenado a su montura que se dirigiera derecho a él y lo había sobrevolado con al menos treinta centímetros de margen.

La euforia del triunfo que acompañó el salto pronto se transformó en un terror ciego, y su mente regresó de golpe a los momentos más espantosos e infernales en plena batalla, cuando le dispararon y dispararon a su caballo, tras lo cual le cayó encima antes de que él pudiera sacar el pie del estribo, momentos antes de que otro jinete con su montura los aplastaran.

Creyó que todo estaba sucediendo de nuevo. Tuvo la sensación de caer, de perder el control, de mirar a la muerte a los ojos. Solo el instinto consiguió que se mantuviera en la silla y que intentara controlar a su caballo, y pronto se dio cuenta de que el causante de lo que había estado a punto de ser una debacle era un dichoso perro histérico, que no dejaba de dar saltos y de ladrar con ferocidad cuando el peligro había pasado. Y había una mujer, un viejo esperpento, vestida de negro de los pies a la cabeza, sentada como si tal cosa en la hierba al otro lado del seto, rodeada de flores silvestres y sin mover un dedo para controlar a la bestia esa.

De haber podido detenerse a pensar, por supuesto, se habría dado cuenta de ciertos detalles, tal como estaba haciendo en ese momento mientras se alejaba de la escena del crimen. Era imposible que la mujer hubiera estado sentada en la hierba, recogiendo flores, por placer. El día era gélido y estaba nublado. En ese caso, debía de haberse caído o alguien la había tirado. Su perro no se habría comportado como lo había hecho si él no hubiera aparecido de la nada por encima del seto sin previo aviso. Y podría haber matado a la mujer de haber saltado el seto un poco a la derecha de donde lo había hecho. En realidad, el culpable de todo el desastre era él.

Tal como ella le había señalado sin problema.

Además, se había dado cuenta al punto de algo más; de dos cosas, la verdad. Ella no era un esperpento. De hecho, era una mujer joven, aunque no pudo verle la cara por el horrible velo negro que se la cubría. Y era una dama. Tanto su pronunciación como su comportamiento así lo indicaban.

Aunque no se habría sentido menos culpable si fuese una vieja fea. O una pordiosera. O ambas cosas. Le había gritado, y no podía asegurar que no hubiera usado un lenguaje soez al hacerlo. Desde luego que sí lo había usado mientras intentaba controlar su montura. No la había ayudado. Claro que no podría haberlo hecho de forma literal, pero podría haberle demostrado algo de preocupación, tal vez incluso explicarle por qué no podía desmontar.

En resumidas cuentas, se había comportado fatal. Como un patán, de hecho.

Se le pasó por la cabeza dar media vuelta y pedirle perdón, pero dudaba mucho de que le apeteciera verlo de nuevo. Además, estaba demasiado irritado como para disculparse con sinceridad.

Dios no quisiera que volviera a verla. Aunque suponía que era bastante probable que viviera en la zona, ya que estaba paseando a pie con su perro... y sin acompañante. Y era evidente que guardaba luto riguroso por alguien.

¡Por el amor de Dios! Él se había llevado un susto de muerte. ¿Qué habría sentido ella al ver que un caballo con su jinete saltaba por encima del seto a un dedo de donde ella estaba? Sin embargo, la había sermoneado por pasear y ejercitar a su perro en un prado público.

Seguía sintiéndose bastante alterado incluso después de cabalgar hasta las caballerizas de Robland Park y desmontar. Regresó a la casa muy despacio.

—¡Ah! Has vuelto sano y salvo, ¿no? —le preguntó Beatrice, que levantó la mirada de su labor de macramé, mientras él se sentaba en un sillón del salón—. Me preocupa que insistas en cabalgar solo, Ben, en vez de llevarte a un mozo de cuadra contigo como cualquier hombre sensato haría en tus circunstancias. Ya, lo sé, lo sé. No tienes que decirlo, y ya veo que frunces el ceño por la irritación. Me estoy comportando como una gallina clueca. Pero con Hector en Londres y los niños de vuelta en el internado, solo puedo cuidarte a ti. Y no puedo cabalgar contigo porque sigo bajo estrictas órdenes del médico de cuidarme mucho después del resfriado. ¿Has tenido un paseo agradable?

—Mucho —contestó.

Su hermana soltó la labor en su regazo.

—¿Y por qué estás enfurruñado? Además de por mis atentos cuidados, claro.

—Por nada.

Beatrice enarcó las cejas y retomó su labor.

—Dentro de poco traerán la bandeja del té —le dijo—. Estoy segura de que tienes un poco de frío.

—No hace frío hoy.

Ella se rio sin alzar la mirada.

—Si estás decidido a ser desagradable, me quedaré con la compañía de mis nudos.

La observó un momento. Beatrice llevaba una cofia de encaje que le cubría el pelo rubio. Por algún motivo, la prenda lo ofendía, aunque era muy bonita. Solo tenía treinta y cuatro años, ¡por el amor de Dios!, cinco más que él. Se comportaba como una señora casada ya mayor..., aunque suponía que tal vez lo era. Habían pasado más de seis años desde que lo hirieron, y a veces tenía la sensación de que el tiempo se había detenido en aquel momento. Salvo que no lo había hecho. Todo y todos habían avanzado. Y ese era, por supuesto, parte del problema de su reciente admisión: que él no lo había hecho. Había estado absorto mientras intentaba recomponerse para poder retomar las hebras del tapiz de su vida justo donde las dejó.

Les llevaron la bandeja del té, y Beatrice soltó la labor para servir dos tazas, tras lo cual le llevó la suya, junto con un plato con pastas.

—Gracias —le dijo—. Seguro que huelo a caballo.

—No es un olor desagradable —repuso ella, que no lo negó—. Yo misma podré cabalgar en poco tiempo. El médico vendrá mañana, por última vez, espero. Me siento completamente recuperada. Relájate un poco aquí antes de subir a cambiarte de ropa.

—¿Vive una viuda por aquí cerca? —le preguntó él de repente—. ¿Una dama? ¿De luto riguroso?

—¿Te refieres a la señora McKay? —Se llevó la taza a los labios—. ¿La viuda del capitán McKay? Era el segundo hijo del conde de Heathmoor, que murió hace tres o cuatro meses. Vive en Bramble Hall, en el extremo más alejado del pueblo.

—¿Tiene un perro grande y revoltoso? —preguntó Ben.

—Un perro grande y amistoso —lo corrigió—. No me pareció revoltoso cuando visité a la señora McKay después del funeral, aunque sí insistió con vehemencia en que lo acariciase. Me apoyó la cabeza en el regazo y me miró con ojos de cordero degollado. Supongo que deberían haberlo adiestrado para que no hiciera algo así, pero los perros siempre saben a quién les caen bien.

—Estaba paseando con él no muy lejos de aquí, en un prado —siguió él—. Casi los aplasto al saltar un seto.

—¡Válgame Dios! —exclamó ella—. ¿Resultó alguien herido? Pero... ¿has saltado un seto, Ben? ¿Dónde están mis sales? ¡Ah! Acabo de acordarme de que no tengo, ya que no acostumbro a tener vahídos, aunque tú podrías empezar a provocármelos.

—¿Qué demonios hacía sin carabina? —quiso saber él.

Beatrice chasqueó la lengua.

—Ben, querido, ¡esa lengua! Me sorprende enterarme de que estaba allí. Nunca la he visto fuera de su casa salvo en misa los domingos. El capitán McKay sufrió terribles heridas en la península ibérica y nunca se recuperó lo suficiente como para salir de la cama. La señora McKay lo cuidó prácticamente sola y con gran devoción, según tengo entendido.

—En fin, pues hoy ha salido sola —le aseguró—. Al menos, supongo que era la mujer que has dicho.

—Me sorprende —repitió ella—. Su cuñada lleva un tiempo viviendo con ella. Apenas la conozco, y me parece injusto juzgar a un desconocido, pero diría que es tan puntillosa con el decoro como su padre, el conde. Y a él sí que no le tengo el menor aprecio; no conozco a nadie que se lo tenga. De haber vivido hace un par de siglos, se habría unido a las fuerzas de Oliver Cromwell y esos horribles puritanos... Me sorprende que lady Matilda no insistiera en que la señora McKay se quedara en casa, con la puerta cerrada y las cortinas corridas.

—Pareces indignada —repuso él.

—En fin. —Soltó la taza y el platillo—. Cuando se organiza una cena tranquila con los vecinos más sobrios, incluidos el vicario y su esposa, con la intención de tenderles una mano amiga y compasiva a dos damas que han perdido hace poco a un marido y a un hermano, y estas la rechazan y te hacen sentir que llevas una vida frívola y corrompida, desde luego que te enfurruñas un poco cuando te lo recuerdan.

La miró con una sonrisa hasta que ella captó su mirada y se echó a reír.

—El rechazo lo redactó lady Matilda McKay —le explicó ella—. Me gusta pensar que la señora McKay habría rechazado la invitación con mucha más elegancia, si acaso la rechazaba.

Ben perdió la sonrisa.

—Le debo una disculpa.

—¿En serio? —le preguntó ella—. ¿No te disculpaste en el momento? Porque no resultó herida, ¿verdad?

—No lo creo —le contestó, aunque recordaba que ella estaba sentada en el suelo cuando se percató de su presencia—. Pero la sermoneé, Bea, y le eché la culpa por la debacle que casi se había producido..., y a su perro también, que es el animal más feo que he visto en la vida. Le debo una disculpa.

—Tal vez la veamos en la iglesia el domingo —dijo—. Yo no iría a Bramble Hall de estar en tu lugar. Primero porque no os han presentado y sería muy inapropiado. Segundo porque creo que a la cuñada podría darle un soponcio si ve a un soltero en la puerta. O eso, o te atacaría con el paraguas que tuviera más cerca o con una aguja de hacer calceta.

Podría olvidarse de todo el asunto, supuso Ben unos minutos después mientras subía muy despacio la escalera para quitarse la ropa de montar. Pero detestaba recordar que se había comportado de un modo nada caballeroso, y eso por decirlo suavemente.

Desde luego que le debía una disculpa.

Samantha y Matilda fueron a la iglesia el domingo siguiente, como de costumbre. A Samantha le habría hecho gracia que la misa del domingo se hubiera convertido en el gran evento social de su semana de no ser tan penoso. Porque así había sido desde hacía cinco años, aunque solo tenía diecinueve cuando se fue a vivir a Bramble Hall. Y la situación no iba a cambiar pronto, aunque ya no tenía que cuidar de Matthew en casa.

Se sentó junto a Matilda en su banca habitual en la parte delantera de la iglesia, con el libro de oraciones en el regazo, y no volvió la cabeza ni a la izquierda ni a la derecha, aunque le habría gustado mucho ver qué más vecinos había presentes. Le habría gustado saludarlos con un gesto de la cabeza tal como lo había hecho en el pasado. Pero Matilda se sentaba muy derecha y, aunque fuera una tontería, ella se sentía obligada a mostrarse igual de devota, si acaso ese era el motivo.

Solo después de la misa, cuando ya se habían puesto en pie para recorrer el pasillo y dirigirse a la calesa que las esperaba, con las caras ocultas por el velo, vio a ese hombre de nuevo. Así se había referido a él mentalmente, con creciente indignación, durante dos días.

¡Ese hombre!

Estaba sentado en la banca al otro lado del pasillo, una fila por detrás de la suya. Sin duda había podido verla durante toda la misa. Seguía sentado, no se estaba levantando de un salto en cuanto se percató de que ella posaba los ojos en él sin querer, como habría hecho cualquier caballero que se preciara de serlo, sobre todo después de haberla tratado tan mal. Y no se podía decir que no se hubiera dado cuenta. Porque la miraba directamente.

¿Cómo se atrevía?

No llevaba sombrero dentro de la iglesia. Su rostro era afilado y de facciones marcadas, tal como vio durante su primer encuentro. Tenía una nariz recta y bien definida, y mejillas algo hundidas, así como un mentón firme y unos ojos azules de expresión severa bajo el pelo castaño. Debió de ser guapísimo en su juventud. Pero ya no era tan joven. Le costaba adivinar su edad, pero en su cara veía muestras de que había presenciado cosas muy duras, tal vez incluso de sufrimiento. No obstante, seguía siendo atractivo, admitió a regañadientes, tal vez más por no tener aspecto aniñado.

Habría sido más satisfactorio de haber sido feo. Todos los villanos deberían serlo.

Si por ella fuera, habría apartado la mirada con deliberado desdén para recorrer el pasillo, pero titubeó demasiado tiempo y la dama que estaba a su lado, que sí se encontraba de pie, le habló. Se trataba de lady Gramley. Por supuesto que era ella: estaba en su banca habitual.

—Señora McKay —la saludó la condesa con amabilidad—, ¿qué tal está?

—Bien, gracias —le contestó. Notaba la mano firme de Matilda en la base de la espalda. ¡Por el amor de Dios! ¿Era inadecuado para una triste viuda hasta intercambiar saludos con los vecinos en la iglesia?

—Tal vez me permita el placer de presentarle a mi hermano, sir Benedict Harper —siguió lady Gramley—. Ben, esta es la señora McKay. Y lady Matilda McKay.

Y por fin él consideró ponerse en pie, aunque tampoco se estaba dando mucha prisa. Miró a un lado, apartando la vista de Matilda y de ella, y recogió dos bastones, que procedió a colocar a ambos lados de su cuerpo. Eran más largos de lo normal y tenían una especie de asidero casi a la mitad, con correas de cuero a través de las cuales introdujo las manos. Las correas le rodearon los brazos mientras él se apoyaba en los asideros y se ponía en pie.

¿Se había caído del caballo desde que lo vio?, se preguntó Samantha, esperanzada y con un poco de crueldad. Pero no. Eran unos bastones hechos expresamente para él. En la vida había visto nada parecido.

Incluso algo encorvado sobre los bastones, se dio cuenta de que era alto y delgado. No, delgado no. Enjuto. Eran cosas distintas. Y su chaqueta de corte impecable y los elegantes pantalones, que llevaba metidos en unas botas de montar, resaltaban su cuerpo bien formado. Era un hombre atractivo, admitió sin sentir la menor atracción. Se sentía tan irritada con él como lo había estado dos días atrás. Más incluso, tal vez, porque por fin veía que tenía una excusa para no desmontar de un salto y correr a socorrerla con galantería el otro día, y no le apetecía que tuviera excusa alguna.

—Señor. —Lo saludó con una inclinación de cabeza lo más altiva que pudo. Era consciente de que Matilda hacía una leve reverencia y murmuraba su nombre.

—Señora —la saludó él al tiempo que inclinaba la cabeza—. Lady Matilda.

«Benedict». Era un nombre demasiado bonito para él. Parecía una gracia, una bendición. Se preguntó si quedaba alguna blasfemia que no hubiera usado en el prado. Lo dudaba mucho.

—Mi hermano ha tenido la amabilidad de ofrecerme su compañía en Robland Park durante unas semanas antes de que me reúna con mi marido en Londres para la segunda mitad de la temporada social —les explicó lady Gramley—. ¿Le parece bien que vayamos a verla una tarde, señora McKay? No he hablado con usted desde poco después del entierro de su marido y no quiero que piense que sus vecinos la abandonan en su sufrimiento.

Samantha se sentía incómoda, ya que no hacía ni tres semanas que los condes de Gramley las habían invitado a Matilda y a ella a cenar, y Matilda la había convencido de que no era apropiado que aceptara, de que lady Gramley ni siquiera debería haberlo sugerido. A Samantha la sorprendió eso, pero seguía sumida en el letargo y había permitido que su cuñada enviara una nota rechazando la invitación; con suma educación, o eso esperaba. De todas formas, agradeció que lady Gramley no se ofendiera.

—Sería un placer —contestó, aunque le habría gustado que el hermano de la dama no estuviera incluido. Pero tal vez pudiera asfixiarlo con sus buenos modales y demostrarle lo que era la buena educación. Sería una venganza perfecta. Aunque era más probable que él inventase una excusa para no aparecer—. Esperaremos su visita, ¿verdad, Matilda?

—Seguimos de luto riguroso, señora —le recordó su cuñada a la condesa, como si su ropa negra no fuera indicativo suficiente—. Sin embargo, no hay nada de malo en recibir alguna que otra visita de un vecino de buena familia.

¡Ay, por el amor de Dios! Con razón Matthew había sido la oveja negra de la familia y los había odiado a todos, su hermana incluida. Matilda estaba llamando a una condesa «vecina de buena familia», como si le estuviera haciendo un gran honor al recibirla.

Sir Benedict Harper no le había quitado los ojos de encima. Samantha se preguntó hasta qué punto podía verle la cara. Y también se preguntó si se sentía avergonzado al verla de nuevo. ¿Recordaba haberla llamado «mujer»? Ella lo recordaba bien, y se encendió en ese momento.

Volvió a inclinar la cabeza y continuó por el pasillo. No había transcurrido ni un minuto, pero la había dejado enfurruñada. ¿Acompañaría sir Benedict a lady Gramley cuando fuera de visita? ¿Se atrevería?

Saludó con gesto cordial a varios feligreses y le ofreció al vicario la mano mientras alababa su sermón. Matilda lo alabó con más efusividad y con cierta condescendencia. Y después subieron a la calesa y emprendieron el camino de vuelta a casa.

—Lady Gramley parece bastante educada —comentó Matilda.

—Siempre me ha parecido amable y agradable —repuso ella—, aunque no he tenido mucho trato con ella a lo largo de los años. Ni con ningún otro vecino, la verdad. Matthew requería de casi todo mi tiempo y mi atención.

—Sir Benedict Harper es un lisiado —comentó Matilda.

—Pero no está postrado en la cama. —Incluso podía montar a caballo, pensó Samantha—. Tal vez no acompañe a la condesa si viene de visita.

—Demostraría mucho tacto al no hacerlo —convino Matilda—, dado que es un desconocido. Es una pena que no hayamos podido evitar la presentación.

Por una vez, estuvo de acuerdo con su cuñada. No era algo que sucediera a menudo.

Matilda era tan diferente de su hermano como la noche y el día. A los treinta y dos años era una solterona reconocida, que mucho antes dejó bien clara su intención de cuidar a su madre cuando esta envejeciera, y parecía carecer de cualquier delicadeza o feminidad. A sus ojos, su padre solo podía compararse con Dios. Matthew era tres años mayor, guapo, valiente, encantador... y absolutamente irresistible con su casaca roja. Samantha lo conoció en una fiesta en el salón de reuniones cuando su regimiento estuvo destinado a cinco kilómetros de donde ella vivía. Tenía por aquel entonces diecisiete años y era joven, ingenua e impresionable. Se había enamorado de los pies a la cabeza del teniente McKay, rango que tenía por entonces, tal como les sucedió a todas las demás muchachas de la zona. Tal vez habría sido raro que no lo hiciera. Cuando se casó con ella, se creyó la mujer más afortunada y más feliz del mundo; un sentimiento que le duró cuatro meses, hasta que descubrió que era vanidoso, vacuo... e infiel.

Sí, no se parecía en nada a su hermana. Puesta a elegir entre los dos, elegiría a Matthew con los ojos cerrados. Claro que ya no tenía elección. La idea le provocó un dolor punzante.

Las graves heridas que había sufrido Matthew durante la batalla lo destruyeron en más de un sentido. Fue un paciente difícil, aunque ella siempre había intentado disculparlo por su dolor, su discapacidad y el paulatino deterioro de sus pulmones. Matthew se mostró exigente y egoísta. Ella se entregó a su cuidado en cuerpo y alma sin quejarse, aunque había dejado de quererlo antes incluso de que se marchara a la península ibérica.

Su muerte le había provocado un dolor muy profundo. Fue duro ver la destrucción de un hombre que en otro tiempo había sido tan apuesto, tan vivaracho y tan vanidoso..., y fue duro verlo morir con treinta y cinco años.

Pobre Matthew.

Matilda estiró un brazo y le dio unas palmaditas en la mano.

—Tu dolor te honra, Samantha —le dijo—. Se lo diré a padre cuando le escriba mañana.

Samantha introdujo una mano por debajo del velo y se secó una lágrima con la mano enfundada en el guante negro. Se sentía culpable. Porque con la tristeza que sentía por la muerte de Matthew también sentía alivio. Ya no podía seguir negándolo. Por fin era libre..., o lo sería cuando el pesado ritual del luto llegara a su fin.

¿Era mala por pensar algo así?

4

—Me pregunto —dijo Ben— si la señora McKay le ha contado a su cuñada lo sucedido hace unos días.

—La verdad es que no la conozco bien —repuso su hermana—, pero debo confesar que me parece una arpía.

Se dirigían hacia Bramble Hall en un carruaje abierto, con el visto bueno del médico de Beatrice, que por fin había anunciado que la consideraba recuperada por completo. Hacía un día soleado y bastante cálido para ser primavera. Habían transcurrido dos días desde su encuentro con las McKay en la iglesia.

—No me comporté como era debido cuando me encontré por primera vez con la señora McKay —dijo Ben—. De verdad que tengo que enmendarlo, Bea. Pero si me disculpo sin más mientras nos tomamos el té, tal vez la avergüence delante de su cuñada. No me queda más remedio que darte la razón en cuanto a esa mujer, aunque hablamos con las dos no más de un minuto el domingo y fue imposible verles las caras. ¿Alguna vez has visto unos velos tan negros y gruesos como los que llevaban? Me pregunto si pueden ver algo. Es de esperar que se den de bruces con las paredes.

—Tal vez su dolor sea tremendo —replicó Beatrice—. Se dice que el pobre capitán McKay era guapísimo y muy arrojado de joven. La guerra es muy cruel, Ben, aunque precisamente a ti no tengo que recordártelo. Tal vez habría sido mejor que muriera en el acto. Mejor para él, mejor para su esposa y mejor para su hermana.

¡Maldición! ¿Escaparía alguna vez de la dichosa guerra?, pensó Ben, irritado. ¿Qué puñetera mano del destino lo había llevado a saltar aquel seto en concreto en aquel momento concreto de aquel día concreto cuando llevaba sin saltar nada a caballo más de seis años? ¿Y qué había llevado a la señora McKay a pasear por allí cuando, al parecer, apenas si había salido de casa desde que se mudó con su marido inválido cinco o seis años antes?

¿El destino? Lo dudaba mucho. Y de ser así, el destino era de lo más caprichoso.

La visita que estaba a punto de hacer era lo último que le apetecía. A nadie le gustaba que lo sorprendieran en una conducta poco caballerosa, y a nadie le gustaba tener que pedirle perdón a la parte ofendida, sobre todo cuando era tan fría y altiva como aparentaba ser la viuda del capitán McKay.

—Si veo la más mínima oportunidad —le prometió Beatrice cuando el carruaje se detuvo delante de la puerta principal de Bramble Hall—, me llevaré a lady Matilda a otra parte o incluso la alejaré lo suficiente para que puedas hacer las paces con la señora McKay.

Se oyeron una serie de ladridos emocionados en respuesta al golpe de la aldaba contra la puerta. El perro revoltoso, sin duda.

Bramble Hall era una sólida casa de piedra; sin llegar a ser una mansión, tenía un buen tamaño y se alzaba en mitad de unos jardines bien cuidados, aunque no muy extensos. El interior también era agradable, pronto descubrió Ben, aunque el vestíbulo tenía paneles de madera oscura en las paredes y la salita a la que los condujeron no era mucho más luminosa, ya que las cortinas de terciopelo rojo oscuro estaban corridas casi por completo. Los muebles eran antiguos, recargados y de un tono marrón oscuro en su mayoría. En las paredes empapeladas colgaban cuadros con paisajes de tonalidades oscuras.

Las McKay se pusieron en pie cuando el mayordomo anunció su visita. Las dos, por supuesto, llevaban sendos vestidos negros que las cubrían desde el cuello a los tobillos y las muñecas. Lady Matilda también llevaba una cofia negra sobre el pelo rubio, anudada con un pulcro lazo bajo la barbilla. Ben se preguntó con cierta malicia por qué no se había teñido el pelo de negro.

La señora McKay no se cubría la cabeza. Llevaba el lustroso pelo oscuro recogido en un tirante moño trenzado sobre la coronilla, sin el menor atisbo de un rizo o un tirabuzón que suavizara su severidad. Sus ojos también eran muy oscuros, grandes y de pestañas largas; su nariz, recta; su boca, carnosa y ancha, y su piel también era oscura. Sin duda alguna, por sus venas corría sangre extranjera, aunque no era capaz de determinar su origen. ¿España? ¿Italia? ¿Grecia?

Su vestido era de una tela pesada y bastante rígida, y no le sentaba nada bien. De todas formas, no lograba ocultar que tenía una figura voluptuosa y con curvas, algo que sí consiguió hacer la capa las dos ocasiones en las que la había visto. También tenía la altura necesaria para lucirlas bien.

Ben esperaba que fuese fea. Le había parecido fea a través del velo. En cambio, era increíblemente hermosa y despampanante. Y más joven de lo que había supuesto.

Se formó una impresión de ambas en un instante. Por suerte, no se quedó mirándola embobado gracias al dichoso perro, que parecía tan feo en ese momento como se lo pareció en el prado varios días antes. El animal daba saltitos a su alrededor en una especie de orgía indisciplinada que cabría esperar en un cachorro sin adiestrar, no en un perro adulto que vivía dentro de casa. De hecho, parecía no poder decidirse entre sentirse emocionado por tener visitas u ofendido por el hecho de que se hubieran atrevido a pisar sus dominios. Sin embargo, estaba dispuesto a brindarles el beneficio de la duda si mostraban el menor indicio de querer jugar con él.

Beatrice se echó a reír y le dio unas palmaditas en la cabeza.

—¡Qué recibimiento más agradable! —dijo.

—Calla, perro —ordenó lady Matilda…, sin efecto alguno—. Samantha, haz que se lo lleven.

—Siéntate, Vagabundo —dijo la señora McKay—, o acabarás desterrado a la oscuridad exterior.

El perro no se sentó, pero sí dejó de dar saltitos para mirar a su dueña, jadeando y con la lengua fuera, antes de tumbarse en el rayito de luz que se colaba por el estrecho hueco que había entre las dos hojas de las cortinas, con las orejas levantadas por si se perdía algún entretenimiento.

Dichoso perro. Sin él, tal vez hubiera saltado el seto y regresado a Robland Park sin darse cuenta siquiera de que le había dado un susto de muerte a una dama y de que no la había matado por los pelos. No sabría siquiera que debía disculparse. Y habría mirado a las dos mujeres vestidas de luto sin el menor deseo de conocerlas.

—Lady Gramley —dijo la señora McKay al tiempo que le tendía una mano—, le pido disculpas por los malos modales de Vagabundo. Ha sido muy amable al venir a vernos. Creo recordar que no se encontraba bien la última vez que lo hizo. Me conmovió que nos visitara. Espero que se haya recuperado por completo. Nos hemos aburrido mucho sin más compañía que la mutua, ¿no es verdad, Matilda?

Después de que Bea le asegurase de que se había recuperado por completo de un fuerte resfriado, se volvió hacia él. La expresión de la mujer cambió de forma imperceptible, de modo que pasó de ser cálida a gélida y altiva mientras le estrechaba la mano.

—Sir Benedict —le dijo—, ha sido muy amable al acompañar a su hermana. Por favor, siéntese. —Miró sus bastones, pero no intentó guiarlo hacia un sillón, descubrió Ben con alivio.

Algunas personas lo hacían.

Mantuvieron una conversación educada antes de que les llevaran la bandeja del té. La señora McKay sirvió y su cuñada les llevó el té junto con un plato de galletitas a sus invitados. El perro se acercó y olisqueó primero a Beatrice y después a él. Pareció preferirlo a él, aunque Bea le volvió a dar unas palmaditas en la cabeza y a él ni se le ocurrió. El animal se tumbó a sus pies y apoyó la cabeza en una de sus botas.

El perro debía de ser tonto de remate. ¿Acaso no había dicho Bea que sabía a quién le caía bien?

—Samantha —dijo lady Matilda—, haz el favor de llamar a un criado para que se lleve al perro. No debería moverse por la casa como si nada, sobre todo cuando recibimos visitas. Ya sabes lo que pienso al respecto.

Debía de ser el perro más feo que había sobre la faz de la Tierra, y a Ben desde luego que no le había sentado bien que lo agraciara con su compañía. Pero si tenía que decidir entre esa arpía —sí, Bea había clavado la descripción de lady Matilda McKay— por un lado y un perro revoltoso, baboso y tonto por otro, no había dilema alguno.

—Si el perro... Vagabundo se llama, ¿verdad? Si no le molesta a la señora McKay —dijo él—, desde luego que a mí tampoco, lady Matilda. Le ruego que le permita quedarse donde está.

La señora McKay lo miró con una expresión que no atinó a descifrar. ¿Suspicacia? ¿Resentimiento? ¿Reproche? Desde luego que no era gratitud.

Quinn, su ayuda de cámara, sin duda se pasaría la noche quitando babas de perro de sus botas y no le haría ni pizca de gracia.

—Apareció en mi puerta hace dos años —explicó la señora McKay—, un vagabundo decrépito y decidido que se negó a marcharse incluso después de que le diera de comer. Mi marido dijo, con bastante acierto, supongo, que no se iba precisamente porque le había dado de comer. Pero ¿cómo no hacerlo? Tenía esas patas tan largas dobladas como palitos, se le veían las costillas, tenía el pelo ralo y enmarañado, y miraba con tal anhelo y esperanza en los ojos que... En fin, tendría que haber sido de piedra para echarlo. Vivió en la puerta una temporada. No sé cómo consiguió colarse por la puerta y convertirse en el amo y señor de todo lo que veía, pero eso fue lo que hizo.

—No lo habría hecho si yo hubiera estado viviendo aquí contigo, Samantha —le aseguró lady Matilda—, tal como habría sucedido si mi madre no hubiera sufrido palpitaciones con cada palabra que nos llegaba sobre el estado de Matthew. Incluso ahora te insisto para que lo mandes a los establos y lo obligues a quedarse allí. Los animales no tienen cabida en una casa decente, como sin duda usted sabe, lady Gramley.

—Me temo que me tomará por una blandengue, señora —dijo la señora McKay mientras una criada se llevaba la bandeja del té—. Pero, verá, lo quiero. No sé cómo alguien podría querer a un chucho tan feo y descarado como Vagabundo, pero yo lo hago.

Consiguió mirar al perro, se percató Ben, pero sin mirarlo a él. Todas sus palabras iban dirigidas a Bea, como si él no existiera. Era evidente que estaba furiosa con él.

—Las mascotas se convierten en uno más de la familia, como las personas —convino Beatrice—. Mientras nuestra spaniel estuvo viva, uno de mis hijos me acusó de quererla más a ella que a él o a su hermano. Y siempre le contestaba que a veces era más fácil quererla a ella. Debo añadir sin demora que abrazaba con fuerza a mis hijos al decírselo.

Ben apenas había hablado. Si seguía así, acabaría sintiéndose peor cuando se fuera de lo que se sentía al llegar. Porque si no se disculpaba en ese momento, no lo haría nunca y siempre tendría la sensación de haber hecho algo mal... Cosa que había hecho, ¡maldición!

Tal vez la señora McKay fuera una beldad, pero era imposible que le cayera bien, tal vez porque ella había sostenido un espejo en alto que había reflejado lo peor de sí mismo. Captó la mirada de Beatrice, y enarcó las cejas. Los buenos modales sin duda dictaban que tendrían que irse pronto.

—Lady Matilda —dijo su hermana—, me temo que he comido demasiadas de esas magníficas galletas y me vendría bien un poco de ejercicio antes de regresar en carruaje a Robland Park. ¿Tendría la amabilidad de acompañarme a la terraza?

Lady Matilda parecía cualquier cosa menos dispuesta a hacerlo. Sin embargo, era una dama, y por lo tanto los buenos modales se impusieron.

—Iré a por mi bonete y mi capa —contestó la aludida antes de salir de la estancia.

Beatrice se alejó tras ella, después de preguntarle a la señora McKay con muchas disculpas, y de forma totalmente retórica, si le importaba. A la mujer parecía importarle, aunque contestó con absoluta amabilidad que no. Una vez que se quedaron a solas, clavó la mirada en las manos que tenía entrelazadas en el regazo, y se hizo el silencio, salvo por un suspiro contento del perro, que pareció interesado en dar un paseo por la terraza, pero que al final decidió no incorporarse al grupo, tal vez porque en dicho grupo se encontraba lady Matilda.

Saltaba a la vista que la señora McKay no tenía intención de romper el silencio.

Ben carraspeó.

—Señora McKay —comenzó—, creo que le debo una disculpa.

—Sí. —Ella alzó la cabeza y lo miró tan fijamente a los ojos que tuvo que echar la cabeza hacia atrás un par de centímetros, aunque estaban algo separados—. Cree usted bien, señor.

En fin. ¿Había esperado que agachara la cabeza y le asegurase que no había hecho nada para ofenderla?

—Lo que sucedió el otro día fue culpa mía por completo —siguió—. No debería haber saltado el seto sin saber qué había al otro lado. Y de saltar y de estar a punto de matarla, desde luego que no debería haberle echado la culpa y haberla sermoneado como lo hice.

—En eso estamos totalmente de acuerdo —le aseguró ella con la barbilla en alto, mirada fija y expresión desdeñosa. Sin embargo, añadió—: Supongo que sería un poco absurdo que todos los jinetes se vieran obligados a desmontar y a atravesar un seto antes de saltarlo para asegurarse de que no hay nadie paseando al otro lado. Tal vez podría gritar «¡Ahí voy!» cuando fuera a hacerlo, aunque sonaría muy raro. Lo que sucedió fue un accidente. Al menos, nadie tiene la culpa de eso.

Esa respuesta tan justa solo consiguió que él se sintiera todavía peor por su comportamiento.

—Pero desde luego que alguien tiene la culpa de lo sucedido después —replicó—. De hecho, la tengo yo. Mi reacción inmediata de culparla a usted y a su perro de todo cuando saltaba a la vista que eran ambos inocentes de cualquier ofensa fue injusta e imperdonable. Aunque espero, señora, que me perdone de todas formas cuando le asegure que estoy totalmente avergonzado. Y le suplico que me perdone también por el soez lenguaje que sin duda empleé delante de usted, aunque espero que no le dirigiera ninguna de esas palabras directamente.

Ella seguía mirándolo sin pestañear, y de repente se percató de que esos ojos oscuros que tenía eran un arma letal. Tuvo que controlar el impulso de echar hacia atrás la cabeza otro centímetro y de agachar la mirada.

—Un «maldita sea» —dijo ella—, que pronunció después de que llamara a alguien «mujer». Dado que yo era la única fémina presente, concluí que se refería a mí.

Hizo una mueca al oírla. Caramba, no se acordaba de eso.

—Sin embargo, lo que más me indignó —añadió ella— fue el hecho de que ni siquiera desmontara cuando se dio cuenta de que me había caído al suelo... Si bien me tiró mi propio perro histérico y no su caballo. Por desgracia, me vi obligada a renunciar a gran parte de mi ira al verlo el domingo y comprender por qué no había desmontado.

—Debería habérselo explicado en aquel momento —replicó—. Debería haber mostrado más preocupación por el susto que se había llevado y por el daño que podría haberle causado. Debería haber... —Suspiró con frustración y se pasó los dedos por el pelo—. En fin, en resumidas cuentas, me comporté fatal de todas las formas posibles. Entiendo que se sienta ofendida por mi osadía de presentarme aquí. De hecho, me marcharé sin más dilación.

Hizo ademán de coger los bastones.

—Estuve un año viviendo con mi marido junto a su regimiento —le dijo ella—. Oí alguna que otra cosa que las damas no deben oír. Los oficiales deben alzar la voz para hacerse oír en el fragor de la batalla. Por desgracia, también se hacen oír cuando no están en la batalla. No soy una jovencita ingenua, sir Benedict, y debo admitir, aunque con cierta renuencia, que admiro su valor al venir aquí para hablar conmigo cara a cara. No lo esperaba. Supongo que lady Gramley no tenía especial interés en pasear por la terraza con la pobre Matilda. Creo que solo se ha comido una galleta.

—Temía —comenzó él— que si me disculpaba sin más delante de su cuñada, podría aumentar la lista de mis agravios al ponerla al tanto de algo que desconoce.

—¡Válgame Dios! Tiene toda la razón del mundo —repuso ella—. A Matilda le daría un soponcio si descubriera que he salido de la linde de la propiedad sin un acompañante..., le daría aunque lo hubiera hecho acompañada.

—¿Me perdonará? —le preguntó.

—Juré que nunca lo haría. —Desvió la vista a sus bastones—. ¿Le cuesta montar a caballo?

—Sí —contestó—. Pero eso mismo hace que la atracción sea tan irresistible. Aquel seto era el primer obstáculo que saltaba desde... En fin, desde mi gran caída hace más de seis años. Estuve tentado de pensar después, a tenor de lo que sucedió y de lo que estuvo a punto de suceder, que sería también el último. Pero he decidido que no será así. La próxima vez elegiré un obstáculo más alto, pero me aseguraré de acercarme a él con un «¡Ahí voy!» en los labios.

—¿Eso quiere decir que no nació así? —quiso saber ella—. ¿Hubo un accidente?

—Uno llamado «guerra» —le contestó.

Volvió a mirarlo a los ojos y frunció el ceño un instante.

—En fin, al menos sus heridas, aunque graves —dijo ella—, se limitaron a sus piernas. A diferencia de las de mi marido.

Apretó los labios al oírla, pero no replicó.

De repente, el perro se puso en pie de un salto, acortó la distancia que lo separaba de su dueña y la miró. Ella le dio unas palmaditas en la cabeza antes de acariciársela con la mano mientras el perro cerraba los ojos, extasiado.

—Supongo que ha sido un comentario muy insensible por mi parte —añadió ella, que parecía un poco molesta—. ¿Sus heridas se limitaron a sus piernas?

Una bala bajo el hombro, no muy lejos del corazón. Una clavícula rota. Varias costillas rotas o contusionadas. Un brazo roto. Cortes y magulladuras en tantos sitios que perdió la cuenta. Ninguna herida grave en la cabeza, el único milagro relacionado con aquel incidente en concreto.

—No.

Ella lo miró como si esperase que le enumerara las heridas.

—Los que fuimos heridos en la guerra no competimos entre nosotros para descubrir quién padeció más —le dijo—. Y hay muchas formas de sufrimiento. Tengo a un amigo que comandó a sus hombres en numerosas batallas desesperadas y salió ileso en cada una. Capitaneó con éxito una carga suicida en España y sobrevivió sin un rasguño, aunque casi todos sus hombres murieron. Recibió las alabanzas de los generales, y el Príncipe de Gales le otorgó un título nobiliario. Después perdió la cabeza y lo trajeron de vuelta a Inglaterra en camisa de fuerza. Tardó varios años en recuperarse lo justo para llevar una vida más o menos normal. Tengo otro amigo que acabó ciego y sordo en su primera batalla, a los diecisiete años. Había enloquecido cuando lo trajeron a casa. Recuperó el oído al cabo de un tiempo, pero no así la vista, y no la recuperará nunca. Tardó varios años en sobreponerse para poder vivir y no limitarse a sobrevivir el tiempo que le queda de vida hasta que la muerte se lo lleve. Nunca es fácil, señora, decidir qué heridas son más graves.

Mientras lo escuchaba, ella había bajado la mirada. También le había dado un tironcito de las orejas al perro antes de apoyar la frente sobre su cabeza un instante. Sin embargo, se levantó de un salto cuando Ben terminó de hablar y le dio la espalda para acercarse un poco a la ventana.

—Estoy muy cansada —adujo con una voz cargada de una emoción muy intensa—. Estoy totalmente exhausta de la guerra, de las heridas, del sufrimiento y de la muerte. Quiero vivir. Quiero... ¡Quiero bailar! —Echó la cabeza hacia atrás. Ben sospechaba que tenía los ojos cerrados. Acto seguido, la mujer soltó una carcajada—. Quiero bailar. Solo han pasado cuatro meses desde la muerte de mi marido. ¿Se puede ser más frívola? ¿Más insensible? ¿Se puede estar más alejada de toda conducta decente?

La miró con cierta sorpresa.

—¿Alguien la ha acusado de todo eso? —le preguntó.

Ella alzó la cabeza y la volvió para mirarlo por encima del hombro.

—¿No lo haría todo el mundo? —le preguntó ella a su vez—. ¿Está casado, sir Benedict?

—No.

—Si lo hubiera estado y hubiera muerto —dijo ella—, ¿lo habría escandalizado que su esposa quisiera bailar tres meses después?

—Supongo, señora —contestó mientras se frotaba el puente de la nariz con un dedo—, que para entonces me habría importado muy poco lo que ella hiciera. Nada, en realidad.

En ese momento, la señora McKay sonrió de forma tan inesperada que, de repente, se transformó en una mujer de una belleza deslumbrante. Decidió que debía de ser incluso más joven de lo que había supuesto al llegar, y décadas más joven de lo que había supuesto en un principio.

—Pero incluso antes de mi muerte —siguió él—, me habría gustado saber que volvería a vivir después de que yo no estuviera, que volvería a sonreír y a reír, que volvería a bailar si así lo quería. Supongo que, siendo humano, también me habría gustado creer que lloraría mi pérdida un tiempo, si bien no indefinidamente. Pero ¿no podría recordarme con cariño mientras sonreía, reía y bailaba?

—¿Vendrá de nuevo? —le preguntó ella de pronto—. ¿Con su hermana?

—Sin duda deseará no volver a verme —repuso. En cuanto a él, se moría por escapar.

—No viene nadie —dijo ella—. Nadie tiene permitido venir. Estamos en periodo de luto riguroso.

Su deslumbrante sonrisa había desaparecido. Ben se preguntó si se la había imaginado.

—Tal vez —sugirió a regañadientes— le apetezca venir a visitar a mi hermana en Robland Park. Sería una salida absolutamente respetable para usted. ¿O el luto riguroso no lo permite?

—Pues no —contestó ella—. Aunque tal vez vaya de todas formas.

De repente, se le ocurrió que durante los últimos minutos ella había estado de pie mientras él seguía sentado... y que llevaba allí más tiempo de lo que permitía el decoro.

—A Beatrice le encantará saberlo —le aseguró al tiempo que cogía los bastones y metía los brazos por las correas de cuero—. Sus actividades también se han visto reducidas por el resfriado persistente que contrajo antes de Navidad. Gracias por el té y por escucharme.

No podía darle las gracias por su perdón. No se lo había dado.

Se puso en pie con tiento, consciente de que ella no dejaba de mirarlo. Ojalá no tuviera que salir de la estancia con su paso torpe mientras lo observaba.

—Que sepa que tenemos algo en común —le dijo, deteniéndose de pronto antes de llegar a la puerta—. Yo también quiero bailar. A veces, es lo que más deseo hacer en la vida por encima de todo lo demás.

Ella lo acompañó en silencio a la puerta principal y al carruaje que esperaba. Beatrice ya estaba allí de pie, con lady Matilda. Se despidieron y pronto el carruaje se puso en marcha por el camino.

—En fin —dijo Beatrice al tiempo que soltaba un hondo suspiro—, es la tarde más lúgubre que he pasado en la vida. No me pregunto si esa mujer se ha reído alguna vez; estoy segurísima de que nunca lo ha hecho. Lo que sí me pregunto es si alguna vez ha sonreído. Lo dudo mucho. Habla de su padre con la reverencia más absoluta. Me da pena la señora McKay.

—Me ha preguntado si vendríamos de nuevo de visita —le dijo a su hermana—. Le he sugerido que vaya a verte a Robland Park. Aunque parece que recibir visitas o hacerlas no es apropiado para las damas que guardan luto riguroso. ¿Acaso mi educación social estuvo incompleta, Bea? Porque me parece una idea extraña. Claro que también dijo que es posible que te visite de todas formas. Ojalá que no me deshered des por ofrecer tu hospitalidad de esta manera.

—¿Es posible que me visite? —le preguntó ella—. ¿Crees que lo hará de verdad?

Ben se encogió de hombros a modo de respuesta. Sin embargo, recordó la inesperada pasión con la que le había dicho que quería vivir. El desastroso paseo por el prado seguramente fuera su forma de liberarse, al menos durante un breve momento. Y él se lo había estropeado.

—¿Has podido disculparte? —quiso saber Beatrice.

—Pues sí. —No añadió que no lo había perdonado de forma explícita.

—En ese caso, de momento el deber está cumplido —replicó ella—. Debo decir que es un alivio inmenso. Y tal vez no vengan.

—Quiere bailar —dijo él.

—¿Cómo? —Bea se volvió para mirarlo con el ceño fruncido—. ¿Te refieres a la fiesta en el salón de reuniones de la semana que viene?

—No. Quiere bailar, Bea. Yo también. Yo quiero bailar.

Su hermana ladeó un poquito la cabeza.

—Desde luego que iremos a la reunión social si te sientes con fuerzas —repuso ella—, pero dudo mucho que seas capaz de bailar ni la tonada más tranquila, Ben. Se te da muy bien andar con los bastones. Estoy orgullosísima de ti. Pero ¿bailar? Creo que lo mejor es que te lo quites de la cabeza, querido, y te concentres en lo que puedes hacer.

¡Ah, qué literal era Bea! No intentó explicárselo.

5

Samantha apenas si salió de casa el resto de la semana. No paró de llover, aunque en realidad eso no era del todo cierto. Si hubiera llovido de verdad, podría haberlo disfrutado. Aquello era llovizna, niebla, cielos encapotados y frío. Días de sopa de guisantes, recordaba que los llamaba su madre; esos días en los que el frío se colaba por debajo de las puertas y por las rendijas de las ventanas, aunque estuvieran bien cerradas, y hacía que una se pasara el día aterida y a disgusto aunque el fuego crepitara en la chimenea y se llevara un chal de lana sobre los hombros.

Ni siquiera fue a la iglesia el domingo, una rara negligencia. Matilda estaba resfriada y sufría uno de sus típicos dolores de cabeza, de manera que no protestó cuando la mandó de vuelta a la cama con un ladrillo caliente para los pies. Podría haber ido a la iglesia sola, como había estado haciéndolo durante cinco años, pero a Matilda no pareció gustarle la idea cuando lo sugirió, así que se alegró de aprovechar esa excusa para no salir.

Llevaba desde el martes sin ver a más personas que no fueran Matilda y los criados. Tenía la impresión de que habían pasado semanas, y no días, desde la visita de lady Gramley y sir Benedict Harper. Sin embargo, cuando sugirió que podían ir en carruaje a Robland Park para devolver la visita algún día de la semana siguiente, su cuñada pareció escandalizarse tal como había supuesto que sucedería. Era de buena educación visitar a unas vecinas que guardaban luto riguroso, le explicó, pero nadie esperaría que dicha visita se devolviera. En realidad, las personas bien educadas se sorprenderían e incluso se escandalizarían si eso sucediera.

Samantha no la creyó. Ya no. Y aunque Matilda tenía razón sobre las normas sociales, ¿cómo iba a doblegarse a pasar ocho meses más encerrada en esa casa a oscuras con alguna que otra esporádica salida al jardín para tomar aire fresco y la visita semanal a la iglesia? El tedio acabaría sacándola de quicio.

Devolvería la visita, decidió mientras subía y bajaba las escaleras varias veces para atender a la enferma, un papel muy familiar que no le levantaba el ánimo, aunque siempre se cuidaba mucho de parecer alegre cuando estaba en la habitación de su cuñada y de atenderla para que estuviera cómoda, ahuecándole los cuadrantes, estirándole el cobertor de la cama o corriendo las cortinas para que no hubiera la más mínima separación entre las hojas y de esa manera impidiera la entrada de la dolorosa luz.

Iría de visita a Robland Park aunque tuviera que ir sola. De hecho, preferiría ir sin Matilda. ¡Por el amor de Dios! Había permitido que la convirtieran en una prisionera virtual en su propia casa desde la muerte de Matthew. Y de algún modo había renunciado a su papel de señora de la casa.

Lady Gramley, que era refinada y elegante y se comportaba con la desenvoltura de una verdadera dama, le caía bien. Siempre había sido amable con ella, aunque después de cinco años viviendo en ese lugar Samantha apenas la conocía, como tampoco conocía al resto de sus vecinos. Esperaba convertirse en una especie de amiga de lady Gramley en el futuro, aunque entre ellas hubiera una diferencia de edad de unos diez años.

Sir Benedict Harper era harina de otro costal. Sintió una considerable antipatía por él antes de su visita, y solo con la mayor reticencia había admitido para sus adentros que fue muy amable por su parte visitarla y manejar las circunstancias de manera que pudiera disculparse solo con ella. El caballero se mostró lo bastante perspicaz como para comprender que tal vez Matilda no estuviera al tanto de su salida de aquel día. Y la disculpa en sí misma fue irreprochable, ya que asumió todas las culpas. De la misma manera, pensaba que estuvo muy feo por su parte no perdonarlo abiertamente. Sin embargo, era difícil perdonar a alguien que había arruinado la única hora de verdadera libertad de la que disfrutaba desde hacía por lo menos seis años.

Y a esas alturas tenía la sensación de ser la culpable. Por perverso que pareciera, ese detalle hacía que se sintiera molesta con él. Sin embargo, sir Benedict solo estaba de visita en Robland Park. Tal vez se fuera pronto y ya no tendría que volver a verlo. Tal vez hubiera salido a cabalgar de nuevo cuando fuera a visitar a lady Gramley.

Recordó con cierta vergüenza el apasionado arrebato del que había hecho gala delante de sir Benedict. ¿Qué bicho le habría picado? ¡Le había dicho que quería vivir! Incluso le había dicho que quería bailar. Sin embargo, sabía lo que la había motivado a hablar así. El caballero estaba lisiado y sufría otras heridas de guerra tras haber luchado en la pasada contienda. Ya que se había encontrado con un desconocido, y pese a las circunstancias de dicho encuentro, ¿tenía que ser otro soldado herido?

¡Le daban ganas de ponerse a chillar!

No obstante, él también quería bailar. Ojalá no hubiera dicho eso. Esas palabras la habían desconcertado, porque expresaban un sueño tan imposible que la dejaron al borde de las lágrimas. Y sir Benedict Harper era el último hombre sobre la faz de la Tierra por el que deseaba derramar una sola lágrima.

Sin embargo, él quería bailar.

Al día siguiente Matilda bajó a sentarse en el salón a primera hora de la tarde, aunque la pobre seguía muy resfriada. Se sentó cerca de la chimenea arrebujada con un chal y con un pañuelo en una mano que no permaneció mucho tiempo alejado de su enrojecida nariz.

Samantha mencionó como si tal cosa que, dado que por fin había dejado de llover, tal vez fuera en la calesa a devolverle la visita a lady Gramley.

—Tienes un sentido del deber desubicado —protestó Matilda—. Pero no irás, por supuesto, sobre todo porque no puedo acompañarte. Matthew lo prohibiría si pudiera, el Señor lo tenga en su gloria.

Probablemente eso no fuera cierto. Su marido le exigió gran parte de su tiempo y de sus atenciones mientras estuvo enfermo, sí, pero detestaba el puritanismo y la gazmoñería de su familia. En realidad, la decisión de no llevarla a la península ibérica con él y de no permitirle que pasara ese año en casa de su propio padre, sino en Leyland Abbey, fue fruto del enfado que sentía con ella por el escándalo que armó al enterarse de su infidelidad. Fue, sin duda, el peor castigo que pudo idear. Una crueldad en toda regla.

—Dentro de unos días se celebra una fiesta en el salón de reuniones del pueblo —replicó Samantha—. Asistir a semejante evento sí que sería escandaloso, Matilda. Sin embargo, no tengo la menor intención de acudir. Al contrario que hacerle una visita de cortesía a una vecina que vino a vernos la semana pasada, que debe de ser algo intachable. En cuanto a conducir la calesa, te aseguro que lo hacía todos los domingos mientras Matthew vivía, hasta que tú llegaste poco antes de su muerte mejor dicho, y jamás protestó.

—Pues debería haberlo hecho —repuso Matilda con brusquedad antes de detenerse para sonarse la nariz—. Mi padre jamás lo habría permitido.

—El conde de Heathmoor no era mi marido —señaló Samantha—. Ni tampoco es mi padre. ¡Ay, Matilda! No quiero discutir contigo. ¡Este tema me aburre! Necesito aire fresco y un cambio de escena. Y debería tener un detalle con lady Gramley, que ha venido de visita dos veces desde el funeral de Matthew, aunque la primera vez no se encontraba bien. Me voy. Imagino que no estaré fuera mucho tiempo. Ahí tienes el cordón de la campanilla. Si necesitas algo, Rose o alguno de los criados te lo traerá.

Su cuñada apretó los labios con expresión obstinada mientras ella se ponía en pie. Sin duda, se lo contaría al conde en su próxima carta. En fin, que así fuera. Las reglas que le imponía a su familia, incluso a tanta distancia, eran medievales, y se quedaba corta. No pensaba seguir aceptándolas sin protestar. Podía respetar el recuerdo de su difunto esposo sin tener que estar presa en su propia casa y sin mostrar una obediencia servil a una familia con unas exigencias de comportamiento que excedían las normas sociales con creces.

Esos pensamientos le provocaron un repentino desasosiego. Bramble Hall, una propiedad que Matthew estaba convencido de que le sería cedida mientras viviera, seguía siendo del conde, aunque a su muerte él la habría heredado. Sin embargo, quien había muerto era el propio Matthew, que le había asegurado pocos días antes de su fallecimiento que sería su hogar de por vida. Que su padre velaría por ella, ya que no tenía fortuna propia ni parientes que se alegraran de acogerla, y que era un hombre que jamás eludía sus responsabilidades. Sería ideal para él, por tanto, mantenerla bien lejos, en el norte de Inglaterra, en una casa en la que nunca había vivido. Lo último que querría era que viviera como una pariente pobre en Leyland Abbey, donde siempre sería como una china en su zapato. Su futuro estaba resuelto.

Sir Benedict Harper doblaba una de las esquinas de la casa en Robland Park justo cuando Samantha detuvo la calesa delante de la puerta principal. No pudo evitar fijarse en lo viril y apuesto que parecía a caballo, una circunstancia que disimulaba por completo su discapacidad. Sin embargo, habría sido ideal haber llegado antes o que él hubiera dado un paseo más largo.

Tiró de las riendas de su caballo para detenerlo junto a la calesa y se quitó el sombrero.

—Buenas tardes, señora McKay —dijo—. Veo que también está aprovechando este bienvenido descanso del mal tiempo, ¿verdad? Me temo que Beatrice ha pensado lo mismo. Ha ido a visitar a la esposa del vicario.

—¡Oh! —¡Qué mala pata y qué desilusión después de todo el alboroto que había precedido a su salida!—. En fin, no importa. Al menos he salido al aire libre. No habría tenido excusa alguna para hacerlo de haber sabido que lady Gramley no estaba en casa.

—No hay necesidad de que se vaya —le aseguró él—. Si me da unos minutos para dejar mi caballo en la cuadra, me reuniré con usted. Enseguida vendrá un mozo para encargarse de su calesa. Entre. No, discúlpeme, por favor. No sería apropiado, ¿verdad? —Miró a su alrededor.

Samantha debería anunciar su intención de irse de inmediato. Matilda se horrorizaría si se quedara, y en esa ocasión su cuñada podría llevar razón. Además, no deseaba tener otra conversación a solas con ese caballero. Claro que ansiaba con desesperación prolongar su salida por lo menos un poco más.

—¿Por qué no da un paseo por aquí, entre los parterres? —sugirió sir Benedict—. Hay un banco por allí. —Tras ponerse de nuevo el sombrero, se llevó la fusta al ala a modo de despedida y se alejó antes de que ella pudiera responderle.

Samantha titubeó un momento antes de bajar de la calesa y dejarla en manos del mozo de cuadra.

Matilda le diría que le estaba bien empleado haber ido a casa de lady Gramley y descubrir que no estaba. Y desde luego sería de la opinión de que debía irse de inmediato, nada más descubrir la ausencia de la condesa.

¡Oh, al cuerno con Matilda McKay y con su padre, el conde de Heathmoor! Estaba hastiada de planear al milímetro cada uno de sus movimientos en previsión de lo que pudieran pensar. Entendía perfectamente por qué Matthew se fue de casa en cuanto cumplió la mayoría de edad y nunca volvió a vivir allí. Incluso después de regresar de la península ibérica, malherido y temiendo morir en cualquier momento, suplicó que lo llevaran a otro lugar que no fuera Leyland Abbey. Su padre los envió a Bramble Hall, una de sus propiedades más pequeñas y la que más lejos estaba de Kent.

Sir Benedict Harper estaba magnífico a caballo. Sin embargo, era todo lo contrario cuando caminaba, pensó mientras lo observaba unos minutos después, procedente de las caballerizas. Andaba con la ayuda de sus bastones, aunque no los usaba como muletas. Lo cierto era que andaba, despacio y con cuidado, si bien parecía bastante desgarbado mientras lo hacía. Seguramente fuera mucho más fácil, y más elegante, usar muletas, salvo que hacía falta una pierna sana para las muletas, ¿no?

No pudo evitar sentir una reacia admiración por un hombre que saltaba a la vista que no debería estar caminando, pero que lo hacía.

Matthew nunca hizo el menor esfuerzo para superar sus discapacidades ni incluso para controlar su mal humor. Tal vez sir Benedict acabara bailando después de todo.

Echó a andar para salir a su encuentro.

—Venga a sentarse al jardín —la invitó él.

—¡Ay, mire! —exclamó al tiempo que echaba la cabeza hacia atrás—. Ha salido el sol. Sería una lástima perderse su luz por estar encerrado en el interior. Tal vez en el fondo haya tenido suerte de que lady Gramley haya salido. Últimamente apenas hemos visto el sol.

Claro que ella se lo habría perdido aunque hubiera habido días soleados. Entendía a la perfección cómo debía de sentirse un prisionero, encarcelado en un calabozo año tras año. De forma impulsiva, se levantó el grueso velo por encima del ala del bonete y fue recompensada con la alegre luz del sol y la cálida caricia de la brisa.

—¿Lady Matilda no deseaba acompañarla? —le preguntó él.

—Está muy resfriada —contestó—. Espero no haber traído la infección conmigo. La he dejado acurrucada al lado de la chimenea de la sala de estar. Aunque de todas formas no habría venido. Considera que estas visitas de cortesía son inapropiadas durante el luto.

Habían llegado al jardín de los parterres y no tardaron mucho en estar sentados uno al lado del otro en el banco de hierro forjado que había visto antes. Sir Benedict apoyó los bastones a un lado del mismo.

—Su marido era oficial del ejército —dijo—. Murió por las heridas sufridas en la guerra, ¿verdad?

—Casi todas sanaron —contestó—, aunque algunas le dejaron cicatrices. Se pasaba el día en una habitación oscura a causa de las mismas y no se relacionaba con nadie, salvo con su ayuda de cámara y conmigo. Siempre estuvo orgulloso de su apostura. Sin embargo, la peor herida fue el disparo que recibió en el pecho. La bala quedó alojada cerca del corazón y no pudieron sacarla por temor a causarle la muerte. Al final le afectó los pulmones además del corazón, y fue dificultándole cada vez más la respiración. Jamás hubo esperanzas de que se recuperara por completo.

—Lo siento —replicó él—. Ha sido difícil para usted.

—Las palabras «en lo bueno y en lo malo» no se dicen porque sí durante la boda —replicó—. A algunos se nos exige cumplir lo que hemos prometido. Sí, fue difícil. Pero muchas otras mujeres, esposas, madres y hermanas han vivido lo mismo que yo. Y los hombres de sus vidas tampoco lo han tenido fácil. Algunos han muerto, como Matthew. Algunos viven con discapacidades permanentes y dolor. Para usted también ha debido de ser difícil.

—¿Aunque las heridas se limiten a mis piernas?

Samantha volvió la cabeza con brusquedad para mirarlo. No era muy amable por su parte hacer hincapié en su ridícula suposición.

—Eso fue una indelicadeza por mi parte —dijo—. Admitió usted entonces que sus heridas eran más extensas. ¿Lo son?

Sir Benedict sonrió en ese momento, y Samantha se percató de que debió de ser muy guapo en otra época. Todavía lo era, pero donde antes solo habría puro encanto juvenil a esas alturas se apreciaba la huella dejada por las preocupaciones. Tal como le sucedió a Matthew, aunque suponía que sir Benedict nunca había sido tan guapo como lo fue su marido.

—Los años de mi convalecencia fueron los peores de mi vida —contestó él—, y también los mejores, por extraño que parezca. La vida tiene la costumbre de ser así, nos ofrece cosas y nos las arrebata en igual medida, es el equilibrio de los opuestos. Beatrice quiso que me viniera aquí para poder cuidarme, pero en aquel entonces sus hijos eran pequeños, y habría sido injusto imponerle la carga de mis heridas. Tuve la suerte de que el duque de Stanbrook se fijara en mí. Nos abrió las puertas de su casa, Penderris Hall en Cornualles, a mí y a un grupo de oficiales heridos, contrató a los mejores médicos y enfermeras, y nos permitió vivir en su hogar durante más de tres años mientras nos curábamos y nos recuperábamos. Siete de nosotros todavía nos reunimos en la propiedad unas semanas todos los años. Esos cinco hombres, incluyendo al duque, y una mujer son mis amigos más íntimos. Son mi familia por elección. Nos hacemos llamar el «Club de los Supervivientes».

—¿Dos de sus miembros son, por casualidad, el héroe de Badajoz, que lideró una carga suicida y trajeron a casa en camisa de fuerza, y un joven ciego? —quiso saber.

—Hugo, lord Trentham, y Vincent, el vizconde de Darleigh, sí —dijo.

—¿Y uno de los miembros de su club es una mujer?

—Imogen, lady Barclay —dijo—. Se encontraba en la península ibérica con su marido, que era oficial de reconocimiento. Un espía, en otras palabras. Cuando lo capturaron no iba de uniforme y lo torturaron, en presencia de su esposa. Luego murió.

—Pobre mujer —se lamentó Samantha.

—Sí.

—Me pregunto —dijo— si hay alguien de nuestra generación o de las generaciones inmediatamente anteriores y posteriores a la nuestra cuya vida no se haya visto afectada por las guerras. ¿Cree que lo hay?

—Todos nos vemos siempre afectados por los grandes acontecimientos de la historia —contestó—. Es inevitable. ¿Quién dijo...? —Hizo una pausa y frunció el ceño, mientras pensaba—. Fue John Donne en uno de sus ensayos. «Ningún hombre es una isla entera por sí mismo». Eso dijo. Siempre hay algún poeta o filósofo capaz de expresar con palabras sucintas y precisas las mayores verdades de la existencia humana, ¿no es así?

—¿Es usted un filósofo, sir Benedict? —le preguntó.

—No —respondió él, que se echó a reír—. Pero me temo que sí la estoy aburriendo. Me dijo la semana pasada que está cansada de enfermedades, sufrimiento y muerte, o algo así. Me dijo que quería vivir, concretamente para bailar. ¿Hace mucho tiempo que no baila? Hábleme de la última vez que lo hizo o de la última vez que fue memorable. ¿Dónde fue? ¿Cuándo fue? ¿Qué bailó? ¿Y con quién?

—¡Válgame Dios! —exclamó y se descubrió riendo como lo había hecho él—. ¿Seré capaz de recordar tan atrás en el tiempo? En fin, voy a ver. ¿Cuándo fue? Se celebraron unos cuantos bailes antes de que enviaran al regimiento a la península ibérica. No disfruté mucho de ninguno en particular.

Fue durante esos bailes cuando vio a Matthew bailar con otras mujeres, tanto casadas como solteras. Aunque no solo bailó con ellas; todos los oficiales bailaban con otras mujeres que no eran sus esposas, por supuesto. Eso era lo que se esperaba en cualquier baile. Matthew coqueteaba abiertamente con ellas, que a su vez respondían a sus atenciones, se sentían halagadas y coqueteaban también. Ella detestaba esos bailes y tener que sonreír y bailar y fingir que no encontraba nada desagradable en el comportamiento de su marido. Detestaba las miradas de conmiseración en los ojos de algunos de los otros oficiales con los que bailaba.

—El último baile memorable fue durante una fiesta celebrada en el salón de reuniones del pueblo, cuando todavía vivía en casa de mis padres —siguió—. Varios de los oficiales del regimiento destinado en la zona asistieron al baile, lo que provocó la emoción de todas las jovencitas presentes. ¡Cómo debieron de odiar los demás caballeros la presencia de esas casacas rojas! No había pensado en eso antes. El teniente Matthew McKay, a quien ya me habían presentado, me invitó a bailar dos veces. Una fue el Roger de Coverley. Recuerdo la euforia de bailarlo. Debe de entender que yo estaba muy enamorada. Aquella noche me pidió que me casara con él, aunque antes de proponérmelo de forma oficial tenía que hablar con mi padre, por supuesto.

Sir Benedict estaba sonriendo, se percató cuando volvió la cabeza para mirarlo. ¡Por el amor de Dios! ¿Cuándo fue la última vez que se permitió pensar en los recuerdos felices?, se preguntó.

—¿Cuándo fue la última vez que bailó usted? —le preguntó ella a su vez.

—Supongo que en uno de esos bailes del regimiento de los que usted no disfrutó particularmente —contestó—. De hecho, lo sé con certeza. Bailé el vals con la sobrina de mi coronel. Esa fue la primera y la única vez que he bailado un vals. En aquel entonces era toda una novedad. No hay un baile en el mundo más romántico que ese.

—¿La sobrina de su coronel y usted albergaban sentimientos románticos? —quiso saber.

—¡Ah, sí! —respondió sir Benedict, con una sonrisilla. Ya no la estaba mirando. Tenía la mirada clavada en los parterres de flores, y Samantha supuso que por el momento se había dejado llevar por los recuerdos felices—. La conocía desde hacía un mes y ya creía que era mi alma gemela.

—¿Qué sucedió?

—La guerra. —Soltó una queda carcajada—. No podemos escapar de ella, ¿verdad? Hábleme de su casa y de su familia.

—Mi padre era un caballero que vivía contento en el campo con sus libros —contestó—. Era viudo y tenía un hijo cuando conoció a mi madre durante una excepcional visita a Londres. Ella era veinte años más joven que él, pero se casaron y me tuvieron. Mi madre murió cuando yo tenía doce años; mi padre, cuando tenía dieciocho.

—¿Ya estaba casada? —le preguntó él.

—Sí.

Murió tras una corta enfermedad durante el año que ella vivió en Leyland Abbey. Su hermano, John, no le escribió para contárselo hasta después de la muerte de su padre, e incluso entonces retrasó el envío de la carta un día o dos de manera que le fuera imposible llegar a tiempo para el funeral. Ella quería ir de todos modos. Su hermano iba a vender la casa y a deshacerse de todo su contenido. No había nada de gran valor, pero sí había varios objetos que le habría gustado conservar como recuerdo, algunas cosas de su madre en particular, que a John seguro que no le importaban en absoluto. Sin embargo, le dijo en la carta que no era necesario que fuera y el conde de Heathmoor, su suegro, que por supuesto leyó la carta antes de entregársela, estuvo de acuerdo. En su opinión, cuanto menos contacto tuviera su nuera con su humilde, e incluso dudoso, pasado, mejor para toda la familia McKay.

—¿Y su hermano? —le preguntó sir Benedict.

—¿John? —dijo—. Es mi hermanastro, dieciocho años mayor que yo. Se fue de casa antes de que yo naciera. Es un clérigo que vive a treinta y dos kilómetros del lugar donde vivía nuestro padre. Está casado y tiene hijos. No los veo.

A John le molestó que su padre se casara de nuevo. Las odiaba a ella y a su madre, aunque nunca lo dijo, por supuesto. Al fin y al cabo, era un hombre religioso, y los clérigos no admitían sentir odio.

—Su turno —dijo—. Hábleme de su familia.

—Éramos cuatro hermanos —empezó él—. Beatrice es la mayor. Wallace, que heredó el título de baronet a la muerte de mi padre, era un miembro del Parlamento con un futuro brillante. Estaba ascendiendo rápidamente en la escena política cuando murió aplastado por un carro de verdura que volcó en plena calle. Yo era su heredero, pero unos cuantos días después de enterarme, me hirieron en la península ibérica. Calvin, mi hermano menor, llevaba años administrando Kenelston Hall, la casa solariega de la familia. Wallace lo nombró administrador de manera formal y siguió viviendo en la propiedad familiar con su esposa y sus hijos después de la doble desgracia. En fin, se esperaba que yo no sobreviviera mucho tiempo a las heridas. Ni siquiera esperaban que fuera capaz de superar el viaje de vuelta a casa.

—En ese caso, su hermano esperaba heredar —comentó ella—. ¿Sigue viviendo en su casa?

—Sí. —Se produjo un breve titubeo antes de que añadiera—: Es un administrador estupendo.

Samantha volvió la cabeza para mirar su perfil.

—¿Y usted pasa la mayor parte del tiempo allí, ahora que se ha recuperado? —quiso saber.

—No.

No le dijo más. Ni falta que hacía. Era evidente que su hermano le había usurpado la casa y la propiedades, y le había dificultado a sir Benedict la tarea de echarlo por la estupenda labor que hacía administrándolas. Al menos, eso fue lo que dedujo que debía de haber pasado.

—¿Cree usted que hay alguien en el mundo que lleva una vida fácil? —le preguntó después de un breve silencio.

Sir Benedict la miró a la cara y la observó con curiosidad.

—Tendemos a suponer que la vida debe de ser mucho más fácil para los demás que para nosotros mismos —contestó—. Sospecho que rara vez lo es. Me atrevo a decir que la vida no está destinada a ser fácil.

—¡Qué desconsiderado por parte de quien inventó la vida!

Intercambiaron unas sonrisas, y Samantha se dio cuenta de que estaba disfrutando más de lo que esperaba de esa visita un tanto inapropiada. Era bastante agradable estar en compañía de Sir Benedict.

—La vida ha sido difícil para usted durante mucho tiempo —añadió él—. Mejorará, me atrevo a decir, una vez que el dolor de la muerte de su marido disminuya un poco más. ¿Qué piensa hacer cuando el luto acabe?

—Me esforzaré por conocer mejor a mis vecinos —respondió—. Intentaré hacer verdaderos amigos entre ellos y encontrar una forma útil de emplear el tiempo.

Parecía bastante aburrido; pero, en realidad, sería muchísimo más agradable que cualquier etapa de su vida adulta, pasando por alto la euforia vertiginosa de los primeros meses de matrimonio.

—¿Lady Matilda se quedará con usted? —le preguntó él.

—¡Dios no lo quiera! —exclamó antes de morderse la lengua. Se llevó los dedos de una mano a la boca y lo miró con gesto arrepentido—. No, creo que se sentirá obligada a volver a casa para cuidar de su madre. La condesa de Heathmoor sufre de palpitaciones y de fragilidad nerviosa. Matilda y yo tenemos una relación incómoda, me temo, que se vuelve más incómoda a cada día que pasa, ahora que me voy recuperando del dolor de la pérdida. Matilda es muy correcta en todo lo que dice y hace, y a veces soy una molestia para ella.

—¿Y ella para usted? —Sir Benedict volvía a sonreír—. ¿No la acompañará a casa de su suegro?

—¡Ah, no! —exclamó—. Viví allí durante un año después de que destinaran el regimiento de Matthew a la península ibérica. —En esa ocasión sí logró morderse la lengua para no decir más.

Lo vio enarcar las cejas.

—No deseo volver —añadió ella—. Y no me cabe la menor duda de que mi suegro comparte mis sentimientos.

—No conozco al conde de Heathmoor —dijo sir Benedict.

No le sorprendía. Cuando iba a Londres, ese antro de iniquidad, el conde dividía su tiempo entre la Cámara de los Lores y sus clubes. Rara vez asistía a los entretenimientos de la temporada social y las mujeres de su familia tenían prohibido asistir a cualquiera de ellos. Tan pronto como el Parlamento concluía sus sesiones primaverales, se retiraba a Leyland Abbey y se quedaba allí hasta que el deber lo llamara de nuevo. Era devoto de la Iglesia anglicana, pero resultaba imposible adivinarlo por su actitud y su comportamiento. En realidad parecía un practicante del puritanismo. Todo lo que pareciera remotamente placentero debía de ser pecaminoso por su propia naturaleza. Cualquier cosa que fuera en contra de sus sobrios principios y reglas debía proceder del mismo demonio, y cualquiera que lo desobedeciera era uno de sus engendros. Gobernaba a su familia con mano dura, aunque para ser justos, no ejercía la violencia física, ni falta que le hacía.

—No creo que le resultara placentero conocerlo —comentó.

—Le aseguro que seré discreto y no le diré a nadie que acaba de decir eso, señora —repuso él con un brillo risueño en los ojos. Sin embargo, siguió mirándola y la sonrisa desapareció de sus labios, no así de su mirada—. Durante los años que pasé en Penderris Hall con mis compañeros conté con seis confidentes. Ellos entendían mis pensamientos y mis sentimientos porque estaban experimentando algo similar. Sabían cuándo aconsejarme, cuándo reírse de mí o bromear, o cuándo limitarse a escucharme sin más. Sabían cuándo acercarse y cuándo mantener las distancias. Creo que fue mucho después de marcharme de allí cuando entendí lo afortunado que había sido y que sigo siendo. A esos amigos puedo decirles cualquier cosa que se me ocurra, y ellos pueden decirme cualquier cosa a mí, sin temor a la censura y con la certeza de que se mantendrá en la más estricta confidencialidad. Todos necesitamos personas con las que podamos hablar libremente. Yo también cuento con mi hermana. Siempre hemos estado unidos, aunque sea cinco años mayor que yo. Sin embargo, cuantos más años cumplimos, menos amplia parece esa brecha.

¿Le estaba diciendo que sabía y entendía todas las cosas que ella no había expresado con palabras? ¿Que entendía su soledad y su sensación de aislamiento? Ella lo entendía solo en parte. Siempre se había sentido sola y siempre lo había negado, incluso a sí misma. Admitirlo supondría darle paso a la autocompasión. Había algo casi vergonzoso en la soledad, como si una persona que se sentía sola tuviera que ser antipática y, a la vez, despreciada.

—Lo envidio —dijo—. Debe de ser agradable tener amigos íntimos.
—Comprendió demasiado tarde lo que había admitido. Porque seguramente Matthew debería haber sido un amigo íntimo para ella—. Me

temo —añadió— que he prolongado mi visita hasta el punto de cometer el terrible pecado social de hacerme pesada. Debemos de llevar aquí sentados cerca de una hora. Matilda sufrirá cuarenta soponcios. Tal vez cuarenta y cuatro si alguna vez descubre que lady Gramley no estaba en casa. —Se puso en pie y esperó a que él hiciera lo propio.

—¿Sabe montar? —le preguntó sir Benedict mientras emprendían la lenta caminata hasta la terraza.

—Aprendí de niña —contestó—, aunque no tuve la oportunidad de montar a menudo. Mi padre solo tenía a la vieja yegua que tanto queríamos y que tiraba de la calesa a una velocidad equivalente a la de un paseo enérgico. Matthew insistió en que montara más a menudo después de casarnos, y me convertí en una experta amazona, aunque no era una actividad que se alentara en Leyland Abbey. No he montado desde que llegué a Bramble Hall.

—Hay varios caballos en las caballerizas de la propiedad —dijo él—. Bea me comentó ayer mismo que no se ejercitan tan a menudo como deberían. Ha estado indispuesta durante gran parte del invierno y hasta hace poco no ha recibido la autorización para hacer ejercicio de forma regular. ¿Le gustaría salir a cabalgar algún día conmigo? ¿Quizá pasado mañana?

—¡Oh! —exclamó ella—. Yo...

Estaba a punto de declinar, por todas las razones habituales y obvias. Pero recordaba el miedo y la euforia de aquellos poco frecuentes paseos a caballo de su infancia, y la emoción y la alegría de montar lo que llamó «un caballo de verdad» después de casarse.

Se sentía abrumada por la tentación.

¿Qué diría Matil...? ¡No! Le daba igual lo que dijera Matilda.

—Por supuesto, le pediré a Bea que nos acompañe —añadió sir Benedict.

—Me encantaría.

Habían hablado a la vez.

—En ese caso, le elegiré un caballo —se ofreció él—, y le ordenaré a un mozo de cuadra que lo lleve a Bramble Hall cuando vayamos a salir.

—Gracias. —Samantha volvió la cabeza para mirar su perfil. El rictus de su boca le dejó claro que caminar no le resultaba fácil. Probablemente también sería doloroso, pero se movía a un ritmo constante, aunque lento, y no se quejaba.

Se preguntó qué otras heridas había sufrido.

Estaba muy contenta de haber hecho esa visita, pensó unos minutos después, mientras se alejaba en la calesa que un mozo de cuadra le había llevado a la puerta principal. Incluso le alegraba que lady Gramley no hubiera estado en casa, ya que era poco probable que se hubieran sentado en el jardín a la luz del sol, sintiendo su calor en la cara y en el cuerpo.

Y también se alegraba de haber tenido el valor de acceder a montar a caballo con sir Benedict y lady Gramley.

Se sentía revitalizada en espíritu.

Tal vez estaba volviendo a la vida.

Aunque ¿qué diría Matilda?

6

—Es fascinante observar las diferencias que demuestran las personas aquejadas por alguna enfermedad —comentó Beatrice mientras tomaban un té tardío—. Algunas personas son un ejemplo a seguir. No pierden la sonrisa ni la alegría pese a sufrir de forma horrible. Otras consiguen que te sientas como si acabaran de lanzarte con ellas a un pozo sin fondo, pobres.

—Pareces exhausta —comentó Ben.

—Pero contenta de haber retomado por fin mis deberes para con la parroquia y la comunidad —le aseguró—. ¿Has disfrutado de tu paseo a caballo?

—Mucho —contestó él—, durante los cinco minutos que duró. Estaba saliendo cuando vi que una calesa avanzaba por la avenida de entrada en dirección a la casa. Me pareció que el único ocupante iba vestido de negro de la cabeza a los pies. Así que me di media vuelta y regresé.

—¿La señora McKay? —dedujo Beatrice—. ¿Sin lady Matilda?

—Su cuñada está resfriada.

—De ahí que la señora McKay pudiera escapar. —Sonrió—. Espero que te comportaras al menos hasta el punto de no quedarte aquí dentro a solas con ella, Ben.

—Nos sentamos en el jardín durante una hora —le aseguró.

La verdad, fue un tanto sorprendente que incluso se hubiera dado media vuelta después de salir a cabalgar, ya que podría haber escapado fácilmente sin que ella lo viera. Y desde luego que podría haber evitado que ella se quedara. La señora McKay no lo sugirió siquiera. Fue él quien le sugirió que fuera de visita a Robland Park. Sintió lástima por ella, allí encerrada en esa lúgubre mansión con la arpía.

—Pobre mujer —dijo Beatrice—. Supongo que no es agradable estar en compañía de su cuñada ni aun cuando goce de buena salud. La señora McKay debe de estar muy sola. Me gustaría haber estado en casa.

—Si alguna vez surge el tema, Bea —siguió él—, últimamente te has estado quejando de que los caballos necesitan más ejercicio del que están haciendo.

—¿Ah, sí? —repuso ella con cierta sorpresa—. ¿Tan flaco favor les he estado haciendo a mis mozos de cuadra? Benedict, te agradezco que lo hayas mencionado, porque no recuerdo haber hecho el menor comentario al respecto. ¿Y por qué podría surgir el tema?

—Así se lo dije a la señora McKay antes de que se fuera de aquí —contestó.

—¿Ah, sí? —replicó, dejando la taza en el aire, a medio camino entre el platillo y sus labios.

—La he invitado a dar un paseo conmigo a caballo pasado mañana por la tarde —siguió Benedict—, pero sospecho que en Bramble Hall no hay un caballo adecuado para ella.

—No me cabe la menor duda. —Beatriz colocó su taza de nuevo en el platillo, tras lo cual añadió—: ¿Y ella ha accedido?

—Sí.

Beatrice apoyó los codos en los brazos del sillón y lo miró con ceño levemente fruncido.

—Dudo que su cuñada lo permita —vaticinó—. Siempre y cuando sea ella quien dicte la conducta de la señora McKay, claro está. Pero, Ben, ¿es prudente de todos modos? No veo razón alguna para que una mujer que ha enviudado hace poco no salga a tomar el aire a caballo si así lo desea, pero... ¿en compañía de un caballero soltero?

—Le dije que te convencería de que te unieras a nosotros —le explicó—. ¿Lo harás, Bea? ¿Te sientes capaz de hacerlo?

—Desde luego que lo haré —respondió—, si la alternativa es que salgas a cabalgar a solas con una mujer, Ben. No sería apropiado, ni aunque no estuviera de riguroso luto.

—Se siente sola, como acabas de señalar —añadió Ben—, y está desasosegada.

Aunque no sabía por qué debía sentirse responsable de aliviar ese desasosiego.

—No me sorprende —repuso su hermana—. Ha estado prácticamente encarcelada en Bramble Hall desde que llegó. Supongo que fue un acto de amor que la pobre mujer cuidara del capitán McKay, que era evidente que se encontraba muy mal, pero siempre me pareció muy egoísta por su parte no insistir en que ella saliera de vez en cuando, aunque solo fuese para tomar el té con algún vecino. Nunca lo hizo. Es muy comprensible que a estas alturas, una vez que ha superado lo peor del dolor, esté deseando extender las alas.

—Sí.

Beatrice lo miró a los ojos.

—Ben, no estarás coqueteando con la señora McKay por casualidad, ¿verdad? —le preguntó—. ¿Te resulta atractiva? Hace tiempo que espero que recuperes tu interés por las mujeres y el cortejo. Llevas siendo un ermitaño demasiado tiempo. Esperaba que te casaras antes de cumplir los treinta, aunque solo te quedan unos meses para hacerme feliz. Pero no estoy segura de que una viuda reciente sea una buena elección, sobre todo dado quién es su suegro. Por supuesto, ella es un encanto de persona. Debe de tener ascendencia extranjera, eso explicaría que sea tan morena. Me atrevo a decir que el conde de Heathmoor no la aprecia mucho precisamente por eso.

—Beatrice —dijo Ben con cierta exasperación—, he visto a la señora McKay en cuatro ocasiones, incluyendo nuestro desastroso encuentro en el prado y nuestro breve encuentro en la iglesia. Pasado mañana saldremos a cabalgar juntos..., contigo. No creo que corran las amonestaciones ni esta semana ni la que viene.

Su hermana se rio.

—Es muy guapa. Aunque la ropa negra que lleva no le sienta bien, por decirlo con delicadeza.

—Estoy de acuerdo.

—Si habéis estado en el jardín —siguió Beatrice—, supongo que se habrá dejado el espantoso velo sobre la cara.

—En realidad, se lo levantó por encima del ala del bonete.

Su hermana lo miró en silencio durante unos segundos y luego se encogió de hombros.

—Lo sé —dijo—. No hace falta que lo digas en voz alta. Ya no tienes nueve años ni incluso diecinueve. Eres muy capaz de vivir tu propia vida, y aunque no lo fueras, no me agradecerías que intentara vivirla por ti. Muy bien, no lo haré. Pero ¿qué vas a hacer con tu vida, Ben? Parece que hayas estado... a la deriva desde que dejaste Cornualles. Me he jurado a mí misma que no diría nada, pero aquí me tienes, diciéndolo de todas formas y molestándote.

Lo cierto era que la pregunta lo irritaba, ya que todavía desconocía la respuesta. Y detestaba encontrarse en esa tesitura. Siempre se había creído un hombre firme y decidido. Planeó su vida cuando tenía quince años, y no se desvió de ese plan hasta que una bala y otras catástrofes varias lo detuvieron en seco hacía seis años. A esas alturas se sentía como si se hubiera quedado a la deriva sin brújula en un océano inmenso que se extendía en todas las direcciones. Había ido a Robland Park con la firme intención de hacer planes y después ponerlos en práctica. Estaba decidido a hacerlo..., al día siguiente. ¿Acaso no había descubierto hacía poco tiempo que el mañana, de hecho, nunca llegaba?

Sin embargo, Beatrice era una persona que siempre lo había querido de verdad. Su preocupación era genuina. Tenía derecho a preguntar y a obtener una respuesta.

—Durante el primer año más o menos —dijo— solo me concentré en sobrevivir. Después llegó la monumental tarea de levantarme de la cama y de recuperar la movilidad de alguna manera. Y por último, y hasta hace muy poco, mi objetivo ha sido el de volver a caminar y recuperar mi vida tal como era antes, para poder ser feliz y comer perdiz, mi plan original. Debo de ser muy terco o muy obtuso o ambas cosas. Porque hasta hace muy poco no he asimilado el hecho de que ni mi cuerpo ni mi vida volverán a ser como antes. Fui un hombre de acción, un soldado, un oficial. Ahora no soy ninguna de esas cosas. El problema es, sin embargo, que no sé lo que soy ni lo que seré. Ni lo que haré. Bea, me encuentro en un lugar un tanto desolado, aunque ni siquiera sé dónde está. —Soltó una queda carcajada.

—¿Volverás a Kenelston Hall cuando te vayas de aquí? —le preguntó su hermana—. ¿Harás el esfuerzo de instalarte por fin en la propiedad?

—Se me ha ocurrido que antes podría viajar —contestó, echando mano de una de las ideas que se le habían pasado por la cabeza—. Llevo unos cuantos años haciéndolo. He pasado temporadas en Bath, en Tunbridge Wells, en Harrogate y en otros sitios. Se me ha ocurrido que podría ver algo de Escocia, o de la Región de los Lagos, o de Gales. Incluso he pensado que podría intentar escribir una guía de viajes. Hay muchos para los caminantes pero, que yo sepa, no hay ninguno para la gente que no puede caminar o que no puede caminar con facilidad ni tampoco puede caminar mucho. Sin embargo, debe de haber personas dispuestas a viajar, aunque no estén en buena forma física ni gocen de buena salud.

—¿Alguna vez has escrito algo? —le preguntó su hermana con las cejas enarcadas.

—No —respondió—. Pero algo tengo que hacer. No me resulta cómodo admitir que soy un don nadie sin rumbo y sin hogar. Debo encontrar un nuevo desafío, y lo encontraré. Los ojos, el cerebro y las manos me funcionan bien aunque no lo hagan las piernas. Puedo descubrir que poseo un talento oculto como escritor. Puedo acabar viajando por todo el mundo mientras escribo montones de libros para mis incondicionales lectores. ¿Acaso no ves mi nombre escrito en letras grandes y doradas en una portada de cuero?

Su hermana sacudió la cabeza, aunque reaccionó a su sonrisa con una repentina carcajada.

—Tu desafío podría ser el de encargarte de Kenelston Hall tú solo —repuso— y convertirlo en tu hogar. Al fin y al cabo es tuyo. Pero no quieres apartar a Calvin, ¿verdad? Me dan ganas de zarandear a ese muchacho por su egoísmo estúpido. Aunque ya no es un niño, claro está. Debería haber buscado otro lugar para su familia en cuanto el pobre Wallace murió y tú lo heredaste todo. Ni que papá lo dejara en la indigencia. Sin embargo, no dijo ni mu y siguió como si Wallace siguiera vivo. Y, por supuesto, tu larga convalecencia le facilitó la tarea de atrincherarse. Pero Kenelston Hall no es suyo, y no tiene por qué administrarlo a su antojo y permitir que esos niños tan revoltosos que tiene corran de un lado para otro como si no hubiera una habitación infantil..., y la disciplina no existiera. Déjame hablar con él.

La idea de tener que solicitar la ayuda de su hermana para que librara sus batallas le resultaba espantosa.

—Gracias, Bea —dijo—, pero me conviene pasar un tiempo viajando hasta que tenga claro mi futuro. Y dado que Kenelston Hall necesita un administrador mientras yo no esté, Calvin, Julia y los niños pueden quedarse donde están. Ya sabes que es un buen administrador.

Beatrice chasqueó la lengua y se sirvió otra taza de té. Lo miró con la tetera levantada, pero él negó con la cabeza.

En realidad, pensó, tal vez estaba usando a Calvin como excusa. Tal vez le convenía tanto como a su hermano menor dejar las cosas como estaban. No estaba del todo convencido de que le gustara la vida sedentaria de un caballero rural. El pensamiento le resultó bastante sorprendente. Era la primera vez que lo admitía.

—Empieza tus viajes en Londres acompañándome cuando vaya a reunirme con Hector —le sugirió su hermana—. Ven conmigo. Tal vez te encontremos una muchacha preciosa que no haya enviudado hace unos meses y que no tenga a un cascarrabias insoportable como suegro.

Ben se echó a reír.

—Gracias por la invitación, pero Londres es el último lugar al que quiero ir. Y en caso de que quiera una mujer preciosa, o a una mujer sin más, yo mismo la encontraré. Aunque da la casualidad de que no me interesa.

Sin embargo y por sorprendente que pareciera, estaba emocionado por la idea de cabalgar dentro de dos días con la señora McKay, aunque Beatrice los acompañara. Quizá porque una viuda que llevaba luto riguroso parecía una compañía bastante segura. Su vida había carecido casi por completo de mujeres durante más de seis años. Aparte de su hermana y de su cuñada, y de Imogen, su compañera del Club de los Supervivientes, no había tenido prácticamente trato con ninguna mujer en todo ese tiempo. Había sido célibe durante más de seis años.

Todo eso le habría parecido increíble en otra etapa de su vida. Se había enamorado seis o siete veces antes de estar seguro de querer a la sobrina del coronel. Y también disfrutó de una vida sexual vigorosa con mujeres de otro tipo.

Ya no, por supuesto.

Sin embargo, echaba de menos la compañía de las mujeres. Era algo con lo que le gustaría contar de nuevo, siempre que no hubiera un cortejo de por medio. En el caso de la señora McKay, no había dudas al respecto. Todavía le quedaban ocho meses de luto por delante antes de plantearse la idea de volver a casarse. Y de todas formas no lo consideraría como candidato, aunque fuera libre de hacerlo. Acababa de enterrar a un marido incapacitado por la guerra. La idea de casarse con otro no la tentaría en absoluto.

Eso la convertía en una compañía segura. Además, esperaba con ansias verla en la silla de montar, si acaso no pasaba algo que impidiera la salida. Las inclemencias del tiempo, por ejemplo. O la intervención de su cuñada.

—Samantha, he omitido toda mención a tu visita de ayer a Robland Park en la carta que le he escrito hoy a padre —anunció Matilda—. Anoche estuve reflexionando y llegué a la conclusión de que no era una violación imperdonable de la etiqueta devolver la visita que te hizo una condesa la semana pasada, aunque me gustaría que hubieras esperado hasta haber podido acompañarte.

Samantha mantuvo la cabeza baja mientras trabajaba en la nueva flor que estaba bordando en el bastidor.

—Imagino que lady Gramley se alegró de verte —añadió su cuñada.

—Espero que le hayas mandado un saludo cariñoso de mi parte a tu madre —dijo Samantha al mismo tiempo.

—Eso he hecho —le aseguró Matilda—, ya que así me lo ordenaste cuando te pasaste por mi habitación después del desayuno para preguntar por mi salud. Samantha, no he mencionado tu visita porque mi padre podría ver todo este asunto de forma muy distinta de mi punto de vista más liberal, y no me gustaría que se disgustara contigo.

Samantha introdujo la hebra de seda por la parte trasera del bordado antes de cortarla para cambiar a un hilo de otro color. La condescendencia implícita en las palabras de su cuñada la enfureció. Debería guardar silencio hasta que cambiara el tema de conversación. Pero ¿por qué iba hacerlo? De todos modos, Matilda tendría que enterarse de sus planes.

—Lady Gramley no estaba en casa —dijo—. Sir Benedict acababa de regresar de su paseo a caballo y tuvo la amabilidad de hacerme compañía en el jardín un rato para no verme obligada a regresar a casa de inmediato.

—Esperemos que no te viera nadie, Samantha —repuso su cuñada—. Quizás ahora entiendas la ridiculez de haber actuado de forma impulsiva y en contra de los consejos de la hermana de tu marido.

—Mantuvimos una conversación muy agradable —siguió ella—. Iré a cabalgar con él mañana. Va a ordenar que me traigan uno de los caballos de Robland Park.

Cierto afán travieso la llevó a omitir que lady Gramley los acompañaría. Levantó la mirada al no obtener réplica inmediata. Matilda la miraba con la nariz roja, la cara macilenta y una expresión fría en los ojos.

—Te aconsejo rotundamente que no hagas tal cosa, Samantha —repuso—. De hecho, me tomo la atribución de hablarte con más firmeza en nombre de Matthew y de mi padre. Te prohíbo que lo hagas.

—A Matthew le gustaba que montase —comentó Samantha, que bajó la cabeza para seguir bordando—. Si pudiera hablar ahora, me atrevo a decir que me daría permiso para salir, ya que no necesita que lo asista. Sin embargo, yo necesito aire y ejercicio. Con desesperación.

—En ese caso, pasearé contigo por el jardín —sugirió Matilda.

—No, no lo harás —rehusó ella—. Estás muy resfriada. Debes quedarte junto a la chimenea, lejos de las corrientes de aire. Y necesito un ejercicio más vigoroso que un paseo por una zona reducida. Un paseo no es suficiente. Quiero montar a caballo. Y eso es lo que haré mañana. ¡Ay, válgame Dios! ¿He dicho la palabra prohibida?

Vagabundo, que había estado tumbado al sol que entraba por la ventana con todo el aspecto de estar en estado catatónico, se había levantado y se había plantado delante del sillón de Samantha, gimiendo de forma patética y mirándola con expresión esperanzada.

—He usado la palabra «pasear», ¿verdad?

El perro movió el rabo. Sí, la había usado.

—¡Ay, muy bien! —claudicó, al tiempo que se ponía en pie—. Saldremos al jardín y buscaremos un palo para tirártelo y que me lo traigas. Aunque no es un juego justo, en serio, porque nunca me tiras el palo a mí para que yo vaya a buscarlo.

—Samantha —dijo su cuñada con brusquedad antes de que Samantha pudiera escapar de la sala de estar en busca del bonete y de la capa—, me veo en la obligación de prohibirte categóricamente que salgas a cabalgar mañana. Tal vez puedas protestar y decirme que carezco de la autoridad para darte órdenes, pero sí la tengo. Aquí soy la representante de padre.

Samantha se detuvo y se volvió para mirarla.

—Matilda, efectivamente te digo que careces de la autoridad para darme órdenes. Que lo intentes siquiera me resulta insufrible. Les prestaré atención a tus quejas y a tus consejos, porque tienes todo el derecho del mundo a expresarlos. Sin embargo, no tienes el menor derecho a decirme lo que debo hacer ni, lo más importante, lo que no debo hacer. Como tampoco lo tiene el conde de Heathmoor. Él no es mi padre.

No obstante, el conde era dueño de la casa en la que ella vivía. Se quedó en el jardín más de una hora, para gran deleite de Vagabundo. Sentía que había llegado al límite de su paciencia. Los últimos cinco años habían sido difíciles, pero aunque Matthew fue un inválido exigente, que se quejaba a menudo, decidió mostrarse comprensiva por el dolor y la incomodidad que sufría. Además, era su marido. No fue feliz durante esos años, pero estaba demasiado ocupada y agotada como para sentir una gran infelicidad.

Los cuatro meses de luto también habían sido difíciles, pero en otro sentido. Tal vez lo habrían sido menos de haber podido responder a las conmovedoras y efusivas condolencias y muestras de preocupación de sus vecinos, a los que no había tenido la oportunidad de conocer a fondo antes de la muerte de Matthew.

Durante los cuatro meses transcurridos tal vez podría haber encontrado algunos amigos, o al menos algunos conocidos amistosos. Sin embargo, no se le había permitido aceptar el acercamiento de sus vecinos y se había plegado con docilidad a las instrucciones de Matilda sobre lo que era correcto. Claro que no podría seguir haciéndolo durante mucho tiempo más. Empezaba a sentirse muy rebelde.

«Me veo en la obligación de prohibirte categóricamente que salgas a cabalgar mañana. Aquí soy la representante de padre».

¡Era intolerable!

Al final, hasta Vagabundo se cansó de jugar. Se acercó a ella y se tumbó a sus pies mientras le tiraba de nuevo el palo, tras lo cual apoyó el hocico en las patas.

—¡Qué desagradecido! —exclamó ella—. Por lo menos podrías haber ido a buscarlo una vez más antes de dejarme claros tus deseos. Era un palo muy decente. Ahora tendré que buscar otro la próxima vez que insistas en volver a jugar.

Vagabundo soltó un descarado suspiro de aburrimiento.

—En ese caso, será mejor que volvamos a entrar —dijo—. Solo trataba de evitar lo inevitable. ¿Por qué tuve que encontrar una familia política tan horrible, Vagabundo? No, no me lo digas. Ya lo sé. Fue por la combinación letal de la casaca roja y un rostro tan apuesto. En fin, era guapísimo y muy simpático. No lo conociste en aquel entonces. Y él no tenía la culpa de que su familia sea tan horrible.

Pensó en evitar la sala de estar cuando volvieran a entrar y llevar la capa y el bonete a su habitación, donde seguro que encontraba algo que la mantuviera ocupada. Sin embargo, no había forma de evitar a Matilda para siempre, y no estaba dispuesta a empezar a esconderse en su propia casa. Dejó el bonete y la capa en el pasillo y abrió la puerta de la sala, preparada en cierto modo para hacer las paces.

La estancia se encontraba vacía.

Soltó un suspiro aliviado y cruzó la habitación para tirar del cordón de la campanilla.

—Rose, por favor, trae la bandeja del té —dijo cuando la criada respondió a su llamada—. ¿Sabes si lady Matilda se sentía mal otra vez? ¿Ha regresado a su habitación?

Rose se sonrojó y parecía incómoda.

—Creo que ha subido, señora —contestó—, pero no para descansar. Ha mandado a Randall al sótano en busca de su baúl y de su bolsa grande de viaje y le ha ordenado a su doncella que haga el equipaje.

Samantha la miró un instante sin parpadear.

—Muy bien. Gracias, Rose —dijo finalmente—. No te preocupes por la bandeja del té. Ya la pediré más tarde.

La criada salió deprisa de la estancia.

En la habitación de Matilda reinaba una actividad frenética. En el suelo estaban abiertos su baúl, dos bolsas de viaje y tres sombrereras, y tal parecía que toda su ropa se encontraba amontonada en la cama o en las sillas; salvo en la silla donde ella se sentaba muy tiesa, con los labios apretados.

—¿Qué significa esto, Matilda? —le preguntó, aunque era una pregunta bastante ridícula, claro. Era evidente lo que significaba.

—Me marcho a Leyland Abbey mañana por la mañana —contestó su cuñada sin mirarla—. Me llevaré el carruaje y algunos criados.

Samantha se adentró en la habitación.

—Siento haber llegado a esto —dijo—. ¿Estás segura de que te encuentras bien para viajar?

—No pienso quedarme aquí —anunció Matilda—. Tengo muy claro lo que merecen tanto mi familia como el recuerdo de mi hermano y no pienso mancillarlos a ninguno de los dos quedándome con alguien que no los respeta.

—¿Y esto se debe a que he decidido devolver las visitas de mis vecinos? —quiso saber ella.

—Samantha, difícilmente se puede calificar de «devolver una visita» a salir a cabalgar con un caballero soltero que se aloja en casa de uno de tus vecinos —repuso Matilda—. Aunque no estuvieras de luto, me parecería vulgar y escandaloso.

—Vulgar y escandaloso. —Samantha suspiró—. ¿No he mencionado que lady Gramley va a acompañarnos?

—Ese hecho no supone diferencia alguna —le aseguró Matilda—. Espero que la conciencia te convenza de quedarte mañana en casa, Samantha. Pero lo haga o no, tu intención era esa, y tampoco puedo olvidar la determinación de insistir aun después de haberte hablado claramente en nombre de mi padre. No me quedaré después de semejante insulto, no ya a mí, faltaría más, sino al conde de Heathmoor, el padre de tu marido.

—Muy bien —replicó Samantha—. Veo que no tiene sentido que diga nada más. Ordenaré que preparen el carruaje y que el cochero y algunos criados más estén preparados mañana por la mañana.

—Ya está hecho —le aseguró Matilda—. Te ruego que no te molestes por mí.

Y el asunto era —concluyó Samantha un poco más tarde después de regresar a la sala de estar, donde empezó a andar de un lado para otro como si no hubiera una silla cómoda en la que sentarse— que se sentía culpable, como si de verdad se hubiera comportado de forma tan escandalosa que las personas decentes acabarían dándole la espalda.

Vulgar y escandaloso... ¡Por el amor de Dios!

¡Otra vez estaba muy enfadada! Furiosa, de hecho. A punto de estampar contra el suelo todos los horribles adornos de la repisa de la chimenea para hacerlos añicos. Pero dudaba de que eso la ayudara a sentirse mejor después.

Seguro que... ¡Ay, seguro que no había ninguna otra mujer recién enviudada a la que obligaran a quedarse en el interior de una casa a oscuras durante todo un año, desalentando las visitas y sin devolver las que le hacían! Seguro que no evitaban el ejercicio y la actividad social, aunque no asistieran a los eventos más frívolos, como las fiestas o las meriendas al aire libre.

Seguro que la vida que había llevado con Matilda no era normal.

O tal vez se equivocaba. Tal vez su desasosiego denotaba una falta de respeto por el hombre que había sido su marido durante siete años y por el duelo de su familia. Claro que, ¿de verdad estaban de duelo? Debajo del luto, quería decir. Ninguno de ellos había ido a Bramble Hall ni una sola vez durante los cinco años que Matthew pasó en la propiedad, salvo Matilda al final. Ninguno de ellos asistió al funeral. Era un trayecto bastante largo, por supuesto, desde Kent al condado de Durham, y eso habría causado una incómoda demora a la hora de proceder con el entierro. Sin embargo, les envió un mensaje personal a los condes por mensajero especial, y ellos podrían haberla avisado con la misma rapidez de que lo retrasara todo. No lo hicieron.

Matthew había sido la oveja negra de la familia.

¡Ah, no!, decidió al tiempo que le daba un firme tirón al cordón de la campanilla. No iba a sentirse culpable. Y no iba a tratar de persuadir a Matilda para que cambiara de opinión. Que se fuera a tomar viento fresco. Y tampoco iba a enviar un mensaje a Robland Park cancelando el paseo a caballo del día siguiente.

No iba a sentirse culpable. Pero así era como se sentía, por supuesto.

—Trae la bandeja del té, por favor, Rose —dijo cuando la criada apareció de nuevo.

Aunque tampoco tenía hambre. Ni sed.

7

—Va a llover —anunció Beatrice durante el desayuno a la mañana siguiente, tras levantar la mirada de la carta que estaba leyendo.

Ben miró hacia la ventana y estuvo de acuerdo en que era bastante probable que la lluvia hiciera acto de presencia. La primavera estaba siendo bastante fea, al menos en esa parte del país. Tal parecía que no podrían salir a cabalgar con la señora McKay después de todo. Quizá fuera mejor así. No le cabía duda de que la arpía lo desaprobaría, ya que ni siquiera creía que una tranquila visita a una vecina fuera apropiada. Sin embargo, y en su opinión, ya iba siendo hora de que la señora McKay le pusiera fin a las fuertes restricciones que le habían impuesto.

Tal vez la lluvia no hiciera acto de presencia.

—¿Cómo es posible que los niños gasten tanto dinero cuando supuestamente están en el colegio convirtiéndose en los eruditos del futuro? —preguntó Beatrice, que había devuelto la mirada a su carta—. ¿Y por qué solicitan fondos adicionales a las madres en vez de a los padres, quienes exigirían un desglose de lo que ya se ha gastado?

—Precisamente por eso —respondió él—. Imagino que el precio de los dulces ha subido desde que yo estaba en la escuela.

—Mmm... —murmuró su hermana—. Pero que te saquen los dientes podridos sigue doliendo lo mismo.

Empezó a llover a última hora de la mañana, una ligera llovizna al principio, que podría convertirse o no en algo más serio. Sin embargo, para cuando terminó el almuerzo, Ben se vio obligado a admitir que la lluvia se había decidido por la primera opción. El suelo acabaría demasiado mojado para montar a caballo.

Se sentía desilusionado. Subió a hacer sus ejercicios diarios. No pensaba abandonarlos, aunque ya había aceptado la realidad de que jamás recuperaría otra cosa que no fuera un uso mínimo de las piernas. Sin embargo, no se arriesgaría a perder lo poco que había logrado. Por lo menos podía moverse por su propio pie. Además, había otras partes de su cuerpo que necesitaba mantener en buenas condiciones físicas.

La vigorosa actividad no lo libró del desasosiego. Comprendió que se encontraba en una época de crisis vital.

Encontró a su hermana sentada al escritorio del salón, escribiéndoles a sus dos hijos y a su marido.

—Me siento mal por no haber mandado un mensaje a Bramble Hall —le dijo Ben.

—La señora McKay difícilmente esperará que salgamos con este tiempo —replicó Beatrice sin levantar la mirada.

—Cierto —convino—. Pero se me ha ocurrido ir de todos modos y disculparme en persona. ¿Te gustaría acompañarme?

Su hermana se acarició la barbilla con la pluma y miró hacia la ventana.

—Ben, me estás tentando mucho —repuso—. Escribir cartas nunca ha sido una de mis actividades preferidas. Imagino que eso demuestra que no soy una verdadera dama. Sin embargo, debo terminarlas ahora que las he empezado, o se quedarán a medias de forma indefinida. No necesitas mi compañía, ¿verdad? Las McKay ejercerán de carabina la una de la otra.

—Me haces parecer como un lobo feroz —comentó.

—Imagino que así es como te ve al menos una de ellas —replicó su hermana—. ¡Válgame Dios! No es habitual que demuestre semejante antipatía por una desconocida. Dales recuerdos de mi parte, si eres tan amable, Ben.

—Lo haré. —Se inclinó hacia ella para besarle la mejilla—. Saluda con cariño de mi parte a mis sobrinos y diles que no hagan más travesuras de las que yo hice en mis tiempos.

Beatrice soltó un resoplido muy poco elegante.

—Les diré de parte de su tío Benedict —puntualizó— que sean buenos. Y comedidos.

Ben se echó a reír y salió del salón despacio.

Samantha se había pasado media noche en vela. Se levantó temprano para desayunar con Matilda y tratar de despedirla con un mínimo de cortesía. Sin embargo, su cuñada no bajó al comedor matinal ni pidió que le subieran una bandeja a su habitación. Cuando bajó la escalera, estaba vestida para emprender el viaje y el carruaje la esperaba en la puerta principal, ya cargado con sus pertenencias.

—Va a llover —comentó Samantha—. Desearía que lo reconsideraras, Matilda, y que retrasaras tu partida al menos unos días.

Su cuñada tenía muy mala cara.

—No me quedaría aquí ni una hora más aunque amenazara con nevar —replicó al tiempo que se alisaba los guantes de cuero sobre el dorso de las manos, aunque ya estaban lisos—. Padre se disgustará contigo, Samantha, y madre se sentirá decepcionada. Claro que ninguno de los dos se sorprenderá, y me entristece decirlo. Padre le advirtió a Matthew cómo sería su vida si insistía en rebajarse hasta el punto de casarse con una gitana.

Por suerte, tal vez, Matilda salió por la puerta principal y bajó los escalones antes de que Samantha pudiera ofrecerle una réplica. Un lacayo la ayudó a subir al carruaje. Su cuñada no miró hacia atrás ni volvió la cabeza una vez sentada. Y fue una suerte, porque el temperamento de Samantha había llegado a su punto álgido, o lo habría hecho si hubiera tenido a alguien a quien cantarle las cuarenta. Dadas las circunstancias, se limitó a quedarse en el vano de la puerta, temblando por culpa de la furia contenida, mientras observaba cómo el carruaje emprendía el largo trayecto.

—¡Solo tengo un cuarto de sangre gitana! —murmuró al aire que la rodeaba—. Mejor que tener sangre cien por cien McKay.

Su abuelo, un galés del que no sabía nada salvo su nacionalidad, se casó con una gitana que dio a luz a su madre antes de regresar con los suyos, tras lo cual nada más se supo de ella. Ese triste y poco conocido incidente de la historia tuvo su efecto en la nieta de la infortunada unión. Como también lo tuvo el hecho de que la hija nacida de la misma, la madre de Samantha, se escapó a los diecisiete años de Gales y de la tía que la había criado, y acabó en Londres, donde se estaba ganando la vida como actriz cuando el padre de Samantha la conoció y se casó con ella.

—Tengo un cuarto de sangre gitana, otro cuarto de sangre galesa y la mitad de sangre de la nobleza rural inglesa. Soy la hija de una actriz galesa que, como todos los miembros de su profesión y nacionalidad, le daba la mano al mismísimo demonio en cuanto a maldad. O así la describió mi suegro en una ocasión.

Unos nubarrones oscuros cubrían el cielo. Sería un milagro si no llovía a mediodía. ¡Qué ironía más grande que al final no pudiera salir a montar a caballo! Era una idea de lo más deprimente que después de todo se viera obligada a pasar el resto del día respetablemente sola y dentro de casa.

Sin embargo, lo primero que hizo nada más entrar fue caminar a grandes zancadas hasta la sala de estar y descorrer las cortinas al máximo. Iba a cambiarlas. Iba a elegir algo más ligero tanto en lo referente al tejido como al color. Echó un vistazo por la estancia con el ceño fruncido. ¡Todo necesitaba un cambio! En cinco años no se había dado cuenta de lo lúgubre que era esa casa.

Matilda iba de camino a Leyland Abbey para poner sobre aviso al conde de su maldad. ¡Maldad! Durante cinco años había dedicado cada minuto del día a cuidar del hijo del conde de Heathmoor. Había soportado cinco años de noches durmiendo a ratos sin quejarse. Había entregado cada partícula de su energía y de su paciencia. Cuando Matthew murió, tuvo la impresión de que no quedaba nada de ella. Por eso, suponía, se sintió tan vacía. Y, sin embargo, a ojos del conde y de su preciosa hija, era mala e insignificante por sus orígenes; y porque después de cuatro meses de riguroso luto se sentía preparada para buscar consuelo y amistad en sus vecinos, y para realizar algún tipo de actividad física tranquila al aire libre.

Estaba enfadada. De hecho, estaba tan furiosa que al mirar de nuevo los horribles adornos de la repisa de la chimenea los habría estampado contra el suelo si eso la hubiera ayudado a sentirse un poco mejor. Sin embargo, no merecían un despliegue de ira. Se refería a los McKay, por supuesto. No obstante y por más firmeza que empleara al repetírselo, de todos modos se sentía dolida.

Menos mal que estaba tan lejos de ellos, y seguro que ellos se alegraban de ese hecho tanto como ella.

Por supuesto que llovió.

Al principio solo fue una llovizna, que llegó acompañada de la cruel esperanza de que no iría a más y escamparía antes de la tarde. En cambio, la lluvia arreció y dejó patente que había llegado para quedarse durante todo el día.

Matilda lo llamaría «un castigo justo».

Después de juguetear con la comida durante el almuerzo, volvió a la sala de estar y trató de bordar. Sin embargo, soltó el bastidor porque se le hizo un nudo en el hilo y al tratar de deshacerlo, tiró con más fuerza de la que era habitual, consiguiendo que la hebra se enredara todavía más, de manera que tuvo que cortarla con la tijera y deshacer todo el trabajo que había hecho. Trató de leer, pero después de mover los ojos con determinación por dos páginas enteras, se percató que no recordaba ni una sola palabra. Incluso se permitió el lujo de llorar un poco mientras Vagabundo le apoyaba el hocico en el regazo y la miraba con tristeza. No obstante, quienquiera que dijese que una buena llorera mejoraba el ánimo no había llorado nunca. Acabó con la nariz taponada, los ojos hinchados, un pañuelo empapado y más triste que nunca.

La autocompasión era una aflicción terrible, pensó, irritada consigo misma mientras le besaba la cabeza al perro. No lo soportaría ni un minuto más. Se secó los ojos, se sonó la nariz con fuerza, y miró furiosa el bastidor antes de cogerlo y retomar de nuevo la labor con determinación.

Quince minutos después, los golpes de la aldaba contra la puerta interrumpieron sus pensamientos. Alzó la mirada sorprendida, con la aguja suspendida sobre la tela. ¿Matilda? No, por supuesto que no. ¿Lady

Gramley y sir Benedict Harper? No podía ser. No se atreverían a cabalgar con ese tiempo, y era innecesario que llegaran en persona para disculparse porque resultaba imposible que no se hubiera percatado de que llovía. ¿El vicario? No había regresado desde que Matilda lo mantuvo hablando en la puerta una tarde hasta que el azote del viento lo obligó a marcharse.

—Sir Benedict Harper, señora —anunció el mayordomo al abrir la puerta con voz un tanto titubeante. Sin embargo, el caballero en cuestión pasó a su lado antes de que ella pudiera decidir si era apropiado recibirlo o no y, lo más importante, si a ella le importaba eso.

—Sir Benedict —lo saludó mientras soltaba el bastidor y se ponía en pie—. Espero que no haya venido a caballo.

La alegría que sentía al verlo era ridícula.

—He venido en carruaje —replicó él, que miró a Vagabundo con seriedad mientras el perro meneaba el rabo—. Buenas tardes, señora McKay. Su cuñada sigue indispuesta, ¿verdad? Lo siento. No habría...

—Se ha ido —lo interrumpió—. Se fue esta mañana. No estaba dispuesta a quedarse ni un minuto más aquí para que la mancillara con mi maldad.

¡Ay, por Dios! No debería haberlo expresado de esa manera. Debería haber inventado que algún miembro de la familia se había puesto enfermo para explicar la marcha de Matilda. No habría sido difícil. La condesa siempre estaba enferma. Pero ya era demasiado tarde.

Sir Benedict se quedó quieto y sin dejar de mirarla mientras el mayordomo cerraba la puerta a su espalda. Acto seguido miró hacia la ventana, se percató Samantha. Las cortinas estaban completamente descorridas por primera vez desde hacía meses.

—¿Se ha ido? —le preguntó él—. ¿Para no volver, quiere decir? No tendrá nada que ver con el hecho de que fuera a cabalgar conmigo, ¿verdad? Beatrice aceptó acompañarnos, se lo aseguro.

Era demasiado tarde para evasivas.

—Sir Benedict, el sentido del decoro de Matilda solo se habría visto satisfecho si me hubiera pasado los siguientes ocho meses oculta detrás del grueso velo negro —repuso—. No conozco con exactitud las reglas que rigen su vida y la de mi suegro, pero jamás he oído que otras personas las sigan, algo por lo que doy gracias. El conde de Heathmoor es una ley en sí mismo y siempre lo ha sido. Tal vez las haya dictado él. De hecho, creo que ese es el caso.

Su voz parecía frágil, se percató, casi al borde de la histeria. La idea de que sir Benedict se fuera otra vez, algo que sería sin duda lo mejor para ambos, la aterraba. No le apetecería en absoluto oír sus cuitas autocompasivas. Y ella necesitaba un poco de tiempo para recuperar la compostura antes de conversar con alguien.

—He venido para explicarle por qué no podíamos salir a cabalgar —dijo él—, aunque diría que la razón es evidente. Y también he venido para comprobar si lady Matilda se había recuperado de su resfriado y para decirle de parte de mi hermana que espera que se recupere lo antes posible. Señora, me marcho pues, ya que carece usted de acompañante o carabina y no podemos salir al jardín, tal como hicimos en Robland Park hace un par de días.

Eso sería lo correcto, por supuesto. Pero no soportaba la idea de quedarse sola otra vez. Todavía no. ¡Qué ridículo haberle permitido a alguien como Matilda descomponerla hasta ese punto!

—Por favor, quédese —lo invitó—. Siéntese. Estoy harta del decoro y todavía más harta de mi propia compañía. Además, ¿por qué no debería recibir a un invitado que ha tenido la amabilidad de visitarme pese a la lluvia?

—Tal vez porque ese invitado es un caballero soltero y usted es una dama soltera sin acompañante —repuso sir Benedict.

Samantha suspiró. Parecía incómodo allí de pie, apoyado en sus bastones. Debía de estar desesperado por irse. Pero la soledad y el desánimo la habían convertido en una egoísta, además de en una imprudente.

—Entonces, ¿solo ha venido para informarme de que está lloviendo y para interesarse por la salud de Matilda? —le preguntó.

Lo vio titubear y, acto seguido, la sorprendió por completo.

—¡Al cuerno con la salud de lady Matilda! —replicó—. Y su casa tiene ventanas. Hoy ni siquiera están ocultas detrás de las cortinas. He venido a verla a usted.

Si poco antes había pensado que el caballero parecía incómodo, eso no era comparable a lo que sentía ella en ese preciso instante. El aire de la estancia parecía crepitar con alguna peligrosa emoción.

Aun así... «¡Al cuerno con la salud de lady Matilda!». No pudo evitar sonreír.

—¡Oh! Siéntese —repitió—. ¿Por qué debería irse solo porque Matilda no está?

Sir Benedict echó a andar despacio hacia la silla que ella había indicado y se sentó. Ella volvió a ocupar su sillón y se miraron el uno al otro.

¿Y qué hacían a partir de ese momento? Al menos dos días antes en el jardín de lady Gramley había flores para mirar, y también estaban el cielo y la casa. Y también había sonidos, aunque no los hubiera percibido entonces: pájaros, insectos, viento, los mozos de cuadra en las caballerizas. Ahora, en cambio, hasta Vagabundo estaba en silencio. Acababa de tumbarse en el suelo a los pies de sir Benedict, con el hocico apoyado en una de sus botas.

—¿Lo amaba? —le preguntó él sin venir a cuento.

Samantha enarcó las cejas. ¿Esperaba que hablase del tiempo? ¿Se refería a Matthew? Era una pregunta de lo más impertinente que exigía una réplica mordaz.

—Estaba enamoradísima cuando me casé con él —contestó—. No se puede esperar que semejante euforia dure para siempre, por supuesto. En realidad no existe eso del «y fueron felices y comieron perdices», sir Benedict.

—¿Cuánto tiempo llevaba casada antes de que lo hirieran? —preguntó sir Benedict.

—Dos años —respondió—. Pasé el primer año con él y el segundo, después de que destinaran a su regimiento a la península ibérica, en Leyland Abbey, la propiedad donde mis suegros viven, en Kent.

—¿Y sus heridas hicieron que el amor desapareciera?

—No. —Lo miró con expresión pensativa un instante. Debería pararle los pies al señalar lo impertinente y grosera que eran sus preguntas—. No tardé mucho en descubrir, después de casarme, lo que debería haber visto antes. Matthew no podía vivir sin la admiración de los hombres y sin la adulación de las mujeres. Era guapo, apuesto y simpático. Todos lo adoraban. Pero él...

¡Ah! No debería hablar así de su propio marido.

—Pero ¿solo se adoraba a sí mismo? —dedujo él.

¿Cómo lo había adivinado? Tenía toda la razón. Matthew veía a quienes lo rodeaban como un público atento y admirador. Samantha dudaba de que hubiera habido alguien en su vida a quien conociera realmente o a quien quisiera conocer, ella incluida. Incluso durante los últimos cinco años la había visto como le apetecía verla: una esposa obediente y atenta, creada para su comodidad. Nunca llegó a conocerla de verdad. Ni siquiera un poco.

—¿Las heridas no lo cambiaron? —quiso saber sir Benedict.

—Desde luego que sí. O tal vez solo cambiaron las circunstancias de su vida en vez de su carácter. —Clavó la mirada en el fuego—. Un sable le cortó la nariz y se la partió. No quedó muy desfigurado después de sanar, pero se negaba a que lo viera alguien que no fuéramos su ayuda de cámara o yo. Se negó a tener espejo en su habitación. Estaba destrozado por lo que él pensaba que era la pérdida de su apostura, como si esa fuera la esencia de su identidad. Si su salud hubiera sido buena, salvo por ese desfiguramiento menor, tal vez habría recuperado parte de su antigua seguridad y arrogancia. Pero carecía de buena salud.

—Beatrice me ha dicho que se entregó usted en cuerpo y alma a cuidarlo —comentó él.

—¿Cómo no iba a hacerlo? —Lo miró—. Era mi marido, y me preocupaba por él. No debería haberlo criticado en lo más mínimo. No está con nosotros para contradecirme ni para vengarse enumerando mis numerosos defectos.

—A veces, tal como le dije hace un par de días —repuso él—, necesitamos hablar con franqueza a la gente que nos entiende y en cuya discreción podemos confiar.

—¿Y puedo confiar en usted? —quiso saber—. ¿Aunque sea poco más que un desconocido para mí?

—Puede confiar en mi discreción.

Lo creía. Recordó lo que había dicho sobre sus amigos de Penderris Hall.

—No merecía una postración tan larga y dolorosa para acabar muriendo —se lamentó—. Jamás le deseé algo así.

—Y usted no merece sentirse culpable por seguir viva —replicó él—. Ya le hablé de Hugo, lord Trentham, que perdió la cabeza después de comandar con éxito una carga suicida en España. Su principal angustia, que siguió atormentándolo durante años después y todavía lo hace hasta cierto punto, fue el hecho de haber sobrevivido sin un rasguño mientras que todos sus hombres murieron o sufrieron terribles heridas. Sin embargo, lideró a los voluntarios poniéndose a la cabeza de la carga con un valor extraordinario. Debe perdonarse por estar viva, señora McKay, y por desear seguir viviendo.

—¿Y por querer bailar? —añadió ella, con una media sonrisa.

—E incluso por querer montar a caballo.

—Basta de hablar de mí y de mis ridículas desdichas —dijo al tiempo que sacudía la cabeza con suavidad—. ¿Qué hay de usted? ¿Qué hace exactamente en este rincón tan remoto de Inglaterra con su hermana? Parece una vida muy recluida para un hombre de su edad.

—¿De mi edad? —repitió él, que enarcó las cejas.

—Su rostro ha conocido el sufrimiento —comentó al tiempo que sentía el rubor que se extendía por sus mejillas—. Podría tener cualquier edad entre veinticinco y treinta y cinco años. O incluso...

—Tengo veintinueve años —la interrumpió él—. Beatrice necesitaba pasar unas semanas más en casa para recuperarse por completo del resfriado que la ha aquejado durante el invierno, pero Gramley necesitaba ir a Londres para ocupar su escaño en la Cámara de los Lores. Sus hijos están en el internado. Yo no tenía nada mejor en lo que emplear el tiempo, así que he venido para hacerle compañía.

—Lady Gramley tiene suerte de contar con un hermano tan atento —repuso ella.

—¿Usted no tiene la misma suerte con el suyo? —le preguntó sir Benedict—. Con su hermanastro, me refiero.

—John es clérigo y tiene a su cargo una parroquia muy grande, una esposa y tres hijos —le dijo—. Y se opuso a que nuestro padre se casara con mi madre.

—¿Por qué? —quiso saber él—. ¿Porque no era su madre?

—Al menos esa fue parte de la razón, estoy segura —contestó—. Su madre fue una mujer muy respetada y querida por todos los vecinos.

Sir Benedict la miraba con atención.

—¿Al contrario que la suya?

Debería decir sí o no y dejarlo estar.

—Mi madre era actriz cuando mi padre la conoció en Londres —contestó—. Además, era la hija de un galés y una gitana. Unas circunstancias que no ayudaron a que su hijastro la apreciara mucho. Ni a que lo hicieran los vecinos de mi padre, sobre todo porque era mucho más joven que él, muy guapa y muy alegre.

—¡Ah! —exclamó él, que la miró en silencio durante unos momentos mientras Samantha esperaba que añadiera algo más. Tal vez en ese punto de la conversación sir Benedict recuperaría los buenos modales y se marcharía de inmediato..., o tan deprisa como pudiera a fin de disimular su aversión—. Eso explica que sea usted tan morena. Me preguntaba de dónde vendría su ascendencia extranjera. Es por parte de su abuela gitana.

—Pero en realidad no tengo ascendencia extranjera, ¿verdad? —repuso—. Ha habido gitanos en Gran Bretaña durante generaciones. Pero no ha habido muchos matrimonios mixtos, y eso ha hecho que mantengan sus rasgos característicos.

La miró de nuevo en silencio, pero en esa ocasión lo hizo con una sonrisa cuyo significado Samantha fue incapaz de descifrar.

—¿Sigue viva? —preguntó él—. Me refiero a su abuela. ¿Sigue vivo su abuelo?

—Mi abuela regresó con su gente cuando mi madre era apenas un bebé —contestó—. No sé nada de mi abuelo salvo su nacionalidad. Mi madre se fue de Gales a los diecisiete años y jamás regresó. Casi nunca hablaba de su pasado. Tal vez lo hubiera hecho si hubiera vivido más tiempo.

El silencio se hizo de nuevo entre ellos.

—Sir Benedict —dijo—, ¿siente ya la necesidad de marcharse?

—¿Porque estoy comprometiendo su honra? —le preguntó él a su vez—. ¿O porque es medio gitana y puede usted comprometer la mía?

—Solo tengo un cuarto de sangre gitana en las venas —le recordó ella, malhumorada—. Un cuarto.

—¡Ah, bueno! Entonces estoy tranquilo —comentó él—. La mitad podría haber sido difícil de obviar.

Lo miró fijamente. Su semblante era serio, pero tenía una mirada risueña.

—¿La ha perseguido a lo largo de su vida? —le preguntó—. Me refiero al hecho de tener sangre gitana. Porque es imposible ocultarlo. Tal vez solo sea un cuarto, pero queda reflejado por completo en su aspecto.

Samantha alzó la mirada y guardó silencio.

—En su precioso aspecto —añadió—. Lo siento. La he avergonzado hablando de un tema que parece sensible para usted. Sí, señora McKay, siento la necesidad de marcharme. Pero por el bien del decoro. Del suyo, en concreto.

Se había sentido incómoda con él e irritada porque de alguna manera la había persuadido para revelar esos detalles tan íntimos de su vida. ¿Cómo lo hacía? ¿Se debía más bien a que no estaba acostumbrada a tratar a otras personas? Sin embargo, todavía no se sentía preparada para estar sola.

—¿Por qué quería verme? —quiso saber—. Eso es lo que ha confesado hace unos minutos, que ha venido a verme.

—No esperaba encontrarla sola —protestó él.

—Pero lo ha hecho. Y se ha quedado.

—Lo he hecho, sí —convino al tiempo que levantaba una mano para pasarse un dedo por la nariz—. La verdad es que la semana pasada no me apetecía verla. La había agraviado de forma espantosa y detestaba tener que pedirle disculpas. Tampoco me apetecía verla hace dos días, pero dado que fui yo quien sugirió que visitara a Beatrice, me parecía mezquino escabullirme con mi caballo y que no encontrara a nadie en casa.

—¿Quiere decir que me vio llegar? —le preguntó—. ¿No regresaba de su paseo?

—En realidad, estaba a punto de salir —respondió—. Y, sí, la vi llegar. Y disfruté de nuestra conversación en el jardín. Supongo que he estado ávido de compañía femenina, cansado de mi propia culpa, y usted me pareció una compañera segura.

—¿Segura?

—Es viuda y está en pleno luto. —Hizo una mueca—. Le pido disculpas. Lo estoy haciendo fatal. Los coqueteos no me interesan. Y tampoco busco esposa. Yo...

—Y si así fuera —lo interrumpió ella—, estaría buscando en el lugar equivocado. No busco esposo.

—No —convino él—. Por supuesto que no. Disfruté de su compañía hace unos días, señora McKay. No es frecuente que uno pueda relajarse con un miembro del sexo opuesto que no sea un familiar.

—Entonces soy una compañía segura por mi condición de viuda reciente —concluyó—. Pero ¿y si ya no estuviera de luto?

Sir Benedict la miró fijamente un instante.

—En ese caso, no me parecería segura en absoluto —respondió él.

—¿Por qué no?

—Me tentaría la idea de... despertar su interés —contestó.

—¿Se refiere a mi afecto?

—El afecto no siempre es necesario.

Samantha se apoyó en los cojines que tenía detrás.

—¿Quiere decir que sentiría la tentación de seducirme?

—Por supuesto que no. —Frunció el ceño—. La seducción es unilateral. Implica un cierto grado de coacción o al menos de engaño.

Samantha sentía que el corazón le latía muy fuerte en el pecho. Hasta casi atronarle los oídos.

—Sir Benedict —dijo—, ¿cómo es posible que nuestra conversación haya llegado a este punto?

Lo vio sonreír de repente y sintió un extraño aleteo en las entrañas, ya que era una sonrisa de gran atractivo. Casi infantil, salvo que no era infantil en absoluto.

¡Oh, aquello no era seguro en lo más mínimo! ¿Cómo se atrevía? No debería haber permitido que se quedara.

—Creo que se debe en gran parte a la ausencia de lady Matilda —respondió—. Dudo que hubiéramos hablado de otra cosa que no fuera el clima y el estado de salud de los demás si hubiera estado presente.

—Sí, en efecto —convino con fervor—. Pero de todas formas no debemos preocuparnos, ¿verdad? Acabo de enviudar hace poco, de manera que soy una compañía segura.

—¿Cuántos años tiene? —le preguntó él.

—¡Qué pregunta más grosera! —repuso Samantha—. Una mujer nunca dice su edad, caballero. Aunque soy más joven que usted. Creo, después de todo, que mi primera impresión fue acertada. ¡Tantas palabrotas y aquel despliegue de mal genio! No es usted un caballero.

Sin embargo, estropeó el efecto de sus palabras al reírse. Sir Benedict le devolvió la sonrisa.

—Voy a pedir que traigan el té —anunció al tiempo que se ponía en pie—. ¿Le gustaría tomar otra cosa?

—Jerez, si tiene.

Tiró del cordón de la campanilla. Vagabundo levantó la cabeza un momento, se percató de que no ganaría nada si se movía y decidió apoyarse de nuevo en la bota derecha de sir Benedict. ¡Qué perro más tonto! ¿No se daba cuenta de que no le caía bien a ese hombre?

Le ordenó a Rose que llevara la bandeja del té, pero no volvió a sentarse de inmediato. Se sentía incómoda, de manera que se acercó a la ventana para mirar hacia el exterior. Seguía sin escampar.

Sir Benedict había admitido que si no fuera una viuda tan reciente, intentaría despertar su interés. Llegados a ese punto, debería haber acortado la distancia que los separaba para cruzarle la cara. O debería haberle exigido que se marchara.

Sin embargo, había sido, de lejos, lo más bonito que le habían dicho en muchísimo tiempo.

¡Ay, por Dios! Mucho se temía que atesoraría durante días el recuerdo de esas insolentes palabras. ¡Qué ridícula era!

8

Ben se dio cuenta nada más entrar en la sala de estar de que la señora McKay había estado llorando. Cierto que no había rastro alguno de lágrimas, pero el ligero enrojecimiento y la hinchazón de sus ojos la traicionaban. De manera que se propuso distraerla conversando con ella y había llegado al límite del coqueteo.

Esa no había sido su intención cuando decidió ir. En fin, por supuesto que no. Había esperado una visita muy aburrida y formal con dos damas, no con una. Debería haberse ido nada más descubrir que ella no estaba acompañada.

Aunque había estado llorando. Y era evidente que no quería estar sola. Así que se había quedado...; una decisión muy imprudente. Estar a solas con ella en ese lugar le parecía muy distinto de lo que sintió dos días antes en el jardín de los parterres de Bea.

¡Maldita sea!

No había deseado a ninguna mujer en seis años, ni a las mujeres en general, ni a ninguna en particular. Había llegado incluso al punto de preocuparse por ello. ¿Sus heridas incluían la muerte del apetito sexual? Sin embargo, tampoco se había preocupado en exceso, ya que sabía que nunca podría ofrecerle matrimonio a una mujer; no siendo un lisiado como era, imposible de sanar del todo. Tampoco soportaba la idea de acostarse con una mujer fuera del matrimonio, ya que no había cantidad de dinero suficiente que compensara por completo la repugnancia que cualquier mujer sentiría al verse obligada a intimar con él.

Observó a la señora McKay mientras ella se detenía junto a la ventana. Llevaba el pelo oscuro, casi negro, recogido con un sencillo moño en la nuca. Sin embargo, se le habían escapado unos cuantos mechones, que caían lacios y largos a los lados. Estaba guapa de todas formas. Su cara no necesitaba ningún adorno. El espantoso vestido de seda negra no podía ocultar las voluptuosas curvas de su cuerpo ni la elegancia de su porte.

Tenía sangre gitana, y ese era un tema sensible para ella. Había esperado que él se fuera en cuanto lo descubrió.

Era una mujer que necesitaba desesperadamente un amigo, concluyó. Y estaba encantado de ofrecerle su amistad; al menos hasta que se marchara.

La criada regresó con una bandeja y la dejó en una mesa antes de retirarse. La señora McKay volvió la cabeza para mirarla mientras lo hacía, pero no se apartó de la ventana de inmediato.

—Hace un día de lo más triste ahí fuera —dijo—. Después de todo, se agradece poder estar bajo techo con un fuego crepitando en la chimenea.

—No es triste. —Se acercó los bastones y se puso en pie mientras ella lo miraba. El perro se levantó, lo miró y movió el rabo, expectante. Cruzó la habitación para llegar junto a la señora McKay—. Por encima de las nubes, están el cielo azul y el sol.

—Un buen consuelo, en efecto —repuso ella, que volvió la cara hacia la ventana y miró hacia arriba—, cuando es imposible subir para verlo.

—¿Un globo aerostático? —sugirió él.

—¡Uf! —exclamó con un estremecimiento—. Sufriríamos el azote de la lluvia mientras atravesamos las nubes, además de la niebla y la humedad de las mismas.

—Y la gloria del sol cuando emergiéramos al otro lado —apostilló él.

—¿Habla en plural? ¿Iríamos juntos, entonces?

—¡Ah! Eso creo —respondió—. Fui oficial del ejército, por supuesto, pero no creo que mi voz estentórea baste para gritar desde allí arriba «Se lo dije» y que usted me oiga aquí abajo.

—Haría un frío horrible pese al sol —señaló ella—. ¿Nunca ha visto la nieve en las cumbres de las montañas cuando hace calor en los valles?

—Está decidida a ser pesimista —le reprochó—. Nos llevaríamos unas pieles con las que arrebujarnos.

—¿Juntos?

Ella volvió la cabeza de nuevo. Tenía la cara muy cerca de la suya.

—Una de las mejores fuentes de calor —adujo él— es el calor corporal. Me imagino que allí arriba hará mucho frío.

—Pero debajo de las pieles estaríamos cómodos y calentitos.

—Sí. Disfrutaríamos de nuestro doble calor corporal.

Casi podía sentir su aliento en la cara. Además de su calor corporal. Ya estaba coqueteando de nuevo, pero en esa ocasión con flagrante descaro. Claro que no era su intención. Solo quería animarla, hacerla sonreír o arrancarle una carcajada.

—¿Adónde iríamos? —preguntó ella.

—Lejos, muy lejos. —Clavó la mirada en sus labios cuando ella se los humedeció con la lengua.

—¡Ah! —Exclamó con un hilo de voz—. El mejor lugar adonde ir.

—Sí.

—Juntos.

—Sí.

Lo miró a la cara con atención. Sus ojos eran grandes, oscuros, de largas pestañas y profundidades insondables.

—Hace más de seis años que no me besan como Dios manda —confesó ella.

—Como Dios manda —repitió Ben, que tragó saliva—. Igual que a mí; el mismo tiempo. Tal vez nos dieron el último beso a la vez, el mismo día y a la misma hora, hace más de seis años, pero fueron otras personas las que nos besaron, no entre nosotros.

—¿La sobrina de su coronel?

—¿Su marido?

Ambos sonrieron.

—Es demasiado tiempo —señaló ella.

—Sí.

—Tal vez —añadió la señora McKay— deberíamos hacer algo al respecto.

Ben intentó pensar en todas las razones por las que no deberían hacerlo..., o al menos en todas las razones por las que él no debería hacerlo.

—Lo siento —se disculpó ella con las mejillas sonrojadas al tiempo que volvía la cabeza con brusquedad para mirar de nuevo por la ventana.

Ben inclinó la cabeza hacia un lado y la besó. Hubo un detalle evidente desde el primer momento: su apetito sexual no había desaparecido ni había sufrido daño alguno. Los labios de la señora McKay eran suaves, cálidos y húmedos. Los había separado y le temblaban un poco. Se volvió para quedar frente a él y le colocó las manos en los hombros.

Ben le separó los labios con la lengua y exploró el interior de su boca. Ella se lo permitió, la succionó y se la acarició con la suya, llevándola hasta el paladar. El placer fue tan exquisito que a punto estuvo de olvidar los puñeteros bastones.

De repente, sintió que se separaba de él y le tomaba la cara entre las manos, metiéndole los dedos entre el pelo. Lo miraba con un brillo radiante en los ojos y con esos labios carnosos sonrojados por el beso, todavía húmedos e incitantes.

—Lo siento —le dijo—. Soy discapacitado. No puedo abrazarla.

—Tal vez sea lo mejor en este momento —replicó ella, que sonrió de repente y pareció joven y muy guapa—. O tal vez ambos estamos muy necesitados y cualquier beso nos parece bien.

—Una idea un tanto humillante.

Le apartó las manos de la cara, todavía con la sonrisa en los labios. Sin embargo, la realidad comenzaba a entrometerse entre ellos.

—No debí haberme quedado tras descubrir que lady Matilda se ha ido —dijo—. Cuando rememore esta tarde lo sucedido después de que me vaya, se sentirá horrorizada.

—Presume de conocer mis pensamientos, por lo que veo —replicó ella—. Mis pensamientos futuros, además. Antes de que usted llegase era un día horrible, sir Benedict. No me arrepiento en absoluto de que Matilda se haya ido, pero me molesta que me dejara con la sensación de que he errado de algún modo. Y entonces empezó a llover y comprendí que no podríamos salir a montar. La lluvia hizo que el día fuera triste, y me sentí desasosegada, sola e inmersa en la autocompasión. La gente que se compadece de sí misma no es agradable, ni siquiera para ella misma. Sin embargo, cuando estaba en el peor momento, llegó usted. Y de alguna manera me convenció de que le hablara como si fuera un amigo de confianza. Y después empezó a coquetear conmigo y, por un instante, me ha llevado con usted hasta el sol por encima de las nubes en un globo aerostático, envueltos en pieles abrigadas y rumbo a un destino muy, muy lejano. Y entonces me ha besado. Ya he superado el peor momento del día. Es imposible que sepa usted lo que voy a sentir después de que se marche. Sin embargo, le aseguro que no me sentiré horrorizada.

¡Por el amor de Dios! Ben llegó a la conclusión de que posiblemente la señora McKay descubriera a lo largo de la tarde que se había engañado. Él mismo se sentía incomodísimo. Un caballero no se comportaba de esa forma.

—Su jerez no se enfriará —señaló ella mientras se alejaba de él—, pero mi té sí. ¿Le sirvo unas galletas?

—Solo una —contestó Ben mientras la seguía despacio por la estancia—. Gracias.

Ella le llevó la galleta y el jerez mientras el perro se acomodaba de nuevo a sus pies.

—¿Cuántos años tenía cuando se casó? —le preguntó.

La señora McKay le sonrió mientras se sentaba y cogía su taza y su platillo.

—Se le dan bien los cálculos aritméticos, ¿no es así, sir Benedict? Permítame ahorrarle la molestia de tener que calcular mentalmente. Tenía diecisiete años. Matthew y yo estuvimos juntos un año antes de que destinaran su regimiento a la península ibérica. Pasé el siguiente año en Leyland Abbey. Después de que trajeran a Matthew a casa, nos trasladamos aquí, donde hemos vivido cinco años hasta su muerte, hace poco más de cuatro meses. De manera que tengo veinticuatro años.

—Me ha pillado, ¿verdad? —Se rio—. Así que no la han besado y ha sido célibe desde los dieciocho años.

—Yo también sé calcular —dijo ella mientras el rubor de sus mejillas se hacía más evidente—. Usted lleva desde los veintitrés años sin que lo besen y siendo célibe.

Ben bebió un sorbo de jerez.

—Esta no es una conversación muy apropiada para un salón respetable, ¿verdad?

—Nunca hemos llamado «salón» a esta estancia —repuso ella—. Pero tiene razón. A Matilda le daría un soponcio si nos oyera. Y a lady Gramley otro, me temo.

—¡Por Dios, sí! —Ben dejó el plato en la mesa sin haber tocado la galleta. Colocó al lado la copa de jerez, de la que solo había bebido un par de sorbos, y se puso en pie de nuevo—. Creo que cuando entré, me dejé el sentido común, por no hablar de los buenos modales, en la puerta de Bramble Hall bajo la lluvia, señora McKay. Estar aquí a solas con usted no es apropiado y seguramente daría pábulo a las habladurías, incluso a un escándalo, si alguien se enterara. No debe volver a ocurrir. No la convertiré en la protagonista de los chismorreos de sus vecinos.

Atisbó algo en su sonrisa. ¿Desdén? ¿Tristeza?

—Tiene toda la razón —replicó ella—. Pero pese a todo eso no me arrepentiré de esta tarde y espero que usted no lo haga. Me ha levantado el ánimo cuando lo tenía por los suelos y me ha hecho sentir como una mujer por primera vez en años. Recordaré nuestra conversación y nuestro beso, aunque haya sido breve y relativamente inocente. Estoy segura de que lo rememoraré más a menudo de la cuenta. Sin embargo, tiene razón. No debe volver a ocurrir. Salude a su hermana de mi parte, ¿quiere?

—Lo haré —le prometió mientras ella tiraba del cordón de la campanilla y luego le ordenaba a la criada que diera las instrucciones para que llevaran el carruaje de sir Benedict Harper a la puerta—. Siento que no hayamos podido salir a montar. Tal vez podamos intentarlo de nuevo cuando el tiempo mejore. Con Beatrice, por supuesto. —Le tendió una mano y ella la aceptó—. Vaya a visitar a Bea cuando se sienta sola —le dijo—. Le encantará recibirla. Tal vez incluso podría acompañarla alguna que otra vez cuando visite a los enfermos. Nadie puede negar que sea una actividad intachable para una viuda que está de luto riguroso.

—Gracias —replicó ella—. Es usted muy amable.

Sin embargo, había un tono en su voz que Ben no fue capaz de interpretar.

Se dio media vuelta y se dirigió a la puerta, sintiéndose torpe e incluso grotesco porque sabía que lo estaba mirando.

Al cabo de unos minutos se sentó en el carruaje y agitó la mano para despedirse de ella, que se encontraba en el umbral de la casa con el perro a su lado, moviendo el rabo.

Menos mal que le había ofrecido su amistad durante el tiempo que pasara allí... Una posibilidad que él mismo había estropeado al comportarse de forma tan egoísta y coquetear con ella e incluso besarla. Seguir visitándola a solas era imposible, puesto que ya sabía que estaría sola. Era una lástima. La señora McKay necesitaba compañía. Y él también. Pero un hombre y una mujer solteros no podían ser compañeros sin provocar un escándalo. Y, al parecer, con toda la razón del mundo.

Tal vez podría encontrarle otros compañeros, que no fueran ni solteros ni hombres.

Dos días después, lady Gramley visitó a Samantha por la tarde, llevando consigo a la señora Andrews, la esposa del vicario, y las tres mantuvieron una conversación alegre mientras le hacían sugerencias prácticas a fin de que se involucrara en la vida del pueblo sin comprometer su condición de viuda reciente. Antes de que se fueran, el nombre de Samantha se había añadido a la lista de visitantes oficiales de los enfermos, y se había convertido en miembro de dos comités, uno para organizar la venta benéfica de verano de la iglesia, y otro para decorar el altar. La animaron a que visitara Robland Park y la vicaría cuando lo deseara y le aseguraron que pronto empezarían a llegarle invitaciones a otros lugares.

—Señora McKay, he hablado con mi marido de su situación —le dijo la señora Andrews— y me ha asegurado que ni la Iglesia ni la sociedad desaprobarán que una viuda se involucre en buenas obras y que les haga compañía a sus vecinos en un ambiente sereno, incluso durante los primeros meses de luto. Y créame usted cuando le digo que el vicario es muy estricto en lo que se refiere a demostrar un comportamiento adecuado.

Samantha sospechaba que sir Benedict Harper estaba detrás de esa visita, y se lo agradecía. Mantenerse ocupada con actividades que fueran útiles para los demás seguramente calmaría su desasosiego y la ayudaría a cumplir su deseo de volver a vivir, no solo de existir un día tras otro. Y quizá, después de todo, no le resultara tan difícil hacer amistades en la zona.

Sin embargo, sir Benedict no volvió. Tampoco estaba en Robland Park el día que fue a tomar el té, tal vez porque la habían invitado y él lo sabía de antemano. Cuando lo vio en la iglesia, él la saludó con una educada inclinación de cabeza, pero no le habló ni la miró abiertamente.

Después de que se fuera aquel día, rememoró varias veces su conversación y su beso, sobre todo el beso. Se pasó media noche en vela soñando con el beso... ¡Menuda ironía! Al día siguiente se pasó toda la mañana mirando por las ventanas y más tarde, cuando la lluvia escampó y pudo sacar a Vagabundo al jardín para que hiciera un poco de ejercicio, mirando hacia el camino de entrada con la esperanza de que apareciera.

Sin embargo, mucho antes de que comprendiera que no iba a volver, sucumbió a la culpa. Lo había animado a quedarse aunque él se habría marchado tras descubrir que Matilda ya no estaba con ella. Lo había alentado a coquetear con ella, aunque no fue algo deliberado. Y lo había invitado explícitamente a besarla.

Había demostrado un comportamiento de lo más escandaloso. No era de extrañar que no quisiera volver a verla. Y seguramente ella tampoco desearía volver a verlo si no se sintiera tan sola y tan desasosegada.

Decidió que lo mejor sería no verlo nunca más. Y entonces se enteró de que sir Benedict se marcharía pronto. Lady Gramley planeaba emprender el viaje en breve para reunirse con su marido en Londres. Y su hermano, según le dijo una tarde a un grupo de damas reunidas en la vicaría dos semanas después de su visita a Bramble Hall durante aquella lluviosa tarde, iba a emprender una serie de viajes por las islas británicas, empezando por Escocia.

Samantha se dijo a sí misma con bastante firmeza que la noticia no la desanimó en lo más mínimo. Que no le importaba. Había dejado atrás los recuerdos de aquella tarde. Sir Benedict se iría pronto, y ella podría dedicarse a su nueva vida en Bramble Hall sin la distracción de esperar verlo allá donde fuera. Tenía la intención de mantenerse activa y ocupada durante lo que restaba del año de luto.

Tal vez incluso sería feliz.

9

Poco más de una semana después, el carruaje que había llevado a Matilda a Leyland Abbey regresó a Bramble Hall, conducido por un cochero distinto y acompañado por jinetes también distintos. Samantha reconoció al cochero de hacía cinco años, pero los otros hombres le resultaban desconocidos. Eran todos grandes y corpulentos, como lo eran a menudo los criados que contrataban para proteger a los viajeros. También eran todos de carácter muy hosco. Eso era lo que trabajar para el conde de Heathmoor les hacía a las personas, pensó Samantha. Uno de ellos le entregó una carta con el sello del conde.

La aceptó y de inmediato se sintió helada. No quería tener más tratos con la familia de Matthew, y esa misiva no sería agradable ni mucho menos. Además, ¿por qué habían llegado más criados para reemplazar a los que se habían marchado con Matilda? Se llevó la carta a la salita y cerró la puerta. Obligó a Vagabundo a desalojar su sillón favorito, al que él tenía prohibidísimo subirse, de la misma manera que en otro tiempo tuvo prohibidísimo entrar en la casa, y se sentó.

No quería romper el sello de la carta. De un tiempo a esa parte se sentía bastante feliz. Tenía algunos conocidos que le caían bien. Tenía sitios a los que ir y cosas que hacer al tiempo que preservaba su reputación y la obligación de seguir de luto durante lo que quedaba de año. No quería que volvieran a lanzarla de lleno a un abismo lúgubre lleno de culpa. Por un instante consideró la idea de arrojar la carta al fuego y olvidarse de ella. Matthew lo habría hecho. El problema era que ella no se olvidaría del asunto. Sería mejor leerla de una vez para desentenderse del tema.

Rompió el sello abrumada por un mal presentimiento.

Leyó la carta sin detenerse y después se inclinó hacia delante con la cabeza gacha y los ojos cerrados con fuerza. Al cabo de un momento, oyó los jadeos de Vagabundo muy cerca y olió su aliento, nada fresco. Tras frotarle la mano con la trufa, húmeda y fría, el perro gimió. Le colocó una mano en la cabeza.

—Vagabundo —dijo.

El perro le lamió la cara y volvió a gemir, a todas luces inquieto.

—¡Ay, Vagabundo!

La estupefacta desesperación por lo repentino de las noticias la abrumó. El conde de Heathmoor estaba disgustado por el escandaloso comportamiento de su nuera, algo de lo que le había informado lady Matilda. Esa no fue la sorpresa, por supuesto. Como tampoco lo fue la verborrea con la que la regañó. Fue el castigo lo que hizo que tuviera la sensación de que le habían dado un puñetazo en el estómago, aunque el conde no lo llamó «castigo». Si su nuera no sabía cómo comportarse sin la mano firme de un hombre, y era evidente que no sabía, debía insistir en llevársela de vuelta a Leyland Abbey sin dilación. Allí él mismo impondría la disciplina necesaria para cortar de raíz el comportamiento tan díscolo que sin duda conllevaría la censura e incluso la ruina del buen nombre de su familia si permitía que continuara.

De haber sido solo eso, tal vez habría quemado la carta al final y después habría lidiado con su candente furia de la mejor manera posible. Pero había más.

Porque, cómo no —¡ay, qué tonta, pero qué tontísima había sido al confiar en las expectativas de Matthew!—, Bramble Hall no era suyo. Nunca le habían traspasado la propiedad a Matthew, y si la propiedad le correspondía en herencia, ese acuerdo quedaba en papel mojado al haber muerto antes que su padre. La casa le pertenecía, con todo el mobiliario y todos los criados, al conde de Heathmoor, y en ese momento, dado que su segundo hijo estaba muerto y no se podía confiar en que su viuda mantuviera el buen nombre de la familia, enviaba a su tercer hijo a vivir allí. Rudolph y su esposa, Patience, se mudarían al cabo de dos semanas. El cochero principal del conde, así como el encargado de los mozos de cuadra y otros criados de confianza, tenían órdenes de llevarla a Leyland Abbey con un solo día de descanso desde el momento en el que llegaran a Bramble Hall. Debía prepararse para acompañarlos.

El conde hacía que parecieran carceleros. Desde luego, parecían carceleros.

—Vagabundo —dijo—, ¿por qué no lo he visto venir? ¿Soy una idiota redomada? Ni se me pasó por la cabeza. Creía que se alegraría de dejarme aquí, fuera de su vista, donde no tendría que pensar en mí.

Se quedó sentada un momento con los ojos fuertemente cerrados mientras el perro gemía y le lamía la cara de nuevo. Después alzó la cabeza y miró esos profundos ojos que tenía a pocos centímetros de los suyos.

—Antes me mato que vivir de nuevo en Leyland Abbey —le dijo al perro. Solo estaba exagerando.

Se puso en pie de un salto y empezó a andar de un lado para otro de la estancia, con la carta apretada en un puño. ¿Qué iba a hacer? La engullirían por completo si iba a Leyland Abbey. Jamás sería libre. Pero ¿qué alternativa le quedaba? Matthew le había asegurado que ese sería su hogar de por vida, y lo había creído. ¡Ay! Debería haberlo sabido...

Al cabo de un momento dejó de pasearse de un lado para otro y se agarró al alféizar de la ventana con la mano libre para no caerse. Tomó una honda bocanada de aire y después le resultó imposible soltarla, aunque acabó expulsándolo a rachas entrecortadas, y luego fue como si se le hubiera olvidado cómo se respiraba. Empezó a ver estrellitas. Y después el aire le entró de nuevo. Se obligó a despertar. En ese preciso instante. Debía de ser una pesadilla. Pero claro que no lo era.

Tenía que salir de la casa, ya que alguna fuerza la había dejado casi sin aire. El techo se le caía sobre la cabeza. Y la casa ya no era suya en ningún sentido. Rudolph y Patience llegarían al cabo de dos semanas. Se dio media vuelta y corrió escalera arriba en busca del bonete, la capa y los zapatos para salir al exterior, con Vagabundo pisándole los talones.

En el jardín tampoco había suficiente aire. Caminó por el sendero lateral sin titubear, salió por la puerta y enfiló el camino que discurría frente a ella hasta que vio una carreta que se tambaleaba bajo una carga de heno que avanzaba en sentido contrario al suyo. Cruzó un campo de labor y después un prado... El mismo en el que conoció a sir Benedict Harper en otra vida.

Robland Park estaba todavía bastante lejos, pero de repente supo que era su destino, que lo había sido desde el principio. Nadie podía ayudarla, pero necesitaba la compañía de una amiga, y lady Gramley era lo más parecido a una amiga que había tenido en muchos años.

Siguió andando, con Vagabundo dando saltitos a su alrededor y saliendo de vez en cuando en pos de alguna criatura salvaje más rápida que él y, por tanto, sin miedo a asomar la nariz. El pobrecillo no terminaba de aprender esa lección.

¿Qué sería de él? Desde luego que no le permitirían acompañarla a Leyland Abbey.

¡Ay! Se moriría si se lo quitaban. No le cabía la menor duda.

Samantha no fue la única persona de los alrededores que recibió una carta de cierta importancia esa mañana. Tanto Ben como Beatrice también recibieron una. Las cartas les esperaban junto a los platos del desayuno cuando se sentaron a la mesa.

La carta de Beatrice era de la hermana de su marido, quince años menor que él. Caroline, lady Vere, estaba a punto de dar a luz a su primer hijo y había estado esperando con impaciencia la llegada de su suegra para ayudarla con el momento del parto. Sin embargo, la mujer había acabado postrada en la cama por alguna desconocida dolencia nerviosa, y Caroline le suplicaba a Beatrice, con letra menuda y apretujada y lo que parecía casi histeria, que por favor fuera en su lugar, dado que Vere casi se desmayaba cada vez que alguien hablaba del inminente asunto delante de él mientras que ella no tenía a nadie a quien acudir salvo a su antigua niñera, que siempre la regañaba y a quien le temblaban las manos con una especie de parálisis.

—Esperaba pasar al menos una o dos semanas más en casa antes de ir a Londres —le dijo Beatrice a Ben con un suspiro tras contarle el contenido de su carta—. Ahora parece que tengo que partir hacia Berkshire sin dilación; hoy mismo a ser posible. Podría estar allí pasado mañana si no hay retrasos inesperados. Me niego a que la pobre Caroline tenga que pasar por el aterrador trance sin más ayuda que el inútil de su marido y una niñera que siempre le ha dado pavor. Que sepas que los hombres soléis ser inútiles en esas circunstancias, sobre todo el inminente padre, que siempre se cree la patraña de que él es quien más sufre en mitad de la crisis.

—En ese caso, debes irte —repuso él entre carcajadas.

—Pero ¿qué hacemos contigo? —le preguntó ella con el ceño fruncido—. No puedo pedirte que te marches de Robland Park de buenas a primeras cuando te invité con el propósito de hacerme compañía. Puedes quedarte aquí solo, por supuesto, pero me parece muy poco hospitalario abandonarte.

—No te lo echaré en cara —le aseguró—, ya que lady Vere parece necesitar de tu compañía mucho más que yo. Estaré muy contento aquí solo, Bea. Y estoy seguro de que me marcharé antes de una semana como mucho.

—¿A Kenelston Hall? —le preguntó ella con voz esperanzada.

—A Kenelston Hall todavía no —le contestó—. Seguramente a Escocia. Que sepas que nunca he estado allí. Dicen que es muy pintoresca y bonita, como lo son Irlanda, Gales y numerosas zonas de Inglaterra. Tal vez, con el tiempo, cuando mi encandilado público me suplique más libros, incluso me embarque en viajes al extranjero.

—Y supongo que nunca sentarás cabeza —replicó ella, que seguía con el ceño fruncido—. Benedict, ¿no se te ha ocurrido que tal vez esa sea la causa de todo tu desasosiego?

—¿No haber sentado cabeza? Supongo que es una conclusión un tanto obvia —admitió él—. Si sentara cabeza, no sentiría desasosiego. Si siento desasosiego, no puedo sentar cabeza.

—Ya debería haber aprendido la lección —repuso su hermana al tiempo que se levantaba tras dejar la servilleta sobre el plato— y saber que no debo discutir contigo de tus escarceos.

—Por desgracia —replicó—, no tengo escarceos de los que hablar.

—¡Ah! Los dobles sentidos —protestó su hermana—. Me pregunto quién inventó nuestro idioma. Ese hombre no hizo un buen trabajo.

—Tal vez fuera una mujer —repuso él.

Bea soltó una carcajada.

—¿Partiendo de la idea de que las mujeres somos atolondradas por naturaleza? No puedo quedarme a discutir contigo. Tengo que ponerme manos a la obra si quiero marcharme no mucho después del mediodía. Por supuesto, pueden enviarme el grueso de mis pertenencias a Londres directamente dentro de unas semanas.

Ben releyó su carta después de que su hermana saliera del comedor matinal. Era de Hugo Emes, lord Trentham, uno de sus compañeros del Club de los Supervivientes. Hugo iba a casarse, con lady Muir. A Ben le complacían mucho las noticias. Se preguntó si Hugo habría ido en pos de la dama después de que todos se marcharan de Penderris Hall. Lady Muir se había torcido el tobillo en la playa cuando estaban en Cornualles, y Hugo la había encontrado y la había llevado en brazos hasta la casa como el musculoso gigante que era, con el ceño fruncido en todo momento, no le cabía la menor duda. Se había enamorado de los pies a la cabeza de lady Muir, y ella de él. Pero a Hugo lo había frenado el hecho de que, aunque con título nobiliario y una enorme fortuna, era de origen burgués, mientras que ella era la hermana del conde de Kilbourne y la viuda de un vizconde. De modo que el idiota la había dejado marchar sin pelear cuando su hermano fue a buscarla unos días después de que sufriera el percance del tobillo. Aunque era evidente que había ido tras ella. Se casarían en la iglesia de Saint George en Hanover Square, en Londres.

La carta era una invitación de boda, aunque Hugo no albergaba muchas esperanzas de que Ben asistiera.

Hugo le escribía lo siguiente:

No tenía la dirección de lady Gramley ni nadie más la tenía.
Escribí a Kenelston Hall para pedirla, pero para cuando me llegó
la respuesta de tu hermano, ya había pasado demasiado tiempo

y parece imposible que puedas estar allí aunque te apetezca cruzar medio país por mi boda. Eso sí, Imogen viene desde Cornualles, y Flavian, Ralph y George ya están aquí. Todavía no tengo noticias de Vincent.

Ben anheló estar también allí, aunque fuera Londres. Daba la impresión de que sería el único de los supervivientes que no asistiría a la boda de Hugo. Y eso que él era el primero en casarse. ¿Sería también el único en hacerlo? A todos les gustaba creer que estaban recuperados y preparados para afrontar de nuevo el mundo, pero la verdad era que conformaban un grupo de personas con heridas muy profundas. Claro que la autocompasión no estaba entre sus pecados. Todos habían luchado con denuedo contra ese rasgo en concreto.

La boda se celebraría dentro de una semana. Podría llegar a Londres a tiempo si se marchaba sin más demora. La tentación de verlos a todos de nuevo aunque se habían despedido hacía muy poco, sin la esperanza de verse hasta el año siguiente, fue casi abrumadora. Y se reunirían para un evento feliz. Porque era un evento feliz. A Ben le cayó muy bien lady Muir, y le pareció que Hugo y ella estaban hechos el uno para el otro pese a las evidentes diferencias sociales y de carácter.

Por un instante, lo asaltó la envidia. No eran celos. Él no había pretendido a lady Muir. Solo era envidia por el hecho de que dos personas se hubieran encontrado y de que sus corazones hubieran conectado, porque sin duda era un matrimonio por amor. De modo que se casarían y llevarían una vida de pasión compartida.

Tal vez asistiría, pensó Ben. Pero no se iría ese día. Sería un caos absoluto si tanto Beatrice como él se preparaban para una marcha precipitada. Podría llegar a tiempo si se marchaba al día siguiente por la mañana, aunque eso significaría hacer tramos de viaje más largos sin paradas, una forma de viajar que no le resultaba cómoda. No tendría que quedarse en la ciudad mucho tiempo, lo justo para asistir a la boda y ver a sus amigos con tranquilidad. Podría marcharse de todas formas a Escocia después, y viajaría con mucha parsimonia hacia el Norte mientras anotaba sus impresiones por el camino.

¿Era absurdo imaginar que podría escribir? Seguramente sí, pero al menos lo intentaría. Porque tenía que hacer algo.

Beatrice se fue justo antes de la una de la tarde. Ben se despidió de ella con la mano y sonrió al ver su carruaje cargado con el equipaje, con otro más pequeño detrás igualmente cargado con más baúles y bolsas de viaje. ¿Y el grueso de sus pertenencias se las enviarían a Londres?

Regresó al interior y subió hasta la habitación contigua a su dormitorio, donde realizaba sus ejercicios diarios.

Cuando terminó de ejercitarse, ya había tomado la firme decisión de ir a Londres, de sorprender a Hugo al aparecer en su boda en el último minuto para completar el grupo; suponiendo, claro, que Vincent asistiera. En parte, sabía que lo estimulaba la procrastinación. Aunque la idea de viajar a Escocia para recorrerla lo emocionaba en abstracto, la perspectiva de hacerlo en solitario, sin un destino concreto en mente, le resultaba menos atractiva. Tal vez pudiera convencer a Ralph o a Flavian de que lo acompañaran. O incluso a Vince. Sería interesante añadir las observaciones de un viajero ciego a su libro.

Salía de su habitación después de asearse y de cambiarse la ropa sudada con la que se había ejercitado cuando oyó voces en el vestíbulo. El mayordomo de Beatrice le informaba a alguien de que su señora no estaba en casa.

—¡Vaya! —dijo la otra persona. Y después de una pausa—: ¿Y cuándo se espera su regreso?

Era una voz femenina. La de la señora McKay. Ben se preparó para regresar a su dormitorio, donde su ayuda de cámara empezaba a hacer el equipaje. Había conseguido evitarla con bastante éxito durante las últimas semanas, había evitado convertirla en un tema de conversación en el vecindario, ya que eso habría sucedido si seguía yendo a verla.

—Se ha marchado, señora —le explicó el mayordomo—, y no volverá hasta el verano.

—¡Ah! —De alguna manera, ese monosílabo consiguió transmitir una decepción inmensa.

Ben titubeó con la mano en el pomo de la puerta.

—¿Quiere que pregunte si sir Benedict está disponible para las visitas, señora? —le preguntó el mayordomo.

Ben frunció el ceño al tiempo que sacudía la cabeza.

—¡Ah! —repitió ella—. No sé. No, tal vez debería...

No era una visita social. Algo en su voz así se lo indicó a Ben. Captó desesperación tras el deje decepcionado de su voz.

—¿Quién es, Rogers? —preguntó en voz lo bastante alta como para que lo oyeran desde el vestíbulo y se dirigió a la escalera, de modo que pudiera verlo él mismo.

—Es la señora McKay, señor —le informó el mayordomo—, que ha venido para ver a lady Gramley.

El perro la acompañaba. El animal ladró una sola vez y meneó el rabo al verlo. No tenía la menor idea de por qué le caía bien al chucho. ¿Tal vez porque nunca le había dado una patada en el hocico cuando le había plantado dicha parte de su anatomía sobre la bota?

Ella lo miró. Llevaba el velo negro recogido sobre el ala del bonete, dejando al descubierto una cara muy blanca, incluso teniendo en cuenta que el negro solía hacer que la tez se viera más pálida.

—Lo siento mucho —se disculpó ella—. No sabía que su hermana se había marchado. No..., no lo molestaré. Lo siento. Vamos, Vagabundo.

—¿Ha venido andando? —le preguntó Ben.

—Sí —contestó ella—. Estábamos paseando y se me antojó pasarme por aquí.

—Desde luego que no permitiremos que se vaya sin haberse tomado un refrigerio —repuso él, que empezó a bajar la escalera muy despacio—. ¿No es verdad, Rogers? Por favor, acompaña a la señora McKay al saloncito y que nos lleven la bandeja del té. Y un poco de brandi.

—Yo... —No terminó lo que iba a decir—. Gracias. Me beberé una taza de té y me marcharé. Siento ser una molestia.

La señora McKay se encontraba junto a la chimenea apagada, quitándose el bonete, cuando Ben entró en la estancia. El perro se acercó para saludarlo, meneando el rabo y toda la mitad posterior de su cuerpo. Ben lo miró con desagrado y lo acarició en el cuello.

—Siento... —comenzó ella.

—Sí —la interrumpió al tiempo que cerraba la puerta a su espalda—, ya lo ha dejado muy claro, señora McKay. ¿Qué ha sucedido?

Estaba resentido. Si hubiera aparecido al día siguiente, él ya se habría marchado y no sabría nada del tema. Ella se habría visto obligada a enfrentarse sola a lo que fuera que la preocupase.

—No ha sucedido nada. —Esbozó una sonrisa, una mueca desangelada que no pasó de sus labios—. No sabía que lady Gramley se marchaba a Londres tan pronto.

—Va de camino a Berkshire —le explicó—, donde la hermana de Gramley espera dar a luz cualquier día de estos. Se suponía que su suegra iba a acompañarla, pero ha enfermado de forma repentina. Beatrice se ha marchado poco después del mediodía, solo unas pocas horas después de haber recibido la carta de su cuñada. Estoy seguro de que ahora mismo está sentada en el carruaje pensando en todas las personas a las que debería haber enviado una nota para explicar la emergencia. ¿Cuál es el problema?

Porque había uno, estaba claro. Ella intentaba aparentar calma, pero parecía que iba a echarse a temblar en cualquier momento. Y seguía de pie.

—No hay problema alguno.

La puerta se abrió tras él, y un criado dejó una enorme bandeja en una mesa. Ben se inclinó y sirvió un poquito de brandi en una copa. Cruzó la estancia para llevárselo, apoyándose solo en uno de los bastones.

—Bébaselo —le ordenó.

—¿Qué es?

—Brandi —contestó—. Siéntese y bébaselo. Seguro que el paseo la ha dejado muy fría.

—No me he dado cuenta —repuso ella, que casi se dejó caer en el sofá.

Aceptó la copa, bebió un sorbito de brandi e hizo una mueca.

—Apúrelo —le ordenó.

Ella obedeció y empezó a toser y a resoplar.

—¡Ay! Está asqueroso.

—Pero estese atenta a sus efectos —replicó.

La vio cerrar los ojos un instante. Ya tenía algo de color en las mejillas.

—Me echa de Bramble Hall —dijo— y envía a su otro hijo a vivir aquí.

No había esclarecido ni mucho menos lo que quería decir, pero tampoco le costó mucho descifrar el significado. Le quitó la copa vacía de la mano y regresó junto a la bandeja, donde la dejó. Le sirvió una taza de té y cruzó de nuevo la estancia para llevársela.

La persona que la echaba era, sin duda, el conde de Heathmoor.

10

Samantha aceptó la taza y el platillo que le ofrecía sir Benedict haciendo un esfuerzo para que no le temblaran las manos. Vagabundo estaba sentado a sus pies, alerta, con las orejas erguidas y mirándola fijamente a los ojos. El pobrecillo sabía que algo pasaba.

—Gracias —dijo.

La alteraba mucho que lady Gramley se hubiera marchado. Aunque había otras mujeres en los alrededores a las que supuestamente podría pedirles ayuda en su situación, solo lady Gramley le parecía una amiga. A veces un conocido no era bastante. Aunque no tenía la menor idea de cómo esperaba que lady Gramley la ayudase.

—¿Heathmoor la echa de casa sin disponer de una alternativa para usted? —le preguntó sir Benedict Harper al tiempo que se sentaba frente a ella—. ¿La echa de casa literalmente?

—No. Su sentido del deber para con la familia es demasiado grande como para hacer eso —contestó—. Tengo que ir a Leyland Abbey, en Kent. Ha enviado a su cochero personal y a varios jinetes con el carruaje que se llevó Matilda, y tienen órdenes de acompañarme hasta allí. Debo marcharme pasado mañana. No sé si sus órdenes incluyen obligarme si no accedo a irme por mi propia voluntad o si intento retrasar la marcha, pero no me sorprendería en absoluto que así fuera. Mi suegro me ha dejado muy claro en su carta que me considera una desgracia para la familia y que tengo que estar en un lugar donde pueda vigilarme de cerca y corregir mi rebeldía.

—¿Y eso porque le devolvió la visita a Bea una tarde y accedió a dar un paseo a caballo con ella y conmigo unos días después? —La miraba con el ceño fruncido, como si no diera crédito a lo que oía.

—No era algo sin importancia para Matilda —le dijo—. Ni tampoco carece de importancia para el padre de Matilda. Sabrá Dios qué puedo llegar a hacer si me dejan sola a mi libre albedrío. Incluso puede que se me meta en la cabeza hacer visitas a los enfermos del pueblo o adornar el altar de la iglesia con flores. —Bebió un sorbo de té y descubrió con alivio que era fuerte y que estaba dulce.

—Tal vez —comenzó él— no sea del todo como se imagina. Tal vez la irritación de su suegro surge por la genuina preocupación de que se sienta sola aquí sin la compañía de su hija. Tal vez crea que será más feliz en el seno de la familia de su difunto marido.

Samantha bebió otro sorbo de té.

—No lo creo —replicó—. Pero siento ser una molestia. Supongo que he venido para desahogarme con lady Gramley, aunque no sé muy bien con qué fin. Es que no sabía qué más hacer. No sé qué más hacer.

—¿No cree que pueda llevar una vida agradable en Leyland Abbey? —quiso saber él—. ¿Aunque sea por una temporada hasta que termine su año de luto?

—¿Podría llevar usted una vida agradable en una prisión, sir Benedict? —le preguntó a su vez—. ¿Una prisión en la que hasta las sonrisas se consideraran pecado y en la que la risa es algo extraño?

—¿Y es del todo imposible acudir a su hermanastro?

—Sí —contestó.

John tal vez no le negase la entrada a la vicaría si se presentaba en su puerta, pero desde luego que le haría saber que no era bienvenida y que no podría quedarse más de unas pocas noches a lo sumo.

—Perdone la impertinencia —dijo sir Benedict—, pero ¿no tiene la menor independencia? ¿No puede establecerse en otro lugar?

Lo miró sin comprender. Su padre le había dejado una pequeña herencia, de la que Matthew se había apropiado. Él le había dejado unos modestos ingresos, lo suficiente para cubrir sus necesidades personales, dado que nunca había sido una manirrota. Pero ¿lo bastante para establecerse por su cuenta? No lo sabía y tampoco se lo había planteado nunca. Había confiado en la suposición de Matthew de que su padre estaría encantado de dejarla en Bramble Hall. ¡Ay, pero qué tonta había sido! ¡Qué tonta! Debería haber estado haciendo planes. Pero ¿qué planes?

—No podría quedarme en ningún sitio cerca de aquí —contestó—, donde al menos tengo algunos conocidos y cierto arraigo. Rudolph y Patience llegarán a Bramble Hall dentro de dos semanas. Me harán la vida muy difícil si me quedo aquí, desafiando el expreso deseo de mi suegro. Y no podría volver al pueblo donde nací. Allí tenía algunos amigos, pero en general no me aceptaban muy bien porque a mi madre no la aceptaban. Y en cuanto a cualquier otro lugar... En fin, no conozco ningún otro lugar.

Tragó saliva con torpeza. De repente, tuvo mucho miedo. El mundo parecía un lugar inmenso e inhóspito. ¿Qué podía hacer?

—Empezar una nueva vida nunca es fácil —replicó él—, sobre todo cuando no hay una base evidente desde la que partir. En ese caso, solo le queda lo que resta de hoy y el día de mañana para pensar en una alternativa a Leyland Abbey.

—No puedo irme allí. —Soltó la taza y el platillo, y se agarró al brazo del sofá—. No lo haré. Aunque puede que no me quede más remedio si estoy en lo cierto sobre los criados que ha enviado el conde. Son hombres corpulentos y de expresión severa. Sea como sea, el asunto es que tengo que abandonar Bramble Hall. Esperaba que fuera mi hogar el resto de mi vida. Es lo que mi marido esperaba. —Agachó la cabeza en un intento por no perder la consciencia. Vagabundo gimió. Iba a quedarse sin casa. Y sin amigos—. Debo agradecer lo que sí tengo —añadió al tiempo que le acariciaba la cabeza al perro, tanto para tranquilizarse como para consolarlo—. Al fin y al cabo, no estoy en la indigencia. Hay miles y miles de personas que en este momento están sin casa y sin dinero. ¡Ay, qué desesperación esa! ¿Cómo siguen adelante, sir Benedict? No debo desesperar. Sería una maldad por mi parte. No estoy en la indigencia. Debe de haber algún lugar en el que pueda vivir, una casita en el campo que me pueda permitir.

Frunció el ceño un instante mientras pensaba, pero se distrajo al darse cuenta de que él se había levantado y de que se había sentado a su lado en el sofá, tras dejar los bastones en el extremo más alejado. Le cogió la mano derecha con las suyas mientras Vagabundo se tumbaba a los pies de ambos. Sintió la maravillosa calidez de esas manos.

—Sé lo que es sentirse sin hogar, aunque en realidad no sé lo que es estar sin hogar —dijo él—. Es una sensación de lo más desoladora y solitaria. Pero, tal como ha dicho, no está en la indigencia.

Volvió la cabeza y observó sus facciones esculpidas y las mejillas algo hundidas; era un rostro con un extraño atractivo, aunque no del todo guapo..., pero tenía unos ojos azulísimos. La había besado hacía casi un mes y después se había apartado de su vida, aunque estaba segura de que había mandado a su hermana para que se hiciera amiga suya y la introdujera en el vecindario y en las actividades de la iglesia.

—¿Tiene algún otro pariente además de su hermanastro? —le preguntó él.

—Varias tías y tíos, y también primos —le contestó—. Aunque nunca he mantenido una relación estrecha con ninguno. Todos se escandalizaron tanto como mi hermanastro por el hecho de que mi padre se casara con una actriz de dudoso origen a quien le doblaba la edad.

—¿Y no hay nadie más?

En su apretón había la ilusión del consuelo.

—Hubo amigas, otras esposas, durante el primer año de mi matrimonio —respondió—. Pero no estuve con ellas el tiempo necesario para entablar una amistad duradera antes de que destinaran el regimiento a la península ibérica y a mí me enviaran a Leyland Abbey en vez de acompañarlo. No, no hay nadie más.

¡Qué lamentable todo! Después de veinticuatro años de vida, no tenía a nadie a quien recurrir para pedirle ayuda.

Él le levantó la mano, y por un instante sintió la calidez de sus labios y de su aliento en el dorso.

—Pero ya le he robado demasiado tiempo, sir Benedict —dijo—. Seguro que está deseando que me vaya al cuerno, aunque se ha mostrado muy amable. No es asunto suyo y, cuanto más hablo, más miserable parezco.

Lo dijo deprisa y al mismo tiempo intentó soltar la mano. Sin embargo, él se la apretó con más fuerza.

—Creo que será mejor que se case conmigo, señora McKay —repuso él.

Se liberó de un tirón y después se puso en pie de un salto.

—¡Ay, no! —exclamó, totalmente horrorizada—. No, no, no. ¡Ay! Es usted muy bueno. ¡Y qué situación más vergonzosa! Que sepa que no tenía la menor intención de sugerir nada del estilo. —Se llevó las manos a las mejillas. Tal como había sospechado, le ardían por la vergüenza.

—Soy muy consciente de eso —le aseguró él—. Pero debe saber que si se casa conmigo, se solucionaría su problema. Y tal vez también el mío.

—¿Tiene usted un problema? —Lo miró con el ceño fruncido.

—La incapacidad para armarme de valor y echar de mi casa a mi hermano menor y a su familia, que la han usurpado —le contestó, mirándola con una sonrisilla torcida—, y la imposibilidad de vivir allí con ellos. El desasosiego y el desánimo al darme cuenta de que nunca volveré a ser el hombre de acción que fui en otro tiempo. La incapacidad para labrarme una nueva vida plena y sentar cabeza. Beatrice dice que todo eso se explica porque no hay una mujer en mi vida.

—Pero no puede solucionar un problema, para ninguno de los dos, creando otro —protestó.

—¿Casarnos crearía un problema? —quiso saber él.

—Por supuesto que sí. —Estiró los dedos antes de cerrar las manos a los costados. Le hormigueaban—. Sería muy inapropiado que me casara apenas cinco meses después de la muerte de mi marido. Además, no deseo casarme de nuevo. Al menos, no de momento. Los lazos de mi matrimonio fueron como grilletes, y ahora quiero ser libre. Y si acaso vuelvo a casarme de nuevo, quiero que sea con un hombre que... que no tenga relación alguna con la guerra. Perdóneme, pero estoy harta de la guerra y de lo que les hizo a muchas personas. Y en cuanto a usted, es la pura caballerosidad lo que le ha metido en la cabeza la idea de casarse conmigo. Usted mismo ha admitido que no está preparado para sentar cabeza y labrarse una nueva vida, sir Benedict, mucho menos para cargar con la vida de otra persona. No está preparado para los lazos del matrimonio. Desde luego, no conmigo, cuando me siento tan desasosegada y tan necesitada como usted. Nos arrastraríamos a un pozo sin fondo de desánimo si nos casamos.

—¿Eso haríamos? —Seguía esbozando la sonrisilla torcida—. Que sepa que me resulta muy atractiva. Y como no quiero que crea que ese es un motivo poco importante para casarse, déjeme añadir que es usted la primera mujer por la que me siento atraído en seis años.

—Usted también me resulta... agradable —admitió ella. ¡Por el amor de Dios! ¿Cómo negarlo? A fin de cuentas, existía aquel beso, ¿verdad?—. Pero la atracción no lo es todo, ni siquiera es muy importante. Me atraía Matthew... ¡Ay, sir Benedict! Si solo nos sentimos atraídos el uno por el otro, deberíamos acostarnos y disfrutar del placer sin más. No deberíamos casarnos.

La sonrisa desapareció de su rostro, que se ruborizó. ¡Ay, por favor! ¿De verdad acababa de decir lo que sabía que había dicho?

—¿Una aventura? —repuso él—. Eso no solucionaría su problema, señora. A menos, claro está, que sugiera que la instale en alguna parte como mi amante.

No creía haberse sentido tan abochornada en la vida. Lo miró fijamente y... se echó a reír. Y él la miró a su vez y también se rio.

—¿Con carruaje propio y cuatro caballos blancos para que tiren de él? —le preguntó—. ¿Y diamantes tan grandes como huevos para lucirlos en las orejas y en el escote, y una cama con sábanas de satén rojas y un dosel de terciopelo también rojo y cortinas del mismo color? Con semejantes incentivos, es posible que logre convencerme.

—Creo que los cuatro caballos blancos me resultarían un poco vulgares —repuso él.

Por increíble que pareciera, ambos se rieron de nuevo.

Y en ese preciso instante, algo que le había estado rondando la cabeza hacía unos minutos cristalizó.

«... una casita en el campo que me pueda permitir».

Se volvió con presteza hacia la chimenea y agarró la repisa con las manos mientras clavaba la mirada en los troncos apagados sin verlos.

—Un momento —dijo al tiempo que levantaba una mano.

Había una casita.

Tal vez.

Su madre se había criado con su tía paterna en el sudoeste de Gales antes de escaparse de casa a los diecisiete años para convertirse en actriz en Londres. Poco antes de que muriese, cuando ella tenía doce años, le llegó la noticia de la muerte de su tía, y también la noticia de que había heredado la casita que la mujer tenía en la costa. Esa casita la heredó ella a la muerte de su madre. No lo supo hasta que, después de la muerte de su padre, John le envió una carta del abogado de Gales que se encargaba de su administración. El señor Rhys le había escrito para informarla de que las personas que llevaban varios años alquilando la casita se habían marchado y de que él se encargaría de su mantenimiento, empleando las rentas obtenidas, hasta que recibiera órdenes de volver a alquilarla o venderla. Su hermano le informó de que se había encargado de contestarle al abogado diciéndole que hiciera lo que creyera conveniente. En aquel momento, Matthew acababa de volver de la península ibérica, y después se mudaron a Bramble Hall. Estaba muy enfermo, y ella no estaba acostumbrada a cuidarlo. Se olvidó de la carta, así como de la irritación que sintió porque John se hubiera inmiscuido en sus asuntos. De todas formas, no era algo importante. Desde luego que nunca le había escrito al señor Rhys en persona, tal como sin duda debería haber hecho.

Cuando se enteró de la herencia, su madre describió la casita con evidente desdén, tachándola de «cuchitril» y «choza» que era mejor dejar que se cayera a pedazos. Eso había sucedido hacía mucho tiempo, tal vez hacía catorce años, y su madre la recordaba de muchos años antes. Bien podría estar desintegrada a esas alturas, sobre todo sin arrendatarios que la cuidasen como era debido. Además, la casita bien podría estar en los confines del mundo en lo que a ella se refería. ¡Gales! Y el sudoeste de Gales además. No conocía esa parte de Gran Bretaña. No conocía a nadie en la zona. En lo que a ella se refería, igual no había nadie a quien conocer. Al menos, nadie relacionado con ella.

Aunque era una casa. Tal vez. Si seguía en pie. Claro que hasta hacía unos cinco años había estado en pie, porque de lo contrario el abogado no le habría escrito diciéndole que podía venderla o volver a alquilarla si así lo deseaba.

Necesitaba una casa con desesperación, y ya poseía una. Si seguía en pie. Y si seguía siendo habitable.

Y de repente su lejanía se convirtió en su mayor atractivo. Estaba muy lejos de Leyland Abbey.

Sir Benedict Harper seguía sentado en el sofá cuando se volvió para mirarlo. La observaba con calma. ¡Por el amor de Dios! Acababa de ofrecerle matrimonio. ¡Qué noble era! ¡Y qué distinto de cómo había creído que era tras su primer encuentro!

—Ya sé adónde voy a ir —le dijo—. Al menos de momento. Tal vez para siempre.

«¿Para siempre?». El estómago le dio un vuelco.

Él enarcó las cejas.

—Poseo una casita —le explicó—. Mi tía abuela se la legó a mi madre, que creció allí con ella. Creo que era una construcción muy antigua y destartalada ya por aquel entonces. Es probable que ahora esté incluso peor, pero no me han llegado noticias de que se haya derrumbado ni de que la hayan demolido. Ahora es mía, y allí me iré. Incluso una ruina destartalada sería mejor que Leyland Abbey.

—¿Está en Gales? —quiso saber él.

—En la costa sudoeste, sí.

—¿Y piensa ir hasta allí sola? —La miró con el ceño fruncido—. Va a tener que pensárselo con detenimiento, señora McKay. Es un largo camino, a través de una zona salvaje, solitaria y posiblemente peligrosa. Además, ¿quién sabe lo que encontrará al final? Tal vez la casita sea del todo inhabitable.

—En ese caso, buscaré una que no lo sea —replicó— y la alquilaré. Al menos, estaré en una parte del mundo donde se encuentra la mitad de mi legado. Y nadie me buscará allí. Nadie me molestará. Podré vivir de nuevo.

—¿Y bailar? —le preguntó, aunque seguía frunciendo el ceño.

—En la playa, si es que hay, y supongo que sí —respondió—. En los confines del mundo con el salvaje poder del océano como testigo.

—Y piensa viajar hasta allí sola y vivir sola. —Se puso en pie despacio, mientras Vagabundo se sentaba y lo miraba, siempre esperanzado—. Sería una soberana estupidez. La idea tal vez le resulte atractiva, y entiendo el motivo. Incluso aplaudo su valor. Pero considere la realidad de abandonar Bramble Hall y viajar sola, sin compañía alguna, hasta un lugar tan apartado y tan desconocido.

Lo consideró..., unos segundos. Y estaba asustada, pero impávida. La alternativa era muchísimo peor.

—En ese caso, tiene que acompañarme —repuso.

Ben no se habría quedado sin aliento con tanta rapidez aunque alguien le hubiera dado un puñetazo en el estómago.

«En ese caso, tiene que acompañarme».

Se quedaron de pie, mirándose fijamente, a un metro el uno del otro. Ella tenía las mejillas sonrosadas, aunque mucho se temía que él se había quedado blanco.

—Imposible —replicó—. ¿Quién sería su carabina?

—Usted.

—Pero no soy ni su padre, ni su hermano, ni su marido, ni su prometido. Ni tampoco soy mujer.

—¿Y qué más da? —Ella enarcó las cejas.

—Su reputación acabaría por los suelos —le recordó.

La vio esbozar una sonrisilla torcida.

—¿Y qué más da?

¡Ay, por el amor de Dios!

Atacó el problema desde otro ángulo.

—No soy el hombre adecuado para defenderla si algo la amenaza. —Miró con expresión elocuente sus bastones—. A menos, claro está, que nos asalten unos bandidos que tengan la amabilidad de acercarse lo bastante para que les dé un bastonazo.

—Llevaremos una pistola cargada —repuso ella, que seguía con esa sonrisilla en los labios y las mejillas arreboladas— y podrá dispararles cómodamente sentado.

—Entre los ojos, supongo.

—¿Dónde si no?

Se dio cuenta de que ella estaba disfrutando, de que la repentina certeza de que había una solución a su problema esperándola, en la forma de una casita ya ruinosa cuando su madre era niña, hacía que la cabeza le diera vueltas por el alivio.

—Señora McKay —le dijo—, le ruego que lo reconsidere.

—¿Por qué? —le preguntó ella—. Me he pasado siete años sin hacer otra cosa que lo apropiado, sir Benedict. ¿Y para qué? Me casé con la expectativa de una vida feliz para siempre y permanecí casada como es de recibo después de que me asaltara la desilusión y me rompieran el corazón al poco de casarme. Me pasé un año en Leyland Abbey esforzándome al máximo para ser la dama respetable que mi suegro insistía en que fuera, pese a lo mucho que me detestaba y me despreciaba. Me he pasado cinco largos y espantosos años aquí, cuidando de un inválido exigente y quejica porque era mi marido y prometí el día de mi boda que lo querría y lo obedecería en la salud y en la enfermedad. He seguido todos y cada uno de los requisitos del luto, pero de todas formas no he complacido ni a mi cuñada ni a mi suegro. Me enfrento a la idea de vivir más años en Leyland Abbey mientras lo que me queda de juventud desaparece hasta alcanzar la mediana edad, la vejez y después la muerte. ¿Adónde me ha llevado reconsiderar las cosas? Tal vez sea el momento de hacer algo desconsiderado e impulsivo. Tal vez sea el momento de tomar las riendas de mi vida y vivirla.

Le relampagueaban los ojos y todo su cuerpo irradiaba pasión. ¿Quién era él para decirle que se equivocaba? Y tal vez no lo hiciera.

—Cuento con un día para tomar una decisión que afectará al resto de mi vida, sea cual sea —siguió ella—. Cuento con un día para organizar mi huida... o plegarme a lo que parece mi destino inevitable. No sé dónde me conducirá mi huida. En cambio, sí sé dónde me conducirá plegarme a mi destino. Sería una tonta si no aprovecho la oportunidad de huir. Tal vez estaba predestinado, sir Benedict. ¿Por qué si no he heredado la casita? Me ha parecido tan inútil desde que me enteré de su existencia que casi no he pensado en ella. Sin embargo, ahora es de vital importancia para mi futuro. ¿Cree que a veces la vida nos deja pistas que debemos seguir aunque no nos obligue a tomar un camino en concreto? Yo voy allí donde me guían las pistas. Le pido disculpas por intentar involucrarlo. Por supuesto que no desea acompañarme. ¿Por qué iba a hacerlo? No me debe nada. Ha sido muy amable al escucharme, y esa amabilidad me ha llevado a pensar en una solución para mi problema. Me marcho.

¡Ay, Dios! Parecía una especie de magnífico ángel vengador. Era imposible que pusiera rumbo incierto a Gales ella sola.

¿Por qué demonios no se había metido en su dormitorio en cuanto oyó su voz? Se habría acordado de su casita sin que él la ayudase en cuanto se hubiera tranquilizado un poco. Su viaje a Gales no habría sido de su incumbencia.

Como tampoco lo era en ese momento.

«Tal vez estaba predestinado, sir Benedict».

«¿Cree que a veces la vida nos deja pistas que debemos seguir aunque no nos obligue a tomar un camino en concreto?».

¡Dios, Dios, Dios! ¿Por qué no se había marchado a Londres para la boda de Hugo al mismo tiempo que Beatrice ponía rumbo a Berkshire?

—Aunque la acompañara en su viaje —comenzó—, ¿qué haría al llegar, sin criados salvo tal vez una doncella y sin amigos ni dama de compañía? ¿Y si la casita necesita muchas reparaciones antes de que sea habitable? Y eso suponiendo que es posible que lo sea.

Encontraría otra casa que alquilar, en una parte del mundo donde se encontraba la mitad de su legado. Ella misma lo había dicho ya.

—Supongo que se podrán contratar criados allí —contestó ella—. Y puedo hacer amigos. No me da miedo estar sola. Llevo prácticamente sola siete años y he sobrevivido. ¿Eso quiere decir que está pensando en acompañarme?

Las piernas le dolían por llevar tanto tiempo de pie en la misma postura.

—¿Cómo voy a permitir que se vaya sola? —le preguntó.

Ella enarcó las cejas.

—No tiene poder para permitirme nada, sir Benedict —repuso—. Ni para impedirme que haga algo. No es usted mi marido.

—¡Loado sea Dios! —replicó él con muy poco tacto.

Ella alzó un poco la barbilla, pero acabó bajándola de nuevo.

—¡Qué injusto por mi parte! —dijo—. Me presento aquí sin invitación y desahogo todas mis penas con usted, pero ahora me molesta que se preocupe por mi seguridad. Es muy amable al preocuparse. Pero sabe bien que no es problema suyo. Yo no soy problema suyo. Será mejor que vuelva a casa. Gracias por recibirme. Sé que no le apetecía hacerlo. Me ha estado evitando, y no lo culpo.

—Por su propio bien —adujo, exasperado—. ¿Cuánto tiempo habrían tardado en correr rumores por el pueblo, señora McKay, si nos hubiéramos hecho amigos y hubiéramos seguido visitándonos sin carabina?

—Habrían corrido como la pólvora —convino—. Ya le he dicho que no lo culpo. Y sé muy bien que fue usted quien le dio a lady Gramley la idea de llevar a la esposa del vicario a mi casa para integrarme en la comunidad y en sus actividades. Se lo agradezco.

En realidad, no le estaba prestando atención. Estaba pensando en viajar con ella todo el día durante una semana o más en los confines de un carruaje. De comer con ella. De hospedarse por las noches en la misma posada. Y sintió un resentimiento irracional, porque ella no se lo había pedido tras la impulsiva sugerencia del primer momento.

¡Por el amor de Dios! Su reputación quedaría hecha jirones, y seguramente se estuviera quedando muy corto.

—Me obliga a ser descortés, señora McKay —dijo—. La recibo en casa de mi hermana, pero me temo que voy a tener que sentarme mientras usted sigue de pie.

—Debería haberme dado cuenta de su malestar —replicó ella, que se sentó en el sofá mientras él regresaba al sillón—. Lo siento. Solo le he causado incomodidad desde que he llegado. Me marcharé, y usted debe olvidar que he venido siquiera. Se va a Escocia, ¿no es así? Tengo entendido que es preciosa. —Se levantó de un salto nuevamente, y su perro se colocó a su lado, meneando el rabo con gesto esperanzado.

Ben la miró con irritación.

—Creo que debo de haber sido amigo íntimo del difunto Matthew McKay —comenzó—. Creo que debo de haberle prometido en su lecho de muerte que acompañaría a su viuda a Gales, donde deseaba que se estableciera en la casita que ella había heredado antes de su matrimonio. Creo que voy a tener que usar mi rango completo de nuevo y hacerme llamar comandante sir Benedict Harper.

Ella lo miró con expresión insondable.

—Tal vez así lo logremos sin destrozar por completo su reputación —terminó él.

—¿Va a venir? —le preguntó casi susurrando.

—Será mejor que vayamos en mi carruaje —dijo, a modo de respuesta—. Pero tenemos que decidir cómo vamos a sacarla de Bramble Hall mañana sin provocar un escándalo y sin alertar a los criados, sobre todo a los corpulentos desconocidos.

El perro se tumbó de golpe y empezó a lamerse las patas. Se había dado cuenta de que había otro retraso. La señora McKay tenía las manos entrelazadas a la altura de la cintura, y se las apretaba con tanta fuerza que Ben vio que tenía los nudillos blancos. Pero en ese momento se le iluminaron los ojos, incluso le chispearon.

—Con mucho sigilo —repuso ella.

11

La antigua doncella de Samantha había dejado el trabajo tras la muerte de Matthew, cuando se casó con el ayuda de cámara de este. Su sustituta era la joven hija de la cocinera, una muchacha alegre que le caía bien al resto de los criados. A Samantha también le caía bien, pero no se atrevía a confiar en ella ni a sugerir que la acompañase cuando se fuera de Bramble Hall. Todos en la casa se enterarían en cuestión de minutos.

Por supuesto, nadie podía impedirle por la fuerza que se fuera, se dijo. No era una prisionera en su propia casa. Esos criados de Leyland Abbey no la meterían en el carruaje a la fuerza y la arrastrarían en contra de su voluntad a Kent. Pero, por más que intentaba infundirse un poco de sentido común, no estaba convencida de que no fueran a hacer justo eso.

Los demás criados de la casa también estaban, técnicamente, al servicio del conde. Él era quien pagaba sus sueldos.

Sería mejor, decidió, que nadie supiera que se marchaba, ni adónde pensaba ir, ni con quién... Sobre todo con quién. No era necesario provocar un escándalo. La historia de que sir Benedict era un amigo íntimo de Matthew no funcionaría allí.

Por lo tanto, tuvo que esperar a que su doncella abandonara la habitación por la noche antes de empezar a hacer el equipaje. La cabeza de chorlito estaba emocionadísima por la llegada de tantos criados desde Leyland Abbey, y se sintió en la necesidad de hablar largo y tendido de los supuestos méritos de todos y cada uno de ellos con la señora McKay y contarle cuál era el más guapo, pero cuál tenía el cuerpo más viril y cuál le había regalado el cumplido más escandaloso aunque no fuera el más guapo ni el más fuerte.

Samantha creyó que la muchacha no se iría nunca. Era casi medianoche cuando empezó a llenar con ropa una bolsa de viaje grande y otra más pequeña. Aunque no tuvo problemas de espacio. Era increíble la cantidad de cosas que estaba dispuesta a dejar atrás sin el menor reparo. Dejaría toda su ropa de luto salvo la que llevara puesta durante la primera parte del viaje. Había sido una esposa entregada a Matthew mientras este vivió. Lo había llorado durante cinco meses. No tenía nada que reprocharse ni mucho menos.

Habían acordado que sir Benedict Harper mandaría a su ayuda de cámara con una calesa a las cinco de la madrugada. El hombre dejaría la calesa junto al acceso lateral, entraría en la casa por la puerta lateral, que Samantha dejaría abierta, y sacaría su equipaje. Después lo acompañaría de vuelta a Robland Park, donde sir Benedict y su carruaje los estaría esperando.

Parecía un plan que requería de demasiado sigilo para que tuviera éxito, sobre todo cuando había un perro grande y a veces revoltoso que sacar de la casa junto con sus pertenencias, ya que no podía dejar a Vagabundo a los tiernos cuidados de Rudolph y Patience. Además, sería incapaz de dejarlo atrás de la misma manera que sería incapaz de dejar a su propio hijo, si acaso tuviera uno. Vagabundo era su familia.

No obstante, el plan se llevó a cabo sin sobresaltos. A las cinco y diez, Samantha esperó un momento a que un ansioso y jadeante Vagabundo terminara de hacer sus necesidades al lado del camino antes de obligarlo a subir en la calesa con su equipaje, y después se sentó junto al hombre callado y corpulento que solo había hablado para presentarse como Quinn, el ayuda de cámara de sir Benedict. A las seis menos cuarto la ayudaban a subir a un lujoso carruaje en el patio de las caballerizas de Robland Park. La casa seguía a oscuras.

Vagabundo se subió tras ella y ocupó el asiento de enfrente. Acaparó todo el espacio como si fuera suyo por derecho.

El señor Quinn y el cochero subieron su equipaje y el de los demás en el carruaje casi en silencio. No había mozos de cuadra a la vista. Al cabo de unos minutos, la portezuela del carruaje se abrió de nuevo para dejar paso a sir Benedict. Este miró el interior.

—¿No ha traído a su doncella? —le preguntó él.

—No estoy segura de que hubiera venido —contestó—. Pero sí estoy segura de que se lo habría contado a los demás criados aunque la hubiera obligado a prometerme guardar silencio.

—Es una situación incómoda —dijo, aunque tras quedarse un instante de pie, subió despacio, pero con gran pericia, al carruaje y se sentó a su lado.

De repente, el interior pareció reducirse a la mitad. Desde luego que era una situación incómoda. Tal vez debería haber huido sola y haber viajado en diligencia o incluso en coche de postas.

—Buenos días, señor —lo saludó con voz firme.

—Buenos días, señora McKay —repuso él—. ¿Debo entender que Quinn no ha tenido que repeler a todos esos fornidos criados a fin de sacarla sana y salva de Bramble Hall? Aquí hay varios criados que ya se están levantando, pero ninguno ha expresado su pesar al descubrir que voy a partir tan temprano y sin desayunar. No creo que ninguno la haya visto. Desayunaremos cuando hagamos la primera parada para cambiar de caballos. ¿Le parece bien? Sí, buenos días para ti también, dichoso perro. No hace falta que destroces el acolchado de mi carruaje meneando el rabo. Te veo a la perfección. Y me he dado cuenta de que te has quedado con un asiento para ti solo. Si tu dueña hubiera traído a su doncella, tendría que haberse sentado en el pescante con mi ayuda de cámara y el cochero.

Habló con una alegría impostada, con el mismo deje que ella al desearle los buenos días. El día anterior le pareció un amigo íntimo. Esa mañana se le antojaba un desconocido, algo que sin duda era.

La emoción febril con la que había concebido esa gran huida el día anterior se transformó en una ansiedad enfermiza por la noche. Fue incapaz de dormir más que a ratos, y tuvo sueños rarísimos. Esa mañana la había consumido el pánico, como si de verdad fuera una prisionera que estaba llevando a cabo una osada huida bajo las narices de una decena de feroces carceleros. Y en ese momento, sentada en el carruaje con un caballero como única compañía, se sentía incapaz de hablar y muy incómoda.

¡Por el amor de Dios! Iban a estar juntos todos los días que tardasen en llegar a la costa suroccidental de Gales y su casita. Y la misma cantidad de noches. Y él había esperado que su doncella los acompañara para brindar cierta respetabilidad. Su ayuda de cámara lo acompañaba, por supuesto.

Volvió a sentir náuseas.

—No tengo ni pizca de ganas de comer, sir Benedict —le aseguró con las manos entrelazadas en el regazo y la espalda muy recta, sin llegar a tocar el respaldo del asiento. Como si una postura y un comportamiento decorosos pudieran hacer el milagro de que todo fuera respetable.

El cochero plegó los escalones y cerró la portezuela con un golpe seco antes de subir al pescante mientras el señor Quinn hacía lo propio por el otro lado, y en cuestión de segundos el carruaje se puso en marcha.

Fue uno de los momentos más aterradores de su vida. Tuvo que morderse el labio para no gritarle al cochero que se detuviera.

Sir Benedict tenía la cabeza vuelta y la miraba fijamente. Hasta el momento nunca se había percatado de lo estrechos que eran los asientos de un carruaje. Sus hombros casi se tocaban. Sus caras quedaban demasiado cerca para su tranquilidad. Y el mundo se había iluminado desde que salió de Bramble Hall. No había oscuridad en la que esconderse.

—¿Se lo está pensando mejor? —le preguntó él—. Que sepa que no es demasiado tarde para dar media vuelta. Estoy seguro de que podríamos colarla de nuevo en Bramble Hall sin que los criados sospechen siquiera que ha estado haciendo algo más raro que dar un paseo matutino con su perro. ¿Desea regresar?

La sugerencia la hizo entrar en razón.

—Por supuesto que no —le aseguró—. No volvería por nada del mundo. Voy al único lugar en el que puedo ser libre. Voy a vivir, no a limitarme a existir bajo las órdenes de mi suegro. Si usted ha cambiado de opinión en cuanto a acompañarme, por supuesto...

—No he cambiado de opinión.

—Me siento culpable —le dijo—. Iba a marcharse a Escocia.

—Iba a viajar —la corrigió—. Y eso estoy haciendo. No podía permitir, ni voy a hacerlo, que viajara sola a Gales.

—Vuelve a hacerlo —repuso ella—. Permitirme y no permitirme. Me alegro mucho de que no estemos casados. Sospecho que sería usted un tirano.

—Espero saber cómo proteger a mi esposa, señora —replicó él con tirantez—, aunque a veces sea a pesar suyo. Y usted no podría alegrarse más que yo de nuestro estatus conyugal o de la falta del mismo.

Samantha apretó los labios al oírlo.

—Si vamos a discutir todo el camino hasta Gales —añadió él—, va a ser un viaje interesante. Sobre todo porque todavía no estamos ni a tres kilómetros de Robland Park.

—Quizá si no hablamos —sugirió—, no discutiremos. —Y volvió la cabeza y también un poco el cuerpo, de modo que clavó la mirada en el paisaje. A juzgar por su silencio, supuso que él estaba haciendo lo mismo a través de la otra ventanilla.

Tal vez pasó media hora, aunque se le antojó una hora completa. O tres. Cada vez le costaba más y más mantener la postura, que la barbilla no le bajara, que los ojos no se le cerrasen. Envidiaba a Vagabundo, tumbado, dormido y roncando en su asiento. Y en ese momento, en un instante en el que perdió la concentración, soltó un enorme y sonoro bostezo, y la vergüenza la embargó al punto.

—Supongo que no ha dado ni una cabezada en toda la noche —comentó sir Benedict.

—Tal vez una cabezada —repuso—. O dos. Tenía mucho en lo que pensar. No todos los días se parte en una gran aventura que te cambia la vida. Al menos, no si se es mujer.

—Y no todos los días un hombre se escabulle con la viuda de otro —replicó él con sorna— sin decirle nada a su familia o a sus amigos. ¿Por qué no se quita el bonete y apoya la cabeza en el respaldo? Y también la espalda. Cuando entré en el carruaje antes, parecía tan recatada y remilgada que por un instante creí que había mandado a su cuñada en su lugar. Los caballos están descansados y nos llevarán bastante lejos antes de que sea necesario cambiarlos por otros. Su perro no ha perdido el tiempo a la hora de echarse una siestecita reparadora.

—Recuerde no pronunciar ninguna palabra que empiece por «p» y que lleve detrás las letras «aseo». Porque pronto descubrirá lo profundamente que duerme.

Siguió su consejo, aunque tampoco tuvo demasiada opción al respecto, ya que cada vez le costaba más mantenerse despierta. Se deshizo el lazo que llevaba bajo la barbilla, se quitó el bonete y se lo colocó en el regazo. Se apoyó en el respaldo con un suspiro de alivio. Cerraría los ojos unos minutos.

Fue más consciente de él al hacerlo. Podía sentir su calor corporal en el costado, aunque no se tocaban. Podía oler algo inconfundiblemente masculino: cuero, jabón de afeitar, lo que fuera. Le costaba diferenciar los olores unos de otros, pero todos sumaban hasta conformar algo muy incitante y del todo prohibido. La había besado en una ocasión. Sus lenguas se habían fundido, y había sido muy placentero sin duda. Aunque menudo eufemismo ese: «muy placentero sin duda». Se preguntó si él lo recordaba. Había pasado casi un mes. Claro que dudaba mucho de que lo hubiera olvidado, ya que había pasado tanto tiempo como ella sin besar y sin el resto.

No debería estar pensando en esas cosas en ese momento. Sobre todo en la parte de «el resto».

Se refugió en otros vericuetos mentales. Tal vez debería haber dejado una nota para su suegro en vez de haberse escabullido como una niña traviesa que esperaba que la persiguieran. ¿La perseguirían? Pero nadie sabría adónde se dirigía ni por qué medios viajaba. Tal vez debería haberle escrito a John, solo para decirle que se encontraba bien y que le escribiría con más detalles más adelante. Aunque no sabía por qué debería hacerlo. John nunca le escribía. Seguramente no le importaría si se iba a vivir al Polo Norte. Tal vez debería haberle dejado una nota a la señora Andrews para explicarle por qué tenía que dejar tan pronto sus comités y por qué no podría visitar a más enfermos. Tal vez...

Llegada a ese punto perdió la batalla con el sueño. Sus pensamientos se alejaron flotando, y la cabeza se le fue cayendo poco a poco hacia un lado hasta descansar sobre un cálido y fuerte hombro. Tuvo cierta conciencia de ese hecho, incluso de a quién pertenecía el hombro. Incluso fue consciente de que no era del todo apropiado que mantuviera la cabeza allí, pero tenía demasiado sueño como para hacer algo al respecto. Era un hombre firme, pero confortable. Movió la cabeza de modo que adoptó una postura más cómoda entre el hombro y el respaldo acolchado, y se durmió por completo.

Ben se quedó sentado muy quieto mientras se preguntaba si conseguirían llegar hasta el nuevo hogar de la señora McKay sin convertirse en amantes. Se había estado preguntando eso mismo desde la tarde anterior. Se lo había preguntado por la noche mientras intentaba dormir.

«... si solo nos sentimos atraídos el uno por el otro, deberíamos acostarnos y disfrutar del placer sin más».

Ella había pronunciado esas palabras. Después de que él le hubiera hecho una desquiciada proposición de matrimonio y antes de que ella recordara que poseía una casita... ¿Cómo se le olvidaba a alguien que era dueño de una casa?

No quería que fueran amantes. En fin, sí que quería. Por supuesto que quería. Si pudiera quitarse toda la ropa en ese preciso instante y zambullirse en un lago helado, no le sorprendería que el agua se convirtiera en vapor. ¡Por el amor de Dios! Habían pasado más de seis años, y ella era guapa y voluptuosa, además de que su disponibilidad era una tentación increíble.

Sin embargo, no quería que fueran amantes. En primer lugar, porque la acompañaba para protegerla de cualquier peligro, no para seducirla. En segundo lugar, porque le daba un poco de miedo el simple papel de amante. No deseaba que ninguna mujer lo viera como estaba, que presenciara las dificultades que sin duda tendría..., aunque durante el último mes, desde que aquel beso abriera las compuertas de su sexualidad recuperada, se había preguntado si podría permanecer célibe el resto de su vida. Sin embargo, no quería que ella lo viera así. Era físicamente perfecta, mientras que él... En fin, él no lo era. Y había otro motivo: acababa de enviudar y no sería apropiado iniciar una aventura con ella tan pronto.

Sin embargo, allí la tenía, relajada y cálida mientras dormía, con la cabeza apoyada entre su hombro y el respaldo acolchado, con un brazo cogido del suyo y la mano sin guante sobre su muslo, con los dedos estirados. Tenía el meñique casi rozándole la entrepierna. Daba la sensación de que alguien había insuflado el aire de los trópicos en el interior del carruaje. Y era del todo inconsciente por parte de ella.

Intentó pensar en otras cosas y de repente recordó que había planeado partir hacia Londres esa mañana. Al final, no asistiría a la boda de Hugo. Ni siquiera había contestado a la invitación. Lo asaltó una oleada de remordimiento rayano en la soledad al imaginarse a sus seis amigos reunidos en Londres para la celebración. Lo echarían de menos, pero creerían que seguía en el norte de Inglaterra con Beatrice.

La señora McKay olía a algo dulce y esquivo. ¿Gardenia? La verdad, no era experto en aromas femeninos, pero ese en concreto debía de haberse diseñado para atormentar los sentidos de los célibes.

Bajó la mirada, más allá de la elegante mano. Sus piernas, enfundadas en los pantalones y las botas de montar, parecían casi normales. Pero cuando se detuvieran para cambiar los caballos, como tendrían que hacerlo en breve, quedaría patente que no tenían nada de normales. Descendería del carruaje a los adoquines del patio de la posada, tardando muchísimo más de lo que tardaría un hombre normal, y se volvería para ayudar a la señora McKay a descender, rígido por el dolor y la caballerosidad cuando, si la dejaba a su aire, ella ya se habría apeado y estaría sentada en el comedor. Ni siquiera podría ofrecerle el brazo para acompañarla al interior del establecimiento. Necesitaría de ambos bastones y de sus piernas retorcidas. Sin duda alguna, ella aminoraría el paso para no avergonzarlo por su lentitud.

¿Quién acompañaba a quién en ese viaje?

Sin embargo, esa era la realidad, y no se podía cambiar. Se había comprometido a aceptarla, ¿no? Así que era un medio lisiado. Sus piernas se habían quedado a un paso de ser inútiles. Claro que sus piernas no eran su persona. Su vida no era menos importante solo porque no podía moverse tal como lo hacía antes... ni tal como lo hacía casi cualquier hombre sobre la faz de la Tierra. ¿Cuánto tardaría en aceptarlo por completo?

Clavó la mirada en el asiento opuesto, donde el feo chucho dormía a pata suelta. Ella adoraba a ese perro, pese a su fealdad y a su torpeza.

Se rio por lo bajo.

¿Cómo demonios se había visto envuelto en ese desaguisado? Se preguntó qué pensarían sus compañeros supervivientes cuando les contara esa aventura —o desventura— la próxima primavera.

Estarían burlándose de él al menos una década.

Viajar era una de las actividades que más le costaba a Ben, un hecho que resaltaba la ironía de que hubiera decidido llevar esa vida hasta que apareciera algo más satisfactorio. Sin embargo, conocía lo bastante su cuerpo como para saber qué podía exigirle. En circunstancias normales, viajaría en trayectos cortos, tardando el doble de lo que tardaría cualquier otra persona en llegar a su destino. Y si viajaba por placer, tal como haría pronto, descansaría varios días seguidos.

No obstante, las circunstancias eran otras. Aunque no esperaba que los persiguieran, le pareció sensato poner la mayor distancia entre Bramble Hall y ellos durante los dos primeros días. Nunca se sabía cuándo se podrían cruzar con alguien que reconociera a la señora McKay. Además, también le convendría acabar con ese viaje lo antes posible. Al fin y cabo, no era de piedra.

Al terminar el primer día, ya no sabía cómo sentarse quieto, cómo seguir sonriendo ni cómo mantener una expresión atenta en la cara mientras conversaban. Y no sabía cómo iba a bajar del carruaje por última vez. Aunque lo hizo e incluso consiguió permanecer de pie junto al mostrador de recepción de la posada elegida por su cochero el tiempo necesario para pagar por dos habitaciones; una para él, el comandante sir Benedict Harper, y otra para la señora McKay, la reciente viuda de un compañero militar. También hizo arreglos para los dos criados, y encontró una perrera para el perro.

Supuso que la explicación no era necesaria, ya que al posadero le daría igual la relación existente entre dos huéspedes de su establecimiento. Ben acompañó a Samantha, que llevaba la cara oculta por el velo, a su habitación; lo organizó todo para reunirse con ella más tarde en un comedor privado y después se dejó caer en la cama de su propia habitación antes de cubrirse los ojos con un brazo.

Tenía mucha experiencia a la hora de soportar el dolor. Rara vez tomaba medicamentos para paliarlo, y rara vez permitía que lo entorpeciera o que lo postrase en la cama. Era una realidad de su vida y siempre lo sería. Lo único que podía hacer para controlarlo era evitar las actividades —como pasar largas jornadas sentado en un carruaje— que lo aumentaban.

Quinn apareció a los cinco minutos y le quitó las botas en silencio antes de empezar a masajearle los rígidos músculos y los nudos que se le habían formado hasta que pudo relajarse un poco.

—¿Ella lo sabe? —le preguntó.

—¡Por Dios, no! —contestó Ben—. ¿Por qué iba a saberlo?

Habían estado conversando a lo largo de gran parte del día. Y la verdad era que no había resultado muy difícil después del primer momento. Ya se había percatado de ese detalle con anterioridad. Era fácil hablar con ella. Contestaba sus preguntas antes de replicar con cuestiones propias. Ni monopolizaba la conversación ni esperaba que él llevara todo el peso. Habían intercambiado anécdotas infantiles. Ella recordó haber bailado descalza en la hierba con su madre y chapotear en un arroyo con otros niños del pueblo. Él recordó nadar en el lago en Kenelston Hall, trepar a los árboles con los dos hijos del guardabosques y luchar a espada con ellos, usando las espadas de madera que su padre había hecho para todos ellos, Ben incluido.

Incluso se quedaron sumidos en un silencio cómodo durante un rato, viendo pasar el paisaje por sus respectivas ventanillas, a solas con sus pensamientos.

—Podrías sugerir ir más despacio —dijo Quinn—. A juzgar por la velocidad, cualquiera pensaría que es una heredera virgen y tú un don nadie sin dinero que se la lleva a Gretna Green secuestrada.

—¿Y tan idiota como para llevarla en la dirección equivocada?

—Te quedarás lisiado antes de llegar a esas tierras salvajes —le advirtió Quinn, que señaló con la cabeza en una dirección que Ben supuso que quería indicar la costa suroccidental de Gales.

—No lo creo —repuso él—. Dame media hora y luego vuelve para ayudarme a vestirme para la cena.

Su ayuda de cámara gruñó y se marchó. Era mozo de cuadra en las caballerizas del duque de Stanbrook en Penderris Hall cuando Ben lo conoció. En aquellos primeros días de agonía absoluta, solo ese mozo en concreto era capaz de moverlo y de darle la vuelta para lavarlo, cambiarlo y tratarlo sin que perdiera el conocimiento por el dolor. Su Excelencia fingió protestar cuando Ben se apropió del mozo para que fuera su enfermero en primer lugar y después su ayuda de cámara.

Una hora más tarde, Ben bajó al comedor privado, con la sensación de haber descansado mucho.

Lo primero que pensó nada más abrir la puerta fue que se había equivocado. Ella estaba de pie junto a la mesa, dispuesta para la cena, y lucía un vestido de noche de talle imperio y manga corta de muselina azul claro. Llevaba el pelo casi negro recogido en un complicado moño.

La miró fijamente, embelesado y espantado.

—¿Qué demonios? —preguntó antes de dar un apresurado paso hacia delante y cerrar la puerta con fuerza a su espalda.

Ella enarcó las cejas.

—He dejado toda mi ropa de luto en Bramble Hall salvo lo que llevaba puesto hoy —le explicó—. No volveré a ponérmela. La encargaron en Leyland Abbey y la enviaron a Bramble Hall sin consultarme y sin que una modista me tomara medidas. Es fea, impersonal y no me sienta bien, y desde luego que no refleja en absoluto el dolor sincero que sentí por la prematura muerte de mi marido. Esas prendas son los ostentosos adornos del duelo, diseñados para impresionar al mundo. Me niego a seguir con ese espectáculo sin sentido más tiempo. Esa parte de mi vida se ha acabado, y ha comenzado la siguiente.

Ben dio un paso hacia ella.

—¿Se le ha olvidado que estamos viajando como un comandante del ejército y la reciente viuda de un amigo militar? —le preguntó—. ¿Quién la ha visto vestida de esa manera?

—¿De qué manera? —replicó ella—. Hace que parezca que voy vestida como una buscona.

—Como una joven de buena posición —masculló él— que viaja con un caballero que no es su marido. ¿Quién la ha visto?

Se puso colorada.

—El posadero me señaló dónde estaba el comedor —contestó—. Había varias personas más. No me he fijado mucho.

—Puede estar segura de que el posadero sí que se ha fijado —replicó—. ¡Por el amor de Dios! Y ni siquiera va acompañada de una doncella.

—Si desea marcharse, sir Benedict... —comenzó ella.

—Deje de decir tonterías —le soltó—. A partir de ahora, desde mañana mismo, vamos a ser marido y mujer. Es la única solución.

—Menuda ridiculez —protestó ella.

—Será lady Harper a partir de mañana —le dijo—. ¡Ah! No se preocupe por su virtud. Dormiremos en habitaciones separadas en las posadas donde hagamos noche. Mis heridas hacen que no descanse bien, de modo que es imperativo que duerma solo. Claro que nadie nos pedirá explicaciones.

—Creo, sir Benedict —repuso ella—, que es usted un poco remilgado. Además de un tirano.

—Lo que soy —comenzó— es alguien que se preocupa por su reputación, señora. Y a partir de mañana vamos a ser Benedict y Samantha. Seremos marido y mujer.

—Supongo que se alegraría si me pasara el resto de mi vida envuelta en negro.

—Bien puede vestirse de rojo hasta los ochenta años —le aseguró—, después de que la haya dejado sana y salva en su casita y yo me haya marchado.

—«Dejado» —repitió ella—. Como un paquete no deseado.

La puerta se abrió tras él y una criada entró con su cena en una enorme bandeja.

—Venga y siéntese —le dijo la señora McKay a Ben—. Está dolorido.

En fin, era culpa de haberse parado de golpe tras abrir la puerta al verla. Aunque sentía muchísimo menos dolor que hacía una hora.

Se acercó a la mesa sin mediar palabra.

—Lleva toda la tarde dolorido, ¿no es así? —le preguntó ella una vez que se sentaron, después de que la criada se marchase—. No he querido comentar nada. Me pareció una intromisión muy impertinente en su intimidad. Pero tal vez debería haberlo hecho. ¿Siente un dolor constante?

—No me quejo, señora —contestó—. No tiene que preocuparse por eso.

Ella chasqueó la lengua.

—Matthew siempre se quejaba —le dijo—, y a veces deseé que se contuviera un poco. Sospecho que usted nunca se quejará, y seguramente su estoica actitud me resulte igual de irritante.

Ben soltó una carcajada muy a su pesar al oírla.

—Viajar durante varias horas seguidas en un carruaje no es la actividad más agradable para la persona más ágil —siguió ella—. Supongo que es lo peor para usted.

—Seguramente no sea lo peor de todo —replicó.

—Sin duda me cree egoísta e insensible —dijo ella—. Primero mi apariencia y ahora esto. Mañana no recorreremos tanto camino, ni ningún otro día. Si tardamos dos semanas, incluso tres, en llevar a cabo el viaje, que así sea. No tenemos ninguna prisa, ¿no es así?

Tal vez ella no la tuviera.

—No permitiré que pase molestias por mi culpa —repuso—. Me he acostumbrado a mi condición. Nadie más tiene que sufrir por ello.

Ella le había cogido el plato y le estaba apartando comida como si de verdad fuera su esposa y estuvieran sentados muy a gusto a su mesa.

—Viajaremos con más calma a partir de mañana —insistió—. Tal vez estemos en nuestra luna de miel. ¿Le parece que lo estamos?

La repentina sonrisa con la que lo miró era muy traviesa. Aunque le habría gustado que hubiera bromeado sobre otro tema. ¡Su luna de miel, por favor! ¡Que lo partiera un rayo!

—Hoy mismo me ha dicho, señora McKay —dijo—, que daba las gracias porque no fuera su marido. Yo contesté de forma similar. Ahora repito el sentimiento. Tengo la sensación de que daría usted mucha guerra.

—Daría mucha guerra. —Ella soltó los cubiertos, colocó un codo en la mesa y apoyó la barbilla en la mano—. ¿De verdad, sir Benedict? ¿Cómo?

Había hablado con voz ronca, pero tenía una sonrisilla en los labios y una expresión traviesa en los ojos.

—Cene —le ordenó. Otra vez se sentía acalorado y la chimenea ni siquiera estaba encendida.

12

Después de ese primer día, continuaron el viaje como marido y mujer. Era mejor así, decidió Samantha, porque podía volver a usar su propia ropa y olvidarse del espantoso y agobiante luto. No tenía nada muy nuevo ni nada que fuera especialmente a la moda, pero era ropa que ella misma había escogido y, en algunos casos, que ella misma había confeccionado, y le sentaba bastante bien. Lucirla hacía que se sintiera más joven y más esperanzada. Hacía que se sintiera ella misma de nuevo.

Lo llamaba Ben. Le había comentado —tras una de sus breves discusiones— que Benedict hacía que pareciera una especie de monje o de santo y que no conocía a nadie a quien le hubieran puesto un nombre tan poco adecuado. Para su sorpresa, él le dio la razón y le confió que siempre le había incomodado su nombre y que prefería el diminutivo. A su vez, ella le dijo que si alguna vez la llamaba Sam, tendría un berrinche. De inmediato, él la había llamado Sammy y había meneado las cejas. A lo que ella contestó sacándole la lengua y poniéndose bizca.

Fue maravilloso comportarse de forma tan infantil. Los dos acabaron estallando en carcajadas.

Después de cuatro días de viaje, cruzaron el río Wye y entraron en Gales. La tierra de sus antepasados maternos. Jamás pensó que la mitad de su legado significase algo para ella, de modo que la emoción que la abrumó al saber que por fin estaba allí la sorprendió.

No sabía nada de la familia de su madre, salvo de la existencia de su difunta tía abuela, que era la señora Dilys Bevan. Siempre supuso que no había más parientes vivos.

Aunque tal vez sí los hubiera.

¿Quería que los hubiera? Claro que sabía que la respuesta era un no incluso antes de que su mente formulara la pregunta. Porque si quedaba alguno vivo, eso quería decir que habían abandonado a su madre y después a ella. Y eso sería peor que si no existían.

No obstante y de repente, ir a su casita cobraba un nuevo significado. Porque tal vez la esperaba algo más que un cuchitril en ruinas. Tal vez había una historia completa. Una caja de Pandora, que no quería abrir. Esperaba que ni siquiera existiese.

Se sentía un poco melancólica el día que pasaron por la Abadía de Tintern. Se detuvieron para ver las ruinas, ya que los dos habían leído y admirado el largo poema que le había dedicado William Wordsworth. El edificio y su entorno rural virgen eran tan preciosos y románticos como los describía el poema. Las colinas boscosas se elevaban a ambos lados del valle y el río Wye fluía en el centro, con la Abadía de Tintern en la orilla occidental.

Sus días habían adaptado cierta rutina. Samantha se levantaba temprano todas las mañanas para darle un paseo a Vagabundo antes del desayuno, y después viajaban hasta que se cansaban los caballos y debían cambiarlos o, al menos, darles un descanso. Se pasaban lo que quedaba de la tarde paseando por los alrededores de la posada en la que se hubieran detenido para pasar la noche o en busca de algún lugar histórico que explorar. Buscaban algún establecimiento cómodo donde tomar el té. Después Ben se dedicaba a escribir en su diario, tras pedir tinta y papel, mientras Samantha le daba otro paseo a Vagabundo. Tras eso se relajaban en sus habitaciones separadas hasta que llegaba el momento de reunirse de nuevo para la cena. Se retiraban temprano a la espera del ejercicio del día siguiente.

Ese día en concreto retomaron su viaje después de visitar la Abadía de Tintern, a fin de reservar habitaciones en una posada en la parte alta del valle que les habían recomendado la noche anterior. Sin embargo, cuando llegaron, se toparon con la desagradable sorpresa de que solo quedaba una habitación disponible. Era una habitación amplia y cómoda, les aseguró el posadero al ver que Ben titubeaba, y tenía una preciosa vista del valle desde el mirador.

—Seguiremos nuestro camino —anunció Ben—. Mi discapacidad hace que a mi esposa le cueste compartir habitación conmigo con un mínimo de comodidad.

El posadero les informó de que la posada más cercana se encontraba en Chepstow, a una distancia muy inconveniente, sobre todo después de haber viajado más de lo habitual ese día.

El viaje estaba siendo duro para Ben, como Samantha bien sabía. Aunque nunca se quejaba, había aprendido a leer su expresión y la tensión de su cuerpo, incluso su sonrisa. ¿Qué demonios le hacía pensar que podía pasarse la vida viajando y escribiendo libros de sus experiencias? Claro que era culpa suya que él estuviera viajando tanto esos días.

—Hemos avanzado lo suficiente —dijo ella—. Debemos aceptar la habitación, Ben. Solo será una noche.

—No se arrepentirá —le aseguró el posadero—. Tenemos la mejor cocinera entre Chepstow y Ross. Pregúnteselo a cualquiera.

Ben parecía estar a punto de discutir. También parecía muy blanco y tenso. Tal vez habían pasado más tiempo del debido paseando por las ruinas.

—Muy bien —accedió él—. Nos quedaremos aquí.

La habitación era bonita y estaba limpia, y había una vista magnífica desde el mirador, pero no era ni mucho menos amplia. No había sillón, ni diván ni sofá, tal como Samantha había esperado que hubiera. Habría estado encantada de dormir en cualquiera de esos tres muebles. La enorme y alta cama dominaba la estancia y ocupaba casi todo el espacio.

¡Por el amor de Dios! Solo sería una noche, pensó mientras se quedaban junto a la puerta, mirando a su alrededor con incomodidad. Habló con brusquedad:

—Supongo que si me quedo muy quieta junto al borde del colchón y tú te quedas muy quieto junto al otro borde, habrá suficiente espacio entre ambos para que quepa un elefante.

—Si te das la vuelta durmiendo —repuso él—, será mejor que te la des hacia el lado correcto.

—¿Y cuál sería?

Se volvió para sonreírle al tiempo que él volvía la cabeza para mirarla con una sonrisa. Y de repente fue como si sus palabras quedaran escritas a fuego entre ellos.

—Supongo que a los elefantes les molesta que los despierten de noche —replicó él, una vez que se recuperó.

—Sí. —Cruzó la estancia hasta el mirador, que era sin duda lo mejor de la habitación.

—¿Preferirías haber continuado hasta Chepstow? —le preguntó él—. Todavía podemos hacerlo.

—No, no podemos —lo corrigió—. Estás al borde del colapso. Ha sido un día demasiado ajetreado. Bajaré para asegurarme de que Vagabundo está bien cuidado. Le diré al señor Quinn que venga.

Ben no rechistó.

Se pasó una hora con el perro, al principio sentada en un montón de paja limpia a su lado, con las piernas dobladas, las rodillas casi pegadas a la barbilla, mientras se las abrazaba con fuerza; y después estuvo paseando con él para que hiciera sus necesidades antes de retirarse por la noche.

Había conseguido llevarse bastante bien con sir Benedict... Con Ben. Podían hablar, reírse y también estar callados juntos. Podían disfrutar visitando monumentos a pesar de que su discapacidad le impedía caminar deprisa o mucho tiempo. Pero era un hombre, y ella tendría que ser sobrehumana, supuso, para que ese hecho no la afectara, sobre todo porque, hacía ya tiempo, se habían besado y en su imaginación habían volado por encima de las nubes en un globo aerostático, envueltos en pieles para combatir el frío de la atmósfera.

A veces le costaba pasar por alto su virilidad cuando compartían el reducido interior del carruaje durante el día. ¿Qué iba a sentir cuando compartieran una cama toda la noche?

Cuando por fin regresó a la habitación, haciendo más ruido de la cuenta en el descansillo delante de la puerta y esperando un poco antes de girar el pomo, Ben ya estaba vestido para la cena y esperaba sentado en el borde de la cama, leyendo. Lo vio soltar el libro y levantarse. Lo hizo con más facilidad que de costumbre, se percató ella, tal vez porque la cama era bastante alta.

—Te dejo para que puedas usar la habitación —le dijo él—. Nos vemos en el comedor de la planta baja.

—Muy bien.

Iba muy elegante para la cena, vestido con un frac negro y una camisa blanca. Ojalá no fuera tan atractivo.

Se puso el vestido de seda verde y el collar de perlas que su padre le había dado como regalo de bodas.

El único comedor privado de la posada ya estaba reservado cuando llegaron. Sin embargo, había muy pocas personas en el comedor principal y ninguna estaba lo bastante cerca como para que la conversación resultase incómoda. La comida era excelente. Al menos, ella creyó que lo era. No le prestó mucha atención, la verdad. Estaba muy ocupada haciendo fluir la conversación, que insistía en querer apagarse, ya que parecían incapaces de encontrar un tema que requiriese más de una pregunta por una parte y un monosílabo por la otra.

¡Ah, qué distinto era todo cuando había que compartir habitación! No habían tenido ese problema la noche anterior. Al menos, no hasta ese punto.

—Si al menos hubiera habido un comedor privado disponible —dijo él finalmente—, habría dispuesto de una butaca en la que pasar la noche.

—Si ibas a hacer eso —replicó—, bien podríamos habernos ido a Chepstow. Yo habría dormido en la butaca.

—Tonterías —repuso él—. Nunca lo habría permitido.

—Tal vez yo no habría permitido que tú dictaras lo que yo podía o no hacer.

—¿Volvemos a discutir? —preguntó él—. Pero, por favor, Samantha, ningún caballero permitiría que una dama durmiera en una butaca en un comedor privado mientras él disfruta del lujo de una cama en una habitación con vistas.

—¡Ah! —dijo ella—. Las vistas. Se me habían olvidado. Sin duda por eso en esta ocasión te habría permitido salirte con la tuya. Aunque es una discusión inútil. No disponemos de un comedor privado, así que ninguno puede tener el noble gesto de pasar la noche en una butaca.

—De hecho, los dos vamos a poder disfrutar de las vistas —repuso él.

Sonrió y él soltó una risilla, y Samantha lo miró, embelesada por un instante. Había querido mucho a su padre, pero no recordaba ni una sola vez en la que hubiera bromeado con él o le hubiera contado tonterías..., o en la que hubieran discutido. Y aunque, sin duda, había debido de reírse con Matthew durante su cortejo y durante los primeros meses de su matrimonio, no recordaba haberse comportado como una tonta a conciencia para reírse juntos.

De repente, se le pasó por la cabeza que le gustaba Ben Harper, aunque la irritaba de vez en cuando, mientras que otras veces le provocaba un ardiente anhelo. Se le pasó por la cabeza que lo echaría de menos cuando se marchara.

—Matthew tenía una amante —dijo de repente, y después lo miró con cierta sorpresa. ¿Podía saberse qué la había llevado a decir algo así? Soltó los cubiertos, apoyó los brazos en la mesa y se inclinó hacia él—. Ya tenían un hijo cuando nos conocimos y se casó conmigo. Concibieron otro durante los primeros meses de nuestro matrimonio. Entendí que no me quería en absoluto y que no era muy buena en la cama.

Lo miró fijamente, espantada. Y después echó un vistazo a su alrededor con disimulo para asegurarse de que los demás comensales no podían oírla.

Ben miró primero su cuchillo y después su tenedor, para a continuación dejarlos sobre su plato y adoptar la misma postura que ella. Sus rostros quedaban muy cerca el uno del otro.

—Supongo que te has pasado más de seis años creyéndote sexualmente inadecuada.

Samantha casi esperó que las llamas brotaran de sus mejillas.

—No —le contestó—. ¿Por qué iba a permitir que alguien a quien no respetaba me quebrantara el espíritu? Dejé de respetar a mi marido a los cuatro meses de casarnos. Es una confesión espantosa para hacerle a un desconocido, ¿no te parece?

—No soy un desconocido —protestó él—. Y voy a serlo todavía menos. Vamos a pasar la noche tumbados en bordes opuestos de la misma cama, ¿no es así?

—¿Has tenido alguna amante? —le preguntó.

—¿Durante una larga temporada? —matizó él—. No. Y nunca he tenido hijos. Y aunque tuviera una amante, la dejaría antes de casarme con otra mujer. Y nadie la reemplazaría. Jamás.

—¿Era muy guapa la sobrina del coronel? —quiso saber.

Él meditó la respuesta.

—Era bonita. Menuda y delicada, con una sonrisa perpetua, hoyuelos, tirabuzones rubios y grandes ojos azules.

—Una mujer así sin duda no querría seguir a la tropa por ti.

—Pero ya lo hacía con su tío —replicó él—. Parecía una muñeca de porcelana. Pero en realidad era dura como el acero.

—¿Lloraste su pérdida?

—No puedo decir que pensara mucho en ella durante al menos dos años —contestó él—. Para entonces me alegraba muchísimo de que no nos hubiéramos casado.

—Estoy segura de que ha engordado —dijo ella—. Las rubias bajitas suelen hacerlo.

La miró con expresión risueña y estiró los brazos por encima de la mesa para tomarle una mano entre las suyas.

—Creo, Sammy, que estás celosa —dijo él.

—¿Celosa? —Intentó apartar la mano, pero él se la sujetó con más fuerza—. Menuda ridiculez. ¿Y cómo te atreves a llamarme con ese nombre cuando te he dejado muy claro que no lo hagas?

—Creo que me deseas —añadió él.

—Tonterías.

Ben la miraba con expresión bromista, pero ella sentía un nudo en la boca del estómago. No era verdad. ¡Ay, por supuesto que era verdad! Aunque él no creía lo que estaba diciendo. Solo bromeaba. Intentaba enfadarla a propósito... y lo estaba consiguiendo.

—Creo que quieres demostrar que, al fin y al cabo, eres buena en la cama —dijo él.

—¡Oh! —Lo miró boquiabierta y apartó la mano de un tirón al tiempo que se ponía en pie de un salto—. ¿Cómo te atreves? ¡Ay, Ben! ¿Cómo te atreves?

Sin saber bien cómo, consiguió recordar que debía hablar en voz baja.

—Puede que le hayas perdido el respeto a tu difunto marido —siguió él— y puede que te hayas negado a permitir que su infidelidad doblegue tu espíritu, pero te hizo más daño del que crees, Samantha. Era un idiota. Y algún día tendrás pruebas de lo deseable que eres. Pero no será esta noche. Hoy estás totalmente a salvo de mí, te lo prometo, pese a la situación en la que nos vemos. No me aprovecharé de ti.

Casi se sentía decepcionada.

—Sube a la habitación —siguió él—, ya que parece que has terminado de cenar. Yo me quedaré aquí un rato.

Se marchó sin protestar, aunque podría decirse que le había dado una orden.

«Era un idiota».

«Algún día tendrás pruebas de lo deseable que eres».

«Creo que quieres demostrar que, al fin y al cabo, eres buena en la cama».

«Creo que me deseas».

E iban a pasar la noche juntos.

No solo debería haberle escrito a Hugo, pensó Ben mientras bebía una copa de oporto, sino que también tendría que haberle escrito a Calvin a Kenelston Hall. Y seguramente a Beatrice. Sin duda su hermana pronto se enteraría de que Samantha había desaparecido de Bramble Hall y de que él se había marchado de Robland Park el mismo día. Se preguntó si Beatrice conectaría ambos hechos. Aunque si lo hacía, no creía que su hermana compartiera sus sospechas con nadie.

¿Alguien más haría la conexión? Lo dudaba, ya que se había cuidado de que no lo vieran con Samantha. Nadie sabría que tenía algo más que una relación muy superficial con ella, y además era de todos sabido que se marcharía de Robland Park de todas formas.

Por supuesto, todavía podía escribir esas cartas. Podía pedir papel y tinta, y escribirlas en ese momento, antes de subir a la habitación. Pero se sentía reacio a hacerlo. La idea de desaparecer sin rastro, y de hacerlo sin tener que darle explicaciones a nadie, tenía cierto atractivo. Por supuesto, eso siempre era así, pero... En fin, quería ser libre para que esa aventura siguiera su curso. No quería que sus amigos y sus familiares hablasen de ello, ya fueran palabras de ánimo o de desaprobación.

Samantha seguía despierta cuando él regresó a la habitación, aunque se había quedado en el comedor lo suficiente como para darle la oportunidad de haberse metido bajo las sábanas y al menos fingir que estaba dormida si así lo deseaba. Esperaba que hubiera elegido esa opción.

En cambio, estaba sentada en la cama, en camisón, con las piernas dobladas a un lado, y solo se le veían los pies por el bajo de la prenda mientras levantaba los brazos para quitarse las horquillas del pelo. No era una pose seductora deliberada. De todas formas, le alteró la respiración.

—Creía que estarías dormida —le dijo.

—O fingiendo dormir, supongo —replicó ella—, acurrucada y respirando de forma acompasada para que tú te acurrucaras en el otro extremo de la cama e hicieras lo mismo, ¿no?

Cerró la puerta y echó la llave.

—Lo he pensado —siguió ella—, pero habrías sabido que no estaba dormida, y después yo habría sabido que tú tampoco lo estabas, y los dos nos habríamos quedado en vela toda la noche, deseando estar fingiendo mejor que el otro que estamos dormidos.

Se echó a reír al oírla.

—Deja que te ayude —dijo al tiempo que se acercaba a ella, tras lo cual apoyó los bastones al pie de la cama y se sentó a su lado—. Diría que estás creando un nido aquí arriba, pero insultaría al pájaro que tuviera que usarlo.

—En fin —empezó ella, que bajó los brazos—, me pones nerviosa, Ben, y soy incapaz de quitarme las últimas horquillas. Creo que las he perdido para siempre en la maraña.

Las encontró y se las quitó, y el pelo de Samantha le cayó por los hombros y por la espalda, esa melena ondulada, brillante y casi negra como la de una gitana.

—La idea era tenerlo bien trenzado para cuando llegaras —le explicó ella—. ¿No podrías haberte quedado abajo hasta dejar seca las reservas de brandi o de oporto o de lo que sea que bebas después de la cena?

—Oporto —contestó—. ¿El cepillo? —Estiró una mano, y ella sacó el cepillo de la pequeña bolsa de viaje que había junto a la cama y se lo dio. Le hizo un gesto con un dedo para que se diera media vuelta—. Vuélvete.

El pelo le llegaba a la cintura y casi rozaba la cama. Desprendía un leve olor a gardenia. El camisón que llevaba era de algodón blanco y la cubría de forma tan decente como los vestidos que usaba de día. Salvo que era un camisón y que era evidente que no llevaba corsé debajo... ni nada más, al parecer. Y tenía los pies descalzos. Y estaba sentada en la cama.

Le pasó el cepillo por el pelo. Se deslizó de las raíces a las puntas.

—Doscientas pasadas —dijo ella.

Sintió de inmediato la tensión del deseo en la entrepierna. ¿Doscientas?

—Todas las noches —añadió ella.

—¿Las cuentas?

—Sí. Fue una de las formas que tuvo mi madre para enseñarme a contar.

Así que no era consciente del doble sentido que podían tener sus palabras.

Contó en silencio.

—Tenía dieciocho años —dijo ella cuando llevaba treinta y nueve pasadas—. Recién cumplidos. Acababa de ser mi cumpleaños. Llevaba casada menos de cuatro meses.

No la animó a continuar. Si necesitaba contarle la historia que había comenzado en el comedor, la escucharía. Al fin y al cabo, disponía de toda la noche, y sabía por su experiencia en Penderris Hall que era importante que las personas pudieran contar su historia.

Cuarenta y cinco. Cuarenta y seis.

—Estaba tan enamorada —continuó ella— que creía que no había mundo suficiente para que cupiera mi amor. La juventud es una época peligrosa en la vida.

Sí, podía serlo.

Cincuenta y uno. Cincuenta y dos. Cincuenta y tres.

—Creía que el amor que me profesaba era absoluto —siguió—. Creía que viviríamos felices y comeríamos perdices. ¡Qué tontos pueden ser los jóvenes! ¿Te digo por qué se casó conmigo?

—Si quieres... —Cincuenta y nueve. Sesenta.

—Siempre fue el rebelde de la familia —le explicó—. Los odiaba a todos, sobre todo a su padre. Pero su padre no lo dejaba tranquilo. El conde insistía para que se casara con una mujer adecuada...; adecuada para él, claro. Incluso le había elegido a varias candidatas. Matthew tenía once años más que yo, por cierto. Me conoció en una fiesta en el salón de reuniones del pueblo, le parecí bonita y dispuesta... y, ¡ay, cómo adivinó eso último! Estaba tan dispuesta que daba pena. No solo llevaba el corazón en la mano, también lo llevaba en la frente, en la nariz, en las mejillas, en el pecho y... En fin. Dejémoslo en que no oculté mi devoción. Fui patética.

—Eras muy joven —replicó—. ¡Por el amor de Dios! Solo tenía veinticuatro años en aquel momento—. Te cortejaba un apuesto oficial del ejército.

—¿De verdad? —preguntó ella. Ya no sabía por dónde iba, había perdido la cuenta. ¿Sesenta y nueve? ¿Setenta?—. Se creyó enamorado de mí, por supuesto, porque de lo contrario no creo que hubiera hecho lo que hizo. Pero también le pareció que se la jugaría a su padre si se casaba conmigo. Era la hija de un caballero sin importancia. Eso ya habría sido malo de por sí para su padre. Pero también sabía que era la hija de una actriz, nieta de un galés y de una gitana. Así que se casó conmigo. Mantuvo un prudente silencio sobre esas motivaciones hasta que descubrí la existencia de su amante y me lo contó; por hacerme daño, supongo, aunque se rio al contármelo y me invitó a que hiciera lo mismo. Era gracioso, porque había conseguido todo lo que esperaba. El conde de Heathmoor estaba furioso. Cuando me negué a que Matthew me tocara después de descubrir lo de su amante y después él se negó a llevarme con él a la península ibérica con su regimiento y me mandó a Leyland Abbey, otra vez por hacerme daño, me hicieron sentir como si fuera más despreciable que el más insignificante de los criados. Pero como era la nuera de la casa, me sometieron a un estricto régimen para reeducarme. No había cumplido los diecinueve años cuando llegué allí.

Ben colocó el cepillo en la cama.

—No te pido que me tengas lástima —añadió ella—. Dios no lo quiera. Mi vida es la que es. Las hay peores. Nunca he pasado hambre ni me he visto en la calle. Nadie ha usado la violencia física contra mí más allá de algún golpe en los nudillos o algún cachete en el trasero de pequeña. Y ahora me han ofrecido el regalo de la libertad, un cuchitril por casa y una pequeña cantidad de dinero con la que poder disfrutarlo todo. ¿Entiendes lo maravilloso que es eso para una mujer, Ben? Puedo ser otra persona. —Se volvió para mirarlo y ocultó los pies a la vista.

—En ese caso, ¿a qué viene la cara triste? —le preguntó.

—¿Tengo cara triste?

—Supongo que es porque te has visto obligada a traerte a la persona que eras antes —repuso.

Ella hizo una mueca.

—¿Por qué? Es un incordio.

—Pero ¿cómo sentir alegría si antes no has padecido dolor y sufrimiento? —le preguntó él.

—¿Existe la alegría? —Esos ojos oscuros lo miraron a la cara como si tuviera la respuesta escrita en ella.

Abrió la boca para asegurarle que sí existía, pero ¿existía de verdad? ¿Cuándo fue la última vez que la experimentó? ¿Cuando llegó a Penderris Hall unos meses antes para disfrutar de su visita anual con sus amigos? Había sido un momento feliz, pero ¿alegre? Ojalá no hubiera usado esa palabra con ella. Era muy inquietante.

Además, ¿ese era el problema que lo aquejaba? ¿Que allá donde fuera tenía que llevarse a sí mismo? ¿Era por ese motivo, para negar ese hecho, por lo que había decidido viajar? ¿La eterna quimera de intentar huir de sí mismo, del cuerpo que lo entorpecía, lo volvía grotesco y torpe, y le impedía llevar la vida que deseaba?

—Debemos creer que hay alegría —le aseguró—. Mientras tanto, debemos creer que merece la pena vivir nuestras vidas.

Samantha levantó una mano y se la colocó en la mejilla, acariciándole el pelo con los dedos. Su mano era suave y fresca.

—Es muy ingrato por mi parte haber recibido la libertad y una vida nueva, pero sentirme desanimada de todas formas —repuso—. Tú le encontrarás sentido a tu vida.

—Voy a ser un famoso escritor de guías de viajes. —Sonrió.

—Encontrarás lo que buscas, Ben —insistió ella—. Eres un hombre amable.

—¿Y los hombres buenos y amables son recompensados con una vida plena y la felicidad?

Se sorprendió al ver que a Samantha se le llenaban los ojos de lágrimas, aunque ninguna le cayó por las mejillas.

—Deberían —contestó ella—. La vida debería ser así, aunque los dos sabemos que no es siempre el caso.

Soltó el cepillo, la tomó por la cintura, la pegó a él y la besó. Ella lo rodeó con los brazos y le devolvió el beso.

Sus labios se unieron. Sus alientos se mezclaron. Samantha era cálida, fragante, dulce y muy femenina. Él fue consciente, incluso con los ojos cerrados, de su camisón y de los pies descalzos, del pelo que le caía suelto por la espalda, de la cama que tenía bajo los dos. El calor aumentó, y sintió de nuevo la conocida tensión del deseo en la entrepierna.

Ella sacó los pies por debajo del camisón, y él se las apañó para subir las piernas a la cama; y de pronto se encontró acariciando esos pechos, generosos y turgentes bajo el algodón del camisón, y ella le metió las manos por debajo la chaqueta, por debajo del chaleco, hasta que las sintió, cálidas, por encima de la camisa.

Samantha se tumbó en la cama, y él la siguió, colándole una mano por debajo del camisón; una mano que se deslizó hacia arriba, hacia el calor de la cara interna de sus muslos. Simuló con la lengua lo que le gustaría hacerle a su cuerpo. Su peso le aplastaba los pechos.

Le había hecho una promesa en el comedor no hacía ni dos horas.

«Pero esta noche no. Estás totalmente a salvo de mí, te lo prometo, pese a la situación en la que nos vemos. No me aprovecharé de ti».

Intentó hacer caso omiso de la voz de su conciencia, de su propia voz. Sin embargo, fue imposible.

Alzó la cabeza y clavó la mirada en esos ojos cargados de pasión.

—No podemos hacerlo —le dijo.

Ella no replicó.

—Nos arrepentiríamos —insistió—. Habría sido algo provocado por esta habitación. Nos arrepentiríamos.

«Idiota —pensó—. Imbécil».

—¿De verdad? —Ella suspiró, pero se dio cuenta de que estaba recuperando el sentido común.

—Sabes que sí. —Se incorporó y le bajó el camisón en el proceso antes de ponerse en pie sin la ayuda de sus bastones. Los colchones altos eran una bendición para él.

—Y, sin embargo —dijo ella—, sería aceptable que una viuda tuviera una aventura, siempre y cuando fuera discreta. Lo aprendí cuando estuve con el regimiento de Matthew. Creo que sería una manera magnífica de usar la libertad: tener una aventura.

—¿Conmigo? —No se volvió para mirarla.

—Con un hombre que deseara una conmigo tanto como yo deseara una con él —respondió ella—. Tal vez contigo. Un día de estos. Pero esta noche no. Tienes razón en eso. Sería algo sórdido.

Ben tomó varias bocanadas de aire.

—Si te metes debajo de las sábanas —dijo— y finges quedarte dormida al punto para preservar mi pudor, me quitaré algunas prendas de ropa y me tumbaré en el otro extremo. Y mañana y el resto de noches de nuestro viaje, seguiremos nuestro camino, aunque tengamos que recorrer cien kilómetros, hasta encontrar una posada que pueda hospedarnos por separado.

Ella se levantó de la cama, volvió a meterse bajo las sábanas tan pegada al extremo que fue un milagro que no se cayera al suelo, se cubrió hasta la cabeza y empezó a roncar.

Ben sonrió y rodeó la cama hacia el otro extremo.

—El problema es que —la oyó decir mientras empezaba a quitarse el chaleco— cuando llegue ese «un día de estos», ya llevarás mucho tiempo fuera de mi vida.

—¡Chis! —le ordenó, y ella empezó a roncar de nuevo.

Apagó la vela y se tumbó en la cama, lo más lejos de ella que pudo.

Se burlarían de él en cualquier tienda de oficiales, pensó él, si alguna vez cometía la estupidez de contar lo sucedido esa noche... o lo que no había sucedido.

Claro que no volvería a pisar una tienda de oficiales.

Clavó la mirada en el contorno del mirador.

¡Nunca volvería a pisar una tienda de oficiales!

El ejército no aceptaba a lisiados.

13

La primera impresión de Samantha al despertarse fue que estaba muy cómoda y calentita. Debía de ser la mejor noche de sueño de la que había disfrutado desde hacía mucho tiempo. Sin embargo, cuando se espabiló fue consciente de más detalles. Tenía la nariz prácticamente aplastada contra un torso masculino desnudo que se elevaba al ritmo de una respiración acompasada. El calor de ese cuerpo la envolvía y la hizo desear acercarse aún más a él, como si ya no estuviera lo bastante cerca. La había abrazado por la cintura por debajo de las sábanas.

Menos mal que iban a pasar la noche en vela, cada uno en su borde del colchón...

Era la primera vez que se acostaba con un hombre. Para dormir, que no para mantener relaciones conyugales. Matthew visitó su cama prácticamente todas las noches durante los cuatro primeros meses de su matrimonio, pero siempre regresaba a la suya después. De alguna manera, la situación en la que se encontraba le parecía casi tan íntima como lo fueron aquellos breves interludios, porque había pasado tanto tiempo que ya no recordaba lo que era la verdadera intimidad.

La noche anterior estuvieron a punto de hacer el amor; hasta que la conciencia golpeó a Ben. No sabía si alegrarse o entristecerse por ello.

Estaba dormido. Lo sabía por su respiración profunda y por lo relajado que parecía su cuerpo. Sintió la tentación de dormirse de nuevo, pero el sentido común ganó la partida. Lo que de verdad necesitaba hacer era salir de la cama, o al menos apartarse un poco de él antes de que se despertase y creyera que había adoptado esa postura de forma deliberada.

Reflexionó sobre la estrategia a seguir. Tenía su brazo en torno a la cintura y una pierna atrapada debajo de una de las suyas. A su vez, ella le había apoyado una mano en el torso y la otra descansaba a un lado de su cintura..., un detalle que acababa de descubrir. Había amanecido. A saber qué hora sería. Podría ser muy temprano o ser ya media mañana. Había dormido como un tronco.

Liberó la pierna. Le apartó la mano de la cintura, le quitó la nariz del torso y después alejó la otra mano. Acto seguido, empezó a moverse por debajo de su brazo. El proceso le llevó de cinco a diez minutos. Ben respiró hondo, soltó el aire despacio y después siguió respirando de forma relajada. Llegada a ese punto, retrocedió un poco más. Si se daba media vuelta, podría pasar las piernas por el borde del colchón, tras lo cual podía sentarse o levantarse, y estaría a salvo aunque él se despertase y la viera con el camisón arrugado, y el pelo suelto y enredado que le caía por los hombros y por la espalda. No se enteraría de que...

—Supongo que no has pegado ojo en toda la noche —lo oyó decir como si tal cosa justo cuando ella se sentaba en el borde de la cama.

—He dormido un poco —admitió con un tono similar y sin volver la cabeza para mirarlo.

—¿Te he dejado suficiente espacio? —quiso saber—. ¿No te he tocado sin querer?

—¡Oh, no! —exclamó—. Había mucho espacio.

—Samantha McKay —dijo él—, estoy seguro de que arderás en el fuego del infierno por la mentira que acabas de decir.

Gritó indignada y volvió la cabeza para mirarlo echando chispas por los ojos. Cogió su almohada y se la lanzó.

—Señor —dijo—, menudo caballero está hecho. Al menos podrías disimular y fingir que hemos pasado la noche cada uno en una punta de la cama.

Ben abrazó la almohada contra el pecho.

—Me desperté en algún momento de la noche —repuso— y descubrí que había rodado hasta el centro, igual que tú. En aras de la justicia, no creo que podamos establecer quién de los dos fue el culpable. Te oí murmurar alguna tontería y me abrazaste cuando estaba a punto de hacer una retirada estratégica hacia el borde del colchón. De manera que, como soy un caballero de los pies a la cabeza en contra de tu injusta acusación, me quedé donde estaba y te permití que me abrazaras y te acurrucaras a mi lado.

Samantha gritó de nuevo e hizo ademán de recuperar su almohada para poder arrojársela de nuevo a la cabeza.

—Pues a ti te van a freír en el infierno —dijo—. ¡Yo no he hecho eso! Y si fueras tan caballeroso como afirmas, te habrías apartado. No solo te habrías movido hasta el borde, te habrías acostado en el suelo con tu almohada.

—Tenías la cabeza medio apoyada en ella —protestó—. Y dado que soy un caballero... —Concluyó la frase con una sonrisa.

Samantha lo miró en silencio y llegó a la conclusión de que Ben se lo estaba pasando en grande; al igual que ella, por extraño que pareciera. Lo que un minuto antes le había parecido una situación incomodísima, horrible y bochornosa, se había convertido en algo... divertido. ¡Ay, por Dios! Ben estaba despeinado y tenía un aspecto casi juvenil. Parecía muy atractivo. Sería maravilloso hacer el amor con él.

—¿Qué? —oyó que le preguntaba—. ¿No tienes nada que decir al respecto?

—En ese caso, podrías haber cogido mi almohada —respondió.

—Es que también tenías la cabeza medio apoyada en ella.

—Pobrecillo —repuso con los ojos entrecerrados—. Así que te viste obligado a pasar el resto de la noche en medio de la cama, con solo media almohada para tu disfrute.

—No me estoy quejando —le aseguró él, que se puso las manos detrás de la cabeza con gesto ufano—. Las almohadas no son la única fuente de disfrute.

—Mmm... —Samantha se puso en pie—. Date media vuelta y tápate la cabeza con las sábanas. Voy a vestirme. Supongo que no le han dado de comer a Vagabundo y que tampoco lo han dejado salir al patio del establo.

Ben la obedeció con un gesto teatral y ella se vistió a toda prisa con una sonrisa en los labios, tras lo cual se pasó el cepillo por el pelo antes de retorcérselo para recogérselo en la nuca.

—Nos vemos para desayunar dentro de media hora más o menos —le dijo mientras salía de la habitación.

Lo oyó roncar suavemente debajo de las sábanas, igual que hizo ella la noche anterior. Se echó a reír mientras cerraba la puerta. ¡Cómo había cambiado su vida en el transcurso de una semana! Apenas si se reconocía a pesar de lo que comentaron la noche anterior sobre el hecho de haber tenido que llevar consigo a la persona que fue antes. No recordaba ni un solo momento de su vida en el que hubiera disfrutado de la compañía de otra persona, en el que hubiera reído y bromeado, en el que hubiera dicho tonterías... o le hubiera arrojado una almohada a dicha persona.

Y en el que hubiera compartido una cama.

Y experimentado un deseo tan grande que le aflojaba las rodillas.

Lo iba a echar muchísimo de menos cuando llegaran a su casita y él reanudara sus viajes. Pero ya pensaría en eso en su momento.

Vagabundo la saludó como si hubiera pasado una semana encerrado en su cómoda cuadra sin ver a nadie.

Hablaron del tiempo y del paisaje. Hablaron de libros. Samantha había leído muchos durante los cinco años que pasó su marido postrado en la cama, y él había leído bastantes durante los años de su convalecencia y desde entonces. Hablaron más sobre sus familias, sobre las casas en las que habían crecido, sobre su infancia, sobre los amigos que habían tenido, sobre los juegos que habían jugado y sobre los sueños que habían imaginado. Hablaron de música, aunque ninguno de los dos afirmaba ser competente tocando un instrumento musical.

Evitaron con mucho tiento cualquier situación o tema que pudiera despertar la atracción que indudablemente sentían el uno por el otro.

A veces decían tonterías y se reían como niños. Era tan maravilloso que parecía ridículo. A veces discutían, aunque incluso esas discusiones terminaban en tonterías y risas.

Hablaron con otros viajeros en las posadas donde se alojaron y en los lugares de interés que visitaron. Ben comenzó a pensar que, después de todo, tal vez disfrutaría de sus viajes. Estaba seguro de que habría pasado más tiempo en el sudeste de Gales si hubiera estado solo. Las nuevas industrias que surgían lo fascinaban: las minas de carbón y las empresas de transporte y las metalúrgicas. Le habría encantado dar un rodeo y visitar Swansea y el distrito de Rhondda Valley, por ejemplo, para ver esas fábricas en funcionamiento. Tal vez volvería algún día y añadiría capítulos a su libro que no estuvieran relacionados puramente con la belleza bucólica. Pero todavía no. Una vez que dejara a Samantha instalada en su hogar, quería poner la mayor distancia posible entre ellos.

—He estado pensando —dijo la mañana en que dejaron atrás Swansea y pusieron rumbo hacia el oeste de Gales— que después de que estés acomodada en tu casa, seguiré la ruta por la costa oeste de Gales en vez de volver por donde hemos venido. Visitaré Aberystwyth, Harlech y el monte Snowdon, y luego viajaré a lo largo de la costa norte.

Esos ojos oscuros —tan hermosos y expresivos, y que parecían haber cobrado vida desde que dejaron el condado de Durham— lo miraron fijamente. Ese día vestía de verde claro y parecía joven, saludable y guapa. Y deseable, aunque intentó desterrar ese pensamiento.

Se alegraba de no haber hecho el amor esa noche. Bastante solo se iba a sentir ya cuando tuviera que proseguir camino en solitario como para añadir la complicación de mantener una aventura con ella.

¿O acabaría arrepintiéndose de no haber disfrutado del placer cuando había tenido una oportunidad tan clara de hacerlo?

—Debe de haber unos paisajes preciosos en esa ruta —comentó ella, volviendo la cara un poco para mirar por la ventanilla—. Ya nos hemos topado con unos cuantos, ¿no es así? Poder ver el mar durante tantos días me hace sentir algo aquí —confesó al tiempo que se llevaba un puño al estómago—. O tal vez sea Gales en sí mismo lo que me afecta. Me parece un país diferente aunque la mayoría de la gente habla inglés. Pero, Ben, ¡el acento! ¡Es tan musical!

—Penderris Hall está junto al mar —dijo él—. ¿Te lo he dicho? Está situado sobre un alto acantilado en Cornualles.

—¿Con arena dorada, como la que hay por todas partes aquí? —quiso saber.

—Sí. La playa arenosa está muy abajo, a los pies de los altísimos acantilados. Solo la he visto desde arriba, pero es preciosa.

—¿No nadas, entonces?

—Lo hacía antes —contestó—. Como un pez. O una anguila. Sobre todo en aguas prohibidas. La parte profunda del lago de Kenelston Hall siempre resultaba más atractiva que la orilla del río, donde el agua solo llegaba a la cintura incluso para un niño. ¿Cómo va a fingir uno que es un pez respetable en esas condiciones? Pero me he desviado del tema.

Samantha volvió la cara para mirarlo mientras el perro resoplaba en sueños en el asiento de enfrente y movía la cabeza para adoptar una posición más cómoda. Atisbó en su cara la repentina certeza de que el viaje juntos estaba llegando a su fin.

—Cuando lleguemos a Tenby —siguió—, tendremos que hacer algunos cambios.

Allí se ubicaba el despacho del señor Rhys, el abogado que estaba al cuidado de la casa de Samantha. Dado que ella no tenía la llave ni tampoco sabía con exactitud dónde estaba, tendrían que ir en su busca. Y a partir de ese momento todo cambiaría. Descubrirían si la casa era habitable o no. Una vez que tuvieran eso claro, tomarían otras decisiones. Sin embargo, todavía no tenía sentido preguntarse cuál sería el siguiente paso sin saber si la casita estaba en buen estado.

Samantha enarcó las cejas.

—Pareces un oficial a punto de darles órdenes a tus hombres. ¿Cuáles son, señor?

—Cuando lleguemos —respondió él—, tendrás que ser de nuevo la señora McKay, una viuda respetable, y yo tendré que ser el comandante sir Benedict Harper, amigo del difunto capitán Matthew McKay, que te acompaña a tu nuevo hogar porque así se lo prometió en su lecho de muerte. Pero debes contar con una doncella, por si no te has dado cuenta, para que le otorgue un aire de respetabilidad al viaje que hemos hecho desde tan lejos.

Siguió mirándolo con las cejas enarcadas mientras él fruncía el ceño y pensaba al respecto.

—Tu doncella de siempre te acompañó hasta Tenby —siguió—, pero se negó rotundamente a dar un paso más que la alejara de Inglaterra y a quedarse en la ciudad. De modo que te viste obligada a enviarla de vuelta a Inglaterra en diligencia el mismo día que fuimos a ver a tu abogado. Necesitarás reemplazarla de inmediato, por supuesto, antes incluso de instalarte en tu casita. Y también necesitarás un par de criados más, imagino; un ama de llaves y una cocinera, o tal vez alguien que pueda desempeñar ambas labores, sobre todo si la casa es pequeña. Y un criado que se encargue del mantenimiento general. Y una dama de compañía.

—No necesita preocuparse por esos detalles, comandante Harper —replicó con retintín mientras lo miraba fijamente y le daba la espalda a la ventanilla—. Me las arreglaré. Imagino que el señor Rhys estará dispuesto a aconsejarme al respecto.

Ben le ofreció una sonrisa triste.

—Me preocupan esos detalles.

—¿Por qué? —le preguntó—. ¿Porque soy una mujer?

—Porque aquí todo será nuevo y extraño para ti —contestó—. Porque estarás sola.

—Y porque soy una mujer.

No la contradijo. Pero no era solo por eso. Era una labor que siempre desempeñaba: organizar a las personas, organizar eventos y gestionarlos. O más bien fue una labor que desempeñó cuando era oficial. Le gustaba y lo echaba de menos, aunque, por supuesto, podría haber tomado las riendas de la administración de su propiedad tres años antes o en cualquier momento desde entonces.

—Esto parece un adiós —señaló Samantha en voz baja.

—Creo que serás feliz en esta parte del mundo —repuso él—. Parece que ya le tienes cierto apego.

—Sí —convino, con una expresión tristona en los ojos.

«Esto parece un adiós».

Sí, se instalaría en Gales, siempre que la casa fuera habitable. Seguramente tendría vecinos y encontraría amigos, y al cabo de un tiempo adecuado conocería a algún galés decente con el que se casaría y tendría hijos. Sería feliz. Y se libraría para siempre de la perniciosa influencia del conde de Heathmoor y del resto de su familia política.

Y él no se enteraría de nada de eso.

Claro que no le importaría. Pronto se olvidaría de ella, de la misma manera que ella se olvidaría de él.

El problema era que en ese momento le parecía imposible olvidarla.

14

Llegaron a Tenby a primera hora de la tarde de un día frío en el que el viento empujaba a las algodonosas nubes que surcaban el cielo. Era una ciudad bonita emplazada en lo alto de los acantilados, con vistas al mar desde varias de las calles principales. Reservaron habitaciones en un hotel en lo alto de la ciudad y procedieron a bajar al despacho de Rhys y Llywellyn, después de que el cochero preguntara por la dirección mientras ellos reservaban las habitaciones.

Cuando llegaron, les informaron de que el señor Llywellyn no estaba, pero que el señor Rhys estaría encantado de atenderlos si no les importaba esperar unos minutos hasta que estuviera libre.

Samantha sintió tanto miedo como si acabara de entrar en la consulta de un sacamuelas. Muchas cosas, tal vez el resto de su vida, dependían de lo que pasara dentro de un momento. Si la casita no era habitable, no sabía qué podía hacer. Si lo era, Ben no tardaría mucho en irse.

Había tratado de no pensar en eso, y por supuesto no había podido pensar en otra cosa. Lo echaría de menos. En fin, ¿cómo no iba a echarlo de menos? Sin embargo, esa certeza no aliviaba en absoluto el profundo vacío que presentía que experimentaría cuando viera que su carruaje se alejaba... Para siempre.

Dudaba de que algún día volvieran a verse.

Era un pensamiento lúgubre que se sumaba a la tristeza de vestir de nuevo de negro tras haber jurado que jamás volvería a hacerlo. Sin embargo, no se había ocultado la cara con el velo.

El señor Rhys, un hombre bajito, bien vestido, de pelo blanco, que daba la impresión de que debería haberse jubilado hacía años, salió de su despacho con una sonrisa en la cara no más de tres minutos después de que se hubiesen sentado. Le tendió la mano derecha a Samantha.

—¿Señora McKay? —dijo—. En fin, ¡qué grata sorpresa! ¿Y el comandante sir Benedict Harper? ¿Cómo está usted, señor?

Intercambiaron un efusivo apretón de manos y les hizo un gesto para que pasaran a su despacho después de ordenarle a su secretario que les llevara el té. Los invitó a tomar asiento y él procedió a hacerlo a un gran escritorio, en un sillón que era un poco más alto que sus asientos, se percató Samantha, un detalle que le hizo gracia.

—Señora McKay, no puedo decir que se parezca a la señorita Bevan, su tía abuela —le dijo a Samantha—. Sin embargo, creo que sí se parece un poco a la señorita Gwynneth Bevan, su sobrina y su madre. Usted era solo una niña cuando la vi por última vez, pero prometía convertirse en una gran belleza. Estoy encantado de que haya venido en persona. La casita de la señorita Bevan, ahora suya por supuesto, se encuentra desocupada desde hace varios años, y llevaba un tiempo preguntándome si querría usted que hiciera algo al respecto. Hace un año que no sé nada del reverendo Saul, su hermano, que me escribía, como siempre, en su nombre. Tenía intención de volver a escribirle pronto, pero esto es mucho mejor.

Samantha frunció el ceño. ¿John había negociado con el señor Rhys en su nombre? La verdad, a ella no le había escrito ninguna carta, salvo la que le envió poco después de la muerte de su padre. ¿Interpretó en aquel entonces su silencio como el permiso necesario para encargarse de sus asuntos?

—¿La casita es habitable, señor Rhys? —Se sentía como si hubiera estado conteniendo la respiración desde que llegó.

—Puede que haya un poco de polvo —contestó el abogado—. He dispuesto que la limpien solo una vez al mes. Hace unos meses me encargué de que repararan unas humedades en la despensa, nada serio. El jardín no está tan bonito como lo tenía siempre la señorita Bevan y las flores están descuidadas, pero me he asegurado de que corten la hierba unas cuantas veces al año. Los muebles tal vez le parezcan un poco anticuados, pero son recios y de la mejor calidad, y están cubiertos con sábanas para protegerlos. El interior seguramente necesite una mano de pintura, y es posible que las alfombras estén muy desgastadas. Pero me atrevo a decir que podría conseguir un precio decente por la propiedad tal como está si desea venderla.

—¡Ah, pero deseo vivir en ella! —le dijo.

El señor Rhys sonrió y se frotó las manos.

—¡Me alegra oírlo! —exclamó—. Las casas se construyen para habitarlas, como digo siempre, preferiblemente por sus dueños. Todavía queda parte del dinero del alquiler en su cuenta. Solo he dispuesto de lo necesario para el mantenimiento de la casa. El resto del dinero está intacto.

—¿El resto del dinero? —Samantha lo miró con curiosidad.

—La señorita Bevan no poseía una gran fortuna —contestó el señor Rhys con ese acento galés tan simpático—. Pero heredó una respetable suma a la muerte del anciano señor Bevan, su padre. No gastó mucho dinero, porque vivió con frugalidad toda su vida y siempre dijo que se sentía muy contenta así. Y la señora Saul, su madre, nunca retiró los fondos. Siguen depositados en una cuenta aquí desde hace años, por lo que han aumentado gracias a los intereses.

¿Había dinero además de una casita habitable? ¿Por qué nunca se había enterado de eso? ¿Quién estaba al tanto? ¿Su padre? ¿John?

No preguntó cuánto dinero había. Tampoco preguntó ningún detalle sobre la casa. Suponía que no serían nada del otro mundo. Sin embargo, se sintió tonta por no saber de su existencia y se preguntó si la culpa era suya. Nunca había preguntado, pero su madre hablaba con tanto desprecio de la propiedad que siempre había creído que carecía de valor.

Sin embargo, le alegró descubrir que había un poco de dinero además de la casa. No podía decir que se hubiera quedado sin nada cuando Matthew murió, pero tampoco disfrutaba de una situación acomodada. Unas cuantas libras más serían muy bienvenidas, sobre todo si la casa necesitaba alfombras nuevas y una nueva mano de pintura. Intercambió una mirada con Ben, y él sonrió.

Claro que todo aquello significaba, por supuesto, que ya no tendría más motivos para quedarse con ella. Algo que seguramente agradecería de buena gana. Al fin y al cabo, no era responsabilidad suya.

La casa se encontraba a unos cuantos kilómetros siguiendo la costa, les explicó el señor Rhys después de que el secretario les llevara el té y un plato de galletas dulces. Estaba cerca del pueblo de Fisherman's Bridge aunque separada de él por unas dunas de arena, que ocultaban la casita. La playa que se extendía frente a la casa siempre se había considerado como parte de la propiedad y solo la usaban los habitantes de la casa. Sin embargo, el señor Rhys no le aconsejaba que fuera ese mismo día ni al siguiente. Antes le gustaría disponerlo todo para que la encontrara limpia, con el césped cortado, con carbón en la carbonera y la despensa bien surtida con los alimentos básicos.

Ben le contó la historia inventada de su amigo, el difunto capitán McKay, y la de la doncella de Samantha que había partido en la diligencia con destino a Inglaterra esa misma mañana.

—Una lástima —se lamentó el señor Rhys—. Se quedará usted en Tenby las próximas noches, ¿verdad? ¿En un hotel? Eso deja a la señora McKay en una posición un poco incómoda, ¿no es así? Aunque cuente con su compañía y protección, comandante. Una dama necesita la ayuda de una doncella además de la de un caballero. Déjeme ver qué puedo hacer para encontrarle una nueva doncella. No debería ser muy difícil, aunque sea así, de sopetón. No todos los días aparecen por aquí oportunidades de encontrar un buen trabajo, sobre todo para las muchachas.

—Gracias, señor Rhys —dijo Ben—. Eso me tranquilizaría. Como puede imaginar, me quedé muy preocupado cuando la dichosa doncella insistió en que no soportaba alejarse ni un paso más de Inglaterra y en que pensaba regresar.

Era un mentiroso convincente, pensó Samantha. ¿Y qué había querido decir con «Eso me tranquilizaría»?

—Mucha gente ve Gales como un lugar lejano y dejado de la mano de Dios —comentó el señor Rhys con una de sus enormes sonrisas—. Y, en ocasiones, a los galeses nos conviene alentar esa idea. No obstante, al suroeste galés lo llaman «la pequeña Inglaterra». Descubrirá que hay mucha gente que solo habla galés y no entiende otra cosa.

—Es una lengua preciosa, muy musical —repuso Samantha—, y tengo la intención de aprenderla.

—Espléndido. —El señor Rhys les sonrió, primero a uno y luego a la otra, y se frotó las manos de nuevo.

Se despidieron tan pronto como apuraron el té.

—¡Es habitable, Ben! —exclamó Samantha mientras ascendían lentamente en carruaje por una empinada calle de regreso al hotel—. La idea hace que me dé vueltas la cabeza. Aunque supongo que es muy pequeña. Me pregunto a qué equivale una «respetable suma». ¿Crees que soy muy rica?

—Probablemente no —contestó—. Pero tal vez sea suficiente para que compres carbón de sobra para el invierno. Se supone que en esta parte del país son más suaves, pero si mi experiencia en Cornualles sirve de algo, pueden ser muy húmedos y tristes. Y ventosos.

Ese día hacía mucho viento.

—Supongo que esa es la penitencia de vivir cerca del mar —replicó ella—. ¡Ay, Ben, el señor Rhys es... muy respetable! ¿No te parece?

—Por supuesto —contestó él—. ¿Qué esperabas? ¿Un pagano salvaje? Y es más viejo que Matusalén, además.

—Conocía a mi tía abuela —señaló.

—¿Sabes algo más de ella aparte de su nombre? —quiso saber Ben—. ¿Sientes curiosidad por ella, Samantha? ¿Y sobre el resto de tu herencia?

—Mi madre casi nunca hablaba de su vida aquí —respondió—. Creo que fue infeliz. O tal vez la invadió el desasosiego. Se escapó a Londres cuando tenía diecisiete años y nunca volvió. Tal vez tenía la intención de contarme más cuando fuera mayor, pero murió de forma repentina cuando yo tenía solo doce años.

Sin embargo, no respondió a su pregunta de si tenía curiosidad o no. En realidad, mostrarse curiosa la asustaba un poco. Tenía miedo de lo que podía descubrir. Sus abuelos abandonaron a su madre. Al menos eso lo sabía. No tenía muy claro que le apeteciera descubrir los detalles.

Sin embargo, su tía abuela era dueña de una casita situada a las afueras del pueblo. Eso significaba algo al menos. Obviamente disponía de recursos. Como también fue el caso de su padre, el bisabuelo de Samantha, que le había dejado a su hija «una respetable suma», fuera eso lo que fuese. Pero ¿de dónde había sacado el dinero su tía abuela para comprar la casita antes de heredar el dinero de su padre? Al parecer, nunca se casó. Contó con dinero suficiente para vivir sin tocar la herencia de su padre, que a su vez legó a su sobrina casi en su totalidad, además de dejarle la casita.

Samantha siempre pensó que su familia galesa era pobre. Sin embargo, si se hubiera parado a reflexionar un poco al respecto, no hubiera tardado en comprender que su tía abuela no podía ser pobre y que el dinero debía de proceder de algún lado.

—¡Oh! —exclamó—. Tal vez sienta un poco de curiosidad, después de todo.

No obstante, habían llegado a la puerta del hotel.

—¿Descansamos el resto del día y exploramos mañana? —sugirió Ben—. ¿O prefieres...?

Samantha lo interrumpió al decirle:

—Vas a irte a tu habitación a descansar un rato. Siempre sé cuándo estás dolorido. Sonríes demasiado.

—Tendré que fruncir el ceño a partir de ahora —replicó él, haciendo el gesto—, para convencerte de que estoy fuerte como un roble.

Sin embargo, no protestó por el hecho de que lo hubiera mandado a su habitación.

Al cabo de dos días, pensó Samantha mientras cerraba la puerta de su propia habitación, se mudaría a su propia casa. Su nueva vida comenzaría en serio. Y Ben emprendería su camino hacia la costa oeste de Gales y el resto de su vida.

¡Ay, por Dios! ¿Cómo podía una persona sentirse tan animada y tan triste al mismo tiempo? Sería mejor que saliera a pasear a Vagabundo para despejarse la cabeza.

Dos horas más tarde, ya de vuelta en su habitación y sentada junto a la ventana, mientras contemplaba el mar y trataba de leer al mismo tiempo, llamaron a su puerta. La abrió con una sonrisa, creyendo que se trataba de Ben. Sin embargo, se encontró a una muchacha delgada, de pelo oscuro y ojos azules.

La enviaba el secretario del señor Rhys, según le explicó, para ser la doncella de la señora McKay, ocuparse de su ropa, llevarle agua para que se lavara, peinarla y cualquier otra cosa que le pidiera, si así lo deseaba la señora; pero era una muchacha decente y el señor Rhys en persona podía asegurárselo, ya que su tía materna había trabajado durante cinco años para la esposa de su primo y jamás le había dado un problema. Y si la señora era tan amable de darle una oportunidad, nunca se arrepentiría, porque siempre haría todo lo que le pidiera y, además, el secretario le había dicho que debería quedarse con ella esa noche, aunque no la contratara después, porque la doncella de la señora, una inglesa tonta, se había ido en la diligencia esa mañana y la había abandonado porque no le gustaba Gales, aunque ella no acababa de comprender qué tenía de malo Gales (ya que era cien veces mejor que Inglaterra), donde apenas si había una montaña o una topera para que el paisaje fuera interesante, y la gente no sabía ni cantar. Pero, claro, no sería decoroso que la señora McKay se quedara sola en un hotel sin una doncella, aunque contara con la protección del amigo de su difunto marido, que era un comandante del ejército y un caballero, si bien se alojaba en otra habitación, por supuesto, y... ¿le importaría a la señora McKay tenerla en cuenta para el puesto de trabajo?

Samantha no estaba segura de que la muchacha se hubiera detenido una sola vez para respirar. Tenía los ojos muy abiertos, con una mezcla de ansiedad y nerviosismo.

—Cuentas con una ventaja sobre mí —replicó—. Sabes mi nombre.

—¡Oh! —exclamó la muchacha—. Me llamo Gladys, señora McKay! Gladys Jones.

—¿Y cuántos años tienes, Gladys? —le preguntó Samantha.

—Catorce años, señora McKay —contestó—. Soy la mayor de mis hermanos. Hay siete más pequeños que yo, y ninguno trabaja todavía. Le agradecería mucho que me contratara para darle el dinero a mi padre y así ayudarlo a alimentarnos. Soy muy diligente. Lo dice mi madre y dice que me echará de menos si empiezo a trabajar, pero Ceris lo hará casi igual de bien que yo en casa. También es buena y acaba de cumplir trece años y es casi tan alta como yo. Pero quizá no necesita que me quede a vivir con usted en su casa y podría ir y venir a la mía porque vivo en Fisherman's Bridge, a un paseo de la casita a la que se va a mudar usted. Mamá dará a luz a mi nuevo hermano dentro de unas semanas y preferiría estar con ella por las noches hasta que el bebé esté en la cuna. Después estaría encantada de vivir en su casa. Aunque si lo prefiere, me mudaré de inmediato y aprovecharé mi medio día libre para visitar a mi madre y ayudar a Ceris tanto como pueda.

Samantha se apartó para dejar entrar a la muchacha en la habitación.

—Estaré encantada de darte una oportunidad, Gladys —repuso—, mientras tú me la das a mí. Y creo que podré prescindir de tus servicios por la noche, al menos durante un tiempo.

Pensó en la doncella que había tenido en Bramble Hall y en la costumbre de la muchacha de mantenerla despierta hasta tarde con su parloteo. Gladys podría mantenerla despierta toda la noche si viviera en casa.

—¡Muchas gracias, señora McKay! —exclamó la muchacha, que empezó a deshacer de inmediato el equipaje de Samantha, aunque dos días después tendría que hacerlo de nuevo para marcharse.

A la mañana siguiente llegó un mensaje al hotel comunicándoles que la señora Price, la madre del herrero de Fisherman's Bridge, había ido a la casa para supervisar a los limpiadores, abrir las ventanas para ventilar el lugar, quitar las sábanas que cubrían los muebles, hacer algunas compras y encender el fuego en todas las chimeneas una vez que volvieran a cerrarse las ventanas, a fin de que el interior estuviera calentito y a la señora McKay le resultara acogedor y agradable cuando llegara al día siguiente. La señora Price había expresado su deseo de que la tuvieran en cuenta para un puesto permanente si la señora McKay así lo deseaba. Era una excelente cocinera y había trabajado anteriormente como cocinera y ama de llaves. Tenía las referencias que lo demostraban.

Y así la siguiente fase de su vida estaba a punto de comenzar, pensó Samantha mientras pasaba la tarde con Ben y Vagabundo, durante la cual se sentaron y dieron cortos paseos por la cima de los acantilados que coronaban la bahía de Tenby.

Una fase que no incluiría a Ben.

—Ben —dijo después de llevar un tiempo sentada en silencio, admirando el paisaje—, ¿te quedarás unos días más? Después de mañana, quiero decir...

Él estaba mirando el mar con los ojos entrecerrados a causa del reflejo del sol en la superficie.

—¡Ay, qué egoísta! —exclamó ella—. Por favor, no me contestes. Debes de estar muy ansioso por seguir tu camino.

—Si hay una posada en Fisherman's Bridge —dijo—, me quedaré unos días. Hasta convencerme de que te has instalado bien.

—¿Te he obligado a hacerlo? —le preguntó—. No tienes por qué sentirte responsable de mí.

Volvió la cabeza para mirarla con el ceño fruncido.

—¡Pero me siento responsable! —la contradijo—. Le prometí a mi amigo, tu marido, en su lecho de muerte, que te acompañaría hasta aquí y que me aseguraría de que estabas bien instalada en tu nuevo hogar. ¿Recuerdas? Siempre cumplo mis promesas.

Y en ese momento, justo cuando Samantha se temía que iba a estallar en lágrimas, Ben le sonrió.

Una sonrisa que la atormentaría después de que él se fuera. Porque, de algún modo, siempre había tenido el poder de aflojarle las rodillas.

—Voy a llevar a Vagabundo a dar un paseo rápido —anunció al tiempo que se apresuraba a ponerse en pie.

A la mañana siguiente, contemplaron cómo disminuía la altura de los acantilados a medida que avanzaban por la costa en dirección Oeste, aunque seguían siendo impresionantes allí recortados contra el mar. Les habían dicho que tanto el pueblo de Fisherman's Bridge como la casita situada a un paseo de este se encontraban en la parte más baja de los mismos.

Samantha esperaba que la casita fuera poco más que una choza, tal cual la llamaba su madre. Sin embargo, no pensaba sentirse decepcionada, se dijo a sí misma. Al menos era habitable. Le serviría por una temporada aunque no fuera para siempre. Y esa parte del mundo era tan hermosa que seguramente no se arrepentiría de haberse mudado.

Y, de repente, la vio allí delante, al acercarse a una línea de dunas parcialmente cubiertas de hierba. O al menos dedujo que debía de ser la casita, ya que no había ninguna otra vivienda a la vista y el pueblo debía de estar al otro lado de las dunas.

Sin embargo, no era una casita. O al menos no era lo que ella consideraba una «casita».

—¡Ay, por Dios! —exclamó.

Ben se inclinó hacia un lado y pegó el hombro al suyo para poder ver la casa por la ventanilla que ella tenía al lado.

Era una construcción firme de planta cuadrada y piedra gris, con techo de pizarra también gris. Debía de tener al menos cuatro dormitorios arriba y otras tantas habitaciones abajo. Contaba con un porche en la parte delantera y una ventana abuhardillada sobre este. La rodeaba un jardín cuadrado, delimitado por una valla de madera pintada de blanco, pero descolorida. En un rincón de la propiedad se alzaba un establo de buen tamaño. Los que evidentemente fueron antaño parterres cuajados de flores se encontraban desnudos salvo por unos cuantos matorrales, pero el césped estaba recién cortado y su verdor no se veía mancillado por margarita ni ranúnculo alguno.

—¿Eso es una casita?

—Bueno —respondió Ben—, no es una mansión, pero tampoco es la choza de un ermitaño, ¿no te parece?

—¡Es una casa! —exclamó ella—. ¿Cómo es posible que mi madre la llamase «cuchitril»? ¿Crees que hay algún error?

—No —respondió Ben—. El carruaje está girando en su dirección. Tu nueva doncella habría dicho algo si estuviéramos en el lugar equivocado, aunque me percaté de que ver a Quinn esta mañana en el patio del establo la dejó muda y no la he oído hablar sentada como está a su lado en el pescante, ¿tú sí?

—Es imposible que mi tía abuela fuera pobre —comentó ella—. Siempre he supuesto que lo era.

Una mujer corpulenta ataviada con un vestido marrón oscuro, un voluminoso delantal blanco y una cofia del mismo color acababa de aparecer en los escalones del porche, con una sonrisa de bienvenida en la cara. La señora Price, supuso Samantha. La mujer la saludó con una genuflexión cuando el cochero desplegó los escalones y la ayudó a apearse. El señor Quinn le abrió la puerta de la valla. Gladys bajó del pescante sin ayuda.

—Bienvenida, señora McKay —dijo la señora Price—. Todo está listo para que se instale, pese a la poca antelación. Los obligué a todos ayer a trabajar duro hasta que todo estuvo reluciente y no quedó ni pizca de polvo o suciedad. Esta mañana he venido temprano para hornear y que tengan algo bueno para comer y también porque quería que la casa oliera a algo rico. No hay nada tan hogareño como el olor de los dulces recién horneados, ¿verdad? Gladys Jones, ¿eres tú? Tu madre dijo que habías ido para ver si podías ser la doncella de la señora McKay. Entre, señora. El caballero se ha hecho daño, ¿verdad?

El interior le hacía justicia al exterior, descubrió Samantha durante la siguiente media hora. Había cuatro espaciosas habitaciones de planta cuadrada de gran tamaño en la planta baja: un salón, un comedor, una cocina y una sala de lectura. En la planta alta contaba con cuatro grandes dormitorios y uno más pequeño justo al lado de la escalera, además del ático con su ventana abuhardillada. La planta baja estaba dividida en dos por un pasillo, que discurría en paralelo a la escalera, que era totalmente recta.

El arquitecto, quienquiera que fuese, tal vez careciera de imaginación, pero a ella le encantaban las dimensiones de las estancias. Los muebles, aunque viejos, voluminosos y casi todos muy oscuros, tal como le había descrito el señor Rhys, parecían cómodos. Sin duda, el día anterior la casa olería a cerrado y a viejo, pero las ventanas abiertas, el fuego de las chimeneas y los dulces recién horneados habían solucionado el problema.

La señora Price fue a la cocina en busca de algunos dulces y del té. Oía a Gladys caminando de un lado para otro en el dormitorio principal de la planta alta, situado justo sobre el salón, donde ella estaba sentada con Ben.

—No acabo de creérmelo —confesó al tiempo que estiraba los dedos sobre el suave y viejo cuero de los brazos de la butaca.

—¿Que la casa exista de verdad? —dijo—. ¿O que de verdad sea tuya? ¿O que por fin estés en ella? ¿O que tienes una playa para ti sola y un paisaje frente a las ventanas capaz de entretenerte de por vida? ¿O que tu vida ha cambiado de forma tan drástica en tan poco tiempo?

—¡Ay, para ya! —exclamó ella entre carcajadas. Apoyó la cabeza en el respaldo de la butaca y cerró los ojos un instante—. Todo eso. ¡Ay, Ben, es como si me hubieran arrancado de mi vida y me hubieran depositado en el paraíso! Porque esto me parece realmente el paraíso.

—Me atrevo a decir —comentó él— que el conde de Heathmoor te hizo un favor cuando te arrebató Bramble Hall y te ordenó volver a Leyland Abbey. Es posible que jamás te hubieras acordado de esta casa de no haber estado tan desesperada por escapar o, si lo hubieras hecho, tal vez ni siquiera se te habría ocurrido venir a verla.

—Entonces, ¿esto es obra del destino? —Abrió los ojos para mirarlo—. ¿Algo que estaba escrito que sucediera?

Sin embargo, la señora Price regresó a la estancia cargada con una enorme bandeja antes de que él pudiera contestarle.

—No sé si prefiere las tortas de grosellas, las de alcaravea o el bizcocho de pasas, que aquí llamamos *bara brith,* señora McKay —dijo—. Así que he hecho las tres cosas y puede usted elegir. Imagino que al comandante le gustan los tres. Como a todos los hombres. Estoy segura de que deben de estar listos para una buena taza de té. Espero que no prefieran café. Un brebaje muy amargo y desagradable en mi opinión. En mi casa no se prepara. A mi marido no le gustaba y a mi hijo tampoco. Pero si le gusta, mañana compraré un poco. Si quiere que vuelva, claro. No me importaría venir todos los días para prepararle el desayuno y quedarme hasta haber dejado lista la cena, aunque preferiría no vivir aquí. Mi hijo se moriría de hambre, ya que todavía no ha encontrado esposa, y no puedo conciliar el sueño en otra cama que no sea la mía.

—¿Qué le parece si probamos su sugerencia para ver cómo nos va? —propuso Samantha—. Y me alegra mucho poder tomar té. *Bara... brith*, ¿ha dicho?

—Sí, este bizcocho oscuro que lleva pasas —respondió la señora Price, que señaló los trozos cortados de bizcocho en la bandeja, antes de servirles una taza de té a cada uno—. No hay bizcocho que se pueda comparar con él por el sabor tan rico que tiene. El perro está royendo un hueso y bebiendo agua en la cocina. Me gusta que haya un perro en la casa, y un gato también, aunque nunca había visto un perro como ese.

—Y esperemos fervientemente que no vea otro más, señora Price —replicó Ben.

La señora Price se rio.

—¿Les traigo algo más antes de volver a la cocina? —preguntó.

—Siempre ha vivido aquí, ¿verdad, señora Price? —quiso saber Samantha—. ¿El pueblo queda cerca?

—Justo detrás de las dunas —respondió la mujer, que señaló hacia el Oeste—. Y detrás de esta casa está la propiedad del señor Bevan y la casa grande, aunque desde aquí no se ve.

«La propiedad del señor Bevan».

«La casa grande».

—Supongo que es su abuelo, ¿no es así, señora McKay? —preguntó la señora Price—. No estaba segura de quién vendría, aunque me dijeron que se trataba de la propietaria. Pero usted parece ser su nieta. Se casó con una gitana, ya sabe. Pero ¿cómo no lo va a saber, si parece usted una de ellas? Aunque le sienta bien, debo decir. Volveré a la cocina. Estoy preparando una sopa y tengo un pan fermentando.

—¿Hay alguna posada en el pueblo, señora Price? —le preguntó Ben cuando la mujer se dio media vuelta para irse.

—¡Oh, sí! Por supuesto, señor —contestó—. Un establecimiento decente y bonito. No es elegante, pero se come bien y siempre está limpio. Las caballerizas también. Mi hermano es el dueño.

—Gracias —replicó Ben—. Es posible que me aloje unas noches en ella hasta asegurarme de que la señora McKay está bien instalada. En fin, eso fue lo que le prometí a su difunto marido, mi amigo.

Samantha le dio un bocado al *bara brith* una vez que se quedó a solas con Ben. Era cierto que estaba riquísimo, pero no tenía mucha hambre. Dejó su plato a un lado y lo miró. Él la estaba mirando fijamente.

—Mi abuelo tiene tierras —dijo — y una casa grande. Sigue vivo.

—Sí.

—Sin embargo, mandó a mi madre a vivir con su hermana —siguió—. Permitió que se marchara a Londres a los diecisiete años y no fue tras ella. No asistió a su boda, ni a mi bautizo, ni a su funeral. Y es imposible achacarle todo eso a la pobreza, ¿verdad?

—¿Te ha reconfortado a lo largo de los años imaginar que era pobre? —le preguntó él.

—No he necesitado consuelo alguno —le aseguró—. Nunca he pensado en él, ni siquiera me he parado a recordarlo.

Sin embargo, mientras lo miraba y él la contemplaba en silencio, supo que debía de haber pensado en su abuelo aunque fuera de forma inconsciente. Y también reconoció que lo único que había aliviado el dolor de verse separada de su familia materna mientras sufría el rechazo de la paterna era la certeza de que su abuelo era pobre.

—Supongo que lo hizo porque era la hija de la gitana que lo abandonó —siguió—. Me refiero a mi madre. Y porque yo era su hija. Si acaso sabía de mi existencia, claro.

—¿Vas a arrepentirte de haber venido? —le preguntó Ben.

Samantha clavó la mirada al otro lado de la ventana, orientada al Sur. A través de ella veía la propiedad que se extendía al otro lado de la valla del jardín que descendía en pendiente hacia el Oeste y luego se elevaba de nuevo sobre las dunas. Al otro lado de la hondonada veía el mar y una franja de arena dorada, a un tiro de piedra de su casa. La casa en sí era cálida y acogedora. El reloj de la repisa de la chimenea ofrecía un tictac constante. La arrullaría cuando se sentara allí sola. Si se sentaba junto a la ventana abierta, podría oler el salitre del mar. También podría oírlo.

Y todo aquello era suyo.

Era su herencia.

—No. —Abrió la boca para añadir algo más, aunque la cerró de nuevo.

—¿Pero...?

—Tal vez tengo un poco de miedo —admitió—. Miedo a la caja de Pandora.

Ben se puso en pie despacio, abandonó uno de sus bastones y le tendió la mano libre. Ella la aceptó, y él la llevó a la ventana.

—Mira el mar, Samantha —le dijo—. Aprendí ese truco mientras estaba en Penderris Hall. El mar estaba ahí mucho antes de que nosotros fuéramos una simple idea. Y ahí seguirá mucho después de que nosotros caigamos en el olvido, subiendo y bajando al dictado de las mareas.

—¿Nuestros asuntos son insignificantes?

—Ni mucho menos —contestó—. El dolor no es insignificante. Como tampoco lo es el desconcierto o el miedo. U otras circunstancias, como la pobreza o la falta de vivienda. Pero en algún lugar, hay paz; seguro que existe ese lugar. Ni siquiera está lejos. De hecho, se encuentra muy dentro de nosotros; y siempre está presente, esperando que miremos hacia adentro para encontrarlo.

Samantha volvió la cabeza para mirar su enjuto perfil.

—Así fue como aprendiste a dominar tu dolor —dedujo gracias a una repentina inspiración.

—Era la única manera de hacerlo —admitió—. Pero a veces se me olvida. Nos pasa a todos. Forma parte de la naturaleza humana intentar llevar las riendas de nuestras vidas sin recurrir a... Lo siento. No pretendía ponerme tan profundo. Pero no tengas miedo. Sin importar lo que descubras aquí, saberlo no puede ocasionarte ningún daño real, aunque te resulte doloroso, porque las cosas son así, lo sepas o no lo sepas. Y tal vez descubrirlas te ayude a entenderlo todo e incluso te traiga cierta paz.

Ben siguió mirando por la ventana, y ella siguió observándolo.

Su dolor, pensó Samantha, era insondable. Había aprendido a dominarlo. Pero seguía a la deriva por la vida. Al igual que ella, todavía no había encontrado su hogar. Pero, a diferencia de ella, había aprendido a no tener miedo.

—¿Te quedarás una temporada? —le preguntó. Esperaba no ser egoísta, pero durante unos días al menos...

—Me quedaré —contestó él, que la miró a los ojos—. Una temporada.

15

El pueblo de Fisherman's Bridge consistía en una sola calle que no era cualquier cosa. Discurría en paralelo a la costa algo más de kilómetro y medio. En esa zona no había altos acantilados, sino un muro de rocalla tras el cual se extendía la arena dorada hasta llegar al borde del agua.

La posada se encontraba en mitad de la calle, en la acera más cercana al mar, con las caballerizas a un lado en vez de detrás, donde habrían obstruido la vista de las ventanas del comedor y de la taberna. Había una habitación disponible, y el propietario estuvo encantado de alquilársela al comandante sir Benedict Harper. Ben se percató al instante de que el hombre sabía exactamente quién era. Las noticias corrían como la pólvora en los pueblos pequeños. El posadero también sabía que había llegado con la señora McKay, que se alojaba en la casa de la señorita Bevan, al otro lado de las dunas. Quiso saber si realmente era la nieta del señor Bevan, y Ben se lo confirmó. No tenía sentido negarlo. Al fin y al cabo, no era un secreto.

Aunque ¿quién demonios era el señor Bevan?, se preguntó él. Parecía una especie de terrateniente.

Su habitación era cómoda y tenía vistas a la playa y al mar. Su cena, preparada por la esposa del posadero, resultó sabrosa y abundante, tal como había predicho la señora Price. Él fue el único ocupante del comedor, aunque a juzgar por las voces estentóreas y las carcajadas que se oían, la taberna de al lado estaba llena. El posadero debía de ser el encargado de atenderla, porque fue su esposa quien le sirvió a él la comida y se quedó para charlar.

—Es una alegría saber que la casa de la señorita Bevan vuelve a estar habitada —dijo—. Detestaba verla vacía con lo bonita que es.

Ben no pudo resistirse a hacer algunas averiguaciones.

—El señor Bevan vive cerca de aquí, ¿no es así, señora Davies?

—En la casa grande, sí —le confirmó ella, que señaló hacia el lado opuesto al mar—. Si sigue la calle hasta el puente, podrá verla en la colina, entre los árboles. Es un lugar precioso. Su padre escogió cuál sería el emplazamiento perfecto para la casa cuando decidió construirla.

—Entonces, ¿la propiedad no contaba con una casa? —preguntó Ben.

—Solo era una granja —contestó la mujer—. Y el señor Bevan padre no la consideraba lo bastante grande o elegante. Bueno, es lógico, ¿no? Contaba con la fortuna que ganó con las minas de carbón, pero este era el lugar para establecerse y vivir como un caballero. Quería una casa grande, y una bien bonita que construyó, sí, señor. Nuestra Marged trabaja allí de criada, y recibe un salario decente.

—El rosbif está tan tierno que casi se puede cortar con el tenedor —comentó Ben—. Y las patatas asadas están crujientes por fuera y tiernas por dentro, tal y como me gustan.

—Me encanta ver que los hombres comen bien —replicó la mujer, claramente complacida.

—El señor Bevan hijo todavía es el propietario de las minas, ¿verdad? —preguntó Ben.

—De las minas y de las fundiciones que tiene en el valle, cerca de Swansea —contestó ella—. Allí es donde trabaja nuestro hijo mayor. Gana un buen dinero. Muchos muchachos de la zona se van allí a trabajar, y también a las minas. Es un buen patrón, el señor Bevan, sí, señor. Es bueno con sus trabajadores. Pero se está haciendo mayor, y no tiene hijos que hereden sus empresas, es una lástima. La señora Bevan, la segunda, me refiero, no tuvo la suerte de tener hijos antes de morir, pobre mujer.

Ben se sentía culpable. Nada de eso era asunto suyo, salvo que seguramente habría mantenido esa misma conversación aunque estuviera de paso por la zona. Habría hecho preguntas a fin de encontrar información de interés para su libro. De hecho, incluso habría profundizado más.

Se preguntaba qué haría Samantha con lo que había averiguado cuando se enterara. ¿Qué era lo que le había dicho?

«Tal vez tengo un poco de miedo. Miedo a la caja de Pandora».

¡Menuda caja!

—Tal vez su nieta lo reconforte —añadió la señora Davies—. Es viuda, ¿verdad, señor?

—Su marido era mi amigo —repuso Ben—. Le prometí en su lecho de muerte que la acompañaría a su nuevo hogar para que se instalara.

Alguien llamó a la señora Davies desde la cocina, y la mujer se fue corriendo tras disculparse por abandonarlo.

¿Se alegraría el señor Bevan de encontrar a su nieta viviendo tan cerca de su casa? ¿Se habría enterado ya de su llegada?

Sin embargo, una cosa era segura, pensó Ben mientras rebañaba su plato. Iba a quedarse en Fisherman's Bridge hasta conocer la respuesta de algunos de esos interrogantes. Samantha todavía podría necesitarlo.

Llegar a esa conclusión le provocó un enorme alivio.

A la mañana siguiente Ben fue desde las caballerizas de la posada a la casa de Samantha a caballo, con Quinn detrás para ayudarlo a desmontar y luego a montar de nuevo a la hora de volver.

El sol relucía sobre el mar cuando dejaron atrás las dunas, y el día empezaba a acalorarse. Las ventanas de la fachada delantera de la casa estaban abiertas, y las cortinas se mecían con la brisa. La puerta principal también estaba abierta, y Samantha (sí, era ella, según comprobó) estaba inclinada sobre uno de los parterres vacíos que se extendían debajo de la ventana del salón, arrancando las malas hierbas. Llevaba guantes, un delantal y un viejo sombrero de paja de ala ancha que él no había visto antes. Había abandonado el luto otra vez.

Llevaba un vestido amarillo limón que parecía haber visto mejores días.

Ben detuvo su caballo para poder contemplarla a placer. Tenía un aspecto saludable y relajado, como si ese hubiera sido siempre su lugar. Ese descubrimiento le provocó una extraña punzada. ¿Se sintió excluido? ¿Solo? Porque ese seguramente seguiría siendo su lugar mucho después de que él se hubiera ido.

Algo la alertó, aunque los cascos del caballo no hacían mucho ruido sobre la arena cubierta de hierba. La vio enderezarse y volverse hacia ellos con una pala pequeña en una mano. Estaba sonriendo. El perro, que se había tumbado al sol al pie de los escalones del porche, también se había puesto en pie y estaba ladrando mientras meneaba el rabo.

—Siempre me ha gustado la jardinería —dijo mientras Ben se acercaba a la valla del jardín—. De niña me entretenía mucho con ella, pero nunca tuve oportunidad de hacerlo en Bramble Hall; Matthew me necesitaba a todas horas a su lado. Ahora tengo la oportunidad de disfrutar de esa actividad. El señor Rhys dijo que mi tía abuela tenía unas flores preciosas, ¿no es así? Bueno, pues voy a devolver el jardín a su gloria, aunque tenga que empezar con un poco de destrucción. Detesto arrancar las malas hierbas. Al fin y al cabo son plantas, seres vivos. ¿Y quién decide qué plantas son las buenas y cuáles son las malas hierbas? Me encantan las margaritas, los ranúnculos y los dientes de león, pero todo el mundo los arranca de su césped como si transmitieran la peste.

—Tal vez porque destruirían dicho césped si se les dejara crecer y extenderse sin control —adujo él—. ¿Has dormido bien?

Había pasado la noche sola, ya que ni su doncella ni la señora Price residirían en la casa, al menos por el momento. Se preguntaba si ese hecho la había molestado. Él había estado un poco preocupado por ella.

—He dormido con la ventana abierta —contestó—. Podía oír el mar y olerlo, pero fue muy poco rato, debo confesar. Me quedé dormida como un tronco y no me he despertado hasta oler el beicon en la sartén. La señora Price ha llegado muy temprano, y yo seguía dormida, ¡qué vergüenza! ¿Es decente la posada?

—Muy cómoda —le aseguró—. Veo que tienes un establo lo bastante grande detrás de la casa para alojar los caballos mientras estoy aquí. Si no te importa, voy a desmontar con Quinn y vuelvo enseguida.

El delantal, los guantes y la pala habían desaparecido cuando él regresó a la casa desde el establo, pero Samantha seguía fuera y todavía llevaba el sombrero de ala ancha, que seguramente fuera tan viejo como las colinas y con el que estaba tan guapa que resultaba ridículo. El perro estaba a su lado, meneando el rabo por la evidente expectación de que lo acariciaran. No le quedaba duda de que creía que el mundo giraba alrededor de su enorme y desgarbado ser.

—Recuerdo que dijiste que nunca pudiste pasear por la playa de Penderris Hall —comentó ella—, porque estaba al pie de un alto acantilado. ¿Había un camino para bajar?

—Había unos cuantos caminos empinados —contestó—. Los demás bajaban a todas horas, hasta Vincent, pese a su ceguera.

—No hay nada que te impida caminar por la playa aquí —le aseguró ella—. No está muy lejos y la pendiente es muy suave. La arena parece lisa y blanda. ¿Vamos?

—¿Ahora?

Era una característica de la naturaleza humana, comprendió hacía mucho tiempo, anhelar lo único que no se podía tener, aunque se hubiera sido bendecido con una gran abundancia de otras cosas. Siempre había anhelado y, todavía anhelaba, poder bajar a la playa de Penderris Hall. Hugo se ofreció a llevarlo una vez, pero se negó de forma tan tajante que jamás volvió a ofrecérselo. No se trataba de que Hugo fuera incapaz de hacerlo. Era tan fuerte como un buey. Pero él habría sufrido una humillación. Se había engañado a sí mismo con la idea de que allí abajo no había nada salvo arena que acabaría metiéndosele entre el pelo y en la boca.

—Esperaba que vinieras temprano —dijo ella, que se colocó a su lado con las manos unidas a la espalda mientras Vagabundo trotaba por delante de ellos—. Estaba deseando ir a la playa, pero quería que estuvieras conmigo la primera vez. Quiero recordar ese detalle.

¿Ese detalle? ¿Su compañía durante su primer paseo por la playa?

—Tengo una confesión que hacer —anunció—. Nunca he estado en una playa, jamás. ¿No es extraño cuando mi madre creció aquí?

Ben volvió la cabeza para mirarla. El ejercicio que había hecho en el jardín y la brisa marina le habían provocado un saludable rubor. Le brillaban los ojos.

—¿Me permites que te sugiera quitarte los zapatos y las medias antes de pisar la playa? De lo contrario, acabarás con los zapatos llenos de arena en un abrir y cerrar de ojos, y te pasarás todo el día tratando de librarte de ella para acabar con ampollas en los pies.

—¿Tú también lo harás?

—Llevo botas —señaló. Además, no pensaba exponer ni un centímetro de sus piernas en su presencia.

—Parece una sugerencia muy escandalosa, señor —replicó ella—, pero muy sensata a la vez. —Echó un vistazo su alrededor y eligió una roca plana situada a los pies de la suave pendiente para sentarse.

Mientras la observaba, se quitó los zapatos y las medias. Sin embargo, se percató demasiado tarde de que habría sido mucho más caballeroso darle la espalda. Samantha tenía las piernas delgadas, los tobillos torneados, y unos pies estrechos y bonitos, que ya había visto antes en la posada del valle de Wye. Acto seguido, la vio enrollar con primor las medias y guardarlas dentro de los zapatos, que procedió a dejar sobre la piedra cuando se puso en pie.

—¡Oh! —exclamó ella mientras movía los dedos de los pies en la mezcla de hierba y arena sobre la que se habían detenido—. ¡Qué sensación más agradable! Aunque parece un poco pecaminoso estar descalza al aire libre.

Atravesaron un pequeño hueco entre dos piedras tras el cual se extendía una playa llana y ancha a derecha y a izquierda hasta llegar a las formaciones rocosas de ambos extremos, que delimitaban la playa privada de la propiedad. Las rocas también se alzaban a sus espaldas, lo que proporcionaba más privacidad. Había bajamar, aunque era evidente que la marea empezaba a subir por el rompiente de las olas. La brisa era más fresca en esa zona y el sol parecía más fuerte también. Las gaviotas graznaban por encima de sus cabezas.

Sus bastones se hundieron en la arena, pero descubrió que caminar allí era más fácil que en el suelo duro. Samantha corrió un poco por delante de él y luego se detuvo y empezó a girar, con los brazos estirados a los lados.

—¡Libertad! —gritó, como una niña exultante—. ¡Ay, dime que esto no es un espejismo, Ben!

El perro brincaba a su lado, sin dejar de ladrar.

—Esto es la libertad —la obedeció Ben con una sonrisa, y ella echó la cabeza hacia atrás para mirar al cielo y giró tres vueltas completas mientras él se reía. El vestido se agitaba en torno a sus piernas y el ala del sombrero se sacudió frente a su cara.

¿Esa era la seria dama vestida de negro que conoció en el condado de Durham?

—Estos momentos sí que existen, ¿verdad? —comentó—. ¡Se me habían olvidado! Ha pasado muchísimo tiempo. Pero existen momentos de pura felicidad, y este es uno de ellos. Me alegro muchísimo de haber esperado a que vinieras, porque esos momentos necesitan ser compartidos. Dime que tú también lo sientes: la libertad, la felicidad. —Dejó de girar para mirarlo, y Ben atisbó en sus ojos una repentina incertidumbre.

Sin embargo, él también experimentaba lo mismo. Como si en ese momento el mundo se hubiera detenido y ellos se hubieran bajado, y nada volviera a ser importante salvo ese lugar en el que se encontraban.

—Me alegro de que me hayas esperado —dijo.

Samantha dejó caer los brazos a ambos lados del cuerpo y lo miró con una expresión radiante.

—¿Qué camino tomamos? —le preguntó él—. ¿Vamos hacia el Este? ¿Al Oeste? ¿Al Sur?

—¡Oh! —exclamó ella, que giró para considerar cada dirección—. Al Sur. Hacia la orilla del agua. ¿Es una caminata demasiado larga para ti?

El perro ya había salido corriendo en esa dirección.

—Por fin estoy en una playa —repuso—. Déjame al menos que sumerja el extremo de un bastón en el agua.

La bajamar hacía que el agua estuviera más lejos de lo que parecía. Sin embargo, caminar sobre la arena era relativamente fácil, y pasaría por alto cualquier incomodidad con tal de disfrutar del placer de hacer lo que estaba haciendo. Eso era alimento para el futuro. Su primera caminata en una playa. La primera en años. Y lo estaban haciendo juntos.

El perro corría a lo largo de la orilla, salpicando agua a medida que avanzaba.

—¿Seré capaz? —preguntó Samantha. Aunque en el fondo no era una pregunta—. Supongo que el agua está helada.

Se estaba levantando las faldas mientras hablaba, y se adentró un poco en el agua, allí donde apenas si mojaba la arena, tras lo cual avanzó un poco más hasta que le cubrió los tobillos.

—¡Sí que está fría! —exclamó con un jadeo—. Y se me hunden los pies en la arena. ¡Ay, Ben, me encanta! —Levantó la cabeza para mirarlo con una expresión resplandeciente—. Entra también.

No debería. Si se le hundían los pies en la arena, ¿de qué le servirían los bastones? Acabaría con las botas blancas por la sal cuando se secaran, y Quinn se lo reprocharía con una expresión estoica. ¿Y si perdía el equilibrio y se caía? ¿Cómo demonios volvería a levantarse?

Había dejado de moverse.

—Solo está fría al principio —le aseguró ella—. Seguramente ni te enteres del frío a través de las botas.

—No me digas más —replicó y se metió en el agua mientras ella se reía a carcajadas.

Sin embargo, sí que percibía el frío a través de las botas y de los calcetines. Y los bastones se hundieron de forma alarmante en la arena húmeda. No obstante y aunque estaba a pocos metros de la tierra seca, se sentía como si hubiera pisado un elemento diferente. El sol brillaba con fuerza sobre ellos. El mar brillaba a su alrededor.

Sintió el repentino anhelo de que George o Hugo o alguno de los demás lo vieran en ese momento. Se echó a reír.

Samantha se acercó a él recogiéndose las faldas con una mano, con la que levantó uno de sus bastones para pegarse a él.

—Échame el brazo sobre los hombros —le dijo.

—No podrás aguantar mi peso —le advirtió.

—Hazlo, de todos modos —insistió ella—. Te prometo que no me caeré.

Se sintió avergonzado, incluso un poco humillado, pero no le quedaba alternativa, salvo que quisiera arrebatarle el bastón y tal vez ofenderla... o acabar perdiendo el equilibrio. Se obligaba a no apoyarse casi nunca en nadie. Le pasó un brazo alrededor de los delgados hombros, y ella se pegó a su costado y le rodeó la cintura con la mano libre.

¡Por Dios!

—No somos un lisiado y una pobre y sufrida enfermera —puntualizó ella riéndose de él, con la cara sonrojada y esos ojos tan brillantes más cerca de la cuenta—, sino un hombre y una mujer que han encontrado una excusa perfectamente razonable para estar cerca el uno del otro.

Llegó a la conclusión de que era probable que él también se hubiera sonrojado.

—¿Acaso necesitamos una excusa?

—Eso parece —contestó ella, que echó a andar a lo largo de la orilla del agua con él—. Hemos tenido mucho cuidado de dejar que corra bien el aire entre nosotros desde la noche que compartimos habitación. Eres delgado, Ben, pero no eres frágil, ¿verdad? Todo lo contrario, más bien.

No iba a replicar describiendo cómo era el cuerpo femenino que tenía al lado.

—¿Me estoy apoyando demasiado en ti? —quiso saber. Intentaba echar la mayor parte del peso en el bastón, pero de esa manera se hundía más.

Sentía las generosas curvas de su cuerpo pegadas al costado. Un pecho firme y voluptuoso pegado a su chaqueta. Samantha era alta, aunque no tanto como él. Percibió el suave olor a gardenia por encima del salitre del mar. Sentía la calidez que irradiaba a través de la delgada barrera del vestido y del corsé.

Él también irradiaba calor, ¡que lo partiera un rayo! Se sentía más acalorado de la cuenta.

—Estás evitando el tema —dijo ella.

—¿Cuál es?

—El hecho de que hayamos necesitado una excusa para tocarnos —contestó Samantha.

—Te prometí que estarías a salvo de mí —le recordó.

—A veces —repuso ella, que volvió la cabeza para mirar al mar—, la seguridad parece algo aburrido y monótono.

¡Por Dios, qué razón tenía!

—Una vez que te vayas, ¿te arrepentirás de haber sido el perfecto caballero todo el tiempo que estuvimos juntos? —le preguntó—. Bueno, casi todo el tiempo.

—¿Cómo podría arrepentirme de haberme comportado como un caballero? —replicó él—. Eso es lo que soy.

¿Se arrepentiría ella?

Habían dejado de caminar. Se sentía irritado, tal vez incluso un poco molesto. Ser un caballero era importante para él. Sin embargo... La habría soltado, y se habría distanciado de ella, pero Samantha tenía su bastón.

—Es que la libertad es un regalo precioso —adujo ella—. Deberíamos ser capaces de usarla para hacer lo que más nos apetezca, siempre y cuando no le hagamos daño a nadie más en el proceso. No obstante, casi nunca se nos permite actuar libremente, ¿verdad? Siempre hay alguien o alguna regla o costumbre que nos dice que no, que eso no se hace. Así que seguimos las normas, dándole la espalda a la libertad que se nos ha ofrecido y perdemos nuestra oportunidad de ser felices.

Lo que estaba insinuando, pensó Ben, era que se convirtieran en amantes antes de que se marchara. Y allí, cuando estaban los dos juntos en la playa, parecía lo más lógico. ¿Por qué no dejarse llevar por la libertad? Si ambos ansiaban hacerlo. Salvo que esa playa no era el mundo. Y no podían vivir allí para siempre.

Al final se arrepentiría. Porque seguramente sería un amante inadecuado y la decepcionaría a ella, además de decepcionarse a sí mismo. Se arrepentiría de despertar al demonio dormido de su sexualidad, aunque ya se había despertado, ¿o no? Se arrepentiría de ponerle fin a la aventura. Se arrepentiría de tener que dejarla, ya que no podría quedarse y ella no querría que lo hiciera. Y ella se arrepentiría si mantuvieran una aventura, aunque no se sintiera decepcionada por su defectuosa actuación. Porque no había contado jamás con una presencia constante en su vida. Hasta su madre había muerto joven. Necesitaba algo más que un amante temporal.

Habría dolor.

Siempre había dolor.

Lo estaba mirando a los ojos, y era él quien miraba el mar en ese momento.

—Estás cansado de tanto caminar —le dijo—. No le he quitado el ojo de encima a aquella roca desde que echamos a andar por la orilla. Vamos a sentarnos en ella un rato.

Ben no protestó. Necesitaba de verdad descansar las piernas. La roca que Samantha había señalado tenía un saliente plano en la parte inferior donde podrían sentarse, ya que era lo bastante ancho para los dos y contaba con la altura precisa. El perro corrió a perseguir algunas gaviotas que se habían posado en la orilla del agua a lo lejos.

—¿Te he estropeado tu primera visita a una playa? —quiso saber.

—¿Por estar cansado y necesitar sentarse? —puntualizó ella—. No, por supuesto que no.

Ben le cogió una mano y entrelazó los dedos con los suyos; un gesto muy imprudente, seguro. Samantha le apoyó la cabeza en el hombro. El ala de su sombrero era tan flexible que no supuso impedimento alguno.

—Es maravilloso estar aquí —dijo—. Siempre recordaré este día. ¡Ay, pero mira, tus pobres botas están cubiertas de arena!

—Es mejor que te compadezcas de Quinn, no de las botas —repuso él.

—Algún día nadaré aquí —sentenció ella después de guardar silencio un rato—. No ahora, pero pronto. Me meteré en el agua y nadaré. Hazlo conmigo, Ben. Tú sabes nadar. Me lo dijiste.

—Nadaba cuando era pequeño y tenía dos piernas completamente funcionales —replicó.

—Supongo que no te habrás olvidado de cómo se hace. —Volvió la cabeza para poder mirarlo—. Andas aunque me atrevo a decir que todos los médicos que consultaste te aseguraron que nunca lo harías.

—Tampoco es que lo haga muy bien —protestó.

—Andas —insistió ella, que levantó la cabeza y lo miró echando chispas por los ojos—. Nadar sería más fácil, ¿no? Tus piernas no tendrían que soportar peso alguno.

—Probablemente me hundiría como una piedra y no se volvería a saber de mí. —Le sonrió.

Sin embargo, ¿tendría Samantha razón? ¿Y si trataba de nadar y no podía y era incapaz de apoyarse de nuevo en los pies? Claro que ¿y si les hubiera hecho caso a todos los «y si» con los que su mente lo había acosado cuando decidió que intentaría andar? A esas alturas seguiría acostado en una cama o confinado en un sillón. Tal vez no anduviera muy bien, pero andaba. Estaba ahí, sentado en una roca en una playa, bien lejos de la casa, ¿no?

—Cobarde —dijo Samantha.

La besó.

Sus labios tenían un regusto salado y cálido, y le introdujo la lengua en la boca para saborearla a placer. La estrechó entre sus brazos, y ella le echó los suyos al cuello.

Al separarse ambos estaban sin aliento.

—¿Cuándo? —le preguntó.

—Mañana —respondió ella—. Por la tarde.

Se miraron a los ojos.

—Le diré a la señora Price que prepare la cena para dos antes de que se vaya —añadió—. Seguro que acabamos con hambre después de nadar.

«Famélicos», pensó él y sin referirse precisamente a la comida.

Estarían solos en la casa.

Siguieron mirándose a los ojos.

—En ese caso, imagino que devoraré todo lo que me pongan por delante —replicó.

—Si no te ahogas antes —repuso ella con una sonrisa deslumbrante.

De repente, recordó que no le había contado lo que había descubierto de su abuelo. ¿Se lo habría dicho alguien? Lo dudaba mucho.

Seguramente le habría dado las noticias nada más verlo si se hubiera enterado.

Sin embargo, ese no era el momento adecuado.

Iban a nadar juntos al día siguiente. Y después a cenar solos en la casa. Las criadas regresarían a sus casas para pasar la noche.

«Te prometí que estarías a salvo de mí».

«A veces, la seguridad parece algo aburrido y monótono».

16

Después de almorzar juntos en la casa, cabalgaron hasta el pueblo. Samantha lo hizo montada en el caballo en el que llegó el señor Quinn, que había encontrado una antigua silla de montar de amazona en el establo esa mañana y se había pasado un par de horas revisándola para comprobar que fuera segura, reparándola, limpiándola y puliéndola hasta dejarla muy respetable. Le aseguró que regresaría a la posada andando, porque no estaba lejos.

Y así fue como por fin cabalgaron juntos, Ben y ella. A Matilda le darían cuarenta soponcios, sobre todo si la viera con su viejísimo traje de montar de color azul. Sin embargo, su cuñada le parecía alguien que pertenecía a otra vida.

—Será un trayecto muy corto —le dijo Ben con un tono apenado en la voz—. El pueblo está aquí al lado.

Sin embargo, estaba demasiado lejos para que él pudiera andar. Samantha lo entendía. Cabalgó algo más retrasada que él para poder observarlo. En la silla siempre lucía un porte viril y seguro. Recordó que esa mañana había estado a punto de lanzarse a sus brazos. ¿Qué bicho le había picado? Sin embargo, de repente comprendió que si se marchaba antes de que hubieran compartido algo más que unos cuantos besos anhelantes, ella siempre se arrepentiría.

Seguramente no tendría nada de malo que disfrutaran de un breve romance. Ambos eran adultos y estaban solteros. Se gustaban. Se sentían atraídos el uno por el otro. Era demasiado pronto para que ella pensara en casarse de nuevo, si acaso alguna vez lo hacía. Ben le había dicho que nunca se casaría, y desde luego que no lo haría antes de haber descubierto lo que buscaba en la vida y de haber encontrado su lugar, si alguna vez lo hacía.

Así que, ¿qué tenía de malo?

¿Nadarían al día siguiente? ¿O llovería como aquel espantoso día cuando planearon que saldrían a cabalgar? ¿Podría nadar Ben? ¿Y qué pasaría después, cuando se quedaran a solas en su casa?

No tuvo mucho tiempo para tales reflexiones. Fisherman's Bridge se encontraba, efectivamente, al otro lado de las dunas.

Estaba ansiosa por ver el pueblo y también un poco nerviosa. Ese pueblo y sus habitantes se convertirían en parte de su vida, quizá para siempre. Necesitaría que la aceptaran, y necesitaría encontrar amigos y conocidos y cosas que hacer. Por un momento se preguntó si estarían al tanto de su llegada, pero por supuesto que todos lo sabrían. La señora Price vivía en la herrería, y Gladys vivía también en el pueblo. Ambas eran personas habladoras y sociables. Y Ben se alojaba en la posada.

—Me pregunto cómo se gana la vida la gente de aquí —dijo mientras miraba a su alrededor con interés.

—Algunos trabajan aquí en el pueblo —le aseguró Ben—. Hay pescadores, como no puede ser de otra manera. Esta mañana estuve conversando brevemente durante el desayuno con un alfarero que vende su mercancía a los veraneantes, tanto aquí como en Tenby. Sin embargo, creo que la mayoría de la gente está empleada en Cartref.

—¿En dónde?

—En Cartref —repitió él, ayudándola con la pronunciación—. Tienes que pronunciar bien las dos erres. Es la primera palabra galesa que he aprendido, y como probablemente también será la última, estoy decidido a pronunciarla correctamente. Significa «hogar».

—Acabas de darme toda una explicación y has aprendido una palabra de otro idioma —señaló ella, entre carcajadas—, ¿y solo para informarme de que la mayoría de la gente trabaja en casa?

—No —contestó él—. Cartref es el nombre de una casa en particular. Vamos hasta el final de la calle, que es donde está el puente que da nombre al pueblo. Aunque no sé cómo se puede pescar en él cuando el río que fluye por debajo está tan cerca del mar.

—Tal vez nadie lo haga —replicó ella—. Tal vez se llama así porque conduce al lugar donde están amarrados todos los barcos de pesca.

Pasaron junto a unas cuantas personas en la calle, y Samantha las saludó con una sonrisa y una inclinación de cabeza. Supuso que su visita daría mucho que hablar durante el resto del día. Se preguntó cuál sería la naturaleza de esas conversaciones. ¿Recordarían que su tía abuela había criado a una niña medio gitana y que esa niña era su madre? Pues claro que sí. La señora Price lo sabía. ¿Les molestaría a esas personas que hubiera heredado la casa y se hubiera ido a vivir al pueblo? ¿Estaba preocupándose demasiado?

Supuso que pronto lo averiguaría.

Era un puente pintoresco, de arco y construido con piedra gris. Un río poco profundo borboteaba por debajo en su desembocadura hacia el mar. Samantha miró hacia delante, a los barquitos que se mecían en el agua y decidió que era uno de los paisajes más bonitos que había visto. ¿Tendría alguna vez la oportunidad de navegar en uno de ellos?

—¡Ah! —exclamó Ben—. Me dijeron que podría verla desde aquí.

—¿El qué?

Ben no estaba mirando los barcos. Su caballo estaba girado hacia el otro lado, dándole la espalda al mar. Ella se giró para mirar en esa dirección.

No había necesidad de que él respondiera a su pregunta. A poco más de un kilómetro de la costa se elevaban unas suaves colinas. En una de ellas y situada entre una arboleda se alzaba una gran mansión de color blanco que relucía bajo el sol. Incluso desde tan lejos distinguía que tenía grandes ventanas en sus tres plantas, aunque iban disminuyendo de tamaño desde la planta baja hasta la alta. Las vistas debían de ser magníficas, pensó. La pendiente de la colina estaba cubierta por una alfombra de césped verde, muy bien cuidado, que descendía hasta el prado. El resto del jardín o de la propiedad quedaba oculto a la vista.

—¿Eso es Cartref? —preguntó—. ¡Qué grandiosidad! ¿Verdad? No esperaba encontrar una propiedad tan grande fuera de Inglaterra. Me pregunto quién es el dueño. ¿Lo sabes?

Ben no respondió. Su caballo parecía muy nervioso de repente y estaba concentrado tratando de controlarlo.

La verdad la golpeó en ese momento, como si acabara de recibir un puñetazo en el estómago.

—¡Ay, no! —dijo.

Ben la miró apenado, como si tuviera la culpa de la respuesta a su pregunta.

—¿Es de mi abuelo?

—Es tan rico como un marajá, Samantha —le dijo—. Posee minas de carbón, en plural, según he entendido, en los valles mineros del este del país. Las heredó de su padre. También es el dueño de varias fundiciones en los valles cercanos a Swansea, donde ha florecido la industria metalúrgica.

Si no hubiera estado a caballo, podría haberse desmayado.

Sobre su cabeza oía los graznidos de las gaviotas, unos gritos que casi parecían humanos.

—Y yo que siempre lo he imaginado como un simple jornalero —dijo—, o un vagabundo o un holgazán que se casó con una nómada y que después, cuando ella lo abandonó, le entregó su hija a su hermana, que de alguna manera era la dueña de un cuchitril destartalado. ¿Por qué no me lo contó mi madre?

—Supongo que lo habría hecho —contestó Ben—, si hubiera vivido hasta que fueras mayor.

—De haberlo sabido, jamás habría venido —le aseguró.

—¿Por qué no?

Samantha hizo que su caballo diera media vuelta para mirar a Ben.

—Ese hombre carecía de razones legítimas para abandonar a mi madre. Contaba con un hogar y con los medios necesarios para criarla él mismo. Contaba con los medios para ir en su busca cuando se fue a Londres, y para asistir a su boda, y para visitarla después de que se casara. ¡Contaba con los medios para ir a verme! ¿Cuál crees que es la suma que le dejaron a mi tía abuela y que luego pasó a mi madre y que ahora es mía, con los intereses de todos estos años? Ben, ¿es posible que en realidad sea rica? No quiero ser rica. No de esta manera. No quiero ese dinero.

—Piensa un minuto —repuso Ben, con una irritante serenidad—. Ese dinero, ya sea mucho o ya sea poco, lo heredó tu tía abuela de manos de su padre, tu bisabuelo. No procede de tu abuelo.

Ella frunció el ceño un instante. Tenía razón, por supuesto, pero de todas formas... ¡Ay, la tarde había perdido todo su brillo y alegría!

—Ojalá no lo hubiera descubierto —dijo—. Casi desearía no haber venido.

—¿Adónde si no ibas a ir? —le preguntó él.

—Podría haberme casado contigo —contestó— y haberme pasado el resto de mi vida vagando sin rumbo y sin preocupaciones. —Sin embargo, la expresión que vio en los ojos de Ben le devolvió parte del buen humor y acabó sonriendo—. Tuve la premonición de que abriría la caja de Pandora al venir. Según el mito, una vez que la caja se abrió, fue imposible devolver al interior todos los males del mundo, ¿verdad? A estas alturas no puedo irme de aquí y olvidar lo que he descubierto. ¿Tiene sentido lo que estoy diciendo?

Su abuelo no las quiso, ni a su madre ni a ella. John tampoco lo había hecho. Solo había tenido a su madre y a su padre, y ambos se habían ido. La inundó una repentina y terrible soledad. Sin embargo, nada había cambiado. Tal como Ben había dicho, las cosas seguían igual que hacía diez minutos y que la semana anterior.

¡Ay, pero todo había cambiado!

—Es raro, pero sí —le aseguró él—. Ven a la posada para tomar un té.

Sin embargo, acababan de volverse con sus caballos cuando los saludó un hombre de aspecto jovial y pelo canoso, acompañado por una señora regordeta y sonriente.

—¿Señora McKay? —la saludó el caballero al tiempo que se quitaba el sombrero de copa.

Samantha inclinó la cabeza.

—Perdóneme por haberme entrometido mientras disfruta de su paseo a caballo —se disculpó el recién llegado—, pero he pensado que debían de ser usted y el caballero que se hospeda en la posada; el comandante Harper, si no me equivoco. Soy Ivor Jenkins, el vicario del pueblo, y esta es mi esposa. Hemos salido a dar un paseo para ver los barcos, ya que hace tan buen día y el sermón del domingo está escrito. Es un placer darle la bienvenida a nuestra comunidad, señora McKay, y espero verla el domingo en la iglesia.

La señora Jenkins no dijo nada, pero miró a Samantha y asintió con la cabeza.

—Allí estaré, por supuesto —les aseguró Samantha—. Gracias, señor Jenkins. Estoy deseando que llegue el momento.

—Maravilloso —dijo el hombre—. Espero que disfruten de mi sermón, que creo que es especialmente brillante. Normalmente lo son, aunque mis feligreses no siempre están de acuerdo. Sé con certeza que la música le gustará. Dicen que cuando la congregación al completo canta, el tejado se levanta cinco o seis centímetros. Yo no creo que sea cierto, porque de lo contrario, ya se lo habría llevado una racha de viento fuerte, pero sí es cierto que si quiere oír cantar como Dios manda, Gales es el sitio adecuado.

Su risa se unió a la de Samantha y la de Ben.

—Ivor —dijo su esposa, que le puso una mano en el brazo.

—No los entretengo más —dijo el vicario—. Tengo la tendencia a entretener a las personas cuando mi esposa no está delante para recordarme que tienen otras cosas que hacer además de pararse a hablar conmigo. Espero servirle en mi calidad de vicario, señora McKay. Y espero que disfrute del resto de su estancia aquí, comandante. No tenemos mucho que ofrecer salvo paisajes y vistas, pero siempre he pensado que no tienen comparación. —Se puso de nuevo el sombrero, y la pareja se alejó hasta el otro extremo del puente para ver los barcos.

—La comunidad te da la bienvenida —dijo Ben en voz baja—. Puedes crear un hogar en este pueblo.

—¿Tú crees? —Lo miró con una expresión preocupada en los ojos un instante y después sonrió—. El reverendo Jenkins parece amable, y su esposa parece simpática, aunque no me cabe la menor duda de que sabe mantenerlo a raya. Sí, vamos a tomar el té, Ben.

El cielo era de un gris plomizo, comprobó Samantha a la mañana siguiente cuando se levantó. Y cuando se sentó en la cama, descubrió que el mar era del mismo color, pero de un tono más oscuro. Había gotas de lluvia en la ventana. No entorpecían la vista y no oía que repicara contra los cristales, pero no era un comienzo prometedor.

Se sentía muy decepcionada. Si no podían nadar, Ben quizá se iría. No había muchas razones para que se quedara más tiempo en la posada del pueblo, ¿verdad? Tenía una casa más que decente en la que vivir, tenía criados, tenía su propio dinero, y supuestamente una respetable suma en un banco en Tenby. Unas cuantas personas la habían saludado el día anterior en el pueblo, y el vicario y su esposa se habían detenido para presentarse y darle la bienvenida. Tanto el posadero como su mujer habían charlado amablemente con ellos mientras se tomaban el té. No, no había razón para que Ben se quedara más tiempo.

Estuvo tentada de volver a meterse debajo de las mantas para echarse a dormir de nuevo. Pero sabía que sería imposible. Además, Vagabundo estaría listo para dar un paseo. Y ya oía a Gladys en el vestidor y a la señora Price en la cocina. Podía oler la comida. ¡Qué perezosa debía de parecerles! Ambas habían llegado caminando desde el pueblo bien temprano.

Ben planeaba pasar la mañana en la posada, trabajando en las notas que había tomado en su diario para ver si podía organizarlas en una especie de capítulo para el libro que esperaba escribir. Habían acordado que iría a la casa durante la tarde. De manera que Samantha se sorprendió al oír los cascos de varios caballos a mitad de la mañana. Estaba organizando los libros en la sala de lectura y se acercó a la ventana.

Era el señor Rhys.

El caballero le explicó que había ido para asegurarse de que lo había encontrado todo en orden y de que aprobaba a las criadas que su secretario había elegido en su nombre. Tras ponerse a su servicio, el señor Rhys le preguntó si había algo más que pudiera hacer por ella.

Samantha no quería preguntarle. De hecho, la mera idea de hacerlo la dejaba al borde de las náuseas. Sin embargo, aunque podría haber seguido viviendo en la bendita inopia si se hubiera quedado en Inglaterra, una vez en Gales era imposible retrasar más el momento.

—Señor Rhys —dijo—, mencionó usted el dinero que mi tía abuela le dejó a mi madre y que mi madre a su vez me dejó a mí. No he tenido conocimiento de dicha herencia hasta hace dos días. ¿Es mucho?

—He traído un extracto bancario —contestó él, que introdujo una mano en el maletín de cuero que había dejado junto a su sillón—. Pensé que le gustaría verlo. Yo estaba al tanto de la suma inicial, pero desconocía el montante de los intereses. Puede verlo usted misma, señora. Creo que la complacerá.

Le entregó un legajo.

Samantha ojeó la primera página. «¡Por favor, Señor, que sea una suma pequeña, un agradable añadido a mis modestos recursos, pero no demasiado...». Sus ojos se detuvieron en el total, tras lo cual los cerró y tuvo que humedecerse los labios porque se le habían secado de repente.

—Es una bonita suma, ¿verdad? —le dijo el caballero.

—Sí —respondió ella—. Muy bonita, señor Rhys.

—Espero que no se sienta decepcionada —repuso el hombre—. El señor Bevan padre legó la mayor parte de su propiedad y de su fortuna a su hijo, algo natural, supongo, ya que él iba a ser quien continuara con el negocio.

—Solo esperaba la casita —le aseguró ella—. Me he estado preguntando por qué mi madre nunca hizo uso del dinero.

Y por qué tampoco lo mencionó. ¿Estuvo su padre al tanto de la existencia del mismo? Aunque debió de estarlo, al menos después de la muerte de su madre, si acaso no antes. ¿Por qué nunca dijo nada? ¿Porque su hija había acabado siendo más rica que su hijo? ¿Porque respetaba el deseo de su esposa de dejar atrás el pasado por completo? Debió de ser eso, decidió. Su padre debió de respetar el rechazo de su madre al pasado incluso después de su muerte..., aun en detrimento de su hija.

El señor Rhys parecía incómodo.

—Sé que la señorita Bevan le tenía mucho cariño a su sobrina —dijo—. La acogió, la alimentó, la vistió y la educó. Pero siempre tenía miedo, tal como me dijo en confianza en más de una ocasión, ya que trabamos cierta amistad. Siempre tenía miedo de que la muchacha cediera a su naturaleza salvaje y se marchara en busca de la gente de su madre. Le gustaba salir descalza para correr por la playa y nadar en el mar. Era como todos los niños, le decía yo para tranquilizarla. Los míos no eran muy diferentes. Pero ella tenía miedo. Y el miedo la volvió demasiado estricta. Y tal vez también demasiado crítica. Aunque no estoy seguro de que eso fuera lo que alejó a su madre. Creo que pudo deberse a algún tipo de disputa entre su tía abuela y su abuelo, aunque en el mejor de los casos apenas si se dirigían la palabra. Y ni siquiera estoy seguro de que discutieran. Sea como fuere, su madre se fue. Era muy joven. Tal vez no sabía que es mejor resolver las discusiones en cuanto los ánimos se enfrían, sobre todo en el caso de la familia.

Su madre se había sentido rechazada, pensó Samantha. Por su propia madre, que regresó con su gente, dejando a su hija atrás; por su padre, que la entregó al cuidado de su hermana, y por su tía, que era demasiado estricta y demasiado crítica porque era mitad gitana. Se escapó a los diecisiete años y conoció a su padre, que la quiso firme y constantemente durante el resto de su vida. Tal vez fuera significativo que se hubiera casado con un hombre mayor, tal vez un sustituto de la figura paterna. Porque aunque no le cabía duda de que su madre había querido a su padre, no los recordaba como una pareja apasionada.

—Odio hablar mal de los muertos —añadió el señor Rhys—, y más si se trata de una antigua clienta y amiga, pero la señorita Bevan también podía ser tan terca como una mula. Cuando su sobrina se escapó, no fue en su busca ni le escribió para suplicarle que volviera a casa o para preguntarle si necesitaba algo. Tampoco fue a conocer a su padre de usted cuando se enteró de la boda, ni por motivo de su nacimiento. Su madre le escribió en ambas ocasiones, así que tal vez trató de retomar el contacto. Sin embargo, la señorita Bevan se negó a perdonarla por haber huido y por haber acabado siendo actriz después de todos sus esfuerzos por convertirla en una señorita respetable.

—Sin embargo —replicó Samantha—, le dejó todos sus bienes a mi madre.

—Y ahora todo es suyo —apostilló el señor Rhys—. Me alegro de que haya venido.

—Gracias —repuso—. No tenía ni idea, ya lo sabe.

—Espero —dijo el caballero— que no se arrepienta de haber venido.

Samantha lo miró en silencio un instante antes de responder.

Su llegada a Gales había sido una huida. Para esconderse. Para liberarse de la opresión de una respetabilidad demasiado estricta. Para abandonar la pesada ropa del luto y así poder recordar los recuerdos más agradables del hombre que fue su marido durante siete años. Para encontrar un poco de paz. Para encontrar un poco de libertad. Para empezar de cero.

Sin embargo, no se esperaba eso.

—No me arrepiento —le aseguró.

—Espléndido —repuso el señor Rhys, que se frotó las manos, aunque ella no supo si lo hacía por el entusiasmo de su confesión o si se debía más bien a la llegada de la bandeja del té con los dulces galeses que la señora Price acababa de llevar al salón. Tal vez por ambas cosas.

Se quedó una hora. Después, Samantha lo acompañó a la puerta del jardín, ya que había escampado. Miró hacia el cielo mientras el carruaje se alejaba y vio que las nubes eran más altas y más blancas, y que ya había algunos claros a través de los cuales se veía el cielo azul. Quizá después de todo la tarde sería soleada y cálida.

Vagabundo estaba a su lado, jadeando.

—¡Ay, está bien! —exclamó—. Pero espérate un momento que me ponga el bonete y los botines. El suelo está mojado.

Era rica, pensó mientras entraba, y esa idea le revolvió el estómago. Claro que «rica» no alcanzaba a describir su nuevo estado en la vida. Era la dueña de una fortuna inmensa.

Tenía propiedades y dinero que su madre rehusó.

Mientras conducía una calesa para trasladarse esa tarde a la casa de Samantha, Ben llegó a una conclusión clara: no era escritor. Recordaba claramente los paisajes y los monumentos en la cabeza. Podría poblarlos con personajes interesantes y sus historias. Era capaz de imaginar su reacción a todas ellas. E incluso podía trasladarlo todo al papel sin mucha dificultad. No obstante, el problema era la enorme diferencia que existía entre lo que veía y oía en su cabeza y lo que sentía en el corazón por un lado y, por otro, lo que acabó escribiendo en lo que le ocupó tres páginas de renglones muy juntos. Toda la vida, el color y la emoción desaparecieron en algún lugar entre ambas partes, y habían dejado una narración de hechos fríos, parcos y carentes de inspiración.

Lo único que le apetecería hacer a cualquier lector que consiguiera leerlo entero sería quedarse en casa y olvidar todo interés por los viajes que pudiera haber experimentado.

No, no era escritor. Tal vez fuese un poco derrotista rendirse después del primer intento. Sin embargo, lo esencial era que todo el proceso lo había aburrido muchísimo: desde la obligación de escribir algo todos los días en el diario, al intento de escribir un capítulo inicial, pasando por la organización de sus ideas para conformar una especie de esquema. Se sintió como si hubiera vuelto al colegio y estuviera obligado a escribir ensayos sobre temas tan áridos como el polvo. Aquello no era ni mucho menos a lo que quería dedicar el resto de su vida.

Lo que le dejó un inquietante vacío... de nuevo.

Quinn iba a su lado en la calesa, aunque Ben había protestado y le había asegurado que no requería de su presencia. Su ayuda de cámara desengancharía el caballo, lo llevaría al establo y después regresaría caminando de vuelta al pueblo. Quinn quería volver al pueblo con la calesa y regresar más tarde a por él para llevarlo a la posada, pero Ben se había negado en redondo. No sabía a qué hora iba a volver. Podrían ser las siete o las ocho, o podría ser medianoche. No quería que su ayuda de cámara se presentara en la puerta del jardín en un momento inoportuno.

Intentó no pensar en esa posible marcha a medianoche. Intentó no pensar en nadar y hacer el ridículo, o en ahogarse. Las nubes habían desaparecido y el sol brillaba en el cielo. Hacía calor. No había excusa para no nadar, a menos que se ofreciera a cuidar de la toalla y de la ropa de Samantha mientras ella nadaba sola.

«Cobarde», lo había llamado ella el día anterior, justo antes de que la besara.

No podía permitir que esa acusación se hiciera realidad, pensó mientras caminaba del establo a la casa. Jamás había sido un cobarde, salvo en los últimos tiempos.

—Ben.

Samantha estaba otra vez en el jardín con el perro. Llevaba el sombrero de ala ancha y un vestido de talle imperio y manga corta de muselina blanca bordada con capullos de rosa de color melocotón con un generoso volante en el bajo. Le resultó obvio que no llevaba corsé. Se acercó a él a toda prisa, con las manos estiradas. Sin embargo, clavó la mirada en sus bastones al acercarse y unió las manos debajo de la barbilla. Parecía inquieta.

—Ben, soy espantosamente rica.

—¿Tan espantoso es? —Estuvo tentado de sonreír, pero algo en su expresión lo detuvo.

—El señor Rhys estuvo aquí esta mañana —le informó ella—. Con un extracto bancario. Podría comprar media Inglaterra.

—¿Y querrías hacerlo? —le preguntó.

—No tenía la menor idea —siguió Samantha—. Mi madre no me lo dijo. Tampoco lo hizo mi padre después de que ella muriera, ni más tarde, cuando me casé. Debería habérmelo dicho. John no me lo dijo.

—¿Qué vas a hacer? —quiso saber—. Con tu abuelo, me refiero. He oído que está fuera de casa en este momento. Aunque se espera que vuelva pronto.

—Espero que no vuelva nunca —respondió con vehemencia—. Espero que mantenga siempre las distancias conmigo. Creo que puedo perdonar a mi tía abuela. Fue estricta con mi madre, pero me atrevo a decir que no quería ser cruel. A él nunca podré perdonarlo.

—Es posible —le dijo— que la gente necesite encontrar la oportunidad para contar su historia.

—¿En qué momento ha intentado contarme la suya? —Parecía furiosa—. ¡Cómo no ibas a ponerte de parte de un hombre!

—Será mejor que vayamos a nadar —repuso él.

Su expresión siguió siendo obstinada unos instantes, aunque acabó serenándose.

—Sí —dijo—. Vamos, o acabaré discutiendo contigo cuando no eres tú quien me ha ofendido. Olvidémoslo todo excepto la arena, el agua, la libertad y la felicidad de una tarde de sol. Y el hecho de que estamos juntos.

A veces, era bueno olvidar todo lo que, tal vez, se debería recordar y limitarse a vivir el momento.

A veces, el momento era lo único que realmente importaba.

17

Samantha dejó los zapatos y las medias sobre la misma roca que el día anterior. Solo se quedó con el vestido, el bonete y la camisola. Se sentía muy atrevida y descarada. Pero no tenía sentido caminar por la playa ataviada con toda la parafernalia habitual de una dama. Tendría que quitárselo todo de nuevo antes de que pudiera nadar.

La playa, decidió el día anterior durante su primera visita, iba a ser su lugar elegido para la libertad, donde nada importaba salvo el momento en el que vivía y la belleza que la rodeaba.

En cuanto la pisó ese día, dejó atrás la pesada carga de su fortuna; los inquietantes retazos de su pasado familiar que había visto; la certeza de que su abuelo, que había abandonado a su madre, era más rico que un marajá, en palabras de Ben, y vivía en una mansión en la colina llamada «hogar» de forma irónica. Dejó atrás el pesar del reciente duelo por la muerte de su marido, la rígida desaprobación de su familia política y el hecho de que no podía buscar ayuda ni consuelo en ningún miembro de su familia paterna. Se desentendió del hecho de que pronto, seguramente muy pronto, Ben se marcharía para proseguir camino y nunca volvería a verlo.

Estaba con ella en ese momento, y eso era lo único que importaba.

Y estaban en la playa, donde solo importaba la libertad para disfrutar del momento. «Todo el mundo debería tener un refugio así», pensó ella. ¡Qué afortunada era!

—Nunca he nadado en el océano —dijo, acompasando los pasos a los de Ben, aunque le habría encantado andar con grandes zancadas o incluso echar a correr, mientras observaba al siempre esperanzado Vagabundo perseguir a las gaviotas—. Supongo que es muy distinto de nadar en un lago.

—De varias formas —repuso él—. Se flota mejor porque el agua es salada. Pero eso hace que sea más desagradable tragarla y que escuezan los ojos. Tienes que estar pendiente de las olas que puedan romper sobre tu cabeza. Puede que entres en el agua y cuando te llegue a la cintura te pongas a nadar en la zona durante cinco minutos y, cuando vuelvas a bajar las piernas, descubras que el agua te cubre hasta la barbilla o hasta la rodilla..., o que ya no haces pie.

—¿Y si no me acuerdo de cómo se nada? —le preguntó.

Ben se detuvo para mirarla.

—Recuérdame quién me aseguró ayer mismo que eso no se olvida nunca.

Se rio de él.

Todas las señales de la mañana gris se habían desvanecido para dejar paso a un cielo azul, al sol y a un mar reluciente. La marea estaba más alta que el día anterior por la mañana, casi había pleamar. La roca donde se habían sentado no se encontraba lejos del borde, aunque la arena seca que la rodeaba sugería que se encontraba más alta de la marca habitual de la marea.

—Podemos dejar las toallas aquí —sugirió ella al tiempo que señalaba la roca.

Ben llevaba una bolsa colgada del hombro que no contenía más que una toalla, sospechaba. Ella no llevaba más ropa que la puesta.

Soltó la toalla y se quitó el bonete. Se aseguró de llevar el pelo recogido en un moño tirante en la nuca y de que todas las horquillas estuvieran bien sujetas. Pero Gladys había hecho un buen trabajo. También se había emocionado mucho al enterarse de que no se pondría corsé.

—¿Solo va a llevar la camisola en el agua, señora McKay? —le preguntó—. ¡Qué envidia le tengo, ya lo creo! Al final hace un día estupendo,

¿verdad? ¿Y el comandante también va a nadar? Es guapísimo, ¿a que sí?, aunque esté un poco tullido. No me importaría verlo desnudo mientras nada, la verdad.

—¡Gladys!

—¡Ay, lo siento, señora McKay! —dijo la muchacha, que se puso colorada.

Samantha sonrió al recordarlo y se quitó el vestido por la cabeza con gesto decidido, aunque se sentía muy expuesta con la camisola, que solo le llegaba a las rodillas. Pero no se podía nadar vestido, ¿verdad?

Él se había quitado el sombrero, la chaqueta, el chaleco y la corbata, se percató al darse la vuelta. Acababa de sentarse en la roca para quitarse las botas y los calcetines. No le resultaba fácil, se dio cuenta.

—¿Quieres que te ayude? —le preguntó.

Ben levantó la cabeza y se cubrió los ojos con una mano..., y no dijo nada mientras la recorría con la mirada de arriba abajo.

—Lo siento —masculló al cabo de un buen rato, tras lo cual bajó la mano—. No, gracias. Me las arreglo solo.

Se sintió estallar en llamas por esa mirada.

Ben tardó un rato. Era muy distinto de Matthew, pensó mientras lo observaba. Se empecinaba en ser independiente.

Tenía una horrible cicatriz en uno de los empeines, se percató cuando se quitó los calcetines. ¿Causada por el estribo quizá? Tenía suerte de que no le hubiera arrancado el pie. No iba a quitarse los pantalones, se dio cuenta. Pero sí se sacó los faldones de la camisa, cruzó los brazos y se la quitó por la cabeza.

Lo miró fijamente mientras él alzaba la cabeza y la miraba a los ojos. Había dormido apoyada en su torso desnudo aquella noche en la posada, pero no lo había visto, ni lo había explorado con las manos. Tenía una fea cicatriz con forma redonda entre el corazón y el hombro.

—¿Una bala? —le preguntó.

—Tuve más suerte que el capitán McKay —contestó él—. El cirujano pudo extraerla.

Hizo una mueca al oírlo.

Su torso tenía más cicatrices, algunas peores que otras, al igual que los dos brazos. Cualquiera de esas heridas podría haberlo matado. Lo miró a los ojos de nuevo y se humedeció los labios.

—¿Estuviste en más de una batalla?

—En ocho —respondió él— y también en varias escaramuzas. La caballería siempre participa en las escaramuzas.

En vez de estropear su aspecto, las cicatrices lograban aumentar su masculinidad. Y era evidente que trabajaba su físico. Sus músculos eran firmes y estaban bien definidos. De repente, le pareció un soldado duro, incluso brutal. Brutal en la batalla, por supuesto. Pero ¿magnífico como amante?

Se alejó un paso de él y se dio media vuelta para mirar el agua. Sentía una extraña sensación palpitante en las entrañas, y el sol le parecía más ardiente que hacía unos minutos.

—El agua está cerca —dijo—. ¿Puedes llegar sin los bastones si me pasas un brazo por los hombros?

—No eres mi criada —replicó él.

—¿Tan humillante es pasarme un brazo por encima de los hombros y apoyarte en mí para recorrer un trayecto tan corto? —le preguntó—. ¿Hará añicos tu masculinidad?

Al volverse para mirarlo vio que Ben había apretado los dientes. Pero después asintió con la cabeza y sonrió.

—Creo que será un desafío para mi masculinidad —respondió—. Verás, me he dado cuenta de que llevas muy poca ropa.

¿Ese era el motivo de que se mostrara reacio a tocarla?

—¿Es usted un mojigato, comandante Harper? —quiso saber.

—Solo un hombre de sangre caliente como cualquier otro, señora —contestó con brusquedad al tiempo que se ponía en pie con la ayuda de sus bastones antes de apoyarlos en la roca y dar dos pasos sin ayuda hacia ella—. Llévame al agua fría, por favor. Y cuanto antes, mejor.

Era increíble la diferencia que suponían unas cuantas capas de ropa... o la ausencia de las mismas. El día anterior fue consciente de su cuerpo delgado y musculoso mientras paseaban por el agua y se había sentido atraída por él. Ese día podía sentir la fuerza de su brazo desnudo sobre los hombros y era consciente de los fuertes músculos de su torso, pegados a su costado. Era consciente de la masculina cadera, de la calidez de su piel. Era consciente de su altura, unos cuantos centímetros más que ella. Y era consciente de que estaba casi desnuda a su lado.

Tuvo la sensación de que parte de su anquilosada juventud empezaba a formar un capullo listo para florecer de nuevo.

Volvió la cara para mirarlo cuando llegaron a la orilla y se echó a reír.

—Está f-f-fría —dijo, fingiendo que tartamudeaba al meterse en el agua. Chapoteó con los pies y los regó a ambos con frías gotas—. Nos vamos a co-congelar.

Vagabundo corría por la orilla a su espalda, ladrando de la emoción y mojándolos más.

—Ya es demasiado tarde para cambiar de idea —replicó él, que la miró con una sonrisa—. Yo voy a meterme, y tú también vas a hacerlo porque te necesito para llegar allí.

Una ola rompió contra sus rodillas, y Samantha jadeó.

—¿De quién ha sido esta idea tan ridícula? —preguntó.

—Ni siquiera me voy a dignar a responderte —repuso él—. Soy un caballero.

Cuando el agua por fin les llegó a la cintura y más arriba, Samantha creía que la idea era mucho más que ridícula. El brazo de Ben ya no se apoyaba tanto en ella, se percató. Y luego se lo quitó de encima cuando se zambulló. Al salir a la superficie, Ben sacudió la cabeza, salpicándola, y después estiró los brazos a ambos lados del cuerpo. Se mantenía de pie solo, comprobó. Tenía el pelo oscuro pegado a la cabeza. El agua le caía por la cara y le empapaba las pestañas.

Era la viva estampa de la belleza masculina y de la virilidad, y se mantenía de pie, sin la ayuda de sus bastones ni de sus hombros. ¡Ay, qué increíblemente apuesto debió de ser en otra época!

La miró con una sonrisa, y ella se pellizcó la nariz con los dedos antes de sumergirse. Salió a la superficie jadeando y escupiendo agua.

—¡Ay! —exclamó—. Ahora entiendo lo que querías decir con eso de que se flota más y del sabor del agua. Ahí viene una ola.

Sin embargo, se habían adentrado demasiado como para que rompiera sobre ellos y formase espuma. Samantha dio un saltito y la pasó por encima al mismo tiempo que Ben se tumbaba y flotaba en el agua. Eso quería decir que no iba a hundirse como una piedra y a ahogarse.

Lo vio darse media vuelta hasta quedar boca abajo, tras lo cual empezó a nadar despacio, con los brazos realizando la mayor parte del trabajo, aunque también movía las piernas para impulsarse. Nadó para colocarse a su altura y se dio cuenta de que había estado en lo cierto el día anterior. No se había olvidado de cómo se nadaba. Él tampoco. Habría gritado de alegría de tener aliento para hacerlo.

Llegó a su lado, y nadaron juntos, brazada a brazada.

Samantha tuvo la sensación de que nunca había sido tan feliz. Ojalá pudieran nadar para siempre y no tener que regresar a la orilla.

Ben se habría echado a llorar. No solo recordaba cómo se nadaba, sino que podía hacerlo. Podía mover las piernas sin dolor.

Podía moverse.

Sin dolor.

¡Era libre!

No supo cuánto llevaba nadado antes de darse cuenta de que Samantha estaba a su lado. Y era muy raro, dado que llevaba siendo consciente de ella con todo su ser desde que la vio en la casita. Cuando se desnudó hasta quedarse solo con la camisola... En fin, le costaba encontrar las palabras. Y después cuando se colocó a su lado y le pasó un brazo por los hombros...

Tenía el pelo oscuro pegado a la cabeza, recogido en un tirante moño en la nuca. Dos esbeltos brazos salían del agua, uno detrás del otro, en un ritmo constante para sumergirse después. Podía ver su silueta a través del agua, con la camisola pegada como si fuera una segunda piel. Las piernas, que la impulsaban, eran largas, fuertes y bien formadas, y estaban casi desnudas. No era delgada, pero sí tenía unas proporciones perfectas. Era el vivo ejemplo de feminidad con el que soñaba todo hombre.

Ella lo miró y sonrió. Le devolvió la sonrisa.

Acto seguido, Samantha se puso de espaldas y empezó a flotar, con los brazos a los lados. Hizo lo mismo a su lado. No había una sola nube en el cielo.

Ese, pensó él, era uno de esos escasos momentos perfectos. Quería capturarlo, retenerlo y atesorarlo para poder mirarlo de vez en cuando y sentir de nuevo lo que sentía en ese instante. Claro que ya podía hacerlo. Se llamaba «recuerdo».

—Estabas nadando —dijo ella.

—Y tú también.

—Ben, ¡estabas nadando!

Volvió la cabeza para mirarla.

—Tenías razón. Puedo nadar.

De haber podido bajar a la playa en Penderris Hall, lo habría descubierto hacía mucho tiempo. De haber podido pasar más tiempo en Kenelston Hall después de abandonar Penderris Hall, tal vez habría ido al lago y lo habría descubierto allí. Sin embargo, nunca se le hubiera ocurrido que hubiera un elemento en el que no tendría una discapacidad, o al menos no la tendría completa. De momento solo había intentado nadar despacio. Pero tal vez podría aumentar su resistencia en el agua al desafiarse a nadar más deprisa. Tal vez no hubiera alcanzado sus límites físicos después de todo.

Ella volvió la cabeza para mirarlo.

—Que sepas que tengo razón de vez en cuando.

Las puntas de sus dedos se rozaron sin querer mientras flotaban en el agua, y después se tocaron con premeditación. Colocó la mano sobre la de Samantha, y ella giró la suya de modo que quedaran palma contra palma.

—Me alegro de que hayamos tenido este día —dijo ella.

—Yo también.

—¿Te acordarás de esto cuando hayas viajado por todo el planeta y tengas material suficiente para diez libros? —le preguntó ella—. ¿Y cuando seas muy famoso?

—Me acordaré —le aseguró—. ¿Y tú te acordarás cuando tengas un montón de amigos y de admiradores, y estés sumergida de lleno en la vida del pueblo y de la parroquia? ¿Y cuando hayas aprendido galés y hayas cantado para ayudar a que el tejado de la iglesia se levante?

Samantha sonrió.

—Me acordaré.

Siguieron flotando un rato más. El perro, se percató al mirar, estaba tendido junto a la roca, las toallas y la ropa que se habían quitado. El sol calentaba.

No había nada para ella en Inglaterra. No había nada para él allí. No había nada para él tampoco en Inglaterra a menos que se impusiera en Kenelston Hall o se estableciera en Londres, en Bath o en cualquier otro lugar donde pudiera tener una especie de rutina y de vida social. No iba a ser un viajero. No soportaba la idea de viajar solo. Y no quería volver a ver una hoja en blanco o un diario en la vida. Tal vez podría buscarse un oficio. ¿Algo relacionado con los negocios, el comercio o el derecho? ¿Quizás en el servicio diplomático? Nunca había pensado en trabajar de verdad, salvo como propietario de sus tierras. Al fin y al cabo, no necesitaba trabajar, ya que poseía una fortuna considerable.

Sin embargo, ese instante no era el indicado para pensar en su futuro.

Ese instante era para el presente. Ese instante era uno de los raros y maravillosos momentos que la vida regalaba de vez en cuando. Eso era, nada más. Un momento. Pero era uno que había que disfrutar mientras durase y uno que atesorar durante toda la vida cuando hubiera pasado.

—Y todavía ni siquiera ha pasado —dijo ella, pronunciando en voz alta lo que él había pensado.

—No.

Todavía les quedaba la cena en la casa de Samantha. Y después...

No estaba muy seguro de que fuera sensato. Si se lo proponía, podría enumerar mentalmente todos los motivos —y había muchísimos, para los dos— por los que no lo sería. Pero no iba a pensar. Iba a aferrarse al momento. El resto del día ya llegaría.

Samantha se puso boca abajo y empezó a nadar de vuelta a la orilla. La siguió.

—Quédate aquí —le dijo ella cuando pudo hacer pie—. Voy a por tus bastones.

La marea había bajado un poco, se percató. Había que andar más hasta la roca que cuando se metieron en el agua.

Se tumbó de espaldas y la observó cruzar la arena hacia él, con los bastones en una mano. La camisola se le pegaba al cuerpo y casi no dejaba nada a la imaginación. Sin embargo, no parecía avergonzada.

No había palabras para describir su belleza. Ni lo deseable que era.

—La vida es muy injusta —protestó ella, que se metió de nuevo en el agua—. Me he quedado helada al entrar y me he quedado helada al salir. —Mantuvo los bastones en alto mientras se acercaba a él.

—¿Quién te ha dicho que la vida es justa? —le preguntó.

Aceptó los bastones. Había llegado el momento de volver a tierra.

El perro correteaba en la orilla, ladrando en su dirección, impaciente por que regresaran.

Ben apoyó un hombro en la roca cuando llegó a ella y se frotó el torso y el pelo con la toalla. Se pondría los pantalones secos que había llevado consigo si ella se daba la vuelta.

—No he traído una camisola limpia —dijo Samantha, y él dejó de secarse el pelo, con la toalla contra la cabeza—. Se me ocurrió que podría secarse aquí al sol.

Sin embargo, no había querido decir lo que él creía, se dio cuenta cuando la vio extender la toalla en la arena. No iba a desnudarse por completo.

—¿Nos tumbamos un rato y tomamos un poco el sol antes de volver a la casa? —sugirió ella.

—¿Sabes lo que es una ballena varada? —le preguntó.

Lo miró, estupefacta.

—No podrías levantarte del suelo, ¿verdad? —repuso antes de echarse a reír—. Lo siento mucho. No se me había ocurrido. ¡Qué tonta!

—Túmbate —le dijo—. Yo me quedo aquí sentado.

Ella miró el saliente rocoso en el que se habían sentado el día anterior.

—Puedes tumbarte ahí —replicó ella— y relajarte. De ahí sí puedes levantarte, ¿verdad?

De modo que extendieron las toallas una al lado de la otra, salvo que ella se encontraba a casi un metro por debajo de él, en la arena. Ben se cubrió los ojos con un brazo.

—¿No se supone que las damas deben protegerse la piel de cualquier rayito de sol? —le preguntó.

—Tengo la tez de una gitana —contestó ella—. Incluso cuando no me da el sol, la gente me mira mal porque mi cara no es de alabastro con mejillas sonrosadas. ¿Por qué privarme de sentir el calor del sol en la cara? No sabes lo fastidioso que ha sido llevar un velo en la cara durante casi cuatro meses cada vez que salía de casa, y eso cuando salía, claro. ¡Ay, Ben, ni siquiera entraba la luz en la casa! Matilda insistía en que las cortinas estuvieran prácticamente corridas en todas las ventanas. A veces, cuando no estaba en la misma habitación que yo, me colocaba en el rayito que se colaba y respiraba a bocanadas, como si me estuviera ahogando.

—Esos días han quedado atrás —le dijo.

—Sí —convino ella—. ¡Gracias a Dios! Y no es una blasfemia.

Seguramente los dos acabaran quemados. Le daba igual.

—¿Soy muy mala por...?

—No —la interrumpió, sin darle tiempo a terminar.

—Hace apenas cinco meses —comenzó ella—, Matthew seguía vivo.

—Y hace apenas cinco meses —le recordó—, pasabas cada momento del día con él, cuidándolo y reconfortándolo lo mejor que podías.

—Cuesta mantener el mundo a raya, ¿verdad? —preguntó ella—. Me juré que no pensaría en nada mientras estábamos aquí salvo en la emoción de estar aquí.

Sin pensar en lo que hacía, estiró una mano hacia ella, que Samantha aceptó y estrechó.

—Puedes venir aquí cuando quieras durante el resto de tu vida —le recordó.

—Pero no contigo.

No supo cómo contestar a eso, y ella no parecía estar por la labor de añadir nada más. Se quedaron tumbados así, cogidos de la mano, un rato. Después, ella se puso en pie y lo miró desde arriba. La parte delantera de la camisola se le había secado. Ya no se le pegaba de forma tan provocativa.

—Me lo preguntaré durante el resto de mi vida —dijo ella—. Me preguntaré qué ha sido de ti. Me preguntaré si encontraste lo que estás buscando. Supongo que nunca lo sabré.

—Tal vez podrías escribirle a mi hermana en algún momento —sugirió—, cuando te sientas más segura aquí.

—¡Ah, sí, por supuesto! —repuso Samantha—. Ella me hablará de ti. Y tal vez así tú puedas averiguar algo sobre mí. Si lo deseas, claro.

Volvió a cogerle una mano y se la llevó a los labios.

—No funcionaría entre nosotros, Samantha —le dijo.

—No —convino ella—. La atracción mutua no basta, ¿verdad?

La besó en los nudillos.

—Pero tal vez —continuó ella con la mirada clavada en sus manos—, por un día, o dos o tres. Tal vez por una semana. ¿Soportarías quedarte una semana?

Tomó una honda bocanada de aire.

—Se espera el regreso de tu abuelo para dentro de unos días —replicó—. Supongo que se enterará de que vives aquí. Tal vez decida desentenderse de tu presencia. O tal vez no. Tal vez tú decidas desentenderte de él. Sea como sea, soy incapaz de marcharme hasta... En fin, hasta que tu situación sea más clara. Sé que no te gusta que me comporte como el gallo del corral contigo. Sé que te las puedes apañar sola. Pero...

—Pero... ¿te quedarás de todas formas?

—Sí —contestó—. Durante unos días más. Una semana.

—¡Ay, Vagabundo! —Samantha miró al perro, que estaba lamiendo algo—. ¿Tengo la pierna llena de sal y me la tienes que lavar a lametones? Perro tonto.

—Es un perro al que envidiar —dijo, y ella lo miró de nuevo, sorprendida, y se echó a reír.

Bajó con cuidado las piernas por el borde del saliente y se sentó. Se puso la camisa. La miró y se maravilló de nuevo al darse cuenta de que era la misma mujer que la figura envuelta en un horroroso vestido negro a la que casi había aplastado con su caballo no hacía mucho. Parecía una mujer de mala reputación y tenía el pelo alborotado, aunque casi todo seguía recogido en el moño. Ofrecía un aspecto escandaloso con la piel bronceada, los ojos relucientes y la expresión feliz. La nariz le brillaba.

Le colocó las manos a ambos lados de la cintura, tiró de ella para que quedara entre sus piernas y la besó. Sabía a sal y a sol veraniego.

—Estás salado —le dijo ella—. Ahora sé por qué a Vagabundo le gusta tanto chuparme la pierna.

Se sonrieron y se besaron con los ojos abiertos.

—Hay una expresión en latín —añadió ella—. Algo de una carpa, aunque no es eso.

—¿*Carpe diem*?

—Esa misma —contestó—. El tiempo vuela o el tiempo corre. O aprovecha el momento al máximo porque pronto pasará. —Samantha apoyó la frente en la suya.

—Temo hacerte daño, Samantha —dijo con un suspiro—. O tal vez hacerme daño yo.

—¿Físicamente? —preguntó ella—. No, no te refieres a eso, ¿verdad? Creo que me harías más daño si te... fueras sin más. ¿Es lo que quieres hacer?

Cerró los ojos e inspiró hondo antes de contestar.

—No.

—Vuelve a la casa —sugirió ella—. Allí puedes cambiarte de ropa y lavarte con agua caliente. Yo voy a correr un rato con Vagabundo.

Y se puso el vestido y el bonete antes de salir corriendo por la playa, perseguida por el perro. ¿Dónde estaban el corsé, las medias de seda y los escarpines, los guantes y la sombrilla, y los pasos medidos de una dama de la alta sociedad? La observó con una sonrisa, admirando los tobillos desnudos y manchados de arena, y su entusiasmo.

Lo deseaba. Se preguntó si la decepcionaría... o algo peor.

Se ordenó no pensar en eso. Al fin y al cabo, no iba a ofrecerse para toda la vida, ¿verdad? Podría entregarse en la medida de lo posible a fin de que ambos disfrutaran del placer... y rezarle a Dios para que no hubiera mucho dolor al otro lado.

Porque mucho se temía que estaban jugando con fuego.

18

La señora Price les preparó una empanada de pollo y verduras, que según les explicó era el plato preferido de su hijo y también lo había sido de su difunto marido. La precedería una sopa de puerros y la seguirían gelatinas y natillas. La mujer dispuso en la cocina unas tazas, unos cuencos con azúcar y leche, y un bizcocho cubierto con un paño en una bandeja. Dejó agua calentándose a fuego lento, mientras la tetera se mantenía caliente a su lado.

Gladys le ató el corsé a Samantha y la ayudó a ponerse su vestido de noche de seda color rosa, que había planchado con cuidado para que incluso los dos volantes del bajo y los volantitos de las mangas no tuvieran ni una sola arruga. Le peinó el pelo, todavía un poco húmedo, en un recogido elegante con algunos rizos. Le puso el collar de perlas al cuello y los pendientes en las orejas antes de apartarse para admirar su trabajo.

—¡Ay! Está preciosa, señora McKay —dijo la muchacha—. Seguro que haría volver las cabezas incluso en uno de esos grandiosos bailes de Londres.

—Y todo gracias a ti, Gladys —replicó Samantha con una sonrisa—. Pero solo voy a cenar en la planta baja.

—Pero es con el comandante —repuso su doncella con un suspiro. Saltaba a la vista que estaba enamoradita de Ben—. Seguro que a él sí le hace volver la cabeza.

—Si lo hago —dijo al tiempo que se levantaba de la banqueta del tocador—, me aseguraré de decirle que es gracias a ti.

—¡Ay! No me diga esas cosas —protestó Gladys, muy colorada—. Le bastará con echarle una miradita para saber que es una tontería. Podría ponerse usted un saco y seguiría eclipsando a cualquier otra mujer en varios kilómetros a la redonda.

Samantha se sentía bien de verdad, incluso exultante. Se sentía de la misma manera que cuando era joven y se arreglaba para las fiestas en el salón de reuniones en el pueblo y durante los primeros meses de su matrimonio. Pero, se dio cuenta de repente, tal vez era injusto por su parte vestirse con tanto esmero para la velada cuando Ben llevaría la misma ropa con la que había llegado desde el pueblo esa tarde o, mejor dicho, la limpia que se había puesto después de bañarse en el mar.

Claro que no se arrepintió al ver la admiración en sus ojos cuando se reunió con él en el salón. Y le pareció magnífico. Debía de haber encontrado un cepillo con el que eliminar toda la arena de la chaqueta y de las botas. Y también algo de betún, ya que sus botas resplandecían. Llevaba el chaleco pulcramente abrochado debajo de la chaqueta, y se había anudado una corbata limpia de un modo más apropiado para la cena. Se había peinado a lo Bruto, un estilo que le sentaba muy bien.

Se levantó al verla, aunque ella le indicó con un gesto que se quedara sentado, y le hizo una reverencia formal.

—Estás preciosa —le dijo él.

—¿Pese a las quemaduras del sol?

Él también tenía la cara enrojecida, pero resultaba muy atractivo. Parecía sano y viril.

—El sol hace que tu tez se vuelva bronceada, no rojiza —repuso él—. Sí, preciosa pese al sol.

La señora Price apareció en la puerta en ese momento para informarles de que había puesto los platos calientes en la mesa y de que debían trasladarse al comedor sin pérdida de tiempo si no querían que la comida se enfriara y se estropease. Y si no le importaba a la señora McKay, colgaría su delantal y volvería a casa con Gladys.

De modo que cenaron solos, Samantha y Ben, aunque Vagabundo llegó desde la cocina para tumbarse delante de la chimenea apagada y mantenerse alerta por si se caía algo de comida. No se cayó nada, aunque Ben sí le dio algunos trocitos de todas formas, algo que a ella le hizo mucha gracia. Aunque fingía que le caía mal el perro, ella nunca lo había creído, ya que a Vagabundo le caía muy bien, y a los perros no les caían bien las personas que no devolvían su aprecio.

La comida era sencilla, pero muy sabrosa.

Ben le contó historias de su época en el ejército; nada sobre el combate y la violencia, sino anécdotas entretenidas. Ella a su vez le habló del año que pasó con el regimiento de Matthew, sobre todo incidentes menores y graciosos relacionados con otras esposas en las que llevaba años sin pensar. Él le contó historias de sus años en Penderris Hall; una vez más, temas ligeros y entretenidos sobre sus amigos. Ella le habló de los gatos de Leyland Abbey. Un mozo de cuadra había descubierto una camada en el altillo de un granero, los había ocultado y los había cuidado en secreto para que no los ahogaran; hasta que Samantha lo descubrió. Pero no lo delató. En cambio, lo ayudó, lo encubrió y quiso a esos gatitos hasta que crecieron y se marcharon a fin de ganarse la vida y el sustento cazando ratones.

—Bichos desagradecidos —dijo ella con una carcajada.

Hasta ese instante se había olvidado de que hubo algún momento bueno durante el año que pasó en Kent.

—Pero no habrías querido que te siguieran como corderitos el resto de su vida, ¿verdad? —le preguntó él.

—¡Ay, por Dios, no! —contestó—. ¡Que eran ocho!

—Al perro se le quedaría la trufa torcida de tanto torcer el gesto —replicó él.

—Sí —convino—. Pobre Vagabundo. Habría estado en clarísima desventaja numérica y, sin duda, se habría puesto al final de la cola en vez de imponer su mayor tamaño. Verás, es que no sabe que es grande. Cree que es un cachorro.

Los dos se echaron a reír, y Vagabundo golpeó el suelo con el rabo desde el lugar donde estaba sentado.

Samantha recogió la mesa y llevó los platos a la cocina, donde los apiló en la encimera. Preparó té y llevó la bandeja a la sala de lectura, tras lo cual encendió la lámpara. Y se sentaron y charlaron un poco más (sobre libros en su mayor parte) mientras bebían té y el cielo al otro lado de la ventana adquiría una tonalidad de azul más oscura. Hasta volverse índigo.

Y después oscureció.

Samantha se levantó para correr las cortinas.

Y de repente fue imposible revivir la conversación. El hecho de que se hubiera movido había dejado patente que había anochecido y de que estaban en su casa, sin carabina alguna. Se quedó de pie, mirando hacia la ventana, varios minutos, aunque ya había corrido las cortinas.

—¿Debería irme? —preguntó él—. ¿Quieres que me vaya?

Tal vez debería contestar que sí sin más. De momento, no había sucedido gran cosa entre ellos, pese al largo viaje que había hecho que intimaran. Dentro de unos días, él se marcharía. Como debía ser. No había futuro para ellos juntos, por muchos motivos. Tal vez sería mejor no dar ese otro paso hacia lo desconocido, hacia lo impredecible.

Tal vez sería una decepción si lo hacían. No, eso no era lo que la llevaba a titubear. Tal vez sería doloroso. No el acto en sí, sino lo que sucedería después. Porque él se marcharía. Porque habría una despedida. ¿Qué sería más doloroso? ¿No acostarse con él y arrepentirse toda la vida? ¿O acostarse con él y estar toda la vida... arrepintiéndose?

Le había hecho una pregunta. Dos, en realidad.

Negó con la cabeza mientras se volvía.

—No, no te vayas.

De modo que se expuso al riesgo.

Lo vio ponerse en pie, con la ayuda de los bastones, y se acercó a él hasta colocarse delante.

—No te vayas —repitió, y levantó los brazos para tomarle la cara con las manos. Se había afeitado, se dio cuenta. Debía de haber llevado una navaja con él. Debía de haber esperado pasar la noche con ella.

—¿Estás segura de que no te arrepentirás? —le preguntó—. No puedo llevarte conmigo, Samantha. Al menos de momento, soy un nómada. Y no puedo quedarme. Aquí no hay nada para mí. Además, es demasiado pronto para que tú vuelvas a casarte. Y yo no podré... casarme jamás. No puedo ofrecerme por completo.

¿Porque estaba medio tullido? Lo extraño del asunto era que había estado de acuerdo con él hacía unas semanas. En aquel entonces no quería tener nada que ver con heridas ni desfiguraciones. Pero, por más despacio que se moviera, costaba pensar en él como una persona con discapacidad. Salvo por el hecho de que no podía abrazarla en ese momento porque necesitaba las manos para agarrar los bastones.

—En una ocasión me prometieron una vida entera —dijo— y solo me dieron cuatro meses. Ni siquiera eso, de hecho, ya que solo fue un espejismo desde el principio. Todo era mentira. Esta tarde me has prometido una semana. Hagamos que sea una semana inolvidable.

—¿Una aventura inolvidable? —le preguntó él.

—Por el placer y el afecto —contestó ella—. Y sin arrepentimientos. ¿Te arrepentirás tú? ¿Preferirías volver a la posada?

Por un instante creyó que iba a contestar que sí. Acto seguido, agachó la cabeza hacia ella, cerró los ojos y apoyó la frente en la suya.

—Temo que no esté a la altura —explicó él.

¿Se refería a que podía ser impotente? ¿Eso temía?

Se apartó de él y sonrió mientras cogía la lámpara.

—Vamos arriba —dijo—. Aunque solo me abraces, no será una decepción para mí. Uno de los recuerdos recientes más bonitos que tengo es el de despertarme en aquella posada donde nos vimos obligados a compartir habitación y descubrir que me habías abrazado contra tu cuerpo poniéndome un brazo encima. Había pasado muchísimo tiempo desde la última vez que alguien me tocó... Salvo por ti, cuando me besaste en Bramble Hall.

Vagabundo se fue a la cama que la señora Price le había preparado en un rincón de la cocina, junto al hogar y su plato con agua, y Samantha subió en primer lugar, sosteniendo en alto la lámpara para que él también pudiera ver. Corrió las cortinas de su dormitorio y lo vio quitarse la chaqueta, el chaleco y la corbata. Lo vio quitarse la camisa para dejar al descubierto su torso musculoso, bronceado y lleno de cicatrices. Solo en ese momento se acercó al tocador.

—Permíteme —le pidió él, que cruzó la estancia, apoyó los bastones contra el tocador, se sentó en la banqueta, separó las piernas y la invitó a sentarse entre ellas, dándole la espalda.

Ben le tocó el pelo, de modo que echó la cabeza hacia delante y observó cómo estiraba el brazo para dejar las horquillas en el tocador hasta que el pelo le cayó por los hombros. Después él cogió el cepillo y empezó a cepillar los rizos que Gladys había creado con tanta pericia.

—¿Doscientas pasadas? —le preguntó en voz baja, al oído.

Se estremeció al oírlo.

—Con cien bastará.

—Tienes prisa, ¿verdad? —replicó él.

—No. —Suspiró y cerró los ojos—. El tiempo no existe. No quiero que exista.

—En ese caso, no existe —le aseguró él, que empezó a cepillarle el pelo hasta que no le quedó un solo enredo..., y ni un solo rizo.

Samantha no llevó la cuenta, pero al cabo de un momento él devolvió el cepillo al tocador y le desabrochó el collar de perlas. También le quitó los pendientes. Y sus dedos dieron buena cuenta de los botones que tenía el vestido en la espalda hasta que pudo doblar la tela y rozarle los omóplatos, primero uno y después otro, con los labios. Ella se había sujetado el vestido contra el pecho, pero Ben la rodeó con los brazos y la animó a soltarlo para pasarle el vestido por los brazos, más allá del pecho, hasta que se quedó en camisola y corsé.

Con las manos, le tomó los pechos, erguidos por el corsé. Sintió la calidez de sus dedos mientras le acariciaba la piel hasta que experimentó una punzada en las entrañas y entre los muslos. Ben atrapó sus pezones entre los dedos y se los pellizcó antes de acariciárselos con los pulgares. Echó la cabeza hacia atrás para apoyarla en su hombro..., y lo miró a los ojos a través del espejo, a la trémula luz de la lámpara.

Se percató de que podía ver lo que hacía mientras lo hacía.

¡Ay, por el amor de Dios!

Estiró las manos sobre los muslos de Ben, que tenía a cada lado de su cuerpo, pero sin apretar para no hacerle daño.

Él le desató el corsé e hizo que se levantara para bajarle la ropa, de modo que quedó a sus pies. Después tiró de ella para que volviera a sentarse entre sus muslos.

Ella aún llevaba las medias de seda y las ligas rosas, pensó mientras observaba cómo sus manos la recorrían... y también las sentía. Tenía bronceada la piel de los brazos, de los hombros y de una amplia zona por encima de los pechos a causa del sol que había tomado esa tarde. El resto de su cuerpo estaba muy blanco en comparación. Las manos de Ben también estaban bronceadas.

Llevaba tanto tiempo célibe como ella. Pero era evidente que él sabía muchísimo más del tema. Y, al igual que había sucedido con el hecho de nadar, parecía que no se le había olvidado. Sabía dónde tocarla y cómo hacerlo: con las palmas, los dedos, las yemas, los pulgares y las uñas. Y por fin los dedos de una mano se deslizaron más allá del triángulo de vello entre sus muslos y se abrieron paso hacia su interior, acariciándola, introduciéndose en la parte más íntima de su cuerpo, penetrándola con delicadeza. Le acarició con el pulgar un punto más arriba, hasta que ella sintió un placer tan salvaje que gritó y se estremeció contra él, y se habría doblado hacia delante si él no la estuviera sujetando con fuerza contra su torso con el brazo libre.

—¡Ah! —Respiraba entre jadeos. Se sentía acalorada, húmeda y sin energía, aunque de una forma muy placentera—. Lo siento mucho.

Su risa y su voz fueron un murmullo ronco al oído.

—¿Lo sientes? Espero de todo corazón que no.

Y supo entonces que era una absoluta novata, que él le había hecho el amor con la mano y le había proporcionado ese exquisito placer con toda premeditación, empleando sus hábiles dedos.

—Pero yo no puedo darte placer alguno —protestó ella.

—¿Estás segura? —Se rio de nuevo contra su oreja, y lo miró a través del espejo y se percató de que los ojos le brillaban por... ¿Qué era? ¿Deseo? ¿Pasión? ¿Simple disfrute?

Pensó que Ben era guapísimo.

—Aún estás vestido —se quejó.

—Eso se puede arreglar. —La invitó a levantarse de nuevo y cogió los bastones—. Túmbate en la cama.

Ella apartó las sábanas, se sentó en el borde del colchón y se quitó las medias mientras él la observaba. Nunca había estado desnuda delante de un hombre. Aunque no se sentía tímida. Tal vez porque la luz de la lámpara era tenue y halagadora. O tal vez por la expresión de sus ojos. O porque ya le había hecho el amor con la mano, y ella seguía arrobada por el placer.

Se tumbó y lo vio sentarse a los pies de la cama para quitarse las botas y los calcetines. Pobrecillo, era la segunda vez ese día que tenía que hacerlo sin su ayuda de cámara, y saltaba a la vista que no era tarea fácil.

Después se puso en pie y apagó la lámpara, que estaba en la mesita de noche. Pudo oír cómo se quitaba el resto de la ropa. Fue decepcionante. Quería verlo. Y también quería ser capaz de verlos mientras se amaban. Pero a través de la ropa era evidente que tenía las piernas algo deformadas y de que sus músculos no estaban tan desarrollados como los de la parte superior de su cuerpo. Era comprensible que, a diferencia de lo que le sucedía a ella, sí tuviera reparos en que lo vieran desnudo.

—Solo espero... —comenzó él al tiempo que se tumbaba a su lado.

Pese a la oscuridad, se las apañó para colocarle una mano en la boca y silenciarlo.

—Ben —dijo mientras se colocaba de costado—, no te conocí antes de que te hirieran. El hombre que fuiste no existe para mí. Solo el hombre que eres ahora. Y este es el hombre con quien he decidido tener una aventura. Da igual si no eres el mejor amante del mundo. Yo no tengo la menor experiencia. Solo he conocido a un hombre, y fue durante un breve periodo de tiempo hace casi siete años, cuando yo tenía diecisiete.

—No puedo moverme con soltura —explicó él—, ni siquiera cuando estoy tumbado. Parece que eso solo lo consigo en el agua. Tal vez deberíamos estar haciéndolo allí.

Se incorporó sobre un codo al oírlo y le dio un empujoncito en el hombro hasta que él quedó tumbado de espaldas.

—¡Ah! —repuso al tiempo que le buscaba la boca con la suya—. Pero yo sí.

—¡Que Dios me ayude!

Lo oyó soltar una carcajada ronca al tiempo que estiraba los brazos para sujetarla por las caderas.

Se colocó sobre él hasta quedar tumbada, con las piernas a ambos lados de las de él para no provocarle dolor. Y aspiró su cálido y almizcleño aroma, mezclado con el del agua salada del océano, aunque se había lavado después de volver de la playa. Tenía los pechos pegados a los duros y cálidos músculos de su torso. Se apoderó de su boca y separó los labios al sentir la presión de su lengua.

Se sentó a horcajadas sobre sus caderas, apoyándose en las rodillas a fin de poder recorrerle el cuerpo con las manos y sentir su magnífico cuerpo. Y a fin de poder sentir las manos de Ben sobre ella: en sus pechos, en los hombros, en la espalda, en las caderas y en la cara externa de los muslos, hasta que la agarró por el trasero. Agachó la cabeza para besarle el torso, para lamerle los pezones y mordisqueárselos mientras que con las manos le acariciaba la estrecha cintura y las caderas, la calidez entre sus muslos y la dureza de su miembro erecto.

Se lo tomó entre las manos y lo sintió contener el aire al mismo tiempo que lo oía. Empezó a acariciarlo con las palmas de las manos y con los dedos hasta que se le endureció todavía más.

Acto seguido, se levantó sobre las rodillas, separó más las piernas y se lo colocó contra la parte más íntima de su cuerpo, tras lo cual empezó a descender al tiempo que Ben le colocaba de nuevo las manos en las caderas y la sujetaba con fuerza.

Por un instante, cuando la penetró hasta el fondo, apretó los músculos internos y se quedó muy quieta, con la cabeza agachada y los ojos cerrados. Era imposible que hubiera una sensación más maravillosa en todo el mundo. ¡Ah! Era imposible. Y se trataba de Ben. Era su amante.

Era una palabra que pronunció mentalmente con absoluta deliberación, saboreándola.

Era su amante.

Mejor que «marido». ¡Ay, sí! Mucho mejor. Había libertad en ser la amante de alguien. Un placer que se daba y se recibía libremente.

Las manos de Ben la alzaron un poco y, de repente, él se hizo con el control, moviéndola, retirándose y penetrándola con firmeza, con firmes embestidas que la llevaron a ponerle las manos en el torso y a echar la cabeza hacia atrás para poder sentir de verdad. Ben hacía movimientos firmes y rápidos, pero con un ritmo constante que la invitaba a mecer las caderas y a contraer y a relajar los músculos internos para retenerlo en su interior y liberarlo. Apoyó con firmeza las rodillas en la cama y se movió sobre él mientras las caderas de Ben seguían moviéndose arriba y abajo, mientras él empezaba a respirar entre jadeos y mientras su torso y las manos que ella le tenía apoyadas se cubrían de sudor; y mientras él, sin descanso, reclamaba entrar en... ¿Dónde?

¿Adónde más podía ir? Ya estaba dentro de ella hasta el fondo.

Sin embargo, algo se abrió de todas formas, algo en su interior, algo dulce, casi doloroso, algo que no se podía describir con palabras; y cuando Ben la penetró con fuerza al tiempo que ella se cerraba en torno a él, el asombro que guardaba ese lugar desconocido se desbordó, y pronunció su nombre.

Él entró dos, tres, cuatro veces más en ese maravilloso lugar, exigiendo paso con sus embestidas hasta encontrar su propio sitio. Samantha sintió calor, lo oyó suspirar y se dio cuenta de que se relajaba poco a poco, de modo que se inclinó hacia delante, hacia los brazos que la esperaban, hasta que quedó tumbada sobre su cuerpo, con las piernas estiradas a ambos lados de las suyas. Seguían unidos.

¿De verdad había temido ser impotente? Tal vez ella también había temido que fuera así, pero por Ben. Casi se echó a reír de placer.

Poco después, sintió que él subía las sábanas y le cubría la espalda y los hombros. La abrazó y se quedaron quietos y relajados varios minutos en esa postura.

—Se nos ha olvidado algo —dijo él al cabo de un rato, en voz baja junto a su oído.

—¿Mmm? —Estaba casi dormida.

—Me he derramado en tu interior.

—Mmm... —Ya estaba despierta y Ben jugueteaba con su pelo.

—Tendremos que hacer... arreglos antes de que me vaya —añadió.

Abrió los ojos para clavar la vista en la ventana, donde la oscuridad no era tan intensa.

—Tengo que asegurarme de que puedes enviar una carta a algún sitio —siguió—, en el caso de que sea necesario.

Ella también había pensado en eso, pero había descartado la idea con absoluta deliberación, algo muy tonto e irresponsable por su parte.

—No concebí durante mi matrimonio —dijo.

—Eso no quiere decir que seas estéril —replicó él.

¿Eso quería decir que su aventura se había acabado? ¿Casi antes de empezar? ¿No volverían a arriesgarse?

—No te tenderé una trampa para que te cases conmigo —le aseguró.

—No me cabe la menor duda —dijo él—. Aunque lo de «tender una trampa» no es una expresión muy agradable si de verdad hay un hijo, ¿no crees?

No le contestó. Pero sí se separó de él para tumbarse a su lado. Ben le buscó la mano, y entrelazaron las dos.

—¿Eso quiere decir que tiene que acabar? —quiso saber ella.

Ben no le respondió de inmediato.

—¿Sería un desastre para ti estar embarazada? —le preguntó a su vez—. ¿Tener que casarte conmigo?

—Un desastre, no —contestó. Durante mucho tiempo, mientras vivía en Leyland Abbey, creyó que la vida sería soportable si tenía un hijo, aunque después de que hirieran a Matthew y de que él regresara a casa, agradeció enormemente que no lo hubiera—. ¿Sería un desastre para ti?

—Si hubiera un hijo —comenzó él—, no querría tener que recordar el resto de mi vida que alguna vez me referí a su concepción como un «desastre». Ninguno de los dos quiere casarse, y las circunstancias nos dificultarían que nos casáramos aunque lo quisiéramos. Sin embargo, las necesidades de cualquier hijo mío siempre se antepondrán a cualquier otra cosa, y un niño necesita a un padre y a una madre si es humanamente posible..., casados y que se quieran.

Habló en voz baja, a todas luces eligiendo las palabras con tiento. Samantha sintió un profundo ramalazo de... ¿dolor? No, no era dolor. Pero era algo que le provocaba un anhelo desconocido, que le llenaba los ojos de lágrimas y que le formaba un nudo en la garganta.

«... casados y que se quieran».

Sería maravilloso que Benedict Harper la quisiera y que tuvieran un hijo en común. Ojalá las circunstancias fueran distintas...

Apoyó la sien en su hombro. No se suponía que iba a ser así. Se suponía que iban a tener una breve aventura, solo por placer.

—¿Qué vamos a hacer? —le preguntó.

—Nos prometimos una semana en la que hacer el amor —contestó él— antes de retomar nuestras vidas por separado. ¿Mantenemos la promesa y lidiamos después con las consecuencias que puedan surgir, si acaso surgen?

En ese momento supo algo con absoluta claridad: no estaba hecha para tener aventuras. Creyó que una vez pasado el entumecimiento que la muerte de Matthew le había causado, solo quería ser libre, vivir. Pero en realidad lo único que quería hacer, lo que siempre había querido, era amar. Y, a ser posible, que la amasen a su vez.

En cambio, había comenzado una aventura, algo que por naturaleza era transitorio. Algo que era completamente carnal. Algo que la dejaría más a la deriva de lo que había estado antes.

A menos que hubiera un hijo.

Sin embargo, debía rezar para que no lo hubiera, porque no deseaba atarlo a ella de esa manera.

Ben le dio un apretón en la mano.

—No me cabe la menor duda de que habrá gente que se percate de la hora exacta, hasta los minutos, a la que vuelvo a la posada. No debería volver tan tarde como para que quede patente que he hecho algo más que cenar contigo y charlar después mientras tomamos el té.

Se inclinó sobre ella y la besó en los labios, y después Samantha echó los pies al suelo, se levantó y se puso el camisón y la bata.

—Te veo abajo —le dijo antes de dejarlo solo para que se vistiera.

Lo acompañó al establo quince minutos después, ataviada con la bata y las pantuflas, mientras Vagabundo daba vueltas por el jardín, encantado de que lo hubieran dejado salir de forma tan intempestiva. Ella esperó mientras Ben enganchaba el caballo a la calesa.

Ben le tendió un brazo antes de subir, y ella se acercó y lo abrazó. La besó y la miró con una sonrisa a la luz de la luna.

—Gracias —le dijo él.

—¿Por qué?

—Por hacer que haya vuelto a sentirme como un hombre —contestó.

—A mí siempre me lo has parecido —replicó, y vio su sonrisa en la oscuridad.

—Gracias —repitió él, tras lo cual subió despacio a la calesa, dejó los bastones a un lado, cogió las riendas, la miró de nuevo y azuzó al caballo para que se pusiera en marcha—. Buenas noches, Samantha —se despidió.

—Buenas noches, Ben.

Sí lloró después de que él se marchara, después de que ya no pudiera ver ni oír el traqueteo de la calesa. No dejaba de pensar que, en cuestión de una semana, habría otra despedida, aunque no solo por una noche.

¿Qué había hecho?

19

El clima conspiró a su favor. El sol brilló desde un cielo sin nubes durante los siguientes cuatro días, y el aire era más cálido de lo habitual para la época del año.

Samantha fue andando al pueblo una mañana, y pidieron prestada una calesa en la posada con la que después cruzaron el puente y recorrieron el estrecho camino que bordeaba la playa mientras se detenían de vez en cuando para ver los barcos y disfrutar de la brisa marina. Ben charló con un grupito de pescadores mientras Samantha le daba un breve paseo al perro. Almorzaron juntos en la posada, ya que la señora Price le había advertido a su señora que no volvería a la casa.

A la mañana siguiente una antigua amiga de la señorita Bevan fue a la casa de visita con su hija para conocer a Samantha. Ben se enteró de todo cuando llegó más tarde en la calesa.

—Quieren que vaya una tarde a tomar el té —le dijo ella—. Y que tú también vayas, Ben, si sigues aquí. Han sido muy amables. La señora Tudor me ha contado tantas historias de mi tía abuela que tengo la sensación de conocerla.

—¿Irás? —le preguntó.

—Por supuesto —contestó—. Iré en cuanto... En fin, en cuanto tenga una tarde libre.

Tan pronto como él se fuera, había estado a punto de decir. Pero se alegraba por ella. Varias personas en el pueblo la habían saludado con gesto amable y era evidente que sabían de quién se trataba. El vicario y su esposa se habían presentado. Y en ese momento una antigua amiga de su tía abuela y la hija de la mujer habían ido a verla y la habían invitado a devolverle la visita. Pronto se establecería en ese lugar, de un modo que sabía que no le habían permitido hacer cuando vivía en Bramble Hall.

Sin duda allí sería feliz, aunque todavía no conocía a su abuelo, claro.

Nadaron todas las tardes. Para él era casi como una droga. Se pasaría el resto del verano después de marcharse de allí cerca del mar; tal vez en Brighton, aunque era un lugar demasiado de moda para su gusto. Cuando nadaba, casi podía olvidarse de que tenía las piernas medio inservibles.

En el agua incluso podía jugar hasta cierto punto. A veces hacían carreras, y cuando él ganaba (cosa que no sucedía siempre), la esperaba y después la levantaba en brazos y daba vueltas con ella mientras le exigía besos por su victoria. A veces la perseguía, se zambullía y salía a la superficie detrás de ella para hacerle una ahogadilla, hasta que los dos volvían a salir, jadeando y quitándose el agua de los ojos, entre carcajadas.

Tenía la sensación de que se había quitado años de encima y de que se iban con la marea. Casi se sentía como un hombre normal. Se sentía exultante y lleno de energía. Se sentía vivo. Y vivía para el momento. No tenía sentido anticipar su partida a finales de la semana. Ya lidiaría con eso cuando fuera necesario.

Y tampoco tenía sentido preocuparse cada vez que hacían el amor por la posibilidad de dejarla embarazada. O tenían una aventura o no la tenían; y dado que la estaban teniendo, bien podía disfrutarla. Si la dejaba embarazada, ella le escribiría para decírselo (se lo había prometido) y él volvería para casarse con ella. No era lo que ninguno de los dos deseaba. Al menos... No, no era lo que ninguno de los dos deseaba, pero de alguna manera conseguirían que funcionara por el bien del niño.

Tal vez fuera una actitud imprudente e irresponsable, pero le daba igual. A veces había que rendirse sin más a la felicidad. Bastante poca ofrecía la vida.

Y era feliz. Cenaba todos los días en la casa con Samantha, tras lo cual siempre tomaban el té y charlaban en el salón. De alguna manera, el hecho de que no se fueran a la cama a la menor oportunidad, sino que pasaran tiempo disfrutando de su compañía, aumentaba el placer de hacer el amor.

Lo hacían en la oscuridad. Sabía que ella se decepcionaba cada vez que apagaba la lámpara, pero no soportaba la idea de que lo viera tal cual era.

Ella volvió a ponerse encima la segunda noche. Pero después de quedarse adormilados un rato, rodó con ella y se tumbó sobre su cuerpo mientras la poseía de nuevo. Al principio, fue un poco incómodo, y no supo si podría continuar sin cambiar de postura, pero la pasión se impuso al dolor, y le sujetó los brazos por encima de la cabeza, con sus dedos entrelazados, y le hizo el amor de forma lenta y concienzuda hasta que los dos se estremecieron al llegar al éxtasis. Y sus piernas, aunque doloridas y con calambres al acabar, sobrevivieron al esfuerzo.

Samantha era guapa y voluptuosa, de piel aterciopelada y cabello sedoso que desprendía el ligero aroma a gardenia que siempre la acompañaba. Era cariñosa, apasionada y desinhibida en el dormitorio. Y Ben se maravilló por el hecho de que pudiera hacer el amor y de que pudiera dar placer tanto como recibirlo. Había tenido un miedo innecesario de solo provocarle repulsión a cualquier mujer con la que intentase mantener relaciones. Había sido un necio.

Salvo que ella no lo había visto.

Siempre tenía mucho cuidado de regresar al pueblo y a la posada antes de la medianoche. Suponía que de todas formas había habladurías. Al fin y al cabo, todo el mundo sabría que sus dos criadas no vivían con ella, que no tenía dama de compañía y que estaba sola desde primera hora de la tarde hasta poco antes del desayuno.

Pronto se marcharía y los rumores se calmarían.

Sin embargo, no iba a pensar en eso todavía. Había prometido una semana. Se lo había prometido a ambos, a ella y a él mismo.

El quinto día el sol seguía brillando, aunque algunas nubes algodonosas salpicaban el cielo azul y provocaban alguna que otra zona en sombra y la consiguiente bajada de temperatura. Ben fue a la casa en la calesa como cada tarde después del almuerzo, con una toalla y unos pantalones limpios en la bolsa a su lado, en el asiento. Sin embargo, cuando pasó junto a la casa no vio ni rastro de Samantha en el jardín como era habitual. Ni siquiera había rastro del perro. Tampoco salió de la casa después de que él desenganchara al caballo y se dirigiera allí a pie.

Se la encontró en la sala de lectura, con un elegante vestido de muselina de rayas azules y beis. Normalmente se ponía su vestido más viejo cuando iban a nadar. Y se había peinado el pelo en un recogido alto con unos cuantos mechones rizados en las sienes y en la nuca. Estaba tan blanca como un fantasma, o tan blanca como alguien que se había pasado casi una semana al aire libre podía estar. No sonreía cuando lo saludó.

—¿Samantha? —dijo al tiempo que entraba en la estancia y se detenía para darle unas palmaditas en la cabeza al perro, que no dejaba de menear el rabo.

—He sido una tonta —repuso ella—. Debería haber dicho que no. Y lo dije, pero no con la suficiente firmeza. Quiero ir a nadar contigo. Hace un día precioso, y nos queda muy poco tiempo.

Se quedó plantado en mitad de la estancia, apoyado en los bastones.

—¿Qué ha pasado? —le preguntó.

—Espero una visita —contestó ella con tono furioso.

—¿Ah, sí? —replicó, aunque supuso de quién se trataba.

—Ha enviado a su secretario —explicó ella— para averiguar si soy quien digo ser, supongo, aunque en realidad me ha dicho que ha venido para saber si esta tarde estaré disponible para recibir a su patrón.

—¿Tu abuelo?

—El señor Bevan —lo corrigió con tirantez—. ¿Acaso creía que iba a impresionarme al mandar a su secretario?

Se sentó y apoyó los bastones junto a la butaca.

—Tal vez —comenzó— deseaba darte la opción de verlo o de rechazarlo, Samantha. Si hubiera venido él en vez de su secretario esta mañana, no habrías tenido alternativa. Tal vez no desea imponerte su presencia.

—En fin —replicó ella—, sé que no desea hacer eso. Nunca lo ha deseado.

—Pero va a venir —le recordó.

—Eso parece.

Lo miró con expresión airada, pero Ben no creía que lo estuviera viendo de verdad.

—Le dije a su secretario que no deseaba hablar con él, conocerlo o verlo siquiera. Él me dijo que si pensaba seguir viviendo aquí, era casi inevitable que viera a su patrón de vez en cuando, a menos que quisiera convertirme en una ermitaña. Me preguntó si pensaba asistir a misa.

—¿El señor Bevan lo hace? —le preguntó.

—Sí —contestó ella—. Así que le dije que lo recibiría. Le diré lo que pienso y lo mandaré a tomar viento fresco, y después el tema ya estará zanjado. Cada vez que la casualidad quiera que nos crucemos a partir de esta tarde, podremos saludarnos con un gesto educado y continuar con nuestras vidas, imperturbables por el vínculo que nos une.

No parecía convencida en absoluto.

—¿Me marcho? —se ofreció.

—¡No! —Se agarró con las manos al reposabrazos de su butaca—. No, por favor. Es una cobardía tremenda por mi parte no querer enfrentarme a él a solas. Quizá debería. Y seguro que te mueres por marcharte antes de que aparezca. ¿Es así?

—Samantha —le dijo—, no es mi abuelo. Y estoy seguro de que no es un monstruo. Si lo es, podré ejercer de tu caballero andante y espantarlo con uno de mis bastones. Sea como sea, me complacerá quedarme. Tengo curiosidad por verlo.

Y por presenciar su primer encuentro.

Samantha ladeó la cabeza de repente, y el perro se puso en pie de un salto y ladró una sola vez. A través de la ventana se oyó el inconfundible traqueteo de un carruaje que se acercaba.

Deseaba haber ido a Leyland Abbey. Más valía lo malo conocido... Pero no, nada podría ser peor que vivir bajo la inmisericorde mirada del conde de Heathmoor.

Además, esa era su casa. Tenía el poder de invitar o echar a quien quisiera. Había decidido permitirle a su abuelo que fuera a visitarla, pero solo por esa vez. Pronto se marcharía de nuevo, y ella sería libre.

Sin embargo, eso no le servía de mucho en ese preciso instante. Se quedó donde estaba, y Ben se quedó donde estaba también mientras el carruaje se detenía junto a la puerta del jardín y se oían voces por la ventana. El único que no se quedó donde estaba fue Vagabundo. El perro se plantó delante de la puerta de la sala de lectura, con la nariz casi pegada a la madera y el desmañado cuerpo temblando por la emoción mientras meneaba el rabo como una bandera al viento.

Alguien llamó a la puerta principal, y esta se abrió casi al punto; era evidente que la señora Price también había oído la llegada del carruaje. Se produjo un momento de tensión casi insoportable, y después llamaron a la puerta de la sala de lectura. La señora Price la abrió, y Vagabundo retrocedió un paso.

—El señor Bevan, señora —anunció la señora Price, con los ojos como platos, aunque sabía que iba a ir.

No era un hombre muy alto, pero sí robusto y con mucha presencia. Irradiaba seguridad en sí mismo. Tenía el pelo canoso, aunque todavía había mechones oscuros entre el gris. Tenía una cara agradable y simpática. Debió de ser muy apuesto en su juventud. Desde luego, seguía siendo muy distinguido. Iba vestido con ropa elegante y cara.

Samantha se puso en pie sin darse cuenta de que lo hacía.

El hombre la miró y después miró a Vagabundo, que ladraba, saltaba y se comportaba con muy poca educación.

—Un caballero nunca llama la atención sobre sí mismo de forma deliberada cuando está en compañía de otras personas —dijo con un leve y precioso acento galés—. Siéntate.

Y Vagabundo, el muy traidor, se sentó y miró a su nuevo amigo con ojos inteligentes y la lengua fuera, y sin dejar de menear el rabo.

—¿Señora McKay? —dijo el señor Bevan—. ¿Samantha?

Clavó los ojos en ella y cruzó la estancia con zancadas firmes y la mano derecha tendida. Casi eran de la misma estatura, se percató ella.

No le quedó más alternativa, salvo ser muy grosera, que colocar la mano sobre la suya. Él se la tomó con calidez y le puso la otra encima, sin dejar de mirarla a la cara.

—No te pareces mucho a tu madre —le dijo él—, salvo en el color de piel y de pelo. Pero, ¡ay, niña!, eres clavada a tu abuela.

Se llevó su mano a los labios antes de soltársela.

—Señor Bevan —dijo ella—, ¿me permite presentarle al comandante sir Benedict Harper?

Ben también se había puesto en pie.

—Señor. —Inclinó la cabeza—. Es un placer conocerlo.

El señor Bevan lo recorrió de arriba abajo con la mirada.

—¿Lo hirieron en la guerra, comandante? —quiso saber él.

—Sí —contestó Ben.

—También fue amigo del difunto capitán McKay, según tengo entendido —siguió el señor Bevan—. Pocas noticias y rumores se quedan sin llegar a mis oídos en Cartref, por cierto. Supongo que podría amordazar a mis criados, pero ¿por qué hacerlo? Me gustan los chismes.

Miró a Ben mientras decía eso, y Samantha sintió que la furia crecía en su interior. ¿A qué chisme en concreto se refería? ¿Y qué le importaba a él?

—Nunca tuve el privilegio de conocer al capitán McKay —replicó Ben, y Samantha lo miró al instante—. Conocí a su viuda después de su muerte. Cuando decidió venir aquí, azuzada por unas circunstancias que le parecían intolerables, no tenía a nadie que la acompañase. Le ofrecí mis servicios. Era un arreglo muy poco satisfactorio, señor, pero lo mejor que se pudo hacer en aquel momento.

¿Se estaba disculpando con su abuelo? Samantha alzó la barbilla y los fulminó a ambos con la mirada.

—No necesitaba protección de ningún hombre —aseguró—, pero sir Benedict insistió.

Los dos la miraron, Ben con expresión triste, mientras que su abuelo esbozaba una sonrisa que dejaba al descubierto unas arruguitas muy atractivas alrededor de los ojos. Debía de sonreír con frecuencia.

—Esa es mi niña —dijo él, enfureciéndola todavía más.

—¡Por Dios, sentaos! —les ordenó de malos modos—. Los dos.

Por supuesto, ambos esperaron a que ella se sentara antes. Estaban comportándose como perfectos caballeros.

—Te he desatendido estos últimos seis o siete años, Samantha —dijo el señor Bevan, que le acariciaba la cabeza a Vagabundo con una mano mientras el perro mantenía los ojos cerrados por el placer.

—¿Los últimos seis o siete años? —Enarcó las cejas.

—Después de que tu padre me escribiera para decirme que te habías casado —le explicó él—, decidí dejar de escribirte. El capitán McKay era hijo de un conde, ¿verdad? De mucho abolengo. No quería que te avergonzaras por tener un miembro de la familia que había amasado su fortuna con minas de carbón y fundiciones. Me enteré de que hirieron a tu marido y de que vivías en el norte de Inglaterra. Verás, me he mantenido informado, aunque en la distancia. Eso sí, no me enteré de su muerte. Lo siento mucho. Lo siento muchísimo por ti, niña.

¿Había decidido «dejar de escribir»? ¿Y se había «mantenido informado»? ¿Siempre había sabido de ella? ¿Durante toda su vida? Samantha se miró las manos, que tenía apretadas sobre el regazo. Se dio cuenta de que tenía los nudillos blancos.

—Gracias —murmuró solo para rellenar el silencio.

—He estado una semana en Swansea —siguió él—. Cuando volví ayer y me enteré de que estabas aquí, pensé que estarías molesta conmigo porque no me avisaste de que venías. Mandé a Evans esta mañana para tantear el terreno, por decirlo de alguna manera, y me confirmó que estabas muy molesta. A veces te vas al cuerno si haces algo y también si no lo haces, con perdón por la expresión, que seguramente no sea la más adecuada para la nuera de un conde. Pero ¿no está de acuerdo, comandante? Dejé de escribir, y parece que no fue lo correcto. Aunque tú nunca me escribiste, Samantha, salvo por los pocos mensajes que me enviaste.

«¿Mensajes?», pensó ella, mirándolo. La sospecha empezó a tomar forma en su mente. Más que una sospecha. Su padre le había escrito al menos en una ocasión. ¿Cuánto le había ocultado su padre?

—Abandonaste a mi madre —dijo ella— cuando era poco más que una niña. No quisiste saber nada de ella mientras vivía aquí con tu hermana. Cuando huyó a Londres, no fuiste tras ella. Cuando se casó y me tuvo, no viniste. Cuando murió, no viniste. Nunca hubo nada. ¡Nada!

Quería tener razón. No deseaba que volvieran a poner su mundo patas arriba.

Él había perdido todo el color. Su mano descansaba, inmóvil, sobre la cabeza de Vagabundo.

—¿Qué te han dicho, niña? —le preguntó—. ¿Qué te han dicho sobre mí?

—¡Nada! —exclamó—. Solo que abandonaste a mi madre siendo muy pequeña después de que su madre regresara con su gente, los gitanos. Nada en absoluto. Desapareciste de su vida.

—¡Ah! —Apartó la mano de la cabeza de Vagabundo para apoyarla en el reposabrazos de la butaca—. ¿Eso quiere decir que no solo te avergonzabas de mi riqueza burguesa?

—No sabía nada de tu riqueza —le aseguró ella—. No sabía nada de nada. Supuse que eras un jornalero o un vagabundo que se casó sin pensar y que se encontró con la molestia de una hija, que procediste a dejar con tu hermana. No sabía nada de ella, solo que era la dueña de esta casa, que mi madre describió como un cuchitril. Y yo supuse que era un cuchitril. Solo esperaba que fuera mínimamente habitable mientras me labraba una nueva vida aquí. Ni siquiera sabía que estabas vivo.

Ben volvió a levantarse, se acercó a su butaca, le puso un pañuelo en la mano y después se dirigió despacio a la ventana. Samantha se secó los ojos. Ni siquiera se había dado cuenta de que estaba llorando.

—¡Ay, mi preciosa niña! —dijo su abuelo.

Sin embargo, no tuvo oportunidad de decir nada más. La puerta se abrió y apareció la señora Price con una enorme bandeja en las manos y una sonrisa de oreja a oreja. Samantha se apresuró a ocultar el pañuelo en un rincón de la butaca.

—¡Ah, señora Price! —dijo el señor Bevan—. Intenta engordarnos, ¿verdad?

—Solo unos trocitos de bizcocho para acompañar el té —contestó la mujer al tiempo que dejaba la bandeja en la mesa junto a Samantha y procedía a servir el té ella misma—. ¿Qué otra cosa voy a hacer con mi tiempo? La señora McKay es una dama muy ordenada y también tiene a Gladys Jones para velar por sus necesidades personales.

—¿Y cómo está su hijo, el herrero? —le preguntó—. Ya se le ha curado la mano, ¿verdad? Es mucho mejor emplear los martillos sobre los yunques que sobre los dedos. Al menos, esa es mi opinión.

—Se le hincharon hasta triplicar su tamaño —le explicó ella— y se le pusieron negros, y le dolían horrores, aunque nunca lo admitiría. Ahora ya está mejor, señor Bevan, gracias por preguntar. Le diré que se ha interesado. Y gracias por enviar... —Sin embargo, se calló porque él le hizo un gesto con la mano—. En fin, que lo agradecimos mucho —terminó—. No pudo trabajar durante una semana. —Repartió las tazas de té y se marchó.

—Parece que he recibido mi justo castigo —dijo él con un suspiro—. Y pobre señora Price. Lo último que me apetece es comerme un trozo de su bizcocho, por más delicioso que sé que es. Supongo que tú también has perdido el apetito, Samantha. Tal vez sea mejor que nos obliguemos a comer un poco de todas formas, ¿no crees? Se sentirá dolida si no lo hacemos. Comandante, venga y ayúdenos.

Ben miró por encima del hombro antes de regresar a su butaca.

—Te contaré mi historia, Samantha, si quieres escucharla —siguió su abuelo—. Pero tal vez no ahora. Y quiero escuchar tu historia. Quiero saber por qué has venido a este lugar, cuando esperabas encontrarte con un cuchitril, cuando se supone que tienes una familia aristocrática para cuidarte además de tu familia paterna. Pero tal vez hoy tampoco sea el día para eso. Comandante Harper, ¿cuánto hace que lo hirieron?

Era un hombre acostumbrado a mandar, se percató Samantha, y acostumbrado a hacerlo sin alharacas. Allí estaba en su sala de lectura, dirigiendo la conversación, eliminando las emociones que la habían abrumado hacía unos minutos. Y le estaba dando bizcocho a Vagabundo, que parecía encantado de hacerle creer a la señora Price que se lo habían zampado todo con buen apetito.

Ben le contó dónde y cuándo lo habían herido, y también cómo, aunque no se prodigó en detalles. Le habló de los años que tardó en curarse y de su convalecencia en Penderris Hall, y de cómo se marchó de allí tres años antes.

—¿Eso quiere decir que nunca podrá caminar sin bastones? —le preguntó su abuelo.

—No —contestó Ben.

—¿Y qué hace para mantenerse ocupado? ¿Tiene casa propia?

Ben le habló de Kenelston Hall y, cuando se lo preguntó, también de su hermano, de la esposa de este y de sus hijos, así como de su resistencia a echarlos de su casa y de la administración de la propiedad, de la que se había encargado su hermano.

—Pues está en una situación incómoda —repuso su abuelo.

—Sí —convino Ben—. Pero ya se me ocurrirá algo, señor. No estoy hecho para una vida ociosa.

—¿Eso quiere decir que era militar por elección propia? —le preguntó su abuelo—. ¿No solo porque su padre le eligiera esa profesión en cuanto nació? Tengo entendido que muchas familias aristocráticas hacen eso: un hijo hereda, otro va a la iglesia y otro al ejército.

—Fue elección propia —le aseguró Ben—. Nunca quise hacer otra cosa.

—Pues ya veo que le gusta una vida activa. Le gusta comandar hombres. Y organizar.

—Nunca volveré a ser oficial —replicó Ben con tirantez.

Samantha lo miró y se dio cuenta por primera vez de lo mucho que le dolía eso. Tal vez incluso explicara por qué no se había puesto firme con su hermano menor en lo que a su hogar se refería. Dirigir Kenelston Hall no supondría un desafío suficiente para él. Tal vez nunca volviera a serlo.

—No —convino su abuelo—, ya me doy cuenta, muchacho.

Su abuelo habló un poco de las minas de carbón —poseía dos en Rhondda Valley— y sobre las fundiciones en Swansea, donde acababa de pasar una semana. Ben le hizo varias preguntas, que él respondió con entusiasmo. Y después se levantó para marcharse.

—¿Cuánto tiempo piensa quedarse, comandante? —le preguntó.

Ben miró a Samantha.

—Dos o tres días más —contestó.

—En ese caso, tal vez pueda acompañar a mi nieta a cenar conmigo mañana en Cartref —dijo su abuelo. Se volvió para mirarla con una sonrisa en los labios, pero con expresión titubeante en los ojos—. ¿Vendrás, Samantha? Mi cocinera es tan buena como la señora Price. Y me gustaría escuchar tu historia y contarte la mía. Después de eso, puedes vivir aquí tranquila sin que te moleste si así lo deseas. Aunque espero que no lo desees. Eres lo único que tengo, niña.

Lo miró, indignada, hasta que recordó lo que había dicho poco antes. Él le había escrito antes de que se casara y ella le había enviado «mensajes». ¿Qué había hecho su padre? Y después de que se casara, había dejado de escribir por miedo a que sus humildes orígenes y la forma en la que había amasado su fortuna la avergonzaran. Al menos le debía una noche en la que oír lo que tenía que decir.

Sin embargo, había abandonado a su hija cuando era pequeña. No podría haber excusa para eso.

—Sí —contestó—. Iré.

—Y para mí será un placer, señor —añadió Ben.

Su abuelo se acercó a ella, de nuevo con la mano tendida. Pero cuando la aceptó, él le sonrió, sin perder la expresión titubeante de su mirada.

—¿Me permites? —le preguntó antes de inclinarse para besarla en la mejilla—. Que sepas que era guapísima. La tuve durante cuatro años y la he querido toda la vida.

No lo acompañó cuando salió de la estancia.

Se refería a su abuela. Sin embargo, se casó con otra después.

Ben y ella se sentaron en silencio hasta que oyeron que el carruaje se alejaba. Vagabundo estaba junto a la ventana, meneando el rabo en señal de despedida.

—La ha querido toda la vida —repitió ella con amargura—. Pero abandonó a la única hija que tuvo con ella.

—Escucha mañana su historia —le aconsejó Ben—. Y luego júzgalo si debes hacerlo.

—¡Ay, Ben! —dijo al tiempo que lo miraba—. Ojalá tuviera una varita mágica para curarte las piernas y que así pudieras retomar tu carrera militar y ser feliz y sentirte pleno.

La miró con una sonrisa.

—A todos nos reparten una mano de cartas —repuso él—. Algunas de las primeras hay que descartarlas por el camino y coger otras nuevas, y a veces las nuevas no son las que esperábamos. Eso da igual. Lo importante es cómo las jugamos.

—¿Aunque sea una mano perdedora? —le preguntó.

—A lo mejor no tiene que serlo —respondió él—. Porque la vida no es una partida de cartas, ¿verdad?

20

Al final sí fueron a nadar. Cenaron juntos después de que la señora Price y la doncella de Samantha se marcharan ese día. Pasaron unas horas en la cama antes de que Ben volviera al pueblo. Hicieron el amor dos veces, despacio la primera vez, y con una pasión desenfrenada la segunda.

Sin embargo, hubo algo un poco... desesperado en ambas ocasiones, pensó Ben mientras yacía solo en su cama de la posada más tarde. Nada había sido igual que antes. La vida real, en la forma del señor Bevan, se había entrometido. Se había revelado una pequeña parte de la historia, y se descubriría más al día siguiente. Samantha había consentido en escucharla. Su vida, sospechaba, iba a ser muy distinta de lo que había soñado cuando las circunstancias la llevaron a recordar la casita destartalada en Gales que había heredado.

Tenía un abuelo, un hombre rico e influyente que, al parecer, se preocupaba por ella. Que ella se preocupara a su vez del hombre dependía en gran medida de la historia que le contara al día siguiente, pero Samantha anhelaba la cercanía del vínculo familiar, se diera cuenta o no. Ben sospechaba que sí acabaría cogiéndole cariño al hombre. Y necesitaba tiempo y espacio (y respetabilidad) para hacerlo. Y para recuperarse por completo de un matrimonio de siete años.

Había llegado el momento de marcharse. Casi. Le había prometido dos días más después de ese.

Aunque ninguno había hablado del tema, los dos habían sido conscientes esa noche de que su aventura, su idilio estival, estaba llegando a su fin. Entrelazó los dedos detrás de la cabeza y clavó la mirada en el techo. Parte de él deseaba estar lejos, haber terminado ya con todo ese asunto. Ojalá pudiera chasquear los dedos y encontrarse en cualquier camino de vuelta a Inglaterra. Detestaba las despedidas en la mejor de las ocasiones. Esa en concreto la temía.

El día siguiente sería domingo. El final de la semana que anunciaba también el final de la semana que ellos se habían dado. No sabía dónde se encontraría el siguiente sábado por la noche, solo que sería en algún lugar muy lejos de allí. Y no sabía qué hacer. No, eso no era del todo cierto. Se iría a Londres, aunque no para participar en la vorágine de la temporada social ni para permitirle a Beatrice que le hiciera de casamentera. Iba a explorar varias opciones para ocupar su tiempo, tal vez en el ámbito de los negocios, tal vez en el de la diplomacia o tal vez en el del derecho. Hablaría con Hugo, con Gramley, con varios de los contactos que tenía en el Gabinete de Asuntos Exteriores. Daba igual que no necesitase trabajar. Quería trabajar. Y trabajaría. Al fin y al cabo, su hermano mayor lo había hecho.

Sin embargo, se interponía un obstáculo entre él y el resto de su vida: tenía que pasar por el final de una aventura y por una despedida. El día siguiente era domingo. Había prometido ir a misa con Samantha. Más tarde cenarían en Cartref. Y después, al otro día...

Adiós.

Sin duda era la palabra más triste y dolorosa de todo el idioma.

Tal vez tenía que ver con el hecho de que Ben caminara con meticulosa lentitud y la ayuda de dos bastones, pero también con evidente coraje y determinación, pensó Samantha. O tal vez fuera por su atractiva delgadez, enfatizada por el bronceado, y por ese indefinible aura de poder que siempre lo envolvía. O tal vez fuera porque a todo el mundo le gustaba un toque romántico, incluso un toque escandaloso.

Fuera como fuese, a los dos los recibieron con sonrisas y gestos amables de la cabeza cuando se presentaron en la iglesia el domingo por la mañana. Samantha casi esperaba miradas desdeñosas, ceños fruncidos y desaires, porque saltaba a la vista que corrían rumores. Su abuelo se había enterado.

Y aunque Ben parecía muy serio gran parte del tiempo, era capaz de mostrarse simpático. Se mostró así esa mañana con los habitantes de Fisherman's Bridge y sus alrededores. Y Samantha también sonrió, algo que no le habían permitido hacer después de la muerte de Matthew, y les estrechó la mano a quienes se la tendían. Estaba segura de que no recordaría los nombres de todas las personas que se habían presentado, y así lo dijo.

—No se preocupe por eso, señora McKay —le dijo el médico—. Nosotros solo tenemos que recordar dos nombres nuevos, el del comandante Harper y el suyo, mientras que ustedes tienen que recordar montones.

Varias personas que los oyeron sonrieron para demostrar que estaban de acuerdo.

La habría embargado la calidez al salir de la iglesia de no ser porque su abuelo también se encontraba allí. Le había estrechado la mano con fuerza a Ben y la había besado a ella en la mejilla (mientras la mitad del pueblo los observaba con sumo interés), pero no les había impuesto su compañía. Se sentó en la primera banca, que estaba acolchada, aunque no se comportó como un gran señor después de la misa. Estrechó manos y charló con todos los que se cruzaban con él. Se metió la mano en los bolsillos para darles caramelos a los niños más pequeños y monedas a los mayores.

«A los hijos de otros», pensó Samantha con inesperada amargura. Le habría encantado tener un abuelo que la mirase con esa sonrisa cuando era niña y que le diera caramelos y monedas. Sin duda alguna a su madre le habría encantado tener a un padre que hiciera todo eso.

El día estaba nublado, pero no hacía frío ni soplaba el viento.

—¿Quieres ir a nadar esta tarde? —le preguntó a Ben mientras regresaban caminando despacio a la posada.

Se sentía un poco desanimada. Ojalá brillara el sol.

—¿Qué te pasa? —le preguntó él sin contestarle.

—Sería más apropiado preguntar qué no me pasa —replicó con un suspiro... y después se echó a reír—. El vicario tenía razón con lo del canto, ¿verdad?

—En fin —repuso él—, me ha decepcionado ver que no se levantaba el tejado. Lo estaba esperando.

Se rio de nuevo al oírlo.

—Pero sí —convino él—, es verdad que la iglesia no necesita un coro, ¿no crees? Todos los feligreses forman uno.

—Una coral.

—Con cuatro voces —añadió él—. Sí, vayamos a nadar. Nos dará tiempo.

Tragó saliva y oyó el ruido que hizo su garganta.

«Habrá tiempo».

Tiempo antes de que fueran a cenar a Cartref.

Tiempo antes de que la semana de su aventura terminase.

Fueron a nadar. Hicieron carreras, se quedaron flotando en el agua, hablaron y se entretuvieron con juegos tontos que, en su mayor parte, consistían en zambullirse para salir a la superficie de repente y sorprender al otro. No era un juego muy efectivo, ya que no había posibilidad real de sorprender, pero hizo que estuvieran doblados de la risa durante un tiempo.

La risa era mejor que el llanto.

Una semana les había parecido mucho tiempo cuando empezaron su aventura. Pero ese era el sexto día. Esa certeza pesaba sobre Samantha como algo físico. Y no podía dejar de pensar en que más tarde irían a Cartref. Ojalá no hubiera sido tan débil como para aceptar. Y sin embargo... Su abuelo le había escrito, y su padre le había contestado. Debería escuchar la historia, le había dicho Ben.

Cuando salieron del agua, fueron a su roca habitual, donde los esperaba un Vagabundo que no dejaba de menear el rabo y toda la parte posterior del cuerpo y que había estado protegiendo sus pertenencias de las gaviotas. Sin embargo, en vez de extender la toalla en la arena como solía hacer, Samantha se la echó por los hombros.

—Les he dado a la señora Price y a Gladys el día libre —le dijo—. Es domingo. Además, cenaremos fuera.

Él la miró. Estaba apoyado en el saliente para no descargar todo el peso sobre las piernas y se secaba el pecho y el costado con una toalla.

¡Ay, por Dios! Iba a echar de menos eso: los baños diarios, verlo, olerlo, tocarlo. Iba a echarlo de menos a él.

—¿Volvemos a la casa? —preguntó ella.

Siempre volvían a la casa tras su baño diario y después de tomar el sol un rato. Pero a juzgar por la expresión de los ojos de Ben, supo que había entendido lo que ella quiso decir.

—Sí —contestó él.

Y lo más escandaloso de todo fue que no se tomaron la molestia de vestirse, sino que regresaron tal como estaban; ella con la toalla alrededor de los hombros y él, con la suya colgada del cuello. Samantha insistió en llevarle las botas.

Se le había olvidado por qué debía marcharse Ben.

Aunque claro que tenía que hacerlo. No podía quedarse en la casa con ella, aunque se casaran. No tendría nada que hacer allí. Se sentiría desasosegado e infeliz en nada de tiempo. Y ella no podía acompañarlo. Era demasiado pronto para que volviera a casarse. Y aunque Ben no carecía de hogar, había elegido dejar que su hermano y la familia de este se quedaran en el suyo, y no había establecido otro para sí mismo. Sin duda tenía que ser el hombre más desasosegado e inquieto que había conocido en su vida. Aunque no siempre había sido así, por supuesto, pero lo era en ese momento, y se preguntó con desánimo si alguna vez se encontraría a sí mismo y si encontraría su lugar en el mundo.

Sí, tenía que marcharse. A veces no bastaba con el amor..., si acaso era amor lo que había entre ellos. Seguramente no lo fuera. Era muy ingenua en cuanto a aventuras se refería. Tal vez no fuera amor, sino atracción física. Desde luego, eso era todo lo que significaba para él. Los hombres no se enamoraban como las mujeres, ¿verdad?

Subieron la escalera nada más llegar a la casa, mientras Vagabundo se iba a la cocina en busca de su plato de comida. Samantha lo condujo a su dormitorio. Corrió las cortinas, pero no eran gruesas y no bloqueaban mucho la luz. Se quitó la camisola mojada, se secó con la toalla y se intentó secar el pelo, aunque seguía recogido en el moño bajo.

Ben estaba sentado en un lado de la cama, dándole la espalda. Se estaba quitando los pantalones mojados, aunque se había tapado las piernas con las sábanas para ocultarse a sus ojos.

—No —le pidió al tiempo que se arrodillaba en la cama y se acercaba hacia él.

—¿No? —La miró por encima del hombro.

—No te escondas —añadió.

La miró a los ojos unos segundos, con una repentina expresión desolada, y después apartó las sábanas antes de terminar de quitarse la ropa y tumbarse en la cama, subiendo las piernas al colchón de una en una. Volvió a mirarla a los ojos, con expresión severa en esa ocasión.

Sus piernas eran más delgadas de lo que debieron de ser en otra época. La izquierda estaba un poco retorcida, algo que resultaba mucho más evidente en la derecha. Tenían unas cicatrices espantosas.

—Ahora dime que quieres que te haga el amor —dijo él.

Su voz era tan severa como su mirada.

Samantha se acercó un poco más y le puso una mano en el muslo derecho. Se lo acarició hacia abajo, palpando las profundas hendiduras que habían dejado sus viejas heridas y las gruesas e irregulares cicatrices allí donde los cirujanos habían intentado repararlas.

Y ese idiota tan valiente había insistido en volver a caminar.

Se puso las manos en los muslos mientras se arrodillaba, desnuda, a su lado, y lo miró a los ojos.

—Ben —dijo—, cariño mío, lo siento muchísimo. Siento el dolor que sufriste y el que sufres todavía. Siento que no puedas hacer lo que más deseas hacer en la vida. Siento que te sientas menos como hombre e inadecuado como amante, que te sientas feo e indeseable. Lo que te sucedió fue algo horrible, pero tú no lo eres. Creo que eres el hombre más fuerte y valiente que he conocido en mi vida. Sé que eres el más hermoso. Debes creerme. ¡Ay, Ben, debes hacerlo! Y sí, quiero que me hagas el amor.

La miró de nuevo, aún con expresión severa, aunque Samantha tuvo la extraña sensación de que estaba esforzándose por contener las lágrimas.

—¿No te asquea? —Su voz también seguía siendo severa, aunque captó cierto tono trémulo en ella.

—Tonto —repuso ella con una sonrisa—. ¿Te parezco asqueada? Eres Ben. Mi amante. Al menos, por esta semana. Y he sentido un placer inmenso contigo. Dame más.

Se acordaba de que lo había llamado «cariño mío», y no quería que creyera que se había enamorado de él. De modo que habló del placer que le había proporcionado, algo que no era mentira. Debía de ser el amante más maravilloso del mundo.

Ben estiró los brazos hacia ella, y se sentó a horcajadas sobre él. Sus manos le recorrieron los muslos, las caderas, la cintura y los pechos, que le acarició un instante.

—Eres la perfección personificada —dijo él.

—No soy delgada.

—¡Gracias a Dios! —repuso él, sin contradecirla—. ¿De verdad las mujeres creéis que los hombres queremos que seáis unos palos?

—Y no soy una rosa inglesa, rubia y de cutis blanco y sonrosado —añadió—. Soy morena de los pies a la cabeza.

—Mi Sammy gitana. —La miró con una sonrisa—. Mi perfecta Sammy gitana.

Se echó a reír al oírlo, puso las manos a ambos lados de su cabeza y se inclinó sobre él para besarlo.

Las piernas de Ben no eran del todo inútiles, como ya había descubierto en ocasiones anteriores. Antes de darse cuenta, estaba tumbada de espaldas con él encima y sus piernas entre las suyas, y la estaba besando, con la lengua enterrada en su boca, y sus manos la recorrieron con ferocidad antes de tomarle el trasero y sujetarla con firmeza para introducirse en ella.

Levantó las piernas para rodearle las estrechas caderas, y se amaron durante largo tiempo, con frenesí, hasta que los dos estuvieron jadeantes y sudorosos y hasta que estallaron por el éxtasis y cayeron al mundo que había más allá.

Se quedaron tumbados uno al lado del otro, saciados y adormilados, con las manos unidas. La noche anterior le había parecido casi una despedida, pensó Samantha. Y esa tristeza la había acompañado toda la mañana. Pero ¿en ese momento?

No, no quería pensar.

—Creo que tendrás una vida maravillosa aquí —dijo él, convencido—. Tienes vecinos que parecen dispuestos a acogerte con los brazos abiertos. Harás amigos. Y también tienes familia. Tienes un abuelo que quiere formar parte de tu vida. Escúchalo esta noche, Samantha, y piénsatelo bien antes de rechazarlo por los supuestos agravios del pasado.

—He accedido a escucharlo —le recordó.

—Creo que hiciste lo correcto —siguió él— al venir aquí. Y creo que es hora de que yo me vaya mañana, antes de que la especulación y los rumores se conviertan en un escándalo, como sin duda sucedería si me quedo más tiempo.

—Ya he retrasado tus viajes más de la cuenta —repuso.

Ben no le contestó, y se quedaron tumbados el uno al lado del otro, pero ya no se sentían adormilados. Samantha tuvo que contener las lágrimas. Tuvo que contener el impulso de suplicarle que se quedase un día más, tal vez dos. Era hora de que se marchara. Era hora de que fuera en busca de su propia vida mientras ella se establecía en la suya.

Era hora de dejarlo marchar.

Al cabo de un momento, él se dio media vuelta y se sentó, bajando las piernas al suelo.

—Será mejor que vuelva a la posada —dijo—. ¿Traigo el carruaje después para llevarte a Cartref?

—Sí —contestó—. Gracias.

No podría sentirse más desolada.

El señor Bevan tenía los buenos modales y la cordialidad de un auténtico caballero, pensó Ben, aunque no lo fuera de nacimiento. Y se vestía con una elegancia muy a la moda, pero sin ostentaciones y sin hacer despliegue de su riqueza. Aunque era evidente que la riqueza existía.

Los acompañó para enseñarles la casa. Todo era lo mejor de lo mejor, pero sin el menor asomo de vulgaridad. La estancia en la que se demoraron más tiempo fue la larga galería situada en la parte posterior de la casa. Estaba llena de cuadros y de algunas esculturas, obras todas de grandes maestros; algunas las había adquirido su padre, les explicó el señor Bevan, pero la mayoría las había comprado él. Y siempre compraba lo que más le gustaba, añadió, y no lo que era más valioso. Aunque Ben calculó que había una fortuna en esa estancia. También había cuadros en el resto de las habitaciones, algunos de aclamados maestros y otros de artistas desconocidos a los que el señor Bevan admiraba y quería apoyar.

Y allá donde los llevara, había vistas desde las ventanas, que se abrían a la campiña galesa, a la playa y al océano.

Los agasajó con jerez y buena conversación en el salón, y después con buen vino, comida y conversación en el comedor. Les habló de sus viajes y de sus lecturas. Y les preguntó por sus vidas con preguntas diestras que conseguirían algo más que monosílabos, pero que no les parecerían entrometidas. Cuando Ben le preguntó por sus negocios, le dio una larga contestación, pero sin monopolizar el tiempo y tal vez aburrir a Samantha.

Parecía absolutamente relajado y de buen humor con sus invitados.

Samantha, supuso Ben, se sentía alterada mientras admiraba la casa, comía, bebía y escuchaba la conversación de su abuelo, la suya y contribuía ella misma. Estaba guapísima con un vestido de talle imperio azul turquesa que no le había visto antes. Lucía un peinado muy elaborado teniendo en cuenta que ese día no había contado con los servicios de su doncella. Su pelo brillaba a la luz de las velas.

Mientras bebían té en el salón después de la cena, el señor Bevan les habló del coro masculino compuesto por unos ochenta de sus mineros.

—No hay mejor coro en toda Gales —les aseguró—, y ya es mucho decir. Por supuesto, no soy lo que se dice imparcial, pero ganaron en el *Eisteddfod* en Newport el año pasado y también el anterior. Siempre he dicho que el polvo de carbón hace maravillas en las cuerdas vocales.

—¿Cómo ha dicho? —preguntó Ben.

—*Eisteddfod* —repitió el señor Bevan, pronunciando cada sílaba con precisión—. Un festival galés de las artes.

Miró a Samantha, que hacía girar el poso del té en la taza, y la observó en silencio varios segundos.

—Tu abuela estaba bailando cuando la vi por primera vez —dijo él—. Los gitanos habían acampado junto al océano, como hacían a veces, y fui a verlos con otros muchachos de la zona. Iba descalza, y sus coloridas faldas giraban en torno a sus tobillos, y el pelo oscuro le caía alrededor de la cara y de los hombros, y yo no había visto jamás nada tan hermoso, tan lleno de vida ni tan elegante. En aquel entonces, no sabía que no se debe enjaular a los pájaros, a las mariposas o a los animales salvajes. La cortejé y me casé con ella, todo en menos de seis semanas, en contra del consejo de todos, incluida su propia gente. Íbamos a vivir felices y a comer perdices. Ella tenía dieciséis años.

La taza de Samantha, que sostenía con ambas manos, se quedó quieta. Había levantado un instante la mirada para observar a su abuelo antes de volver a bajarla.

—Fuimos felices durante un año más o menos —siguió el señor Bevan—, aunque tuvimos que seguir viajando. No le gustaba estar en el mismo sitio durante mucho tiempo. Y después nació tu madre y solo unos meses después murió mi padre. Mi madre ya había fallecido. Tuve que ocuparme de los negocios. Había seguido trabajando en ellos, aunque no tanto como antes de conocer a Esme. La pequeña necesitaba un hogar estable. A Esme no le hizo gracia, pero lo entendió e intentó acostumbrarse. Lo intentó con todas sus fuerzas. Seguimos así varios años, pero después volvieron los gitanos... Su propio grupo. Pasó tiempo con ellos mientras estuvieron aquí, y fue a despedirse de ellos la última noche. Nunca volvió a casa. Creí que se había quedado a pasar la noche, pero cuando fui a buscarla a la mañana siguiente, habían desaparecido, y ella también. No fui en su busca. ¿Qué sentido tenía? Se había estado marchitando en Cartref. Murió cuatro años después de eso, pero no me enteré hasta seis años después.

Samantha se inclinó hacia delante y dejó la taza con cuidado en el platillo antes de enderezarse de nuevo. Ben deseó estar sentado a su lado.

—Me di a la bebida —confesó el señor Bevan—. Me aseguré de que tu madre tuviera una buena niñera y todo lo que necesitaba, y me aseguré de poner a un buen administrador que pudiera encargarse de las minas, y yo me dediqué a olvidar y a mitigar el dolor... empinando el codo. Al año de que Esme se marchara, estaba en la biblioteca una noche, bebiendo y compadeciéndome de mí mismo como de costumbre. Aunque era peor que de costumbre. Era nuestro aniversario de boda. Al cabo de un rato, lancé el vaso de cristal contra la pared, junto a una estantería, y el vaso se rompió. Y alguien empezó a llorar. Gwynneth había bajado sin que su niñera se diera cuenta. Y se había acurrucado bajo una mesa, justo debajo de donde había golpeado el vaso.

Samantha estiró las manos sobre las rodillas y empezó a doblar la tela de su vestido.

—A la mañana siguiente —siguió el señor Bevan—, la llevé con Dilys donde tú vives ahora, Samantha. Nunca nos habíamos llevado bien. Creía que yo era un salvaje y un irresponsable de joven. Creía que mi matrimonio era una locura. Se enfureció al descubrir que nuestro padre me lo había dejado casi todo a mí cuando era ella quien tenía una buena cabeza para los negocios. Pero le llevé a tu madre y le pedí que se ocupara de la niña hasta que yo consiguiera dejar de beber. Me dijo que nunca lo haría, que siempre sería un borracho inútil. Me dijo que se quedaría con Gwynneth con la única condición de que ella fuera la responsable de criarla, de que yo renunciara a ella y nunca volviera a verla a no ser que fuera por casualidad.

Samantha miraba a su abuelo en ese momento. Ben la miraba a ella.

—Estuve bebiendo seis meses más —explicó el señor Bevan— y después paré. Me pasé años sin beber. Ahora bebo de vez en cuando, pero solo en reuniones sociales, nunca cuando estoy solo. Me centré en el trabajo. Me desafié al interesarme en otras industrias además del negocio del carbón. De ahí las fundiciones. Y mientras tanto, cada penique que le enviaba a Dilys para ayudarla con la crianza de tu madre y cada regalo que le mandaba por Navidad o por su cumpleaños me era devuelto. Cada vez que veía a Gwynneth, mi hermana se la llevaba a la carrera, pero cuando creció... se daba media vuelta para no mirarme. Quería recuperarla. Quería que tuviera una institutriz adecuada. Quería que estuviera preparada para la vida que podría llevar como hija mía. Quería... En fin, quería ser su padre, pero había desperdiciado mi oportunidad con ella. Sin embargo, cuando me enteré de que tenía prohibido ir a meriendas campestres con los muchachos y las muchachas de su edad, y que no tenía permitido asistir a las fiestas en el salón de reuniones del pueblo aunque tenía ya diecisiete años y estaba preparada para vivir un poco, fui a la casa y discutí con Dilys, y terminamos gritando como dos idiotas y comportándonos como dos perros que se pelean por un hueso. Y Gwynneth estaba en la casa y lo oyó todo. Al día siguiente, desapareció. Se repitió la misma historia que con Esme.

—Y al igual que antes, no fuiste en su busca —terció Samantha.

—Sí que lo hice —replicó él—. Se negó a tener contacto conmigo. Se negó a que le pagara un alojamiento. Se negó a que le diera dinero para sus gastos. Y se negó a volver a casa conmigo. Consiguió un trabajo como actriz. Me sentí... orgulloso de su espíritu independiente, pero al mismo tiempo me aterraba lo que pudiera pasarle. Y después conoció a tu padre, que tenía casi mi edad y que era todo lo que yo no era. Creo que tal vez fue feliz con él. ¿Lo fue?

—Sí —contestó ella.

—Volvimos a lo de siempre tras su matrimonio —continuó el señor Bevan—. Me devolvió las cartas, mi regalo de bodas, mi regalo por tu nacimiento y todos los regalos que envié. Aunque después de que ella... muriese, las cartas y los regalos que te envié no me eran devueltos, y a veces tu padre me escribía para hablarme de ti y para incluir pequeños mensajes tuyos dándome las gracias por los regalos. A menudo pensé en sugerir ir a verte, pero nunca reuní el valor suficiente. Eras la hija de un caballero, y sus cartas siempre fueron amables, pero nunca muy afectuosas. Creí que los dos os negaríais. Y después la esperanza desapareció por completo. Te casaste con el hijo de un conde, y me pareció que lo último que te gustaría era recibir la visita de tu abuelo materno. Incluso dejé de mandar regalos después del que envié por tu boda.

Samantha volvía a doblar la tela del vestido.

—Supongo que tu padre me tenía lástima —dijo él—. Pero también supongo que sentía incluso más lealtad hacia su esposa, tu madre, y convino con ella en que era mejor para ti que no me conocieras. No leíste ninguna de las cartas ni recibiste ninguno de los regalos, ¿verdad?

—No. —Su voz fue un susurro apenas audible.

—No fue maldad por parte de tu padre o de tu madre —le aseguró él—. No había hecho nada para ganarme su amor, y no me merecía el tuyo. Me arruiné la vida y arruiné la de tu madre por el dolor que me provocaba lo que no podía tener. Y todo el tiempo tuve un tesoro en las manos que no reconocí hasta que fue demasiado tarde.

—Te casaste de nuevo —replicó ella.

—Un año después de que tu madre se fuera a Londres. —Suspiró—. Quería un hijo. Quería alguien a quien legárselo todo. Tal vez también quería redimirme. Quería intentarlo de nuevo, comprobar si podía hacerlo mejor que la primera vez. Isabelle era una buena mujer. Era mejor de lo que yo me merecía, y nos llevábamos muy bien pese a la diferencia de edad. Pero nunca tuvimos hijos. Nos negaron esa bendición. Murió hace dos años.

Samantha no dijo nada. Pero había vuelto la cabeza para mirar a Ben, con los ojos abiertos de par en par y velados.

—Lo siento —dijo el señor Bevan—. Las dos palabras más inútiles de todo el idioma cuando se pronuncian juntas. Ojalá pudiera volver atrás. Lo he deseado año tras año desde que destrocé aquel vaso por encima de la cabeza de tu madre. Pero eso es algo que ninguno puede conseguir. Nadie puede retroceder en el tiempo. Aunque creía que al menos sabrías de mi existencia. Creía que tu madre te lo habría contado.

—No —repuso ella—. Pero debería haberlo hecho. Ben me dijo ayer que todos tenemos una historia que contar. Mi madre tenía una historia, pero nunca la contó. Tal vez tenía la intención de hacerlo. Tal vez creía que yo era demasiado joven. Solo tenía doce años cuando murió. Mi padre tampoco me la contó, pero supongo que creía que no le correspondía a él hacerlo. Salvo que yo debería haberlo sabido.

—Ahora ya lo sabes —dijo él, que se puso en pie para tirar del cordón de la campanilla—, y no es una historia bonita. No se me ocurre nada más que añadir que pueda convencerte de que me aceptes como tu abuelo, Samantha. Ojalá pudiera, pero no puedo. Es evidente que le hice muchísimo daño a otro ser humano, a mi propia hija, y no tengo excusa para eso. Y tampoco tengo derecho a reclamar el afecto de su hija.

—No tengo a nadie —replicó Samantha.

—¿Tu hermano?

—Hermanastro —lo corrigió ella—. No.

—¿Y tus tías y tus tíos y tus primos paternos? ¿Y tus suegros, tu cuñada y tus cuñados?

—No.

El señor Bevan se volvió para clavar la mirada en Ben.

—¿Y cuándo se va usted, comandante Harper? —le preguntó.

—Mañana —contestó Ben.

Se miraron a los ojos un buen rato, midiéndose en silencio, hasta que un criado respondió a la llamada.

—Puedes llevarte la bandeja —le dijo el señor Bevan— y ordena que traigan el carruaje del comandante Harper a la puerta principal.

El señor Bevan esperó a que el criado se marchase antes de mirar la cabeza agachada de Samantha.

—Puedes tenerme a mí —le dijo—. Si lo deseas.

Samantha lo miró.

—Quiero vivir en paz en mi casa —le dijo a su abuelo—. Quiero estar sola. Pero tal vez algún día te cuente mi historia. Tal vez te cuente todo lo que me ha traído hasta aquí. Pero todavía no.

El señor Bevan aceptó sus palabras con una inclinación de la cabeza.

—Es hora de que vuelvas a casa, Samantha —dijo—. El comandante se encargará de que llegues sana y salva.

—Sí —convino ella—. Gracias. Ha sido una velada agradable.

—Sí que lo ha sido.

El señor Bevan le estrechó la mano a Ben, besó a Samantha en la mejilla y volvió a ser el anfitrión sonriente y cordial.

21

Viajaron de vuelta a la casa en silencio. Cuando llegaron, el carruaje se detuvo, tras lo cual el cochero abrió la portezuela y desplegó los escalones antes de retirarse, pero ninguno de los dos habló durante un rato. Ben le cogió una de las manos enguantadas entre las suyas.

—Samantha —dijo finalmente—, ¿quieres que me quede unos días más? ¿Hasta que hayas tenido tiempo de asimilar lo que has descubierto y tomar una decisión?

¡Ay, qué fuerte era la tentación de decirle que sí! De aferrarse a él. Para usarlo como apoyo emocional. Y de posponer la inevitable despedida solo un poco más.

—No —respondió—. Necesito estar sola una temporada. Los cimientos de mi vida se han derrumbado. Necesito pensar un poco.

Sola. Iba a quedarse sola. Sin él. Para siempre.

Ben se llevó su mano a los labios y le besó los dedos.

—¿Nos despedimos ahora? —le preguntó—. ¿O prefieres que venga a verte por la mañana, antes de irme?

En ese momento estuvo a punto de ceder al pánico. De lanzarse a sus brazos. De suplicarle que no se fuera, que no se fuera nunca.

Sin embargo, le había dicho la verdad. Necesitaba estar sola. ¿Sería capaz de afrontar mejor la despedida por la mañana? No, decidió. Nunca habría un buen momento para la despedida. Y sería injusto para él. Seguro que quería emprender el camino.

—Ahora —contestó al tiempo que se volvía en el asiento para cogerle las dos manos y llevárselas a las mejillas. Acto seguido, cerró los ojos e inclinó la cabeza—. Ben, te agradezco todo lo que has hecho por mí. Y te agradezco todo lo que ha sucedido durante esta última semana. Ha sido un placer enorme. ¿No es así? —Levantó la cara para mirarlo e intentó sonreír.

—Pues sí —convino—. Samantha...

—Si tus viajes te traen de vuelta a Gales —se apresuró a interrumpirlo—, quizá... No, eso no sería buena idea, ¿verdad? Lo recordaré con alegría. Espero que tú también lo hagas.

—Lo haré —le aseguró él, que se inclinó para darle un largo beso en los labios mientras se agarraban las manos—. Adiós, Samantha —dijo—. Esperaré aquí hasta que estés a salvo en el interior con una lámpara encendida.

Golpeó el panel frontal y el cochero se asomó a la puerta para ayudarla a bajar.

—Adiós —replicó ella, liberando las manos—. Adiós, Ben.

Acto seguido, bajó del carruaje y enfiló a la carrera el sendero del jardín, tras lo cual tardó un poco en introducir la llave en la cerradura, momento en el que casi la derribó Vagabundo al recibirla con gran entusiasmo. Encendió una lámpara en la sala de lectura con mano temblorosa y corrió hacia la ventana, desesperada por verlo por última vez. Pero la portezuela estaba cerrada y el cochero ya se había subido al pescante para ponerse en marcha. La oscuridad no le permitió ver el interior del carruaje.

—¡Ay, Vagabundo! —Se dejó caer en la butaca más cercana, abrazó al perro y se echó a llorar contra su cuello.

Vagabundo gimió e intentó lamerle la cara.

Ben bajó temprano a desayunar a la mañana siguiente. El equipaje estaba listo, y se encontraba ansioso por ponerse en marcha lo antes posible. No le importaba la dirección que tomaran, aunque la noche anterior le dijo al cochero que volverían por el mismo camino que habían venido. Lo único que quería era poner tanta distancia entre él y Fisherman's Bridge como fuera posible. Bajó temprano al comedor, pero alguien se le había adelantado. El señor Bevan, que tenía un reloj abierto en una mano, se levantó de la silla que ocupaba a una mesa junto a la ventana cuando él apareció.

—¿A esta hora suelen desayunar los ricos ociosos? —le preguntó.

Eran poco más de las siete.

—Creo que es más bien su hora de acostarse —contestó Ben mientras se acercaba a la mesa, tras lo cual apoyó los bastones contra una silla antes de tenderle una mano.

—No tengo el menor derecho a preguntar esto —dijo el señor Bevan una vez que estuvieron sentados—, y usted tiene todo el derecho a no responder, pero de todas formas, aquí va la pregunta: ¿qué siente usted por mi nieta, comandante?

Ben, que estaba extendiendo la servilleta sobre su regazo, se detuvo. Un hombre que iba directo al grano sin perder el tiempo, ese era el señor Bevan.

—Señor Bevan —dijo Ben, eligiendo sus palabras con cuidado—, la señora McKay perdió a su marido hace menos de seis meses. Necesita tiempo para recuperarse de esa pérdida. Necesita tiempo para ajustar su vida a su nuevo hogar y a sus nuevas circunstancias. Tal como le dijo anoche, necesita estar sola. No necesariamente desprovista de toda compañía, pero sí sin enredos emocionales. Sería presuntuoso por mi parte albergar por ella un sentimiento más fuerte que el respeto. Además, en este momento no tengo nada de valor que ofrecerle, salvo el título y la fortuna de un baronet.

—En este momento —resaltó el señor Bevan—. ¿Y en el futuro?

—Me hirieron hace seis años —contestó Ben—. Durante los últimos tres he estado lo bastante bien como para poner mi vida en orden y tomar un nuevo rumbo, ya que el antiguo no me sirve. Pero lo he aplazado. Hasta ahora. Voy a ir a Londres. Encontraré un nuevo desafío al que enfrentarme.

—¿Además de pasarse toda la noche de jolgorio? —replicó el señor Bevan con una sonrisa.

—Ese tipo de vida nunca me ha atraído —le aseguró Ben—. Debo hacer algo útil e importante.

Ninguno de los dos habló mientras el posadero les llevaba el desayuno e intercambiaba con ellos algunas bromas sobre el tiempo antes de retirarse.

El señor Bevan hizo caso omiso de la comida y siguió con la conversación:

—Cuénteme más sobre cómo era antes —le dijo—. Cuénteme qué sintió al liderar a un grupo de hombres. Porque a eso se dedicaba, ¿no? Era comandante, que no es lo mismo que ser general, por supuesto, pero que de todas formas lo colocaba en un puesto de considerable autoridad sobre otros hombres, sus acciones y los acontecimientos. Hábleme de ese hombre.

Ben cogió su cuchillo y tenedor y reflexionó un momento antes de proceder a cortar la comida. ¿Por dónde empezar? ¿Y por qué empezar? ¿Por qué había ido el señor Bevan a verlo esa mañana?

—Ese hombre era feliz —confesó.

No estaba acostumbrado a hablar de sí mismo. Era algo que nunca le había resultado cómodo. Incluso en Penderris Hall había hablado menos que los demás y se contentaba con escuchar los problemas de sus amigos antes que analizar los suyos propios. Siempre había supuesto que no podía ser de gran interés para nadie más, que sus asuntos aburrirían a otras personas si hablaba de sí mismo. Sin embargo, durante los siguientes quince o veinte minutos no hizo otra cosa, guiado por las diestras, persistentes e inquisitivas preguntas de su interlocutor, y por el interés que atisbaba en su cara. Habló de sus sueños y ambiciones, de sus experiencias en la guerra, de la sensación que siempre había experimentado de haber nacido para hacer lo que estaba haciendo. Habló de la batalla en la que lo hirieron, de la larga lucha por la supervivencia y de la larga lucha por recuperar la integridad física para poder regresar a la única vida que conocía o había querido para sí mismo. Habló de los últimos tres años y de sus razones para no volver a casa, de su creciente frustración y desasosiego, y del también creciente empeño por superar el letargo y el desánimo al encontrar «algo» que reemplazara lo que había perdido.

—Luché lo suficiente para vivir —dijo—. Ahora tengo que demostrarme a mí mismo que la lucha tuvo un propósito.

—¿Mujeres? —le preguntó el señor Bevan—. ¿Ha habido muchas?

—Ninguna desde que me hirieron —contestó Ben.

—¿Hasta ahora?

Ben lo miró en silencio y de forma directa un buen rato.

—Acompañó a mi nieta hasta aquí desde el norte de Inglaterra —adujo el señor Bevan— y ha sido un buen amigo para ella. Ahora está a punto de irse, por las razones que me acaba de dar. Pero no finja que ella solo es una amiga para usted, señor Harper. O si lo hace, no espere que me lo crea. —Esbozó una sonrisa poco amistosa.

—En ese caso, no fingiré —repuso Ben con tono cortante—. Sí, siento algo por ella. Siento algo inapropiado e inútil. Y me voy esta mañana porque no hay futuro para nosotros, porque ella necesita que la dejen tranquila para encontrarse a sí misma y para encontrar su lugar aquí. Creo que lo hará. Y creo que tiene una oportunidad de ser feliz. No ha tenido muchas en la vida. Me voy porque yo también necesito encontrarme a mí mismo y encontrar mi lugar. Lo haré. No necesita preocuparse por la posibilidad de que me quede.

—Tampoco creería a Samantha si me dijera que lo ve como a un simple amigo —apostilló el señor Bevan.

—Perdóneme —dijo Ben con brusquedad—, pero no estoy seguro de que tenga usted derecho a opinar sobre este asunto, señor.

El hombre enarcó las cejas, cogió el cuchillo y el tenedor y atacó su desayuno.

—Me gusta usted, comandante —confesó—. Compartimos los mismos principios. Y tiene toda la razón. No tengo derecho alguno. —Guardó silencio para comer, y Ben hizo lo mismo.

Se disculparía en cuanto su plato estuviera vacío y se pondría en marcha. No sabía por qué había ido a verlo el señor Bevan; salvo, quizá, para advertirle de que se fuera sin demora y no volviera nunca. No necesitaba decirlo. De todas formas, carecía del derecho.

—Tengo sesenta y seis años —dijo el hombre, retomando la conversación—. No soy un viejo, al menos no me siento como tal, pero tampoco soy joven. Si tuviera un hijo, le iría traspasando poco a poco mis responsabilidades para que esos hombros más jóvenes cargaran con ellas, siempre que mostrara el interés y la aptitud necesarios, por supuesto. No tener un hijo varón ha sido una de las decepciones más duraderas de mi vida, pero es algo que no se puede remediar a estas alturas. Tengo hombres capaces y de confianza a cargo de las minas y de las fundiciones. He tenido suerte con mis empleados. Sin embargo, llevo cuatro o cinco años deseando y buscando activamente un supervisor, un gerente, si prefiere llamarlo así. Alguien con el interés, la energía y la capacidad de hacerse cargo de todas mis empresas. Alguien en quien pueda confiar, y alguien que confíe en mí. Alguien que sea lo más parecido a un hijo para mí como sea posible. Alguien que me reemplace, de hecho, después de que me jubile y hasta mi muerte, tras la cual será bien recompensado. Tendría que ser un tipo de hombre especial, porque no basta con comprender los hechos, con tener ideas ni incluso con ambas cosas. Ni siquiera basta con poseer habilidades de organización, aunque son necesarias. Tendría que ser alguien capaz de asegurarse de que el trabajo se lleva a cabo y genera beneficios sin descuidar la seguridad y el bienestar de todos los trabajadores a su cargo. Tendría que inspirar confianza, lealtad e incluso simpatía, al mismo tiempo que les exige un esfuerzo a los trabajadores. Tendría que tener no solo un interés profesional en lo que hace, sino también uno personal. Tendría que ser alguien como yo, de hecho. No ha sido fácil de encontrar, comandante. De hecho, no lo he encontrado.

Ben había dejado de comer para mirarlo fijamente.

—¿Me está ofreciendo un trabajo? —preguntó.

El señor Bevan soltó el cuchillo y el tenedor, y se sirvió otra taza de café antes de responder:

—Me enorgullezco de juzgar bien a los demás —dijo—. Creo que esa es una de las razones de mi éxito. Vi algo en usted en cuanto lo conocí, aunque estaba predispuesto a que no me simpatizara tras haber oído algunos de los rumores que corren por el pueblo, si bien tampoco son maliciosos, debo añadir. Vi algo en usted entonces y volví a verlo anoche, y esta mañana ha confirmado esa impresión. ¿Le gustaban sus hombres, comandante? ¿No era el tipo de oficial que se aseguraba la obediencia con un látigo?

—Nunca ordené que azotaran a nadie ni aprobé esa práctica tan habitual en el ejército británico —contestó Ben—. Sí, me gustaban mis hombres. Salvo unos cuantos pícaros incorregibles, casi todos los soldados son personas respetables y darán lo mejor de sí mismos, incluso sus vidas, cuando se les pida.

Acababan de ofrecerle un trabajo. En Gales. Supervisando minas de carbón y fundiciones. No se le ocurría nada más extraño.

—El trabajo para mí siempre ha sido algo más que ganar dinero —confesó el señor Bevan—. Podría haber vivido rodeado de lujos con lo que me dejó mi padre. Podría haber nombrado encargados para las minas y no haber vuelto a prestarles atención. De hecho, lo hice durante los años en los que me di a la bebida y me compadecí de mí mismo. Por suerte, no estaba hecho para la ociosidad del cuerpo ni de la mente, y eso fue quizá mi salvación. Creo que en muchos aspectos somos similares, comandante.

—Me está ofreciendo trabajo —repitió Ben.

—Soy consciente de que no necesita el dinero —repuso el señor Bevan, que se llevó la taza de café a los labios— y de que algunos caballeros, tal vez la mayoría, encontrarían degradante trabajar en la industria metalúrgica. Pero usted necesita usar sus dones y sus habilidades, y ya no podrá usarlos en el ejército. Lo prefiero a usted antes que a cualquier otra persona que haya conocido.

Ben sacudió la cabeza y se rio por lo bajo. ¿De verdad se sentía tentado? ¿Más que tentado?

—Todo lo que tengo será de Samantha algún día —le recordó su interlocutor.

Ben se puso serio al instante.

—¿Me ofrece el trabajo con la condición de que me case con la señora McKay? —quiso saber. Sintió una ira tan repentina que le formó un nudo en la boca del estómago.

—Al contrario, comandante —contestó el señor Bevan—. Le ofrezco el empleo con la condición de que se vaya de aquí. Un imperio no se maneja desde una casa solariega ni desde una casa a la orilla del mar. Tengo casas en Swansea y en Merthyr Tydfil. Viviría usted en su lugar de trabajo. Y no le ofrezco un empleo permanente. Todavía no. No sé si es capaz de desempeñar bien su labor. No sé si le convendría. O si me convendría a mí tenerlo. Necesitaríamos tiempo para descubrir si nos convenimos el uno al otro. En cuanto a mi nieta, bueno, no negaré que me he pasado la mitad de la noche pensando en lo conveniente que sería si acabara convirtiéndose usted en mi mano derecha, en un gerente tan capaz y entusiasta como yo lo he sido, quizás incluso con ideas frescas y novedosas que aportar. Y en lo conveniente que sería si se casara con Samantha. Porque en ese caso y con el tiempo, todo sería tan suyo como de ella. Sería el mejor final para un anciano que hace tiempo abandonó toda esperanza de obtener un final feliz. Pero no voy a obligarlo, comandante Harper. Ni a ella tampoco. De hecho, insisto en que se marche usted de inmediato.

—Sin embargo, la señora McKay podría sentirse presionada si yo aceptara su oferta —comentó Ben—. Podría creer que usted y yo estamos tratando de manipular su vida y de entorpecer su recién descubierta libertad. Ya me he despedido de ella.

—No puedo hablar con ella —le recordó el señor Bevan—. No me ha dado el derecho y quizá nunca lo haga. Por tanto, debe ser usted quien se encargue, si así lo cree necesario. Y si acepta mi oferta, algo que creo que se siente inclinado a hacer. Pero recuerde que el empleo tal vez no sea permanente. Tendría que haber un periodo de prueba de varios meses antes de que se redacte o se acuerde un contrato. ¿Cuándo murió el capitán McKay?

—El pasado mes de diciembre —contestó Ben.

—En ese caso, quizá podamos reunirnos en Cartref algún día antes de Navidad —sugirió el señor Bevan—, para discutir nuestra futura asociación, si acaso vamos a tener alguna.

Su intención quedaba más que clara. El periodo de luto de Samantha habría llegado a su fin para entonces.

Se miraron fijamente desde ambos extremos de la mesa.

Ben cogió sus bastones de repente y se puso en pie.

—Necesito pensar un poco —anunció—. Y, dependiendo del resultado de mis reflexiones, tendré que hablar con la señora McKay. Esta no es una decisión que deba tomar yo solo, aunque no fuera a vivir en las cercanías. Porque tal vez ella no quiera saber nada más de usted, e interprete mi trabajo como una traición. O aunque ella desee tener una relación con usted, tal vez no quiera que yo dirija las empresas que al final serán suyas. Puede que eso le parezca una encerrona.

—Lo entiendo perfectamente, comandante. —El señor Bevan sonrió y se sirvió otro café—. ¿Me escribirá si decide no venir a verme?

Ben hizo un gesto afirmativo y salió despacio del comedor, tras lo cual subió la escalera a su habitación. Tenía la impresión de que acababan de golpearlo en la cabeza y le habían desparramado los sesos.

Comprobó que ya habían trasladado todo su equipaje.

Samantha se mantuvo ocupada toda la mañana, revisando los armarios de la ropa blanca con la señora Price, clasificando lo que estaba nuevo, lo que valía la pena remendar y lo que solo valía para convertirlo en trapos. Al día siguiente revisarían la vajilla. La señora Price le informó de que todos los armarios estaban llenos a rebosar, pero que algunas de las piezas estaban sueltas, desportilladas o no valía la pena conservarlas.

Había decidido revisarlo todo hasta que la casa le pareciera suya por completo, hasta que le pareciera su hogar, tal como nunca lo fue Bramble Hall. Ni siquiera se había dado cuenta de ese detalle hasta ese momento.

Le devolvería la visita a la señora Tudor y a su hija, que ya la habían visitado, y se esforzaría por conocer más a sus vecinos y por descubrir formas de hacerse útil y colaborar en la vida del pueblo. Preguntaría sobre la disponibilidad de un tutor que le enseñara galés. En la zona no lo hablaban mucho, pero de todos modos quería ser capaz de hablarlo o al menos de entenderlo y tal vez leerlo. Había algunos libros en galés en la sala de lectura, entre los que había descubierto una Biblia en galés. Tal vez incluso tomara clases de música. Y tal vez...

Sin embargo, se pasó cada minuto de todo ese tiempo pensando en Ben alejándose de la posada. ¿Qué dirección habría tomado? No le había preguntado. Ese pensamiento le provocó un momento de pánico absurdo. Ni siquiera sabía adónde iba. ¿Dónde estaría en ese instante? ¿Cómo se sentía? ¿Estaría pensando en ella? ¿O habría dirigido sus pensamientos hacia el futuro, deseoso de comenzar algo nuevo, aliviado de estar lejos de ese lugar, lejos de ella? ¿O tal vez, como le sucedía a ella, estaba pensando en el futuro y en ella a la vez?

¿Disminuiría el dolor con el paso del tiempo? Por supuesto que sí. ¿Y por qué estaba sintiendo dolor? Habían tenido una breve aventura. Habían acordado antes de que empezara que duraría solo una semana. Ella no quería que se quedara. Y Ben tampoco habría querido hacerlo. Lo que estaba sintiendo solo eran los rescoldos de la pasión sexual. Por supuesto que desaparecería al cabo de unos días.

A media mañana le resultó imposible seguir dentro de la casa. Se puso su viejo bonete, llamó a Vagabundo, que estaba ocupado royendo un hueso ya cocido para la sopa en la cocina, y salió. Solo titubeó un momento en la puerta del jardín antes de girar en dirección a la playa. No tenía sentido evitarla a menos que tuviera la intención de hacerlo durante el resto de su vida. Sin embargo, se sentía desoladísima al atravesar el hueco entre las dos piedras y pisar la arena después de quitarse los zapatos.

Encontró un palo arrastrado por la marea que le arrojó a Vagabundo y se paseó por la orilla, tratando de mantener los ojos alejados de la roca que había llegado a considerar como suya. Iba de regreso, no muy lejos del hueco entre las piedras, cuando vio que Ben aparecía por él. Se detuvo y se preguntó por un vertiginoso instante si era fruto de su imaginación. Pero en ese momento la asaltó una irracional oleada de esperanza.

—¡Creía que ya ibas de camino! —gritó al tiempo que echaba a correr hacia él.

—He desayunado con tu abuelo —le informó—. Ha venido a la posada.

Sus palabras la detuvieron bruscamente mientras Vagabundo se acercaba gimoteando sin el palo para detenerse delante de Ben, jadeando y meneando el rabo.

—¿Para qué? —quiso saber.

—Me ha ofrecido un empleo —contestó él.

—¿Qué has dicho?

—Como gerente de todas sus empresas —dijo—. Como supervisor, mientras él se aparta de forma gradual del negocio y se jubila.

Samantha lo miró al tiempo que la ira se apoderaba de ella.

—No te gusta la idea —dedujo él con una media sonrisa.

—Es un insulto —le aseguró ella—. Eres un caballero, un baronet. Tienes propiedades y fortuna. ¡Él es..., es... un minero!

—Es propietario de varias minas —la corrigió—. No es lo mismo.

—No puede hablar en serio —siguió ella—. ¿Le has dicho lo insultado que estabas? ¿Le has cantado las cuarenta como merecía? Ya es hora de que alguien lo haga.

—No me sentí insultado.

—¿Y por qué tú? —quiso saber—. ¿Cree que ofreciéndote un empleo podrá congraciarse conmigo?

Lo miró echando chispas por los ojos. Él esbozó otra media sonrisa.

Y, de repente, cayó en la cuenta de algo.

—¿Por qué no has emprendido el viaje? —le preguntó—. ¿Por qué has venido?

—Para despedirme —respondió—. De todos modos me había retrasado y se me ocurrió que una hora no supondría una gran diferencia. Adiós, Samantha. Intenta no ser muy dura con él.

Lo vio darse media vuelta y emprender el camino de regreso a través del hueco para seguir hacia la casa. Vagabundo hizo ademán de seguirlo, pero luego se volvió para mirarla, moviendo el rabo y a la espera de que ella también echara a andar.

«Para despedirme».

«De todos modos me había retrasado y se me ocurrió que una hora no supondría una gran diferencia».

Fue corriendo tras él y lo alcanzó justo al llegar a la roca donde había dejado sus zapatos.

—Has venido a decírmelo, ¿no? —le preguntó—. Has aceptado su oferta.

—No lo he hecho —le aseguró él—. Me iré dentro de una hora, tal como estaba previsto.

—¡Ay, Ben! —exclamó ella, que le puso una mano en el brazo—. Ven a la casa y siéntate. Le diré a la señora Price que nos sirva el té. En ese caso has venido para preguntarme qué me parece. No serías capaz de aceptar sin mi aprobación. ¿Estoy en lo cierto?

—No aceptaré sin tu aprobación —le confirmó—. Y tú no lo apruebas. Fin del asunto.

—No, no lo es —replicó con un suspiro cuando llegaron a la puerta del jardín y la mantuvo abierta para él—. Me sentí insultada en tu nombre. Pero tú no te has ofendido. Debes decirme por qué no lo has hecho. Y debes decirme por qué considerarías siquiera trabajar para el dueño de una mina de carbón.

—Minas de carbón —la corrigió—. Y fundiciones.

Entraron en la casa, y Samantha regresó a la cocina para hablar con la señora Price mientras él se dirigía a la sala de lectura. Solo cuando se reunió con él en la estancia, asimiló la idea de que Ben seguía a su lado. Había pensado que nunca volvería a verlo, pero ahí estaba, sentado en su butaca habitual, con los bastones apoyados a su lado.

—Tu abuelo asegura que se le da bien juzgar el carácter de las personas —le dijo—. Cree que poseo las habilidades, la experiencia y el carácter que ha estado buscando en un supervisor. Además de todo el conocimiento y la experiencia que tendría que adquirir, estar a cargo de todo sería en cierto modo parecido a ser un oficial del ejército.

—Lo que siempre has querido ser en la vida —dijo en voz queda.

—Y —añadió él— es algo que podría hacer pese a mi discapacidad.

—Sí —replicó ella.

—Mi presencia no te molestaría —siguió Ben—. Tendría que vivir y trabajar en Swansea y en Rhondda Valley. No necesito volver a venir aquí. Si acepto la oferta, me iré de inmediato, tal como lo planeé de todos modos.

—Entonces, ¿por qué necesitas mi aprobación? —quiso saber.

—Porque trabajaría para tu abuelo —contestó él—, de quien tal vez decidas mantenerte alejada. Y... Samantha, eres su heredera. Si muriera de repente, trabajaría para ti hasta que se encontrara un sustituto.

Samantha se sentó en su butaca y se agarró a los brazos. ¿La heredera de su abuelo? En fin, ya pensaría en eso más tarde.

—¡Ay, Ben! —murmuró—. Esto es algo que de verdad quieres hacer, ¿no? Y ahora entiendo por qué. Ha sido un error por mi parte no darme cuenta de inmediato. Es justo el tipo de cosa que has estado buscando.

—No lo haré —le aseguró él— si te incomoda.

—¿Por qué te lo ofreció? —le preguntó con el ceño fruncido—. ¿Por esa habilidad que asegura tener para juzgar a las personas? ¿O tiene algo que ver conmigo?

Ben la miró fijamente y en silencio un instante.

—Quiere que lo haga a modo de prueba durante unos meses a fin de que podamos decidir si soy el hombre adecuado para el trabajo —contestó—. Quiere verme en Cartref poco antes de Navidad para discutirlo y redactar un contrato si ambos decidimos que es lo correcto.

En ese caso, ¿podría volver a verlo?

—Antes de fijar el mes —siguió Ben—, me preguntó cuándo murió tu marido.

Samantha pensó un momento.

—El año de luto acabará para entonces.

—Sí.

La señora Price entró con la bandeja y Samantha se puso en pie para acercarse a la ventana.

—Nos está manipulando —afirmó cuando el ama de llaves se fue.

—Sí —convino él—. Creo que sí, aunque es un tipo de manipulación benevolente. Quiere que me vaya sin demora. Me atrevo a decir que le asusta que los rumores te perjudiquen. Pero cree que sentimos... algo mutuo.

Ella volvió la cabeza para mirarlo.

—Y de verdad cree que soy el hombre adecuado para el trabajo —añadió.

—¿Sentimos algo el uno por el otro? —preguntó.

—No puedo responder por ti —contestó—. Pero en mi caso, sí, siento algo por ti.

Samantha esperó, pero él no profundizó más en el tema.

—Para Navidad —dijo—, todo habrá cambiado, para ti y para mí.

—Sí —convino Ben—. Pero ahora no funcionaría, ¿verdad?

Parecía que quedaba una eternidad hasta que llegara la Navidad. Sin embargo, no era tanto eso como la posibilidad de que se fuera para siempre y no volviera nunca más.

—Debes aceptar el empleo, Ben —le aconsejó—. Con mi aprobación y mi bendición. Creo que encajarás de maravilla, aunque tu familia pensará que has perdido el juicio cuando se entere. Ve y sé feliz. Y dejaremos que la Navidad llegue por sí sola, ¿de acuerdo?

—Sí. Sin compromisos. Sin obligaciones.

Se puso en pie, y ella cayó en la cuenta de que ni siquiera había servido el té.

—Ben... —Corrió hacia él, que soltó los bastones para abrazarla—. ¡Ay, Ben! Sé feliz.

—Y tú —replicó él, y sintió su aliento cálido en la oreja mientras sus brazos la estrechaban como bandas de hierro.

No se besaron.

Acto seguido, Ben cogió de nuevo los bastones y echó a andar hacia la puerta.

—¿Quieres que vaya al establo para despedirte? —preguntó.

—No. —No se volvió para mirarla, pero le pasó una mano por la cabeza a Vagabundo—. Cuida de ella, chucho feo.

Vagabundo pegó la trufa a la puerta, sin dejar de menear el rabo, una vez que Ben la cerró del otro lado.

Samantha se cubrió la cara con las manos y soltó un hondo suspiro.

«Siento algo por ti».

Ni siquiera había correspondido su confesión diciéndole lo mismo.

22

Tal vez lo más sorprendente e importante de los siguientes dos meses, concluyó Ben más tarde mientras echaba la vista atrás, fue que encargó que le hicieran una silla de ruedas a medida y diseñada para poder impulsarse por sí solo. La usaba mucho y se preguntaba por qué no lo había hecho años atrás. Por supuesto, se debió a la testarudez, a la resistencia a abandonar su sueño de volver a andar sin ayuda. Aunque no podía culparse por haber albergado ese sueño. Sin él, seguramente no habría vuelto a andar nunca. Sin embargo, con la silla disfrutaba de una movilidad mayor. De hecho, fue una liberación.

Ya no se consideraba un tullido. Podía cabalgar, podía moverse libremente con su silla, podía andar y podía nadar. Intentaba hacerlo todos los días cuando estaba cerca del mar o de algún lago.

Disfrutó muchísimo de esos meses pese al trabajo duro que conllevaron, o tal vez precisamente por ello. Empezó desde una posición de ignorancia absoluta y terminó sabiendo tanto sobre el trabajo de las minas y de las fundiciones como los demás, el señor Bevan incluido. De hecho, su trabajo era lo mejor que podría haberle pasado en la vida, tras la imposibilidad de regresar con su regimiento. Siempre le habían gustado las personas. Y siempre había tenido don de gentes, incluso con los subordinados que estaban sometidos a sus órdenes. Su nuevo puesto de trabajo podría haber generado antipatías. Era inglés, de la clase alta, medio lisiado, ignorante por completo del negocio y carente de experiencia. Tal vez incluso lo miraron mal en un primer momento, aunque tuvo la sensatez de no preocuparse por la opinión de los demás. No se propuso caerles bien. Y quizá fuera ese el secreto de su éxito. Porque el respeto, la simpatía y la lealtad llegaron de forma gradual, a medida que se los ganaba.

El señor Bevan pasó mucho tiempo con él. El hombre le caía bien, y aprendió mucho a su lado. Ben también tenía sus propias ideas, principalmente sobre el transporte y el envío de mercancías, para lo cual el señor Bevan contrataba a empresas externas a un gran coste. Sin embargo, se guardó esas ideas para sí mismo en esa primera etapa de su carrera. Era el momento de escuchar y aprender.

No le escribió a ninguno de sus familiares o amigos durante varios meses. No quería saber su opinión sobre lo que estaba haciendo ni dejarse influir por ellos. Lo lógico era que se mostrasen contrariados. Y no quería intercambiar confidencias con nadie hasta no estar más seguro de su futuro a largo plazo. Además, estaba el tema de Samantha. No quería hablarle a nadie de ella hasta que hubiera algo que contar, si acaso llegaba ese momento. Le había dicho que sentía algo por ella. Sin embargo, ella no había dicho que le devolviera esos sentimientos. Y él tampoco había especificado los suyos.

Apenas tuvo noticias suyas durante esos meses. Se aseguró de no preguntarle nunca al señor Bevan sobre ella, y a veces pensaba que el hombre se abstenía de mencionarla de forma deliberada. Solo obtuvo algunos retazos de información, tentadores por su brevedad. Le había llegado un piano a la casa, mencionó el señor Bevan en una ocasión. ¿Cómo se había enterado? ¿Había visto el instrumento? ¿O se lo había contado alguien? Samantha también asistió a una fiesta para celebrar la cosecha en el salón de reuniones del pueblo, emplazado en la posada, pero vistió de color lavanda para dejar claro que aún estaba de luto y se negó a bailar. ¿La había visto el señor Bevan o se lo habían dicho?

Ni siquiera sabía si tenía relación con su abuelo. En cuanto a él, no sabía si lo había olvidado tras el tiempo transcurrido o si estaba contenta de que se hubiera ido. En su caso, se había enamorado de ella durante las breves semanas que pasaron juntos y seguía enamorado, como nunca antes lo había estado de ninguna mujer.

Por fin, a principios de noviembre, escribió tres cartas: a Calvin, a Beatrice y a George, a Penderris Hall. Calvin respondió de inmediato, con unas muestras de cariño que Ben encontró sorprendentes y muy conmovedoras. Julia y él habían estado frenéticos por la preocupación, le aseguraba su hermano. Beatrice les había informado de que se había ido de viaje a Escocia, pero como el tiempo pasaba y nadie tenía noticias suyas, la aprensión había hecho mella en ellos, ya que no sabían por dónde empezar a buscarlo si nunca volvía, y Escocia era un país muy grande. ¡Y resulta que había estado todo ese tiempo en Gales! No le ofreció opinión alguna sobre la forma en la que había empleado el tiempo. Su carta estaba llena de evidente alivio por saberlo sano y salvo, así como de breves detalles sobre la cosecha en Kenelston Hall y otros asuntos de la propiedad.

Ben pensó que su hermano lo quería después de todo.

La carta de Beatrice estaba llena de asombro y de reproches por su largo silencio. Gramley, según afirmaba su hermana, había decretado que su cuñado se había vuelto loco si era cierto que estaba trabajando en una mina de carbón. A Bea le parecía todo muy divertido y se preguntaba cuándo se recuperaría de la novedad de trabajar para ganarse el pan si acaso se recuperaba. También se quejaba del señor Rudolph McKay y su esposa, cuya presencia en Bramble Hall suponía una cruz para todos en el vecindario, y le preguntaba si se había enterado de la huida de la señora Samantha McKay a principios de verano, de la que nunca más habían tenido noticias. «Espero que esté pasándoselo bien en algún lugar exótico, disfrutando de la vida. Al parecer, se esperaba que viajase a Leyland Abbey, acompañada por una numerosa escolta, donde viviría bajo la atenta mirada del conde de Heathmoor y de la aguafiestas de la cuñada que conociste cuando estuviste aquí», añadía.

George estaba encantado de enterarse de la nueva vida que Ben se había buscado y creía que le iba como anillo al dedo, aunque acabara con las uñas un poco negras. También tenía algunas noticias sorprendentes. Hugo y lady Muir se habían casado en Londres, en la iglesia de Saint George en Hanover Square, como estaba previsto. Todos los supervivientes habían asistido a la boda, salvo Vincent y él, ya que no pudieron localizarlos. Sin embargo, Vincent apareció en casa de Hugo dos días después de la boda, acompañado por la señorita Sophia Fry, una joven con la que pretendía casarse sin demora. Y con ella se casó, mediante licencia especial, dos días después, también en la iglesia de Saint George, con todos sus amigos a su alrededor salvo él. La flamante lady Darleigh esperaba su primer hijo para principios de marzo, la misma fecha en la que se reunía el Club de los Supervivientes durante unas semanas en Penderris Hall, y había sugerido que se reunieran en Middlebury Park en Gloucestershire, la casa de Vincent, ya que este había declarado que no se separaría de su esposa y de su hijo nada más nacer. George le pedía opinión sobre el asunto. Todos los demás estaban de acuerdo, le informaba.

Se percató de que la vida había seguido sin él. Y Vincent, el más joven de los supervivientes, el ciego, también estaba casado. Parecía haber una historia interesante detrás de esa precipitada boda. Supuso que la oiría con el tiempo. Sin embargo, esperaba que fuera un matrimonio feliz. Esos amigos eran como hermanos para él. Como una hermana, en el caso de Imogen.

Les escribió de nuevo a George y a Hugo para explicarles por qué no había respondido a su invitación de boda. Y también le escribió a Vincent con la certeza de que alguien, tal vez su esposa, le leería la carta. ¡Qué extraño pensar en Vincent con una esposa!

El señor Bevan por fin fijó una fecha para la reunión prevista en Cartref durante la cual se discutiría el futuro de Ben como supervisor de sus empresas. Quería verlo una semana antes de Navidad, y coincidiría con un baile que había planeado celebrar para sus amigos y vecinos. Pasarían unos días juntos, le dijo, y podrían relajarse y hablar de negocios. También habría algunos otros invitados para que la ocasión fuera más sociable.

No dijo si Samantha asistiría al baile.

Samantha fue casi del todo feliz durante esos meses. A veces se sentía culpable por ello, porque el pobre Matthew estaba muerto y quizá debería estar más triste de lo que lo estaba. Pero aunque pensaba en él a menudo y lamentaba que su vida se hubiera acabado tan pronto y de una forma tan triste, no se obsesionó por algo que de todas formas no podía cambiar.

La señora Price y ella, e incluso Gladys, trabajaron mucho para convertir su casa en un hogar. Cambió las cortinas y las alfombras, y reemplazó algunos jarrones y adornos por otros que le gustaban más. Le compró algunas piezas al alfarero del pueblo. Lo único realmente nuevo que añadió fue un piano, que compró cuando supo que había un profesor de música en el pueblo con tiempo para aceptar a otro alumno. Cuando era niña, había un clavicordio en la casa, y mientras su madre vivía, había recibido clases. Sin embargo, nunca las disfrutó y las abandonó cuando ella murió. A esas alturas, se arrepentía de haberlo hecho y estaba decidida a aprender a tocar de nuevo, al menos lo suficiente para divertirse. Claro que lo más importante era que el mismo maestro le dio lecciones de canto y le enseñó a usar su voz de *mezzosoprano* de la mejor manera posible.

También recibió lecciones de galés de la señora Jenkins, la esposa del vicario, y se preguntaba si realmente era el idioma más difícil de aprender en el mundo o si solo se lo parecía porque nunca había intentado aprender otra cosa que no fuera francés.

Entabló una relación cordial con muchos de sus vecinos y encontró una amiga de verdad en Mari Pritchard, la esposa del maestro de escuela. Podría haber atraído el interés romántico de un buen número de hombres, pero se vistió de gris y de lavanda para asistir a los eventos públicos a fin de dejar constancia de que todavía estaba de luto.

Su abuelo no hizo el menor intento por acercarse a ella durante la semana posterior a la cena en Cartref con Ben. Al final ella fue a verlo y tuvo la suerte de encontrarlo en su casa. Le dijo que se marchaba al día siguiente y que estaría fuera un par de semanas a lo sumo. Se preguntó si vería a Ben, pero él no le dijo nada y ella no quiso sacar el tema.

Se sentó con él en el salón principal (desde cuya ventana se disfrutaba de una magnífica vista de la propiedad, del pueblo y del mar), y le contó su historia, culminándola con su decisión de venir a la casa de su tía abuela, que esperaba que fuese un cuchitril abandonado, y con la decisión de Ben de acompañarla a Gales.

Su abuelo asintió despacio con la cabeza.

—Y no sabías nada de mí —apostilló él— ni de la herencia que te esperaba aquí.

—Nada —convino, sacudiendo la cabeza.

—La bebida es algo terrible —dijo su abuelo—. O, mejor dicho, la bebida en manos de un hombre débil es algo terrible.

—Pero lo superaste.

—Fue una suerte para mí —reconoció—. Pero no fue un consuelo para tu madre, ¿verdad? Me alegro de que encontrara a un buen hombre. Y de que te haya tenido como hija.

—Me gustaría llamarte «abuelo» —añadió Samantha tras un breve silencio, y vio que a él se le llenaban los ojos de lágrimas, aunque las contuvo.

Al cabo de un momento, su abuelo se puso en pie y se acercó a la ventana, dándole la espalda.

—La quise con una pasión que lo consumía todo —dijo después de un rato en silencio—. A tu abuela, me refiero. Por desgracia, yo era joven y carecía de la experiencia para equilibrar la pasión. Cuando se fue, se llevó consigo todo lo que yo era y dejó atrás un cascarón lleno de dolor. El amor no debería ser así, Samantha. Se debería amar desde la integridad. Siendo consciente de uno mismo en todo momento, pase lo que pase. Porque siempre hay dolor, no se puede evitar en esta vida, y eso es una lástima. Pero el dolor no debería destruir a la persona que lo siente. No debería haberme destruido. Tenía mi vida y mi salud, esta casa, mi trabajo, mis amigos. Y, sobre todo, tenía a Gwynneth. A ella también la quería, más que a mi vida, según creía antes de que su madre me dejara. Pero resultó que lo que más me importaba era la autocompasión, y la bebida me ayudó a regodearme en ella hasta que perdí a mi hija además de a mi esposa. —Se apartó de la ventana para mirar a Samantha—. Tú querías a tu marido con pasión —dijo— y sobreviviste a su temprana pérdida, anteponiendo el deber a la autocompasión cuando él te necesitó. Eres más fuerte que yo, y me enorgullece llamarte «nieta». Lo encontrarás de nuevo. La pasión, quiero decir, y el amor. Tal vez ya lo has hecho. Pero acéptalo y ofrécelo desde una posición de fuerza, Samantha. Usa estos meses para... —Hizo una pausa y sonrió de repente con una expresión afectuosa—. Mírame, aquí estoy dando consejos sobre cómo amar de forma sensata y correcta.

—Eres mi abuelo —señaló ella—, y la vida y el sufrimiento te han aportado experiencias valiosas.

Su abuelo señaló con la cabeza a Vagabundo, que estaba acostado a sus pies.

—¿Y cuál es la historia de tu perro? —quiso saber—. No parece el tipo de perro que se elija de buena gana a menos que fuera un cachorro diminuto en aquel momento y se desconociera su procedencia.

—¡Ay, pobre Vagabundo! —dijo entre carcajadas y le contó su historia, o la parte que conocía.

Su abuelo se marchó al día siguiente y estuvo fuera durante dos semanas. A partir de ese momento, lo hizo con frecuencia. Pero siempre que estaba en casa, la visitaba o ella iba a Cartref. Poco a poco se fueron conociendo y encariñando, hasta que se dio cuenta de que se había convertido en un elemento central de su vida. Él era su familia, algo que había anhelado desde que se casó y su padre murió poco después.

Los domingos se sentaban juntos en la iglesia. La acompañó a un concierto en la escuela para presenciar la actuación de un coro y algunos solistas, y también fue su acompañante a la fiesta de la cosecha que se celebró en la posada, en el salón de reuniones; un acontecimiento del que Samantha disfrutó mucho, pero durante el cual no bailó. Su abuelo la invitaba a cenar cuando tenía invitados, algo que ocurría con frecuencia cuando se encontraba en casa. Era un hombre sociable.

Nunca le mencionó a Ben directamente. No habría sabido con certeza que seguía trabajando para él si no hubiera respondido a una pregunta que le hizo uno de sus invitados durante una cena, una noche de octubre, confirmando que, efectivamente, el hombre en cuestión era un baronet, el comandante sir Benedict Harper.

Fue Ben quien le impidió que fuera completamente feliz durante esos meses. No había nadado desde que él se fue. Ni siquiera había paseado mucho por la playa, y cuando lo hacía, casi siempre por insistencia de Vagabundo, le parecía más desolada que mágica.

Porque no sabía con certeza si iba a regresar. Al fin y al cabo, prácticamente lo obligó a acompañarla en su viaje a Gales. Lo obligó a quedarse cuando llegó al pueblo, aunque él tenía intención de reanudar sus propios viajes. Tal vez hasta lo hubiera obligado a participar de su aventura. Tal vez después de irse se había dado cuenta de que se alegraba de haberse librado de ella.

¿Y cuál era su propia opinión? Durante mucho tiempo había anhelado ser libre. Y cuando por fin lo había conseguido, ¿sería prudente renunciar a esa libertad poco después de ponerle fin al luto? Si acaso le pedía que renunciara a ella, claro estaba.

Solo por la noche se disipaban todas sus dudas y sabía con certeza que lo quería de manera muy diferente de como había querido a Matthew. Le gustaba su aspecto, sí, y su simpatía. Pero aunque a los diecisiete años no miró más allá de la apariencia exterior para preguntarse si Matthew poseía un carácter tan bueno como su aspecto físico, a los veinticuatro años sí que se había fijado. Y quería a Ben por cómo era. Su aspecto no importaba. Que fuese prácticamente un tullido no le resultaba un impedimento. Lo amaba por lo que era.

Y seguramente él correspondía sus sentimientos. En su opinión, no habría aceptado un empleo con su abuelo si no lo hiciera. O, en ese caso, no habría ido a consultárselo primero. No habría hablado de regresar. No le habría dicho lo que su abuelo le había preguntado sobre los sentimientos que se profesaban. Incluso admitió que sentía algo por ella, aunque no le había explicado más, algo típico de un hombre.

Y después, en diciembre, su abuelo fue una mañana a su casa mientras ella practicaba con el piano para decirle que iba a celebrar un baile en Cartref una semana antes de Navidad al que invitaría a todos los vecinos y a algunos amigos de lugares más distantes, que se alojarían con él durante unos días. Quería que ella también se alojara en la casa y que ejerciera de anfitriona en el baile.

—Y podrás hacerlo con la conciencia tranquila, cariño —añadió—, porque tu año de luto ha terminado, ¿no es así?

—Sí —contestó—. Iré con mucho gusto, abuelo.

¿Ben sería uno de esos amigos que llegarían de fuera?

—El comandante Harper será uno de mis invitados —apostilló su abuelo como si le hubiera preguntado en voz alta.

—¡Ah! —exclamó ella—. Me alegraré de volver a verlo.

Su abuelo la miró con un brillo risueño en los ojos.

—Ven al salón —dijo, mientras se levantaba del banco para echar a andar—. La señora Price ha estado horneando y tendrá ganas de que pruebes su bizcocho.

—Se olía hasta en Cartref —replicó su abuelo—. ¿Por qué si no crees que he venido andando hasta aquí?

Ben iba a ir a Fisherman's Bridge, pensó con un nudo en el estómago provocado por la emoción y el nerviosismo. Llevaban mucho tiempo sin verse. A veces, le parecía una eternidad. A veces, incluso le costaba trabajo recordar su aspecto.

Por supuesto, iba para hablar de negocios con su abuelo.

Y a lo mejor...

En fin. A lo mejor.

23

Se había acordado de que Ben llegaría a Cartref la víspera del baile. Sin embargo, su salida de Swansea se retrasó por una pequeña crisis en la fundición. Como resultado, llegó con bastante demora, a media tarde del día del baile. Supuso que no importaba mucho, aunque tenía las piernas agarrotadas y le dolían. Claro que, al fin y al cabo, no iba a bailar.

Había sido un trayecto largo a través de la campiña desnuda y barrida por el viento, sin alejarse mucho de la aguas grises del mar con sus crestas espumosas bajo el cielo encapotado. Los ladrillos calientes que tenía en los pies no guardaban el calor mucho tiempo y su gabán no lo mantenía tan abrigado como debería. En un par de ocasiones cayó una leve nevisca, aunque por suerte la nieve no llegó a acumularse en el camino, lo que habría convertido el trayecto en un peligro. La cercanía de los fielatos resultaba tediosa y ralentizaba el viaje, y los funcionarios encargados de cobrar estaban demasiado cansados o tenían demasiado frío como para apresurarse.

A medida que se acercaba a la mansión blanca de la colina en Fisherman's Bridge, Ben solo podía pensar en que estaba a unos cuantos kilómetros de Samantha y en que pronto volvería a verla. ¿Quizás en el baile de esa noche si ella no había mantenido las distancias con su abuelo? Tal vez al día siguiente en su casa si estaba allí... y si accedía a recibirlo. Claro que no había razón para que no lo hiciera, aunque no quisiera continuar con su relación.

¿Lo habría olvidado? Era una idea ridícula, por supuesto. Y seguro que no lo había hecho. Pero ¿habría seguido adelante con su vida hasta el punto de que ya no había cabida en ella para él? Su año de luto oficial había terminado. Llevaba varios meses en el pueblo. ¿Habría conocido a otro hombre? ¿Alguien que no le recordara en absoluto las últimas guerras? ¿Tendría algún tipo de relación con su abuelo? El señor Bevan no le había dicho absolutamente nada, y él, por supuesto, no le había preguntado.

Aceptó los bastones que Quinn le ofreció una vez que se apeó del carruaje y subió despacio los escalones para entrar en la casa. Se alegró de inmediato al ver la cálida bienvenida de los alegres fuegos que chisporroteaban en las chimeneas gemelas del vestíbulo, decorado con guirnaldas de hiedra y acebo con sus brillantes bayas, tan típicas de las inminentes festividades navideñas. Su anfitrión lo esperaba y se acercó a saludarlo, con la mano derecha tendida y una sonrisa de oreja a oreja.

—Comandante —lo saludó, tal como siempre lo llamaba, aunque el rango militar ya no formaba parte de su nombre—, debe de estar congelado y fatigado. Es el último de mis invitados en llegar. Ya está muy oscuro, aunque todavía es media tarde. Hoy es el día más corto del año. Las cosas solo pueden mejorar a partir de ahora. ¿Qué pasa, hoy no hay silla de ruedas?

—Señor Bevan, me alegro de verlo —replicó Ben, que aceptó su apretón de manos—. Por desgracia, nadie ha inventado todavía una silla que suba o baje escalones. Además, no estoy tullido y de vez en cuando siento el impulso de demostrarlo.

—No creo que a nadie en su sano juicio se le ocurra llamarlo así —le aseguró el señor Bevan—. Suba al salón. No se preocupe por su apariencia. El té todavía no se ha retirado y servirán más agua caliente. Me encargaré de que le añadan un poco de brandi a su taza, con fines estrictamente medicinales, por supuesto. Venga a conocer a mis otros invitados.

Subir la escalera le llevó un tiempo, como de costumbre, pero Quinn lo estaba esperando arriba con su silla, en la que se dejó caer, agradecido. Sería más fácil saludar a los demás invitados y darles la mano si no tenía que agarrarse a los bastones mientras trataba de disimular la incomodidad.

En la estancia habría unas doce personas reunidas. A algunos de los hombres ya los conocía, ya que eran compañeros de negocios del señor Bevan. Otros eran desconocidos, como era el caso de todas las mujeres.

¡Ah!

Salvo de una. Tomó una honda bocanada de aire y contuvo el aliento.

Samantha atravesaba la estancia hacia ellos con una sonrisa en la cara y las manos estiradas. Llevaba un vestido de día de lana de un verde bosque intenso, que hacía juego con las guirnaldas que decoraban la estancia. Obviamente se trataba de un vestido nuevo, mucho más elegante y a la moda que los que le había visto usar a principios de verano. Se había recogido el pelo oscuro, casi negro, en un elegante moño. Le sonreía con cariño.

Soltó el aire despacio.

Tenía relación con su abuelo, pues.

—Ben —lo saludó mientras le cogía las manos, tras lo cual él se las apretó.

Las tenía calientes, mientras que las suyas seguían frías todavía del exterior.

—Samantha.

Intercambiaron una mirada intensa y breve. Pero después, ella retrocedió para poner distancia entre ellos, aunque no le soltó las manos.

—Pero ¿qué es esto? —le preguntó, mirando la silla—. ¡Ah, no respondas! Resulta evidente. ¿No te habrás... debilitado?

—Al contrario —le aseguró—. Ya no me avergüenzo de admitir que mis piernas no funcionan como las de los demás. Que soy como soy. Sigo andando, pero con la silla me muevo mucho más rápido y de forma más eficaz.

La sonrisa de Samantha se ensanchó y le dio un apretón en las manos antes de soltárselas y mirar al señor Bevan.

—Abuelo, ¿hago las presentaciones o lo haces tú?

Se percató de que tenía un levísimo acento galés al hablar. Un rasgo muy atractivo. Tanto que le provocó un escalofrío en la columna.

—Yo me encargo, querida —contestó el señor Bevan con firmeza—. Tú encárgate de atender al comandante. Pide más agua caliente si no te importa y sírvele un poco de té. Y añade un chorreón de brandi. Parece congelado.

—Sí —convino ella antes de darse media vuelta—. Tiene la punta de la nariz roja.

Ben se la cubrió con una mano como si pudiera apreciar el color de esa forma.

Pronto se vio envuelto en una ronda de presentaciones de aquellas personas a las que no conocía, tras lo cual se produjo el intercambio de saludos con las que sí conocía. El ambiente era cordial y festivo. La conversación era alegre y animada, y se dispuso a disfrutar del momento pese a la innegable fatiga que sentía.

Y pese a las vueltas que le daba la cabeza por haber vuelto a ver a Samantha. Había olvidado lo deslumbrante que era su belleza.

¿Su saludo había sido algo más que cordial? Eso había pensado durante el mismo, pero en ese momento, mientras esperaba a que le sirvieran el té, se percató de que le hablaba a todo el mundo con la misma sonrisa y calidez.

¿Se había alegrado de verlo? ¿Había algo más que alegría?

De una cosa sí estaba seguro: los meses que había pasado lejos de ella no habían disminuido lo que sentía. Más bien había sucedido todo lo contrario. Al verla de nuevo, sabía que estaba más que enamorado de ella. Sabía que era esencial para su felicidad.

Mientras llegaba a esa conclusión, ella se acercó con una bandeja en la que llevaba su té y un trozo de bizcocho de pasas. Sin embargo, no se la entregó ni la dejó a su alcance. Al llegar a su lado, se inclinó y le dijo en voz baja:

—Le diré a un criado que lleve la bandeja y te guíe a tu habitación. Estás dolorido, Ben. Y no puedes negarlo. Reconozco las señales.

—Supongo que estoy sonriendo demasiado —replicó.

—Demasiado no —le aseguró ella—, pero es una sonrisa un tanto amenazadora, con los dientes apretados. Aterradora, en realidad.

Se rio del comentario mientras ella se enderezaba y echaba a andar hacia la puerta. Tras excusarse con el grupo que lo rodeaba, Ben la siguió.

No se le había olvidado que los viajes no le sentaban muy bien. Se había percatado de que estaba sufriendo, aunque se había esforzado por disimularlo.

¡Ay, Samantha!

Debería parecer una señal de derrota que Ben se moviera en silla de ruedas en vez de andar con sus bastones, pensó Samantha mientras se arreglaba para la cena y el gran baile. Pero no era así. En cierto modo, era todo lo contrario.

«Ya no me avergüenzo de admitir que mis piernas no funcionan como las de los demás. Que soy como soy».

Pese a las obvias señales del dolor que experimentaba —obvias al menos para ella—, había descubierto una nueva seguridad en él. Parecía un hombre de éxito que había encontrado su lugar en el mundo y estaba contento. Sin embargo, trabajaba por un salario a las órdenes de un hombre que ni siquiera era un caballero por nacimiento, mientras que él era un aristócrata con título, propiedades y una fortuna propia.

Sir Benedict Harper era una fascinante mezcla de contradicciones, con la cual parecía bastante feliz.

Ella llegó a Cartref el día anterior, llevando consigo a una contentísima Gladys, y a Vagabundo (faltaría más), que se había instalado felizmente en la cocina, donde se había convertido en el mimado de todos los empleados durante los últimos meses. Ben debería haber llegado también el día anterior, y su abuelo y ella habían esperado su llegada hasta bien entrada la noche. Sin embargo, había llegado el mismo día del baile, y había sido el último en hacerlo. Cada vez que alguien aparecía, disimulaba la decepción y su creciente pesimismo con una sonrisa de bienvenida. Ben no iba a ir, concluyó finalmente. Algo lo había hecho cambiar de opinión. Quizá se debiera a la idea de volver a verla. Quizá no se veía capaz de decirle a la cara que había pasado página desde el verano, que no tenía el menor deseo de renovar su relación ni de profundizarla.

Y, después, cuando ya caía la oscuridad de la noche, llegó.

Se obligó a permanecer en el salón con todos los demás invitados mientras su abuelo bajaba la escalera solo para recibirlo. Fue un poco impactante verlo entrar en silla de ruedas. Había atisbado algo diferente en él, pero al mismo tiempo le había parecido tan dolorosamente familiar que le sorprendió no haber podido recordar su rostro con claridad durante todos esos meses.

Su saludo había sido cálido pese a lo frías que tenía las manos. Desde luego la había mirado fijamente mientras cruzaba la estancia para acercarse a él. Pero estaba dolorido y, de repente, recordó el viaje desde el condado de Durham. Por supuesto que estaba dolorido y lo disimulaba con sus sonrisas y sus cálidos apretones de manos, el muy tonto, de manera que no tuvo oportunidad de seguir hablando con él.

¡Ay! Pero si en algún momento había dudado durante los últimos meses, ya no le cabía la menor duda. Lo quería con locura, pese al dolor y a las piernas lisiadas. Lo amaba.

Aunque tal vez había ido a Cartref solo para hablar de negocios con su abuelo.

—Lista, señora McKay —anunció Gladys—. Me gusta su pelo con algunos rizos y tirabuzones. Y el azul pavo real le sienta de maravilla. Es demasiado oscuro para la mayoría de las mujeres, pero usted puede llevarlo sin preocuparse. Me encantaría ser así de morena. Estoy segura de que todos los hombres solteros la mirarán esta noche, y algunos de los casados también, no lo dudo, aunque no debería decirlo en voz alta, ¿verdad? Mi madre dice que es natural que los hombres miren a las mujeres sin importar si están casados o no. El comandante ha llegado, ¿verdad? Me pareció muy guapo en verano. Me decepcionó que se fuera sin que pasara nada. Por usted, quiero decir, no por mí. Esperar algo así sería una tontería. Pero ha vuelto aunque ha llegado tarde y casi se pierde el baile. Estoy segura de que solo tendrá ojos para usted. Así era en verano, pero sabía que estaba de luto por el señor McKay y no habría estado bien que le prestara atención, ¿verdad? Pero ahora ya no está de luto. ¿Se alegra de verlo? Estoy segura de que sí.

—Es muy agradable volver a verlo —contestó Samantha.

—¡Ja! Estoy segura de que es más que agradable —replicó Gladys—. Incluso más que muy agradable. Ya está. El collar está abrochado. Siempre tengo problemas con este cierre en particular. Ya está lista para bajar. ¡Ay, está usted para comérsela!

—Gracias —dijo Samantha entre carcajadas, y se preguntó por un momento lo que pensaría Matilda de una criada como Gladys. Sin embargo, Matilda era alguien de su pasado lejano, aunque ni siquiera había pasado un año desde que vivieran juntas en Bramble Hall.

Bajó la escalera temprano para entrar en el salón de baile y comprobar que todo estuviera listo para más tarde. Claro que esa no era responsabilidad suya. Su abuelo se había encargado de todo.

El salón de baile era grande y tenía una altura de dos pisos. Los espejos que adornaban las paredes laterales conseguían que la estancia pareciera aún más grande y multiplicaba el efecto de las guirnaldas navideñas que lo decoraban. El suelo de madera relucía. Los instrumentos de la orquesta ya estaban en el estrado. Los músicos estarían en la planta baja, cenando. Tres grandes arañas de cristal descansaban en el suelo. Las velas se encenderían justo antes del baile, y después las levantarían para que quedaran colgadas del techo.

Parecía una extravagancia tener semejante estancia en ese lugar del país, pero su abuelo le había dicho que casi todos los años se usaba varias veces para celebrar bailes, festejos y también para grandes banquetes.

No se demoró en ese lugar. Era la hora de la cena.

Ocupaba uno de los extremos de la mesa en calidad de anfitriona, justo enfrente de su abuelo, que había dispuesto la organización aunque ella se había ofrecido a hacerlo. Tenía a la izquierda al señor Morris, el abogado de su abuelo, un hombre de pelo blanco, y a Ben a la derecha. Se sorprendió al verlo tan apartado de los demás. Esperaba que se sentara en un lugar más cercano a su abuelo. Sin embargo, cuando miró al otro extremo, su abuelo la miró con un brillo risueño en los ojos.

Había sido un casamentero desde el principio, por supuesto. En aquel entonces lo había tildado de «manipulación». Pero después de que Ben se fuera, su abuelo apenas lo mencionó, y llegó a la conclusión de que debía de estar equivocada. En ese momento descubrió que no se había equivocado en lo más mínimo. Su viejo y astuto abuelo sabía que debían separarse para que sus nuevos vecinos no se escandalizaran, que debía vivir tranquila los meses de luto que le quedaban. Y en ese instante, tal como lo había planeado desde el principio, los había reunido de nuevo en el día de su gran fiesta. Había preparado el escenario y esperaba que desempeñaran sus papeles.

¿Lo harían?

No había visto a Ben durante los últimos meses y sabía que algo fundamental en él había cambiado. ¿Tendría ella algún papel en su nueva vida?

Estuvo hablando con el señor Morris mientras Ben conversaba con la señora Davies, la esposa de uno de los amigos de Swansea de su abuelo, que estaba sentada a su otro lado. Pero antes de terminar el primer plato, la señora Fisher, la esposa del médico de su abuelo, que vivía en Tenby, reclamó la atención del señor Morris, y Samantha miró a Ben. Él le devolvió la mirada sin titubear.

—Te veo muy bien, Samantha —le dijo—. Más que bien, de hecho, aunque no estás tan morena como cuando nos despedimos la última vez.

Él también estaba muy bien con su frac ajustado, el chaleco bordado con hilo de oro y la camisa de níveo lino. El cuello almidonado de la camisa era alto, pero no hasta el punto de resultar ridículo. Lucía un complicado nudo en la corbata que había suscitado las miradas envidiosas de dos de los invitados más jóvenes. Un solitario diamante relucía entre los pliegues.

—Has cambiado —le dijo, inclinándose un poco hacia él—. Has encontrado lo que buscabas, ¿no es así? En una mina de carbón.

Su comentario le arrancó una sonrisa.

—Hay lugares peores —repuso—, aunque, si te digo la verdad, no se me ocurre ninguno.

Siempre le había encantado su sonrisa. Se percató de que era el rasgo que mejor había recordado durante los últimos meses. Tenía los dientes blancos y parejos, y cuando sonreía, entrecerraba los ojos y le salían unas arruguitas en los rabillos.

—¿Eres feliz? —le preguntó.

—He disfrutado de la experiencia —contestó—. Y he aprendido mucho de ella, tanto sobre el trabajo como sobre mí mismo.

—¿Qué has aprendido sobre ti mismo?

—Sobre todo —contestó—, que puedo trabajar con mi discapacidad y no convertirla en un impedimento. De hecho, ya no la considero como tal.

Samantha le sonrió y se ladeó un poco mientras un criado retiraba su plato.

—Pero ¿tienes la intención de seguir trabajando para mi abuelo? —le preguntó.

Pareció meditar su respuesta mientras el criado retiraba también su plato.

—Eso depende —contestó.

—¿De qué?

—¡Ah, no! —Soltó una suave carcajada—. Este no es el momento ni el lugar.

El señor Morris le tocó el brazo en ese momento y Samantha se volvió para oír lo que quería decirle.

¿Dependía de ella? ¿Se refería a eso?

¿Y ese no era el momento y el lugar para qué? A veces, la vida parecía una tomadura de pelo.

De lo que dependía era de si ella lo aceptaba o no.

Ben lo tenía claro desde el principio, pero su decisión se confirmó en cuanto llegó a Cartref por la tarde. Nada más verla supo que no sería capaz de mantener ningún tipo de relación con ella, ni con su abuelo, si no se casaba con él. Prefería irse, volver a Inglaterra, y empezar de nuevo. Aunque no regresaría a donde estuvo durante tres años después de dejar Penderris Hall. A esas alturas sabía lo que le interesaba y qué tipo de vida le convenía más. Sería una vida deprimente, al menos por un tiempo, si no tenía a Samantha y no había esperanza de tenerla en un futuro, pero sobreviviría.

Los invitados de los alrededores empezaron a llegar poco después de la cena, y Ben se trasladó al salón de baile. Ya lo había visto antes, cuando el señor Bevan los guio a Samantha y a él en un recorrido por la casa. Ya entonces le pareció una estancia grandiosa. Sin embargo, en ese momento resultaba tan magnífica como para estar en una mansión londinense. Las arañas estaban cuajadas de velas, todas encendidas, un esplendoroso derroche. Había guirnaldas de acebo, de hiedra y de pino por todos lados, creando el efecto de un jardín navideño interior. Su olor se mezclaba con el de la sidra y el vino especiado caliente, creando un ambiente festivo.

Ben tomó asiento, ya que esa noche usaba los bastones, y echó un buen vistazo a su alrededor. Su mirada se detuvo en unas ramitas de muérdago que colgaban bajo los arcos de algunas ventanas, y sonrió.

Samantha se encontraba justo al lado de la puerta con su abuelo, recibiendo a los invitados. Reconoció a algunos de ellos. Esa noche estaba absolutamente deslumbrante con un vestido azul pavo real y el pelo recogido con un complicado moño lleno de rizos y tirabuzones. Recorrió su voluptuosa figura con la mirada. Había esperado su carta durante los dos primeros meses después de marcharse, pero nunca la recibió. Y se alegró por ello, aunque en parte también se sintió decepcionado.

Parecía conocer a todo el mundo. Estaba sonrojada y no paraba de reír, y de vez en cuando se giraba para decirle algo al señor Bevan. Se alegraba de que no se hubiera mantenido alejada de su abuelo por el sentido de la lealtad hacia su madre. Samantha lo necesitaba. La familia de su marido no le había ofrecido amor. Tampoco lo había hecho su hermano ni ningún pariente de la rama paterna de la familia.

Parecía feliz. Ese pensamiento le provocó una punzada.

Alguien le sonrió y le tendió una mano para saludarlo.

—Comandante Harper —dijo el reverendo Jenkins—, es un enorme placer verlo.

Su esposa, que llevaba un espantoso tocado con plumas en la cabeza, le sonrió e hizo un gesto afirmativo.

Ninguna anfitriona londinense estaría del todo satisfecha, pensó cuando todos los invitados llegaron y los miembros de la orquesta ocuparon por fin sus asientos para proceder a afinar los instrumentos. No podía decirse que el salón de baile estuviera abarrotado. Sin embargo, la multitud reunida en la estancia resultaba agradable, y todos tendrían espacio para bailar, al mismo tiempo que aquellos que prefiriesen seguir sentados podrían disfrutar de una vista clara de la pista de baile.

La primera pieza estaba a punto de empezar y las parejas ya se estaban organizando.

El señor Bevan sacó a bailar a la señora Morris, mientras que un joven que Ben no conocía sacaba a Samantha, que se colocó en la fila de las mujeres con una sonrisa para su compañero. Por fin iba a cumplirse su deseo, pensó Ben un poco con nostalgia.

«Quiero bailar», le dijo en una ocasión con la voz rebosante de anhelo. Llevaba aquel vestido negro, pesado y ancho, y se encontraba en la lúgubre y oscura salita de Bramble Hall. Había pasado mucho tiempo de aquello..., toda una vida.

Durante la siguiente hora la observó bailar una serie de alegres contradanzas. Sin embargo, él no se mantuvo escondido en su rincón. Se puso en pie unas cuantas veces y se movió para saludar a algunas de las personas que conoció en Fisherman's Bridge a principios de verano y para intercambiar comentarios con los demás invitados.

Esperaría hasta el día siguiente, decidió. O hasta dentro de dos días. ¿Regresaría Samantha a su casa? Tal vez pudiera ir a visitarla allí. El escenario de esa noche, aunque festivo, e incluso romántico, no era el adecuado para él. Luchó contra el regreso de la antigua frustración por sus circunstancias.

Estaba riéndose por una anécdota que acababa de contarle el posadero cuando alguien le tocó un brazo. Al volverse, se encontró a Samantha.

—Ben —le dijo ella.

—¿Te estás divirtiendo? —Le sonrió e intentó dar la impresión de que él sí se divertía. Bueno, en realidad no le costó mucho. En cierto modo, estaba disfrutando. Le gustaba ese lugar y esa gente.

—Ven y siéntate conmigo —repuso ella—. El siguiente baile es un vals.

—¿No quieres bailarlo? —le preguntó.

Ella negó con la cabeza y se dio media vuelta para guiarlo hasta una profunda hornacina situada en un extremo del salón de baile. Era idéntica a la situada en el otro extremo, donde se había instalado el estrado para la orquesta. Contaba con unas gruesas cortinas para ocultarla, pero esa noche estaban descorridas para que cualquiera que se sentara en el interior, donde había un largo sofá de terciopelo, pudiera observar el salón. Sin embargo, en ese momento no había nadie.

Samantha se sentó en el sofá, y él lo hizo a su lado, tras lo cual apoyó los bastones contra el brazo.

—¿Es la primera vez que bailas? —le preguntó.

—Sí —contestó ella.

—¿Recuerdas lo que me dijiste una vez sobre el hecho de bailar? —le preguntó.

Ella asintió con la cabeza.

—Y también recuerdo lo que dijiste tú.

«¡Ah!», pensó. Le dijo que él también quería bailar.

—Me refería a que quería correr libremente —le explicó—. Ahora corro gracias a mi silla.

Samantha le sonrió.

—Pero estabas hablando del baile —dijo.

La orquesta tocó el acorde inicial, y la música del vals inundó el salón de baile. Las parejas no tardaron en pasar por delante de la hornacina.

—Siempre he pensado que el vals es el baile más romántico de todos —le dijo ella.

—¿Y no quieres bailarlo esta noche?

—¡Ah, sí! —respondió—. Quiero bailarlo contigo.

Ben soltó una suave carcajada.

—Tal vez podamos cerrar los ojos e imaginarlo —sugirió—. Como hicimos cuando nos elevamos por encima de las nubes en nuestro globo aerostático.

Quería bailar el vals con él, pensó.

—Levántate, Ben —le dijo ella, que se puso en pie.

Recogió sus bastones y la obedeció. ¿Creía que podía bailar? Acto seguido, Samantha le quitó los bastones, tal como hizo con uno de ellos cuando se metió en el mar con ella, recordó en ese momento, y los dejó a un lado.

—Rodéame con el brazo derecho —le dijo.

Le rodeó la cintura y le cogió la mano derecha con la izquierda. En vez de ponerle la mano libre en el hombro, Samantha le rodeó la cintura para sostenerlo y lo miró a los ojos con expresión risueña y tal vez un poco nerviosa.

¡Por Dios! Aquello iba en serio.

Y bailaron el vals.

Dieron una vuelta entera alrededor de la hornacina mientras la música parecía convertirse en parte de ellos mismos, y la expresión risueña y nerviosa desaparecía de los ojos de Samantha; momento en el que se limitaron a mirarse sin más.

La realidad seguía siendo la realidad, por supuesto. No salieron de repente de la hornacina y empezaron a hacer giros por el salón de baile mientras los demás los miraban asombrados. Pero... habían bailado. Habían bailado el vals. Juntos.

Algo hizo que Ben mirara hacia arriba. Del centro del arco de la hornacina colgaba una ramita de muérdago.

—¡Ah! —murmuró mientras podía estar de pie—. Para esto ni siquiera tengo que pedir permiso. La Navidad me ha dado su propio permiso especial.

La besó, estrechándola por la cintura con los dos brazos mientras ella le echaba los suyos al cuello. Y después se sonrieron y en ese instante se sintió invencible. Pero solo por un momento.

—Como no me siente ahora mismo, o antes a ser posible —le dijo—, alguien tendrá que levantarme del suelo y llevarme en brazos.

Se sentaron de nuevo el uno al lado del otro, rozándose los hombros y tomados de la mano, con los dedos entrelazados. Y riéndose mientras ella ladeaba la cabeza para apoyarle la mejilla en el hombro.

—Seguro que ha sido el vals más corto y desgarbado que se haya bailado jamás —comentó Ben.

—Y el beso seguro que ha sido el más corto y el más maravilloso que alguien se ha dado debajo del muérdago —añadió ella.

Ben apoyó la mejilla un instante contra esos rizos oscuros.

—Te quería antes de irme de aquí en verano, Samantha —confesó—. No pretendía enamorarme de ti. No me parecía justo cuando te acompañé para protegerte. Pero sucedió de todas formas. Y mis sentimientos no han cambiado.

—¡Ay, me sacas de quicio! —exclamó ella después de que el silencio se alargara entre ellos mientras el vals seguía en el salón del baile, más allá de su pequeño refugio—. ¿Cómo te atreves a detenerte ahí? No puedes detenerte ahí, Ben.

Él volvió la cabeza y le sonrió.

—Te estaba dando la oportunidad de detenerme en caso de que no quisieras que me pusiera más en ridículo —adujo.

—¡Ay, no! —exclamó ella—. Claro que quiero que hagas el completo ridículo.

—Bruja —repuso—. ¿Quieres casarte conmigo?

La oyó tragar saliva.

—Mmm... A ver —dijo ella con una voz un poco más aguda de lo normal—. Tengo que pensármelo.

—Muy bien —replicó—. Me iré otros seis meses más mientras lo haces.

Samantha soltó una suave carcajada y levantó la cabeza para poder mirarlo a la cara. Le brillaban los ojos a la luz de las arañas del salón de baile, descubrió él. Le brillaban por las lágrimas contenidas.

—Sí —contestó ella.

—¿Sí? —le preguntó.

—Sí.

Se miraron un instante y después se abrazaron de nuevo entre carcajadas... ¡Ay, sí, y entre lágrimas también!

—Te quiero —le dijo ella, y su cálido aliento le rozó la oreja—. ¡Ay, Ben, te he echado de menos! Te he echado muchísimo de menos.

Él echó la cabeza hacia atrás y la miró con una sonrisa. Samantha. Su amor.

¡Aquello era maravilloso!

—¿Estoy perdonado?— le preguntó.

Ella enarcó las cejas.

—Por haberte hablado tan mal el día que nos conocimos —le explicó—. Y por las barbaridades que solté. No llegaste a decirme que me perdonabas.

—Lo pensaré —le contestó, y se rio.

24

Consideraron la idea de esperar a una época del año más clemente, pero ninguno de los dos quería posponer la boda hasta junio o julio, ni incluso hasta mayo. Consideraron Kenelston Hall como el lugar para celebrarla, pero aunque la propiedad era suya, no había sido un verdadero hogar para Ben desde la infancia y ya nunca lo sería.

Decidieron que se celebraría en Gales a finales de enero, concretamente en la iglesia de Fisherman's Bridge, y que la oficiaría el reverendo Jenkins. Después de insistir en que saldría a la iglesia desde su propia casa, Samantha comprendió que había herido los sentimientos de su abuelo aunque él no dijera nada y cambió de opinión. Saldría vestida de novia desde la casa grande y la acompañaría su abuelo, que la entregaría en el altar. Ben se mudaría a la posada del pueblo la víspera de la boda. El gran banquete se celebraría en el salón de baile de Cartref.

Era la peor época del año para esperar que los invitados viajaran desde cualquier parte, pero de todas formas enviaron las invitaciones.

Beatrice y Gramley fueron los primeros en responder. Asistirían, aunque Beatrice les informaba de que su marido estaba seguro de que su cuñado se había vuelto loco. Al día siguiente llegó una carta de Calvin. Julia y él también asistirían. A partir de ese momento y mientras corrían las amonestaciones en la iglesia del pueblo, la llegada de las respuestas fue imparable y todas eran para confirmar la asistencia, salvo una. Sorprendentemente, sus compañeros supervivientes se aventurarían hasta las tenebrosas entrañas de Gales, según la descripción de

Flavian, para asistir a las nupcias de Ben. La excepción era, por supuesto, Vincent, cuya esposa estaba próxima a dar a luz.

«No dejaré sola a Sophie —había escrito—, aunque me ha pedido que no me pierda tu boda, Ben».

Era obvio que quien había escrito la carta en su nombre era su esposa, ya que seguía un breve mensaje entre paréntesis:

Vincent está más nervioso que yo por el próximo acontecimiento, sir Benedict. Sería una crueldad por mi parte intentar convencerlo de que vaya a Gales cuando está tan nervioso por mi culpa. Vendrá usted en marzo, para la reunión anual del Club de los Supervivientes, pese a las recientes nupcias, ¿no es así? ¿Y traerá a lady Harper con usted? Por favor, le ruego que lo haga. Quiero conocer a todos los amigos de Vincent.

En una hoja de papel separada, adjunta a la carta, había un dibujo al carboncillo —una caricatura muy bien hecha— de un hombre que se parecía mucho a Vince caminando con la cabeza gacha y las manos entrelazadas a la espalda, con el sudor cayéndole de la frente gota a gota y una apariencia en general preocupada, mientras un ratoncillo lo miraba con cariño desde un rincón.

—Lo siento mucho —dijo Ben mientras cogía a Samantha de la mano y se sentaba en el sofá de la sala de lectura de la casa de esta, una semana antes de la boda—. Todos los invitados que vengan de fuera serán míos.

—¡Ah! —exclamó ella—. Pero, verás, todos los que vengan del pueblo serán míos. Estaré acompañada por todos mis amigos y vecinos en el que espero que sea el día más feliz de mi vida. Y mi abuelo estará allí para llevarme al altar.

Ben le dio un apretón en la mano.

—Además —añadió Samantha, que volvió la cabeza para que él pudiera ver la mirada resplandeciente de sus ojos—, hoy me ha llegado una carta muy educada de Matilda.

—¿Ah, sí? —Enarcó las cejas con cierta sorpresa.

—Pues sí —respondió ella—. Me ha felicitado por haber conseguido atrapar a un marido muy elegible por segunda vez pese a mis orígenes.

—¿Tu deshonroso pasado gitano?

—Eso y el hecho de que mi abuelo esté en «el negocio del carbón» —añadió—. Parece muy oscuro y polvoriento, ¿no es así? Me ha dicho que espera, no, a ver cómo era..., que espera «fervientemente» y que reza para que haya aprendido la lección y no te lleve por la calle de la amargura como hice con su pobre y querido Matthew.

—¡No!

—Todo expresado con mucha educación —dijo—. Aunque al final se dejó llevar un poco por el rencor, Ben. Se ha tomado la libertad de darme su opinión y, según ella, te lo tendrías bien merecido si te llevara por la calle de la amargura, ya que pareces ser el tipo de hombre que cree totalmente adecuado salir a cabalgar con una viuda que está de luto riguroso.

—¿Nos merecemos el uno al otro, entonces? —le preguntó.

—Eso parece —respondió ella con un suspiro—. ¡Ah! Por cierto, no va a venir a la boda. Los condes de Heathmoor tampoco vendrán. Me ha sorprendido bastante el anuncio, ya que solo les escribí para explicarles que me volvía a casar, pero no era una invitación ni mucho menos.

Al día siguiente, Samantha recibió otra nueva sorpresa en forma de carta. El reverendo John Saul, su hermanastro, se alegraba de saber que se había instalado bien en Gales y que era feliz allí con su familia materna. Añadió que se sentía en la obligación de honrar a su difunto padre asistiendo a la boda de la hija a la que dicho padre tanto había amado. Su querida esposa no lo acompañaría.

Samantha, que estaba sola en la sala de lectura cuando la leyó, lloró sin reparos sobre ella, pese a la rígida pomposidad de la carta.

—También vendrá un invitado de fuera por mi parte —anunció al tiempo que le ponía la carta a Ben en una mano cuando llegó con su abuelo desde Cartref a media tarde.

Acto seguido, se volvió y se lanzó a los brazos de su abuelo para llorar, mientras él le daba palmaditas en la espalda y leía la carta por encima del hombro de Ben.

Los preparativos para la boda ya estaban listos. Solo tenían que esperar la llegada de los invitados que viajarían desde Inglaterra durante uno de los meses más inclementes del año. Todos acabarían con tortícolis, comentó Ben en una ocasión, si seguían mirando tanto al cielo. Era un mes frío y con un viento que soplaba casi de forma constante al que la señora Price llamaba «viento perezoso».

—No se molesta en evitar ningún obstáculo —explicaba la mujer—. Se limita a atravesarlos sin más.

Sin embargo, el cielo siguió siendo azul la mayor parte del tiempo, y cuando había nubes, eran altas y en absoluto amenazadoras. No nevó. Rara vez lo hacía en esa parte de Gales, pero ahí estaba la clave: «rara vez». Todos habrían estado más relajados si fuera un «nunca». La nieve no era la única amenaza, por supuesto. La lluvia podía ser igual o peor. No hacía falta mucha para llenar los caminos de barro y a veces convertirlos en absolutos lodazales. Y la lluvia era habitual en esa parte del mundo, sobre todo en esa época del año.

No obstante, el buen tiempo se mantuvo.

Y los invitados comenzaron a llegar.

Todos los huéspedes procedentes de Inglaterra se alojaron en Cartref por insistencia del señor Bevan, aunque Ben se fue a la posada un poco antes de lo previsto a fin de que hubiera sitio para todos. Calvin, que iba a ser su padrino, se trasladó con él a la posada la víspera de la boda.

Todos los supervivientes lo acompañaron esa noche, para gran placer del posadero y consternación de su esposa, que acababa de descubrir no solo que la dama y todos los caballeros tenían título, algo ya de por sí bastante malo, sino que uno de ellos ¡era un duque!

—Y entre un duque y un rey —le susurró a su marido, aunque estaban en la cocina y entre ellos y el grupo de aristócratas había dos puertas cerradas— solo hay esto. —Hizo un gesto, acercando muchísimo el dedo índice de una mano al pulgar.

George Crabbe, duque de Stanbrook, le estaba preguntando en ese mismo momento a Ben sobre su silla de ruedas.

—Parece una idea sensata —comentó—, pero te negabas de forma tajante a usar una.

—No tengo que demostrar nada más —le explicó Ben—. Puedo andar y lo hago. He bailado. A estas alturas, ya puedo ser sensato y moverme tan rápido como cualquier otra persona.

—Me siento ten-tentado a desafiarte a una carrera por la calle del pueblo, Ben —terció Flavian, el vizconde de Ponsonby—. Pero no me gustaría dar el es-espectáculo.

—Ni perder de forma vergonzosa con un hombre en silla de ruedas, Flave —añadió Ralph, conde de Berwick.

—Podrás competir contra Vince en marzo, Ben —apostilló Hugo, lord Trentham—. Está construyendo una pista de carreras en un extremo de su propiedad. ¿Te has enterado? Será magnífico.

—Un ciego y un tu-tullido —replicó Flavian—. ¡Que el Señor nos pille confesados!

—Flave, como vuelvas a llamarme así —repuso Ben con alegría—, es posible que acabes recibiendo un bastonazo en la cabeza.

—A lo mejor así deja de tartamudear —señaló George.

—Ben. —Imogen, lady Barclay, lo miraba fijamente—. ¿Has bailado?

—Un vals, en concreto. —Le sonrió—. El salón de baile de Cartref cuenta con una hornacina espaciosa en un extremo. Bailé a su alrededor con Samantha en una fiesta que se celebró justo antes de Navidad.

—¿Fue sensato, Ben? —le preguntó Calvin—. Siempre he temido que puedas acabar dañándote más las piernas si insistes en caminar sobre ellas. Pero ¿bailar? Me preocupo por ti, ¿sabes? Todo el tiempo.

Sin embargo, sus compañeros supervivientes le sonreían de oreja a oreja.

—Bravo —dijo el duque en voz baja.

—Supongo que la hornacina será del tamaño de un cuenco, Ben —terció Flavian.

—Más bien de un dedal, Flave —añadió Ralph, que sonrió y le guiñó un ojo a Ben.

—Como si es del tamaño de un alfiler, mendrugos —replicó Hugo, al tiempo que le tendía una enorme mano a Ben para compartir un apretón—. Bien por ti, muchacho. Mi Gwendoline también baila, y todos habéis visto cómo cojea cuando anda.

Imogen se inclinó para besar a Ben en la mejilla.

—Soñabas con bailar algún día —dijo—. Todo el mundo debería cumplir su sueño más anhelado.

Ben le cogió una mano.

—¿Y cuál es el tuyo, Imogen? —le preguntó.

Se arrepintió de la pregunta al instante, porque todos guardaron silencio para oír la respuesta, y ella lo miró de nuevo, con esos ojazos tan brillantes. Algo relució en ellos y luego desapareció.

—¡Ah! —exclamó con esa voz tan suave y fría que la caracterizaba—. Conocer a un hombre alto, moreno y guapo que me conquiste, por supuesto.

Ben le dio un apretón en la mano y se la llevó a los labios un instante. Quería disculparse, pero de esa forma estaría reconociendo que sabía que ella no había respondido a su pregunta.

—Lo siento, Imogen —dijo Hugo—, pero ya estoy casado.

—Ha dicho guapo, Hugo —apostilló Ralph.

Todos se rieron, y el momento pasó.

—Debía de haber algo en el aire de Cornualles la primavera pasada —dijo George mientras el posadero entraba en la estancia con una bandeja cargada—. Tres supervivientes casados en un año. Y mi sobrino también.

—¿El heredero? —preguntó Ben.

—Julian, sí —respondió George—. Y me parece que son todos matrimonios por amor. Solo hay que miraros a la señora McKay y a ti, y es evidente que el amor está en el aire. Lo has hecho bien. Tendrás una esposa por la que es obvio que sientes algo profundo y una forma de vida que parece haber sido creada a medida para ti, y todo en el mismo paquete.

—Y todo en las tenebrosas entrañas de este salvaje país —comentó Flavian—. Mientras venía de camino, temía que los salvajes me asaltaran desde detrás de cualquier roca situada al lado del camino y me rebanaran el pescuezo.

—Lo más probable es que quisieran secuestrarte para cantarte, Flave —repuso Ben—. Deberías oír el coro de los mineros donde trabajo. En cuanto los oyes, se te saltan las lágrimas por la emoción.

—Dios me li-libre —repuso Flavian con un hilo de voz.

Hugo tenía una jarra de cerveza en la mano.

—Esta noche no debemos impedir que Ben disfrute de un sueño reparador —dijo—, y no debemos intentar emborracharlo. Pero brindaremos por ti, Benedict. Que tu corazón baile durante toda la vida, como lo hiciste en esa hornacina poco antes de Navidad.

—¡Que me aspen! —exclamó Flavian, que se puso en pie y alzó su copa de oporto—. Resulta vergonzoso, pero el matrimonio ha convertido a Hugo en un poeta. Aunque no ha podido decirlo mejor, Benedict, amigo mío. Que seas feliz. Es lo que siempre hemos querido para todos nosotros.

—Por ti, Benedict —dijo Imogen, levantando su copa de vino—. Y por Samantha.

—Por tu felicidad, Ben —añadió Ralph—, y por la de la señora McKay.

—Por ti, hermano —dijo Calvin—. Siempre te he admirado mucho. Siempre has tenido claro lo que querías, lo has perseguido y te ha ido muy bien. Que te hirieran justo después de la muerte de Wallace estuvo a punto de acabar conmigo. Pero después aprendí a admirarte más de lo que lo hacía antes. Y aún te admiro, aunque me preocupe porque te niegas a volver a casa para que te cuide, e insistes en andar e incluso en bailar, ¡por el amor de Dios! Por ti, hermano, que encuentres toda la felicidad del mundo, y por Samantha también.

Ben sonrió y tuvo la impresión de que estaba viendo a su hermano por primera vez.

—Y porque siempre te muevas en la silla de ruedas tan rápido como nosotros corremos, Benedict —añadió el duque.

Todos bebieron, y Ben se rio.

—Si no queréis verme hecho un mar de lágrimas —dijo—, y si no queréis encontraros las puertas de Cartref cerradas, será mejor que os vayáis. Nos veremos por la mañana.

—Un consejo, Ben —le dijo Hugo mientras se despedían—. Dile a tu ayuda de cámara que mañana te haga el nudo de la corbata más flojo de lo normal. No sé qué pasa cuando estás esperando a la novia en el altar, que se hincha el cuello.

—No miente, Ben —apostilló Calvin.

El hermanastro de Samantha llegó el día antes de su boda. Ella ya se había trasladado a la casa grande y le dio la bienvenida allí. Se dieron la mano y conversaron educadamente. Le preguntó por su cuñada y por sus sobrinos. Él le preguntó por su casa y por sus relaciones con los vecinos del pueblo. Le estrechó la mano a Ben y conversó educadamente con él.

Sin embargo, todo se hizo en compañía de otras personas. Samantha estaba emocionada por que hubiera viajado desde tan lejos y en la peor época del año para asistir a su boda. Sin embargo, parecía más un extraño que acababa de conocer que un pariente cercano. Ojalá no se arrepintiera de haber ido, aunque suponía que no lo haría. Lo había hecho por el sentido del deber hacia su padre, no porque le profesara afecto a ella.

¡Ay, qué difícil era la vida a veces!

No lo vio a solas hasta la mañana siguiente.

Ya se había puesto el vestido de novia. Había elegido uno de abrigado terciopelo blanco y corte sencillo, y llevaba un camafeo con una cadena de oro en torno al cuello y pendientes de oro. Un pequeño bonete dorado le cubría la cabeza. La gruesa capa, también de terciopelo blanco con botones de oro y alamares, y forrada de piel, descansaba en el respaldo de una silla en el vestidor.

Había sopesado la idea de llevar algún color intenso, pero los había descartado todos en favor del blanco. Quería simplicidad. Quería mostrarse a sí misma a ojos del novio, no que destacara su ropa.

—¡Oooh! —exclamó Gladys una vez que le colocó el bonete y le ató las cintas a un lado de la barbilla—. Tenía usted razón y yo estaba equivocada, señora McKay. El blanco es su color. Todos los colores lo son, pero hoy está perfecta. El comandante se la va a comer en cuanto la vea. Aunque es mejor que no lo haga, la verdad, porque...

Sin embargo, un golpecito en la puerta la interrumpió, de manera que fue a abrir.

—Gracias, Gladys —dijo Samantha—. Puedes irte.

Le sonrió a John. Pensaba que todos habían salido hacia la iglesia.

—Estás muy bien —dijo él, recorriéndola con la mirada. Había fruncido el ceño—. En fin, siempre te he visto como la hija de tu madre. Nunca he pensado en ti como hija de mi padre. Pero lo eras..., lo eres. Te pareces a tu madre, por supuesto; bueno, un poco, de todos modos. Siempre me sentí agradecido por eso, porque yo me parezco a mi padre. Veo el parecido cuando me miro en el espejo. Pero tú también te pareces. No de forma obvia. Solo sucede a veces, cuando giras la cabeza o en alguna expresión fugaz; no sabría describírtelo con exactitud. Pero eres su hija. Jamás lo he dudado. Aunque decidí pasarlo por alto.

—John. —Samantha se acercó a él y le tendió la mano derecha—. Has venido a Gales, y estoy emocionada. Sé que fue difícil para ti cuando nuestro padre se casó con mi madre.

—Eres mi hermana —repuso él—. Tenía que venir a decírtelo, Samantha. No es que tú no lo supieras, pero.... Todos necesitamos una familia, y sé que siempre se te ha negado la mitad de la tuya y que no sabías lo de la otra mitad hasta hace poco. Me alegro de que hayas descubierto esa mitad. El señor Bevan parece un hombre decente, además de ser tan rico como Creso.

—John —dijo con un tono titubeante con la esperanza de no introducir una nota discordante en la conversación—, ¿por qué me ocultaste sus cartas y las del señor Rhys, salvo la que me enviaste poco después de la muerte de papá? ¿Por qué no supe nada del dinero que me dejó mi tía ni de todos los regalos que envió mi abuelo?

John frunció el ceño.

—No estaba al tanto de que hubiera regalos o dinero —le aseguró él—. Sé que cuando nuestro padre se estaba muriendo, me hizo buscar dos fajos de cartas y quemarlos mientras miraba. Me dijo que tu madre no quería que tuvieras nada que ver con sus parientes galeses, que la habían tratado mal y que no debía permitir que te molestaran. Él quería honrar sus deseos, sobre todo porque habías contraído un matrimonio tan ventajoso. Lo único que me llegaron fueron cartas preguntando qué querías hacer con la casa. Padre dijo que era una construcción en mal estado, que no valía nada. Te envié esa carta después de que yo la contestara. Creí que quizá deberías verla para poder enviar una contestación propia si querías. No me contestaste y tu marido estaba mal, así que decidí no molestarte con el resto de las cartas que me llegaron. Pero en ninguna de ellas se mencionaba nada más, Samantha, solo la casa. No tenía ni idea de que era la casa que es.

—Yo tampoco —le aseguró ella con una sonrisa—. John, resulta que ha sido para bien que estuviera en la inopia y que descubriera la verdad en el momento más apropiado.

—Vas a casarte con un buen hombre —dijo él—, aunque esté medio tullido.

—Ben no está tullido ni mucho menos —lo corrigió—. Pero gracias, John. Que sepas que lloré cuando me enteré de que ibas a venir.

—¿Ah, sí?

—Sí. —Sonrió y miró por encima del hombro de su hermanastro.

Su abuelo había ido a buscarla. La miraba con una sonrisa de oreja a oreja, y después le sonrió con cordialidad a John.

—El novio sufrirá palpitaciones si llegamos tarde —vaticinó—. Les pasa a todos los novios. Es muy peligroso.

—Lo sé —replicó John con una sonrisa. Y en ese momento le recordó tanto a su padre que a Samantha le dio un vuelco el corazón—. Veo a muchos. Y yo fui uno en su momento. —Se dio media vuelta y se acercó a ella para besarla en una mejilla—. Sé feliz —dijo—. Nuestro padre te quería mucho, ¿sabes?

—Lo sé —respondió en voz baja—. Tanto como a ti.

John se aprestó a marcharse, y ella miró a su abuelo.

—¡Válgame Dios, niña! —exclamó él—. Eres igualita que mi Esme. Pero ella jamás vistió de blanco. Era un color que nunca usó. Eres hermosa. Y qué inadecuada es esa palabra. Ven, déjame ayudarte con la capa, e iremos a rescatar al comandante de la muerte por un fallo cardiaco, ¿sí?

—Por supuesto, abuelo —contestó ella—. Que no se me olvide el manguito.

Era el día de su boda, pensó, y sintió un millar de mariposas en el estómago por la emoción.

En Navidad se decidió que Ben contaría con tres meses de descanso para casarse y disfrutar de la luna de miel y, posteriormente, de la estancia con sus compañeros del Club de los Supervivientes. Después, y como nieto político del señor Bevan, ya no solo como su empleado, se iría haciendo poco a poco con el grueso de la gestión de las minas y de las fundiciones mientras el señor Bevan se alejaba de las empresas para jubilarse. Los recién casados vivirían en la casa de Samantha, aunque eran libres de fijar su residencia en Cartref cuando quisieran. También podían instalarse en cualquiera de las casas de Swansea o de Rhondda Valley.

Todas eran opciones muy satisfactorias, e incluso emocionantes para considerar, pensaba Ben mientras esperaba sentado en la banca con su hermano en la iglesia de Fisherman's Bridge, acompañado por su familia, sus amigos y las amistades de Samantha, que conversaban en voz baja detrás de él. Sin embargo, antes de que todo eso llegara, estaba ese día.

El día de su boda.

En el fondo jamás esperó ponerse nervioso. ¿Cómo iba alguien a ponerse nervioso cuando se era tan feliz? Sin embargo, había descubierto lo que Hugo quiso decirle con el detalle de la corbata. Y no podía desterrar el miedo de que se le cayera la alianza justo cuando estuviera a punto de ponérsela a Samantha en el dedo. De hecho, ese miedo lo había despertado varias veces durante la noche. Tendría que dejar que otra persona gateara por el suelo para buscarlo y recuperarlo, y después tendría que hacer un nuevo intento.

—¿Te duele, Ben? —le preguntó Calvin, con un tono preocupado en la voz.

—No. —Ben lo miró sorprendido, pero se percató de que había estado frotándose las manos en la parte superior de los muslos—. Asegúrate de que he cogido bien el anillo antes de que tú lo sueltes.

Su hermano le sonrió.

—No se le cae a nadie —dijo él.

Esa era su sentencia de muerte.

En ese momento, el reverendo Jenkins, magníficamente vestido con su casulla, les dijo a los presentes que se pusieran en pie y se oyó un acorde procedente del órgano.

Ben tuvo la impresión de que tardaba una eternidad en ponerse en pie con los bastones, pero cuando lo hizo, Samantha acababa de entrar en la iglesia, del brazo de un orgulloso señor Bevan.

«¡Por el amor de Dios!», pensó con reverencia y no a modo de blasfemia. ¿Había visto alguna vez el mundo semejante belleza? ¿De verdad era suya? ¿Era su novia?

Y entonces Samantha miró hacia el altar, clavó los ojos en él y le sonrió. Ben no fue consciente del pequeño suspiro que emitieron los invitados mientras le devolvía la sonrisa.

Una vez que Samantha estuvo a su lado, ambos se volvieron para mirar al señor Jenkins.

—Queridos hermanos —comenzó él, con su precioso acento galés.

Y en cuestión de minutos, el mundo cambió, así sin más.

Estaban casados.

Y no solo no dejó caer el anillo, sino que ni siquiera pensó en la posibilidad de que eso sucediera, mientras lo cogía y se lo colocaba en el dedo al tiempo que repetía las palabras que el señor Jenkins le iba diciendo. Ni siquiera pensó en cómo iba a apañárselas sin los bastones durante esa parte de la ceremonia.

Estaban casados.

Y luego firmaron el registro y todo se hizo oficial.

Eran marido y mujer.

Atravesaron lentamente el pasillo de la iglesia para llegar a la puerta. Lo hizo ayudado de un solo bastón, ya que Samantha lo había tomado del otro brazo y lo sostenía con firmeza sin esfuerzo aparente. En su otra mano llevaba el manguito blanco. El recorrido no le provocó dolor alguno mientras miraba a izquierda y a derecha, saludando a sus invitados con asentimientos de cabeza y sonrisas mientras Samantha hacía lo propio.

Una vez que salieron, los recibió una gélida ráfaga de aire, que los hizo mirarse y echarse a reír.

—Lady Harper —dijo él.

—Suena bien —replicó ella—. Tus amigos no tienen en las manos lo que creo que tienen en las manos, ¿verdad?

En la calle que discurría frente a la iglesia se había congregado un buen número de vecinos del pueblo, que querían ver a los invitados y felicitar a los novios. Pero entre ellos, efectivamente, estaban Flavian y Ralph, que habían salido pronto de la iglesia. Sabría Dios dónde habían encontrado flores en enero. Debía de haber un invernadero en algún lugar. Sin embargo, no cabía duda de que lo que llevaban en las manos eran pétalos de flores, que cayeron a modo de lluvia sobre los novios mientras avanzaban despacio hacia el carruaje que los esperaba para llevarlos de vuelta a Cartref.

—Creo que la respuesta era sí —contestó Ben entre carcajadas mientras subía detrás de Samantha—. Y creo que lo que hay detrás del carruaje también es lo que creo que es.

Las campanas de la iglesia estaban repicando. La multitud no paraba de vitorear. Los invitados empezaban a salir de la iglesia.

—Ya está —dijo Hugo—. Yo cierro la portezuela.

Y lo hizo..., después de arrojar al interior otro enorme puñado de pétalos de flores.

Ben se sentó en el asiento y se rio. Cogió la mano de Samantha mientras se volvía para mirarla.

—¿Feliz? —le preguntó.

Ella asintió con la cabeza.

—Las palabras son ridículas a veces, ¿verdad? —comentó.

Samantha asintió de nuevo con la cabeza.

Bajó la cabeza y la besó mientras la multitud vitoreaba con renovado entusiasmo, y se escuchaban también algunos estridentes silbidos.

El carruaje se puso en marcha.

Con un estruendo espantoso, ya que arrastraban un buen número de cacerolas y sartenes.

—Ben —dijo Samantha, mirándolo a los ojos—, te perdono.

—¿Por?

—Por llamarme «mujer» —contestó—. Y por pronunciar aquella retahíla de palabrotas delante de mí y de Vagabundo.

Ben le sonrió despacio.

—Supongo que también me acabo de casar con ese chucho feo, ¿verdad?

—Para lo bueno y para lo malo —le aseguró.

—¡Maldito perro! —protestó, y besó a su esposa con un poco más de ferocidad de la que había empleado un minuto antes.

¿TE GUSTÓ ESTE LIBRO?

escríbenos y
cuéntanos tu opinión en

 /Sellotitania   /@Titania_ed

 /titania.ed

#SíSoyRomántica